O MELHOR TEMPO É O PRESENTE

A marca FSC® é a garantia de que a madeira utilizada na fabricação do papel deste livro provém de florestas que foram gerenciadas de maneira ambientalmente correta, socialmente justa e economicamente viável, além de outras fontes de origem controlada.

NADINE GORDIMER

# O melhor tempo é o presente

*Romance*

*Tradução*
Paulo Henriques Britto

PRÊMIO NOBEL
COMPANHIA DAS LETRAS

Copyright © 2012 by Nadine Gordimer
Venda permitida apenas em território nacional.

Grafia atualizada segundo o Acordo Ortográfico da Língua Portuguesa de 1990, que entrou em vigor no Brasil em 2009.

*Título original*
No Time Like the Present

*Capa*
Mariana Newlands

*Foto de capa*
Sound Syntax, de Karel Nel, 2008,
pó carbonífero de 540 milhões de anos e sal com pigmento vermelho,
100 x 200 cm. Coleção particular, cortesia da artista e da galeria Art First, Londres.

*Preparação*
Andressa Bezerra Corrêa

*Revisão*
Carmen T. S. Costa
Adriana Bairrada

Dados Internacionais de Catalogação na Publicação (CIP)
(Câmara Brasileira do Livro, SP, Brasil)

Gordimer, Nadine
　　O melhor tempo é o presente / Nadine Gordimer ; tradução Paulo Henriques Britto. — 1ª ed. — São Paulo : Companhia das Letras, 2014.

　　Título original: No Time Like the Present
　　ISBN 978-85-359-2427-5

　　1. Romance inglês — Escritores sul-africanos I. Título.

14-03918　　　　　　　　　　　　　　　　　　CDD-823

Índice para catálogo sistemático:
1. Romances : Literatura sul-africana em inglês 823

[2014]
Todos os direitos desta edição reservados à
EDITORA SCHWARCZ S.A.
Rua Bandeira Paulista, 702, cj. 32
04532-002 — São Paulo — SP
Telefone: (11) 3707-3500
Fax: (11) 3707-3501
www.companhiadasletras.com.br
www.blogdacompanhia.com.br

Reinhold Cassirer
12 de março de 1908 — 18 de outubro de 2001
1º de março de 1953 — 18 de outubro de 2001

Nadine Gordimer agradece às pessoas cujo trabalho é muito importante para ela...

Karel Nel, cujo quadro *Zero* (2002) foi utilizado na capa da edição original, é um artista sul-africano de renome mundial. Há obras de sua autoria nas coleções do Smithsonian Institute, em Washington, e no Metropolitan Museum, em Nova York. Colecionador de arte africana e oceânica, ele presta assessoria a museus em Londres, Paris e Nova York. Nel visualiza a arte em termos de uma expansão contínua da consciência, e no momento trabalha com a visão exploratória da interface entre arte e ciência. Participa, como artista residente, de um projeto internacional na área da astronomia que está mapeando dois graus quadrados do universo

e

O poeta Oswald Mbuyiseni Mtshali, "Sounds of a cowhide drum", "Fireflames", por suas traduções para o zulu

e

George Bizos, amigo precioso

*A história examina as manifestações da liberdade do ser humano em relação com o mundo exterior, no tempo e na dependência das causas.*
Liev Tolstói, Guerra e paz

*Embora o presente continue a ser*
*Um lugar perigoso onde viver,*
*O cinismo seria um luxo temerário*
Keorapetse Kgositsile, "Wounded dreams"

Glengrove Place. Não é um vale (*glen*) e não há nenhum arvoredo (*grove*). O nome certamente foi dado por algum escocês ou inglês em referência à sua terra, que ele deixou para trás quando ganhou dinheiro nesta cidade a mais de mil e quinhentos metros de altitude e entrou no mercado imobiliário.

Mas era um lugar. Um lugar onde eles podiam morar juntos, num tempo em que em lugar nenhum era possível fazer isso legalmente. O aluguel do apartamento era alto para os dois na época, porém o preço incluía uma certa cumplicidade da parte do proprietário do prédio e do zelador; nada é de graça quando pessoas respeitadoras da lei correm algum risco de violá-la. Como locatário, ele tinha o tipo de nome inglês ou europeu que não diferia da maioria dos outros nomes nas caixas de correio dos moradores, ao lado do elevador na entrada; lá havia um cacto num vaso, em vez do arvoredo. Ela era apenas a "sra." acrescentada como apêndice. Eles *eram* casados, de verdade, embora isso também fosse ilegal. No país fronteiriço onde ela se exilou para poder estudar, e ele, um jovem branco cuja militância política o obrigava a desaparecer da universidade da cidade por algum tempo, eles dois, afoitos, ignorando a consequência que seria inevitável quando voltassem para seu país, se apaixonaram e se casaram. De volta à África do Sul, ela foi trabalhar como professora numa escola particular administrada pelos padres de uma ordem católica tolerada à margem da educação pública racialmente segregada, onde podia usar seu sobrenome de nascimento com base em princípios não raciais.

Ela era negra, ele era branco. Nada mais importava. Identidade era só isso, naquele tempo. Simples como as letras negras nesta página branca. Por causa dessas duas identidades, eles transgrediam. E conseguiram se dar bem, mais ou menos. Não eram tão visíveis, nem politicamente tão conhecidos, que valesse a pena processá-los nos termos da Lei da Imoralidade: melhor seria mantê-los em observação, segui-los, por um lado, na expectativa de que deixassem pistas que levassem a militantes de mais peso, ou pela possibilidade de que fossem recrutados para fazer relatórios referentes ao seu nível de envolvimento, fosse o de dissidentes ou o de revolucionários. Na verdade, ele era um daqueles que, quando estudante, fora abordado discretamente com indiretas sutis baseadas no patriotismo ou, talvez, na suposição igualmente natural de que os jovens precisam de dinheiro, tendo sido deixado claro que ele não deveria se preocupar, pois sua segurança pessoal estaria garantida, bem como sua situação financeira, se ele se lembrasse das coisas que eram ditas nas reuniões a que ele estava presente e desempenhava seu papel. Engolindo uma golfada de repugnância e imitando o tom da abordagem, ele recusou a oferta — sem que o homem se desse conta de que a rejeição não era apenas da oferta, mas também da pessoa que se prestava ao papel de cafetão da polícia política.

Ela era negra, mas isso agora é muito mais complexo do que

o início e o fim da existência conforme registrada num arquivo ultrapassado de um país ultrapassado, muito embora o nome permaneça o mesmo. Ela nasceu naquele tempo; seu nome é uma assinatura do passado de sua origem, batizada na igreja metodista em que um de seus avôs fora pastor, e seu pai, diretor de uma escola local para meninos negros, era presbítero, sendo sua mãe presidente da sociedade feminina da igreja. A Bíblia era a fonte do primeiro nome de batismo, seguido do segundo, africano, o qual as pessoas brancas — que a criança teria que aprender a agradar, e com quem teria de lidar neste mundo — não associavam a nenhuma identidade. Rebecca Jabulile.

Ele era branco. Mas também isso não é tão definitivo quanto era codificado nos arquivos antigos. Nascido na mesma época, uns poucos anos antes da mulher, ele é um branco misturado — uma mistura que não tinha nenhuma importância desde que os elementos fossem todos brancos. Na verdade, a mistura dele é bem complicada em certos termos de identidade que não são determinados pela cor. Seu pai era gentio, não religioso, cristão apenas nominal, e sua mãe era judia. A identidade da mãe é decisiva na identidade de um judeu, a mãe cuja relação com a criança concebida está acima de qualquer dúvida. Se a mãe é judia, então o filho também pertence à fé, o que naturalmente implica a circuncisão ritual. O pai, é claro, não fez nenhuma objeção, e talvez, como muitos agnósticos e até mesmo ateus, no fundo tivesse inveja daqueles que praticam a ilusão de uma fé religiosa — ou então estava apenas fazendo a vontade da mulher que amava. Se era isso que ela queria, se era importante para ela de uma maneira que fugia à sua compreensão... Que o prepúcio fosse cortado!

Houve uma era paleozoica, uma era mesozoica, uma era cenozoica.

Era como o fim de uma era. Sem dúvida, nada menos do que uma nova era em que a lei não se baseia na pigmentação, qualquer pessoa pode morar e se deslocar e trabalhar em qualquer parte de um país que é comum a todos. Essa era foi inaugurada por algo que atende pelo nome convencional de "Constituição". Apenas um vocabulário grandioso pode conter o significado para os milhões de pessoas que não tinham reconhecido nenhum dos direitos designados pela palavra *liberdade*.

As consequências são muitas entre os aspectos dos relacionamentos humanos que antes eram restringidos por decreto. Nas caixas de correio dos moradores há alguns nomes africanos: um médico, um instrutor na universidade e uma mulher que está fazendo carreira na área dos negócios. Jabulile e Steve podiam ir ao cinema, comer em restaurantes e ficar em hotéis juntos. Quando deu à luz a filha do casal, foi numa clínica onde ela não poderia entrar — antes. É uma vida normal, não um milagre. É fruto dos conflitos humanos.

Ele se interessava por ciência desde a infância, e formou-se em química industrial. Seus pais viam nisso ao menos alguma possibilidade de um antídoto, uma garantia para o futuro, em contraste com suas atividades de esquerda contra o regime que o obrigavam a desaparecer, ao que parece em algum lugar do outro lado da fronteira, durante certos períodos; ele teria uma profissão respeitável. Seus pais jamais viriam a saber o quanto era útil aquele seu conhecimento dos elementos químicos para o grupo que estava aprendendo a fazer explosivos, para serem utilizados em alvos como instalações de força. Quando Steve se formou, o primeiro emprego que encontrou numa grande fábrica de tintas foi sem dúvida uma ótima fachada para uma forma de vida suspeita, tanto no plano político quanto no sexual.

Ambição. Naquele tempo, o tempo de antes, não se podia pensar em termos do que se queria mesmo fazer na vida. A bússola interior apontava a toda hora para o único polo: enquanto não terminasse aquela distorção da vida humana em comum, não havia espaço para um sentido na realização pessoal, escalar o monte Everest ou ficar rico, tais coisas eram fugas da realidade, sinais indecentes de que se estava do lado dos que não queriam mudanças.

Agora não havia motivo para que Steve continuasse a pesquisar os progressos na durabilidade da tinta utilizada em novas variedades de construções e em decoração, em telhados e jukeboxes, quartos de residências e carros conversíveis. Ele pensou que poderia ter voltado à faculdade para aprofundar seus conhecimentos de outros ramos da química e da física que não se restringissem às aparências. Mas havia uma criança que ele e a mulher precisavam prover de um lar. Ele fazia um bom trabalho mesmo sem muito interesse; não havia mais o estímulo de outrora, a consciência de que ao mesmo tempo que mantinha (literalmente) as aparências para a indústria branca, ele estava produzindo explosivos para detonar o regime. A empresa tinha muitas filiais espalhadas pelo país, ele já ocupava um bom cargo naquela sede em que havia iniciado a carreira. Se não tomava a decisão, que continuava em sua cabeça, de trocar a química de tubo de ensaio pela outra, entre seres humanos, de caráter não governamental e sem fins lucrativos, ao menos trabalhava como voluntário, algumas horas por semana, numa comissão que estudava os títulos de propriedade reivindicados pelas comunidades que haviam sido despossuídas no regime antigo. Jabulile fazia cursos por correspondência, de economia e direito, e como voluntária era secretária de um grupo de mulheres ativistas que atuava contra agressões dirigidas a mulheres e crianças. A pequena Sindiswa frequentava uma creche; o pouco tempo que lhes restava, eles passavam com ela.

Estavam sentados na varanda do apartamento em Glengrove Place logo depois do pôr do sol, em meio às roupas da menina penduradas para secar. Uma motocicleta rasgou a rua como quem rasga uma folha de papel.

Os dois ergueram os olhos, naquele silêncio compartilhado, a boca de Jabulile retorcida, a curva das sobrancelhas traçada a lápis levantada sob sua testa lisa. Era a hora do noticiário; o rádio estava no chão, ao lado da cerveja de Steve. Mas, em vez de ligá-lo, ele falou:

— A gente devia se mudar. O que você acha? Ter uma casa. —

— Como assim? —

Ele está sorrindo, um sorriso quase condescendente. — O que eu falei. Casa... —

— A gente não tem dinheiro. —

— Não estou falando em comprar. Alugar uma casa em algum lugar. —

Ela traçou um semicírculo com a cabeça, tentando acompanhar os pensamentos dele.

— Um dos subúrbios onde os brancos foram embora pra ir morar nesses condomínios fechados. Uns camaradas encontraram lugares pra alugar. —

— Quem? —

— O Peter Mkize, eu acho. A Isa e o Jake. —

— Você já foi lá? —

— Claro que não. Mas o Jake me disse na quinta-feira, na Comissão, que eles estão alugando uma casa perto de uma escola boa, onde os filhos podem estudar. —

— A Sindiswa não precisa de escola. — Ela riu, e, como se concordando com ironia, a criança soluçou enquanto comia um biscoito.

— Diz ele que as ruas de lá são tranquilas. —

Então foi o rasgo da motocicleta que abriu caminho para aquele pensamento.

— Lá tem árvores velhas. —

Nunca se sabe quando se consegue deixar para trás por completo a bagagem da vida antiga, que volta inconscientemente: o que veio à mente do marido dela agora são alguns dos privilégios do subúrbio branco onde ele foi criado. Ele não sabe — mas ela sabe — que no fundo de sua consciência está a casa dos Reed, cujo isolamento da realidade ele deixou para trás de uma vez por todas. Como poderia ela não entender? Ali mesmo, quando está concretizando sua liberdade e independência, e um dos seus irmãos, o mais velho, naturalmente, se opõe à opinião dela referente a algum comportamento da família por ser ditada pelo costume, ela constata que aquilo que seus estudos por correspondência denominam de "voz atávica da submissão" substitui a voz que sai de sua garganta.

Steve diz, enquanto carrega Sindiswa, levantando-a bem alto, como um avião, até a cama (o pai cuidando dos filhos é uma coisa da qual a geração mais antiga, tanto os brancos quanto os negros, também se segregava): — Ela vai precisar de uma boa escola em pouco tempo. —

Nas horas escuras e contidas de silêncio, duas, três da madrugada, não se sabe o que se passa no ritmo mental da pessoa que respira a seu lado. Talvez tenha atravessado seu inconsciente um eco do que despertou a ideia naquele pôr do sol uma semana — uns dias — atrás.

Jake Anderson telefona para perguntar se seus camaradas se esqueceram dele e de Isa nos últimos tempos, se não querem ir lá no domingo — se esse convite é a resposta a uma sugestão do homem que dormiu a seu lado, ela não sabe. Seja como for, eles puseram Sindiswa no carro, além de duas garrafas de vinho, e pegaram a autoestrada, virando numa saída que não lhes era familiar. Foram dar num bairro com ruas onde se debruçavam aroeiras esparsas, curvadas com a idade, e árvores que pareciam ser jacarandás, mas não em flor, com raízes que deformavam as calçadas. Todas as casas revelavam sua origem em algum detalhe de reforma: a varanda na frente, os quartos dispostos dos dois lados sob o telhado rígido de zinco; se bem que em algumas havia acréscimos, fachadas de vidro com portas de correr, feitos de algum modo no espaço de cada lote estreito, entre os muros ou cercas cobertas de trepadeiras que definiam os limites entre vizinhos. Aparentemente seguindo as instruções dadas por Jake, Steve diminuiu a marcha ao passar pelo que parecia ser uma pequena igreja de tijolo vermelho cujo pináculo se destacava entre as casas, mas que, quando o carro passou por ela para virar à esquerda, revelou uma piscina instalada onde deveria ser sua varanda, e três ou quatro jovens, ou talvez homens mais velhos firmemente aferrados à juventude, com sungas que eram simples tangas, dançando e jogando-se uns contra os outros na água, ao som de reggae a todo volume. Nos jardins pequenos de outras casas, as bicicletas, cadeiras de jardim e equipamento de churrasco que eram de esperar. Uma delas era de Jake. A varanda tradicional havia sido estendida numa pérgula coberta por uma videira. Havia um carro e uma motocicleta na rua junto ao portão, claramente uma festa. Mas não, apenas alguns camaradas se reunindo, embora agora eles seguissem caminhos diferentes.

São todos jovens, mas é como se fossem velhos vivendo no passado, no tempo em que tudo aconteceu. Sua experiência de vida definida: *agora* é tudo que veio depois. Detenções, histórias do acampamento em Angola, o mal-entendido com os cubanos que vieram — tão determinados, idealistas e corajosos — para dar apoio à Luta arriscando a própria vida, os conflitos de personalidades, hábitos pessoais no isolamento das células, tudo isso encerrado no companheirismo do perigo, a presença da morte sempre a bisbilhotar por perto, no deserto, no mato. Peter Mkize está presente nessa reunião dominical, manejando com muita perícia as costelas e salsichas na churrasqueira de carvão debaixo da videira, com uma cerveja na outra mão. Seu irmão foi um daqueles que foram capturados e mortos, seus cadáveres desmembrados e queimados num *braaivleis*\* por soldados sul-africanos brancos bêbados, e jogados no rio Komati, na fronteira com Moçambique. Que essa história não lhe volte à mente enquanto ele gira nos espetos as salsichas para os camaradas.

Agora tudo é depois.

Steve sente que um fôlego de rejeição sai de seus pulmões. O que eles fizeram naquele tempo, alguns daqueles presentes

---

\* Refeição ao ar livre em que se come churrasco. O termo às vezes é abreviado para *braai*. (N. T.)

muito mais corajosos e suportando suplícios muito piores do que qualquer risco que ele tenha corrido, qualquer risco que Jabu, ela própria negra, vítima inevitável, tenha assumido... Será mesmo o somatório de sua experiência de vida? Para afastar-se desse pensamento, ele levanta uma questão pessoal. — Jake, onde é que é a tal casa que você estava me falando? Queria dar uma olhada nela. —

— Tudo bem, tem muito tempo. Toma mais um copo desse vinho ótimo que você trouxe, enquanto o sol se põe. —

Jabulile sorri, a condescendência da intimidade. — Ele de repente cismou de mudar. —

Mudar. Isso mesmo, vamos mudar. — É aqui nesta rua? —

— Não, mas vamos ser vizinhos assim mesmo. É duas casas depois de onde você entrou na nossa rua. —

— Antes daquele lugar estranho que parece que foi igreja? Tinha uns caras lá dançando numa minipiscina. —

— Era igreja mesmo, isso aqui é um tradicional subúrbio bôer *ware*,\* cafre não podia chegar perto de Jesus no altar do apartheid, *blankes alleen*.\*\* —

Todos rindo, libertos do passado. Mãos espalmadas levantadas e cabeças abaixadas, fingindo responsabilidade pela culpa da geração dos pais. Pierre du Preez foi quem veio na motocicleta enfeitada parada à frente, paramentada como uma carruagem real, lados reluzentes, selim esculpido, ornada de frascos e ponteiros. Ele é um africânder que não se ofende com as brincadeiras, tal como Mkize não se ofende ao ouvir a palavra proibida: cafre.

— Quem são esses novos donos festeiros? —

Pierre responde a pergunta de alguém. — É uma das nossas famílias gays. —

---

\* "De verdade", em africânder. (N. T.)
\*\* "Só [para] brancos", em africânder. (N. T.)

Mais risos: é a blasfêmia final, entronizada.

Jake faz sinal para Steve, deixando que Isa cuide dos camaradas. Jabu, por sua vez, faz sinal de que está se divertindo e não quer ser interrompida, mas o braço de Steve, suave e decidido, a envolve e os três saem, sem chamar a atenção dos outros, passando pela piscina da igreja e chegando à rua seguinte, para ver a casa com a placa de VENDE-SE OU ALUGA-SE.

— Que merda, hoje não estão mostrando, normalmente no fim de semana... Cadê o corretor? Espero que ninguém já tenha passado a mão nela depois que eu te falei. —

— Morar atrás de um muro com espetos em cima. — Steve não contava com essa.

Através do portão de ferro batido, dava para ver alguma coisa do que estava lá dentro. Uma representação modesta do contexto da casa em que ele foi criado: um jardim com pedras e babosas em flor, um jacarandá, gramados bem cuidados ladeando o caminho que dá na escadinha e na porta da frente. Nenhuma pista que aponte para os moradores antigos... Ah, sim, uma churrasqueira de *braaivleis* e um canil com apenas metade do telhado ainda no lugar.

— Tem uma garagem nos fundos, outro portão e, acredite ou não, um galinheiro. — Jake está fazendo o papel do corretor interessado, pois quer criar alguma espécie de comunidade a partir dos camaradas dispersos, nesse subúrbio arrancado do passado.

De volta em Glengrove Place, Steve segura a toalha enquanto Jabu convence a menininha a sair do banho. Na névoa de vapor, a voz dele suaviza-se, mais uma reflexão do que uma pergunta, ele não quer pressioná-la:

— O que você achou? —

A reunião, a casa, a igreja transformada em comunidade gay como algo de que rir juntos; e uma coisa que não pode ser evitada, o futuro prático em que não se tinha tempo para pensar, no refúgio de Glengrove, antes.

Ela é uma pessoa objetiva, sempre capaz de ocupar as mãos com uma tarefa enquanto a cabeça está ativa em outro lugar. — É uma bela casa, olhando assim só de fora. —
— É claro que vou pedir que o corretor nos leve lá, ou então nos dê a chave, melhor ainda, semana que vem. Mas a casa, o lugar... —
— Não sei. Não tenho termo de comparação, quer dizer, nunca morei nesses lugares, subúrbio, sei lá, não é? — Sorrindo, ou da criança a se sacudir enquanto era enxugada, ou para ele.
— Eu gostei da ideia. — Ele não precisa explicar, ocupar um lugar dos bôeres, se até mesmo Pierre gostou de ver seu próprio clã expulso, ainda que agora supostamente todos devam morar juntos, nada de guetos, de nova classe média luxuosa, em preto e branco.

Sozinho — se é que se pode dizer isso quando aquele cujo ser é compartilhado está por perto, na cozinha ou no quarto —, não solitário, ele pergunta a si mesmo se realmente quer prolongar de alguma maneira aquela intimidade entre camaradas que significava sobrevivência na penitenciária ou no mato. Há uma resistência à nostalgia; e ao mesmo tempo autocensura. No futuro nada haverá de semelhante aos vínculos entre os membros de uma célula, os outros sempre serão estranhos.

Jake lhe passou o nome do corretor e ofereceu-se para acompanhá-los na visita à casa, mas eles preferiram vê-la sem os comentários de terceiros, e assim foram, depois do trabalho, com Sindiswa; afinal de contas, sem dar sua opinião, ela estaria sujeita a qualquer decisão que fosse tomada. Steve achou os quartos abafados: melhor tirar aquelas janelas e colocar alguma coisa mais generosa em matéria de luminosidade. Na sala havia uma lareira de tijolo vermelho, no estilo dos anos 1930, e espaço suficiente para uma mesa de bom tamanho com cadeiras, além do sofá, televisão e o resto. Uma porta de deslizar um tanto bamba, claramente instalada para melhorar uma sala que antes era uma espécie de caixa fechada, dava para outro acréscimo, um pequeno pátio. Eles gostaram quando encontraram no final do pátio arbustos que ocultavam em parte o muro, acima do qual as árvores do vizinho davam sombra — Acácias. — Mas Jabu não estava interessada na identificação. Menino criado com todos os privilégios, Steve fora levado a viveiros de plantas com o pai, e aprendera a associar nomes botânicos a certos troncos, folhas e cascas de árvores. Jabu aprendera, em caminhadas com a avó nas florestas da Zululândia, quais frutas silvestres eram comestíveis e gostosas.

    A cozinha foi uma surpresa. Ela experimentou as quatro bocas do fogão elétrico grande: nada. — É só porque desligaram a eletricidade, é claro. — Ele tranquilizava-a, abrindo armários. Pisavam com aprovação o chão ladrilhado; Jabu olhava para as prateleiras, verificando a sua capacidade. No banheiro havia um boxe além de uma banheira grande: nada mau, hein? De modo geral, a pintura estava boa, se bem que aquele tom de rosa no que parecia ser o quarto do casal fez Steve gemer. — A gente podia dar uma demão de branco por cima, eu acho... Não sei se a gente pode fazer mudanças numa casa que a gente aluga. —

    Fizeram a ronda dos cômodos outra vez, de mãos dadas com Sindiswa. — Ela vai poder ter um quarto só para ela, os brinquedos e toda aquela tralha. — Jabu encostou a cabeça no ombro dele por um momento; em Glengrove Place eles dividiam o único quarto com a criança, era estranho fazer amor com outro ser vivo no mesmo cômodo; sabia-se lá até que ponto uma criança pequena percebia as coisas, talvez os gritos de prazer fossem assustadores para uma consciência ainda em formação. Testaram a porta de deslizar que dava para o pátio e trancaram a porta da frente depois que saíram, num acordo tácito.

    Mas no dia seguinte, a realidade da segunda-feira, levando

a criança de carro à creche: Jabu pegava um ônibus para ir a sua escola a partir de lá, enquanto ele seguia no carro em direção à cidade. Pondo a mão sobre as chaves no bolso: — Vou lá na imobiliária acertar tudo. —

Ela recolheu os lábios por entre os dentes, seu gesto costumeiro de aceitação. Quando saiu do carro para deixar Sindi na creche, de repente beijou Steve. Voltando ao carro, seus olhos permaneciam apertados, como se ela estivesse tendo uma visão interior. Ele entendeu a expressão como: "Vamos ser felizes lá".

As decisões sempre se reduzem a atos práticos. Era preciso dar aviso prévio ao proprietário de Glengrove, e eles ficaram sabendo que deveria ser com vários meses de antecedência. Steve negociou esse obstáculo com sucesso, e o prazo foi reduzido a um mês. Quanto à casa, Jake conhecia bem o corretor, e o aluguel não era tão mais caro que o do apartamento que eles não pudessem pagá-lo, depois que o proprietário foi convencido de que, embora a mulher fosse negra, os locatários eram pessoas de confiança que não iam encher a casa de refugiados e imigrantes ou lá o que fosse do Congo e do Zimbábue — não se pode deixar que uma propriedade seja desvalorizada por arruaças. Bem, pelo menos a condição não era ligada ao preconceito de gênero, eles não tinham que se preocupar com a possibilidade de se mudar para uma minicomunidade desse tipo. Os gays podiam aproveitar sua piscina sagrada. Algumas das coisas que quebravam o galho em Glengrove (artigos de primeira necessidade, de segunda ou terceira mão, doados por camaradas quando se mudaram para lá clandestinamente) não compensavam ser levadas para o novo endereço; era necessário comprar coisas novas, à altura da casa. Uma mesa e cadeiras para a sala — em Glengrove eles comiam na cozinha ou na mesa de centro, naquele cômodo que servia para tudo. Jabulile queria uma geladeira grande com congelador, a ser comprada com a mobília, em prestações a perder de vista, era o que se fazia normalmente nas comunidades que ela conhecia, mas Steve estava atento para os modos como a economia capitalista lucrava, cobrando juros ocultos sobre as prestações que os pobres pagavam a cada mês. Ele compraria apenas o que pudesse adquirir à vista — essas são apenas as diferenças triviais que decorrem da origem de cada um, e que não surgem apenas num casal como aquele. As cortinas: ela conhecia uma mulher em Kliptown (uma antiga *location**), mãe de uma ou outra professora da escola, que as faria para eles, em sua casa, cobrando muito menos do que qualquer loja de decorações. As cortinas ficaram prontas e puderam ser instaladas — Jake e Isa ajudaram, foi divertido — antes que eles se mudassem para a casa.

Na manhã da mudança, Jabulile assumiu o comando. Movimentava-se com autoridade entre os homens que manejavam as caixas de papelão que ele e ela haviam enchido na véspera, corrigindo-os quando eles ignoravam a palavra FRÁGIL bem visível, escrita em algumas delas. As críticas dela eram bem-humoradas, e ria com os homens para animá-los. O deslocamento dos objetos fazia com que tudo parecesse estranho a Steve, fora de sua concepção, como se eles nunca tivessem morado ali — ele já estava mais "em casa" na casa nova. Achou desnecessário quando Jabu fez chá para os homens da mudança, ia atrasar tudo. Mas ela pegou canecos numa das caixas, falando o idioma que tinha em comum com eles e que Steve não compreendia. Para acelerar o processo, ele interrompeu a hospitalidade de Jabu e rapidamente pegou os canecos já vazios, com um gesto cujo sentido era de que eles seriam largados ali, não valia a pena lavá-los e recolocá-los na caixa. Agora ele assumiu ares de autoridade, carregando as caixas até o elevador, pegando mais caixas na volta. Ela continuava rindo e conversando no idioma

---

* Bairro segregado para negros, no tempo do apartheid. (N. T.)

comum com os homens, voltando rapidamente à cozinha e ao quarto para certificar-se do que com certeza já sabia: não faltava nada, nada fora esquecido. Com a última leva, Steve espremeu-se dentro do elevador e desceu junto com as caixas, para ajudar a carregar a van. Os homens da mudança agora estavam de bom humor e trabalhavam sem pressa, discutindo onde colocar as coisas, a cama, aquelas cadeiras lá, aquela caixa equilibrada ali. Por fim, as portas duplas foram fechadas e trancadas. Steve e Jabu seguiriam atrás, com as chaves do novo reino. Ele já havia tirado o carro da garagem no subsolo do prédio de Glengrove Place, pela última vez.

O elevador estava em uso; assim, ele subiu correndo três lances de escada, três degraus de cada vez, como se tivesse voltado à infância, e exclamou ao chegar: — Vamos lá! —

Ele quase tropeçou, ela apertou-se contra o alizar da porta.

— O que é que a gente esqueceu? —

Ela fez um leve movimento negativo com a cabeça, e ele se detéve.

Não era nada que ele pudesse identificar, de que pudesse indicar a causa, perguntar o que foi seria de algum modo invasivo. Se bem que é impossível aceitar que há momentos em que a confiança da intimidade não funciona. Ela disse, de modo bem claro: — Não quero ir. — No silêncio dele, foi como se a frase tivesse sido gritada. Steve a conhecia tão bem, os pilares de suas coxas apertadas, a linha do pescoço que ele acompanhava com o rosto entre seus seios e, no entanto, não podia abordá-la no meio do que estava acontecendo. Como dizer, estupidamente: qual o problema?

*É claro* que ela está animada empolgada com a casa, o pátio onde vai ver a filha brincando ao sol... Ela tinha planejado com muito gosto a maneira de utilizar os cômodos, havia concordado que ele assinasse o contrato de locação. Não quero ir. Ela sabe que a frase não quer dizer nada; os dois saem, agora é só fechar a porta e deixar as chaves com o zelador.

Nada podia quebrar aquele momento. Carregar a noiva no colo para dentro da casa era o sentido daquele abraço. Ela não chorou, mas respirou com força algumas vezes. Apertou os seios contra o corpo dele do modo costumeiro. Ele não perguntou, ela não explicou.

Deixar para trás, um salto no espaço. Sair do lugar que os recolheu num tempo em que lugar algum, nem ninguém, lhes permitiam estar juntos como homem e mulher. A vida clandestina é o segredo humano precioso, a lei não permitia, a igreja não os casava, nem a dele, para brancos, nem a dela, para negros. Glengrove Place. O lugar. Nosso lugar.

Isa, Jake e Peter Mkize os surpreenderam naquela primeira noite, trazendo o frango ensopado com champignons feito por Isa para esquentar estreando o fogão e um vinho que os obrigou a procurar as taças nas caixas da mudança. Jabu estava pondo Sindiswa para dormir sozinha no quarto que era só dela. — *Khale, Khale*, vá acostumando a menina com as coisas aos poucos. Se eu fosse você, eu continuava com a creche antiga por mais um tempo antes de passar pra que fica mais perto. — Isa, veterana do bairro, quer ajudar. *Devagar, com cuidado.* Os camaradas, até os brancos, acham expressivas as poucas palavras nos idiomas dos camaradas negros que eles aprenderam. A presença de três vizinhos no caos impessoal dos objetos fora do lugar é uma espécie de ordem. Eles dormiram bem, os novos moradores.

No domingo, alguém sacudiu o portão de ferro batido para chamar-lhes a atenção, e lá estava um dos homens-golfinhos da piscina da igreja trazendo um vaso de hibiscos. — Oi, sejam bem-vindos à associação de moradores, que aliás não existe, mas se sintam em casa assim mesmo! — Em meio aos risos provocados pelo inesperado, convidaram o homem para tomar café, mas ele não podia ficar, estavam à sua espera para preparar uma jambalaia para o almoço, era sua vez de cozinhar. — Venham tomar um banho de piscina quando quiserem, é do tamanho de uma xícara, mas sempre refresca... À tarde, quando se cansaram de desfazer caixas, Jabu decidiu que eles deviam dar uma volta com Sindiswa, e passaram pela água onde as pessoas brincavam fingindo lutar, tal como no dia em que vieram procurar a casa de Jake. Jabu acenou com o bracinho de Sindiswa para os banhistas.

A gente muda os móveis de posição: assim, assado, alterando a relação entre cama e porta, sofá e janela, que havia antes, no outro endereço. E as peças recém-compradas precisam encontrar as posições corretas. Atos físicos cotidianos podem ter o efeito de perturbar outras disposições, já bem estabelecidas. Ele voltara à química da tinta como decoração e proteção contra as intempéries, depois de fabricar coquetéis molotov em versão local. Finda a demanda de seu uso ilegal na causa da revolução, que fora de algum modo a justificativa para sua escolha de carreira um tanto aleatória, ele haveria de ficar na indústria de fabricação de tintas como se fosse esse o sentido da sua vida profissional? A questão se colocava a ele — de novo. A sugestão de uma mudança. Não haveria outra necessidade, de agora, que justificasse uma vida profissional de alguma maneira, como se o preparo da poção das bruxas de Macbeth fosse obrigatório numa outra época? "A luta continua!",*

---

* Em português no original, aqui e em todas as ocorrências subsequentes da expressão. (N. T.)

é o que se afirma. A batalha foi vencida; ela continua nos detalhes práticos da abstração, da palavra elevada, justiça para todos. Qual o lugar de um químico industrial nisso tudo?

Movido por um impulso, Steve respondeu ao anúncio de um cargo de instrutor no departamento de química da faculdade de ciências numa universidade. Novamente, a mudança partiu dele, mas dessa vez não foi causada por uma motocicleta a rasgar uma rua como se fosse uma folha de papel. Ele levantou a questão, a mudança, antes de se candidatar ao cargo. Isso também trouxe à luz a diferença entre a vida profissional dela e a dele, seu sentido. A educação é um direito básico da justiça que era dado aos negros em forma de migalhas, antes. Ela está lecionando para a geração liberta, há uma continuidade entre o papel dela na Luta, sua prisão, seu trabalho como professora na escola dos padres ainda no tempo em que vivia clandestinamente em Glengrove Place. Talvez ela estivesse esperando o dia em que ele perceberia que trabalhar meio expediente em associações beneficentes não basta para justificar a vida de uma pessoa como ele, como ela. Quando Steve foi chamado para a entrevista, Jabu cruzou os braços e abraçou a si própria de felicidade.

— Vou ganhar bem menos, muito menos do que ganho agora, Jabu. —

— Não faz mal. Eu devo ser nomeada vice-diretora da escola primária ano que vem, já é certo, a primeira mulher entre os padres, e com a sua formação e o seu histórico na Luta (ora, isso também tem que pesar!), você um dia vai ser nomeado professor! —


A universidade estava em transformação.

Não apenas o ingresso de alunos negros havia aumentado, por efeito de diversas bolsas, como também a atitude de alguns dos instrutores brancos em relação aos negros estava sendo questionada.

Ele é um acadêmico do tipo novo, particularmente relevante agora que, com as necessidades do país e a política do Empoderamento Negro, é preciso que os negros sejam estimulados a estudar ciência e não a dar preferência, como fazem agora — administração de empresas em oposição a engenharia —, a ambições que claramente dependem do lado capitalista da economia mista da nação. Está subindo na vida? E, por sorte, ele se revela um ótimo instrutor, que desperta a inteligência dos alunos; outro tipo de camaradagem — no processo de aprendizado. Consequência inesperada de sua facilidade de mobilizar pessoas ao falar em reuniões políticas, com as devidas atenuações exigidas pela situação diferente.

Uma transformação pessoal.


Ocupar uma casa no subúrbio é livrar-se dos últimos vestígios da velha clandestinidade, o submundo da luta e do enfrentamento dos tabus raciais.

Se os pais dele ou os dela — tão afastados sob todos os aspectos sul-africanos — ficaram sabendo da formação daquele casal clandestino, não foi por terem sido informados pelo filho nem pela filha. Quando as leis de segregação sexual foram abolidas juntamente com o apartheid, Jabulile chegou a KwaZulu um dia para mostrar, mais do que apresentar, Steve a seu pai e sua mãe — para ela, era nessa ordem exata que ela tinha necessidade de informá-los a respeito da vida que estava levando. Para Steve, nenhuma dificuldade; estava acostumado desde o nascimento, por assim dizer, a adaptar-se naturalmente aos diferentes costumes tribais da família cristã do pai e da família judaica da mãe, tal como mais tarde, com os camaradas, ele adquiriu costumes dos negros, dos indianos, de qualquer mistura de DNA entre eles. Isso era a base do que era importante: o éthos da libertação. Jabu não se sentira tão à vontade ao ser levada à mãe e ao pai de Steve para que eles conhecessem a escolha do filho — para ele, nessa exata ordem. (As mulheres judias e seus filhos homens.) Mas a autoconfiança que lhe permitiu assumir sua emancipação de toda e qualquer restrição sobre sua liberdade imposta pelos costumes que regiam as relações entre os sexos na sua tribo significava que ela entrava na casa dos pais de Steve como se fosse uma convidada como outra qualquer.

A apresentação, em ambos os lugares, se deu sem nada de mais, apenas conversas leves, evitando-se temas políticos como se eles pudessem chamar a atenção para as consequências da política; a escolha do homem feita pela filha, a escolha da mulher feita pelo filho, escolhas que agora a lei, ao menos, sancionava.

Quando nasceu a criança, o resultado das mudanças políticas foi diferente. Naturalmente, tanto os pais dele quanto os dela já tinham netos dos outros filhos, mas essa neta, Sindiswa, era a primeira criança de uma nova era, para eles. Há toda uma população com o mesmo tom sutil de cor de pele que lhe dá seu sangue misturado, e as decisões arbitrárias e fascinantes da natureza para escolher essa estrutura óssea ou aquela, qual o nariz, qual a linha dos lábios a ser perpetuada a partir deste ou daquele progenitor. Agora que ela estava ali, viva, com Jabu e Steve no endereço não mais clandestino de Glengrove Place, mas que assim mesmo era a origem, o lugar da sua concepção, a neta modificou a relação entre seus pais e seus avós. De vez em quando, aos domingos, Steve e Jabu levavam a filha para visitar o casal Reed: Jabu tinha de lembrar Steve de que isso era necessário. Se isso quer dizer que Jabu era mais próxima de sua família — uma concessão sentimental, espécie de clichê, feita pelos brancos para compensar a desvalorização de outras características dos negros —, ele não percebeu, nem ela utilizou o fato como argumento para criticá-lo; era apenas o ato de lembrá-lo das suas obrigações filiais. Quando a menina já tinha alguns meses de idade, foram a KwaZulu, onde as mulheres se apossaram dela, a primeira filha de Jabulile, assim que foi apresentada ao avô. Ninguém, em particular o Baba de Jabulile, manifestou nenhuma reação esperada ao tom mais claro do rosto e das mãozinhas cerradas. Um bebê, a filha de um deles, da família extensa, é por si só uma alegria para todos, para o ser deles.

A mudança para uma casa não se resume à disposição dos móveis. Agora a criança, ainda que pequena, tem um quarto só para ela. Há que plantar o hibisco recebido como presente no jardim particular; reconhecer que há uma vizinhança, vizinhos, não apenas os camaradas Isa e Jake, os Mkize. A comunidade gay, todos em vias de transformar-se numa espécie de classe média. Isso tem uma implicação que levanta dúvidas em Steve: contribuir para uma patrulha de segurança comunitária. — Com certeza todos eles são ex-*impimpis*,* uns filhos da puta que traíram e assassinaram nossos camaradas. Então eu vou querer ser protegido por esses traidores? —
Jabu provoca-o: — Eu pago a taxa. —
Uma casa. Isso significa um lar, não um abrigo qualquer que se consegue encontrar. O lar é uma instituição da família, e agora é visitado pela família dele — Steve perdeu o contato com ela no tempo em que era melhor que ninguém fosse conhecido como parente de um ativista político, para não se expor a interrogatórios policiais. Mas os filhos deles, dos Reed, são primos

---

* O termo designava, no tempo do apartheid, o informante utilizado pelo governo contra os movimentos de oposição. (N. T.)

de Sindiswa. A menina grita de animação quando eles brincam com ela. Steve filho Steve irmão, sua mulher e sua filha, são esperados nas refeições dominicais obrigatórias na casa deste ou daquele parente com mais frequência do que gostariam de ir lá. Seria mais agradável pegar o carro, ir a algum lugar no *veld* e fazer um piquenique só os três: Sindi se divertindo com seus brinquedos num tapete e eles dois repartindo os jornais de domingo. Jabu parecia incomodar-se menos com essas obrigações do que Steve. Ele não sabe ou não quer saber que a família, sua família, quer mostrar que aceita (pois alguns são obrigados a engolir a contragosto esse remédio, a democracia não racial) o fato de que a esposa dele seja negra. Uma cunhada, mulher de Jonathan, irmão de Steve, chega a exagerar: Brenda abraça Jabu efusivamente, beija-a, balança os dois corpos abraçados, afasta o rosto da outra para olhá-la, deliciada por aquela descoberta. Isso cada vez que eles chegam ou vão embora de uma reunião de família.

Continua-se a evitar qualquer discussão política, por consideração aos sentimentos de ambas as partes. É salutar para o marido-camarada e para a mulher-camarada ver como as relações sociais implicam esse fato; apesar de tudo que aconteceu com todos, ainda que de modos diversos. De vez em quando o convite é para sair à noite com um ou outro dos casais formados por seus irmãos. O irmão gay, Alan, leva-os com seu namorado atual a um restaurante africano que abriu recentemente na cidade, servindo comidas tradicionais como lagartas *mopani*, tripas e *usu* com feijão.

— É por minha causa? — Jabu inaugura o tom descontraído da noite.

— Não, a gente gosta deste lugar, pros brancos é exótico, nê. — Alan age como se estivesse flertando, mas Steve não tem por que se preocupar, pois (até onde ele sabe?) seu irmão não é bissexual, e os desejos dele estão claramente centrados no namorado. Alan, dentro da variação de físico e fisionomia congênita à família, tem um ar mais viril do que Steve, fato que, sem vaidade, com bom humor, Alan reconhece em si próprio. — Como é que um cara como você consegue ganhar uma garota assim? Sei lá o que você preparou no seu laboratório de tintas pra pôr na bebida dela. —

— Ele estava preparando fogos de artifício pra explodir torre de força. — Agora ela pode dizer uma coisa assim em voz alta; em presença de certas pessoas, é uma distinção de honra.

— Ela me ama por quem eu sou. — Steve se diverte com a gozação.

Mas aqui, com Alan, não é preciso evitar cuidadosamente os temas políticos. O namorado, Tertius (mas que nome — só mesmo um africânder para impor uma coisa dessas a uma criança), é jornalista, considerado por muitos dos seus familiares um traidor do *volk*. Tudo que seu jornal publica a respeito do passado de seu povo, enterrando-o com júbilo por ser uma espécie de ressaca no presente — no caso da reconciliação, a imprensa tem que ser prudente ao lidar com a verdade —, desperta reações agressivas dos leitores.

Quanto ao próprio Alan, ele não participou nem da Luta nem dos movimentos liberais que não ofereciam perigo, como assinar listas de protesto, naquele tempo. Como ele mesmo disse ao irmão, naquele tom desdenhoso que lhe é tão útil, invocando segredos da infância comuns aos dois: já é uma Luta enfrentar a homofobia. É muita merda pra se aguentar, chega. No entanto, Steve sabe que ele também sentia repulsa pelo regime que negava a realidade humana no tempo e no lugar a que eles dois pertenciam. Quando uma vez foi obrigado a desaparecer rapidamente, Steve recorreu ao irmão, sabendo que podia ficar escondido lá por alguns dias, pois ele não tinha medo. Esse fato não foi mencionado agora para afirmar o status de Alan como camarada de Steve e sua mulher.

— O que é que vocês dois, que estão sabendo das coisas, acham do herdeiro até agora? —

Steve responde. — O Mbeki está segurando as pontas, até agora. Só tem essa coisa incrível de ele *não* acreditar que a aids é um vírus. Ele vai e nomeia ministro da Saúde um sujeito que receita batatas africanas e (o que é mesmo?) alho e azeite como cura. O Mandela teve que enfrentar o clima de ressaca quando todo mundo acordou depois da grande festa, LI-BER-DA-DE LI-BER-DA-DE LI-BER-DA-DE. Mas ainda tinha todo aquele entusiasmo, a... Como é que se diz? Confiança absoluta que a pessoa do Mandela inspirava quando estava no poder, fazendo as mudanças: as mudanças imediatas que eram possíveis. Agora são outros quinhentos... O governo tem que pegar a pá e começar a construir no lugar onde a gente demoliu o apartheid. Por quanto tempo os brancos vão continuar dominando a economia? Tirando um punhado de negros que conseguiram adquirir o know-how necessário, quantos vão conseguir entrar nesse clube fechado da elite poderosa? Quem é que vai mudar a hierarquia das minas, de cima para baixo? A galinha dos ovos de ouro responsável pela riqueza do país, os negros, é que continua a botar os ovos; enquanto os brancos, graças à Anglo-American & Co., faturam os lucros na bolsa. —

— Agora já tem negro trabalhando como chefe de seção e capitão de mina, antes só dava branco. — Jabu, seguindo a praxe de esclarecer e não interromper quando discutem juntos.

— Mas só debaixo da terra! A quilômetros de profundidade! Agora, administrador de mina? Não tem nenhum Radibe nem Sithole sentado na cadeira do administrador, minha querida. — Ela é uma Gumede, ou era até aparecer na caixa de correio do prédio em Glengrove Place como "sra." ao lado de "sr. Reed". Sorriso rápido, os olhos dos outros não acompanham, dirigido a ela. — Não estou falando em promoção no nível da mina, só vai ter mudança de verdade quando tiver negro como presidente da diretoria. Negro como proprietário! O ministro da Indústria teria que dar um jeito nisso. E os sindicatos deveriam dar um jeito *nele*. —

— As minas vão ser estatizadas, é o que vai acontecer. Pode perguntar pros sindicatos... —

— Administrador de mina... Isso é cooptação pela classe capitalista! — Estará Tertius brincando com um clichê ou exprimindo sua própria posição política? Alan e o namorado riem juntos, uma brincadeira particular entre eles.

— Mas, Stevie, e esse estilo empolado do Mbeki, citando poesia nos discursos dele, poetas ingleses, irlandeses, o que é que o Yeats tem a ver com os mineiros que estão saindo de um buraco? —

— Certo. É sempre um erro ser intelectual na posição de presidente. O "homem do povo" conhece os slogans de passeata, cita os pais da libertação. Ele precisa se ligar nessas coisas, é isso que você está dizendo? Legal. Como se o que o sujeito fala tivesse alguma coisa a ver com política adotada, com as mudanças. —

— Tem tudo a ver! A maneira como as pessoas encaram o poder é parodiada pela maneira como a gente se exprime. —

— O Madiba sabia: ele tinha que se focalizar no país, ficar dentro das fronteiras. O caos deixado pelo antigo regime, a maneira como as pessoas ficaram cercadas naquele mapa todo picotado, guetos, localidades, bantustões, aquela história de desenvolvimento separado, o Madiba enfrentou o desmantelamento do sistema no nível nacional. Naquele tempo a nossa identidade não era uma tarefa continental, certo? Mas nós estamos na África. Assim como a Europa não é a Alemanha, a Itália, a França etc., individualmente. O Mbeki tem que nos integrar como um *conceito* pra que possamos ser levados a sério na ordem mundial.

Se o país for visto individualmente é mais um resquício do tempo que a gente era propriedade da Europa, cada pedacinho era de um país. Quintal da Europa. Você tem que reconhecer que o Mbeki entende isso. —
— A democracia começa em casa. É isso que as bases estão dizendo. — Tertius brande a garrafa de vinho. Jabu cobre seu copo com a mão. — Não é? O Congo é República Democrática desde os anos 1960 e continua aquela briga regional. O Mugabe começou bem no Zimbábue e depois virou ditador. A gente não pode fazer de conta que os vizinhos não estão tendo problema ou caminhando pra um problema e que isso não vai envolver a gente. —
Jabu levanta a mão inclinada. — Tem moças do Congo nas ruas perto de onde a gente morava, as daqui reclamam que as estrangeiras roubam a freguesia delas. —
— Meu bem, essa sempre foi a primeira forma de comércio internacional. — Mas o próprio Steve não tem certeza se aquela tirada não passa de um lugar-comum batido ou se é uma manifestação de solidariedade contra uma libertação que não mudou o derradeiro recurso das mulheres: comercializar o acesso a seus corpos para sobreviver.
— Quer dizer que você retomou o circuito dos almoços dominicais. Ha, ha, ha. — Passando agora para a política familiar. Alan falava com Steve, embora virasse o ombro para ele, com olhares sedutores para Jabu. — Eu e você, eles têm que nos oferecer um lugar à mesa. É a nova democracia, ora. Que não vai além disso pra gente como nós. — Aperta o lóbulo da orelha de Tertius entre o polegar e o indicador. — Ainda temos o estigma de veado nos excluindo do grande abraço. Já apanhamos de valentões uma vez que dançamos juntos numa boate, e o irmão do Tertius, que é pastor, despeja a ira amorosa de Deus sobre o nosso amor... O amor que não ousa dizer o próprio nome. Ih... lá estou eu, fazendo citações intelectuais que nem o Mbeki. —

"Um lugar à mesa" é uma expressão que não foi entendida nem pelo namorado nem pela cunhada, e talvez o próprio Steve não capte a alusão, pois a revolução o afastou do lado judaico da mãe, que era o motivo de os três irmãos serem circuncidados.

O lugar à mesa é reservado no sábado, no jantar da família na noite de sexta-feira, para o estranho que o chefe de família, ao sair da sinagoga depois do culto, vai convidar para jantar. Uma prática antiga, uma origem importante da caridade com dignidade. No passado, Alan estudou as religiões — inclusive a religião secular de seu irmão Steve. Foi quando ele estava pensando em experimentar o budismo. Talvez essa "pesquisa" não tivesse muito a ver com os deuses, mas sim com sua necessidade adolescente de encontrar uma explicação para o fato de que ele não vivia correndo atrás de meninas, ao contrário do que faziam todos os seus amigos. Além disso, ele lia os poetas — dessas leituras ficou-lhe a tendência a não discriminar a evidente poesia da ideologia política; o que era sagrado para ele era a poesia; por que motivo Mbeki não podia citar Yeats: versos, imagens lembradas que destilavam o que ele queria invocar melhor do que qualquer recurso político? Se ele, Alan, pudesse ter escolhido ser qualquer coisa, teria optado por ser poeta e não revolucionário; pois essa é a revolução contra todos os limites do cotidiano.

Ele trabalha como redator numa agência publicitária.

Jabu nem sempre esperava, nem mesmo queria que Steve a acompanhasse quando ela visitava sua casa — aquele outro tipo de casa que ele não tinha, não podia ter, pois seus ancestrais eram de outro país ou outros países: estavam ali há no máximo umas poucas gerações. Os pais de Jabu e sua família extensa moravam no que antigamente era uma *location* para negros perto de uma cidadezinha de mineração numa região que permanecia rural. Havia naquele tempo, e continuava havendo agora, grandes fazendas de proprietários brancos, onde trabalhavam homens das *locations* que não eram mineiros. Mas a *location* não era a favela dos guetos da cidade. A casa do pai de Jabu — a casa do seu avô — era um casarão de tijolo vermelho no estilo colonial da década de 1920, desses que eram providenciados pelas companhias de mineração para seus funcionários brancos. Na *location*, ela era um indício do status do pastor da igreja metodista para negros, pois seu avô tinha tido esse cargo, e seu pai tinha sido presbítero da igreja e diretor do colégio secundário para meninos negros. Havia anexos redondos no terreno, com paredes de barro alisadas pelas mulheres que eram as construtoras e moradoras, e telhados feitos com palha recolhida por elas mesmas. Ali moravam os parentes colaterais.

As mulheres estavam acostumadas a levar sua vida feminina ao lado de um homem na cama, porém compartilhando com as outras mulheres, afastadas dos homens, os cuidados com as crianças, o trabalho de cozinha, a manutenção da comuna familiar com suas atividades, desde a produção de legumes até a construção de moradias. Jabu sempre foi a mais mimada pelo pai. Não foi criada em casa enquanto os irmãos — os homens eram sempre os primeiros a ter instrução — frequentavam a escola. Seu pai encontrou para ela uma vaga na escola da missão e pagava as mensalidades, enquanto um irmão mais moço esperava a sua vez de começar a estudar.

Elias Siphiwe Gumede não era um chefe tribal mas, no entanto, era a autoridade ali, em reconhecimento ao fato de que ele havia conseguido atingir um grau de instrução que lhe permitia usar depois de seu nome as iniciais "B. Ed.",* graças à determinação orgulhosa que o levara a desdenhar as dificuldades enfrentadas por um rapaz negro oriundo do meio rural; mas os maridos de suas irmãs e primas não haviam seguido seu exemplo em relação a favorecer as meninas, embora ninguém fosse capaz de contradizê-lo quando o assunto era o modo como ele ignorava os procedimentos considerados corretos. De início, a mãe de Jabu suportou, com um silêncio que era uma espécie de consentimento, a reprovação que via estampada no rosto das mulheres quando elas levantavam a vista enquanto fofocavam entre si; então a filha começou a trazer para casa boletins excelentes, e a mãe entrava orgulhosa nos encraves para anunciar: setenta e seis por cento em aritmética, noventa e oito em zulu,

---

* Bacharel em Educação. (N. T.)

oitenta por cento em inglês, cada período letivo era mais um sucesso. A realização da menina na escola. Ora, inglês ainda era alguma coisa, mas zulu — é a nossa língua, é claro que ela sabe — pratica em casa, desde que aprendeu a falar.

Seu pai não sabia nem das fofocas nem da reação orgulhosa de sua mulher a elas, ou então, se sabia, não se ocupava com isso; exigia que a filha lhe apresentasse o dever de casa todas as noites, e nunca deixava de perceber em que pontos ela se distraíra ou não se dedicara tanto quanto devia. Em pouco tempo Jabu deixou de amuar-se com essas exigências rigorosas, graças à maneira como o pai as fazia: como se fosse um trabalho especial, um tipo de jogo que somente ela, entre todos os filhos, jogava com ele. E, à medida que crescia, Jabu foi se dando conta do quanto havia ganhado em termos de compreensão real, com o pai, indo além da decoreba do ensino escolar.

Foi intenção dele ou ideia dela que Jabu atravessasse a fronteira para fazer licenciatura na Suazilândia?

Do outro lado da fronteira não havia restrição de cor. Não foi essa a vantagem mencionada quando a possibilidade de tal mudança foi discutida, e sim a qualidade da educação de lá, que era decisiva, o pai dela insistiu com a mãe, além do nível dos professores, os quais ele conhecia, pessoas que haviam estudado na África e além-mar, em universidades no Quênia e na Nigéria, e também na Inglaterra.

A mãe não queria que uma filha sua desaparecesse, sumisse de vista em outro país, ainda que fosse um país vizinho. — Tão jovem, ainda tão pequena, vai fazer dezessete este ano, nossa filha devia ficar conosco mais uns anos, e depois, quando estiver mais pronta... — E daí em diante começou a falar em inglês em vez de zulu.

— A Jabulile se saiu bem. Você quer que ela desaprenda a estudar? Ela vai fazer o quê? —

— Licenciatura em algum lugar aqui perto. Depois ela pode estudar mais longe, vai ter muito tempo pra isso. — Os estudos do pai não acabavam nunca, ele não apenas lia comentários bíblicos de livros emprestados que pegava na missão dos Padres Brancos, como também havia apelado para a consciência da funcionária branca da biblioteca municipal, lembrando-lhe que, embora fosse o diretor da escola secundária, não podia se cadastrar como membro da biblioteca, e assim há anos ela lhe emprestava em segredo os livros que ele lhe pedia, levando-os para sua própria casa, onde ele ia pegá-los. Vinham-lhe à mente, e nela permaneciam, máximas que ele havia lido e que sempre foram importantes para sua vida naquele lugar específico — "O melhor tempo é o presente" — disse em inglês, uma das máximas. Ele a usava com frequência para repreender os alunos ou os filhos quando se atrasavam. Podia agora funcionar como uma advertência para sua esposa, mas para a filha era sinal de que lhe seria concedida uma oportunidade de atravessar a fronteira, como uma pessoa independente, tal como seu pai queria para ela.

Ao que parecia, o pai não fazia parte de nenhuma organização política, proibida ou ainda tolerada, embora algumas igrejas estivessem sendo vigiadas por tomar o exemplo revolucionário de Jesus como contemporâneo; mas ele certamente sabia que na Suazilândia havia militantes foragidos da polícia do apartheid, ou enviados para lá pelo movimento de libertação a fim de contrabandear armas para as células na África do Sul, não sabia? Ele sem dúvida teria consciência de que sua filha estaria vivendo em uma atmosfera diferente: de aceitação e apoio à luta revolucionária do país vizinho, muito embora a Suazilândia fosse governada por um rei, ainda que de certo modo um protegido do que restava do Império Britânico. As influências a que ela seria exposta. Ele não conversou sobre isso com a filha, não lhe fez nenhuma advertência paterna apesar da relação de confiança que havia entre os dois. Ela foi em total inocência e ignorância fazer sua licenciatura, satisfeita por não ter de morar num alojamento estudantil, mas sim na casa de uma parenta distante, uma tia-avó paterna que havia se casado com um homem que não pertencia ao clã dos zulus, um suázi. Em 1976, o diretor Elias Siphiwe Gumede confundiu os membros do Congresso Nacional Africano, a cujas reuniões ele jamais estivera presente — o que eles interpretavam, decepcionados, como sinal de que ele temia perder seu cargo de diretor de um colégio público num Estado segregacionista —, quando interveio num conflito entre os alunos e os policiais que chegaram munidos de cães, cassetetes e gás lacrimogêneo, para dispersar uma manifestação estudantil de solidariedade com os insurretos de Soweto contra a "educação banta" e contra o uso do africânder como língua de instrução nas escolas públicas. De algum modo, a autoridade natural prevaleceu — seriam alguns dos policiais ex-alunos do colégio? —, ele permaneceu de costas para os garotos, que dançavam o *toyi-toyi*,* e estendeu os braços como se fosse um escudo: o sargento, curiosamente influenciado por aquela antiga autoridade, imitou o gesto, mas para conter seus comandados. Os estudantes continuaram a cantar e a fazer sua dança de protesto, enquanto o sargento e o diretor discutiam face a face. O diretor então reassumiu seu lugar em silêncio diante dos alunos, que gritavam de triunfo, enquanto a polícia se recolhia com seus cães, que queriam latir. O que teria ele dito à polícia? A comunidade, atônita, jamais ficou sabendo; ele ignorava as perguntas como se não as tivesse ouvido.

Sua filha foi recrutada por combatentes da liberdade da Áfri-

---

* Dança tradicionalmente executada nas manifestações de protesto na África do Sul. (N. T.)

ca do Sul na Suazilândia, ele ficou sabendo através da tia-avó, que vinha aparentemente numa visita rotineira à família, trazendo abacaxis e lichias; à mãe de Jabu e às outras mulheres só disse que a menina estava muito satisfeita com a faculdade, havia feito muitos amigos, estava muito bonita, era muito prestativa em casa e todo mundo a adorava.

Através da tia-avó, ele mandou para a filha dinheiro e dois livros que comprara para ela, de James Baldwin e Lewis Nkosi, não armas, mas sim munição para a inteligência.

Quando ela foi enviada a seu país numa missão política e foi presa por três meses, o pai reivindicou seu direito paterno de visitá-la na prisão feminina em Johannesburgo, e teve seu pedido recusado.

Foi então a Johannesburgo e convenceu a carcereira-chefe, cujo cargo oficial era de "matrona", a aceitar roupas enviadas pela mãe da jovem e o que ele declarou ser material de estudo, escolhido por ele, o pai. Nesses livros ele enviara mensagens que se formavam dobrando as pontas de certas páginas e assinalando palavras no texto a serem combinadas. Ele havia se apresentado perguntando, amavelmente, qual igreja a carcereira frequentava (sobre o colarinho do uniforme havia um crucifixo), e de fato ela era metodista; em seguida contou à mulher que ele era presbítero da igreja.

Desde que ele seja feliz.

Pauline sentenciou a respeito de seu filho para o marido, Andrew.

A mãe sempre pega o essencial, ela tem razão, mas o pai acabou encontrando outras razões, mais objetivas, ainda que apenas secundárias, para aprovar a escolha de mulher feita por Steve. Atração física nem se discute — ela é muito bonita à sua maneira, para qualquer homem consciente de que os atrativos de uma loura e os de uma morena são diferentes, se bem que ele próprio nunca se sentiu atraído por uma moça negra (até hoje; todas as mudanças são possíveis em todas as idades no maravilhoso mistério da sexualidade). Ele a considera inteligente, sem dúvida, viva ao afirmar suas opiniões e respeitosa em relação às opiniões alheias; além disso, a gente não se sente obrigado a ter cuidado com o que diz porque a experiência do mundo em que eles vivem tem sido diferente da sua (tal como a aparência física). O jeito dela. Ela não é silenciosamente agressiva em reação à atitude denigridora dos brancos em relação aos negros, tenha ou não Andrew Reed jamais manifestado tal coisa — será? A presença dela não é hostil, orgulhosa, ressentida, como a de alguns negros de agora, deixando claro que não é nenhum privilégio serem aceitos em círculos de brancos. Ela simplesmente é quem é. Quanto a ele, não é apenas um pai, é um indivíduo novo na vida dela que agora ela está começando a conhecer.

Desde que ele seja feliz.

Os pais de Andrew Reed: de algum modo, sem que lhe tivessem dito nada, talvez pensassem a mesma coisa quando Andrew se casou com Pauline Ahrenson. Não eram antissemitas... Claro que não! A discriminação racial não é uma atitude cristã. Mas se, como eles preferiam não pensar, Andrew tivesse se tornado não apenas um cristão não praticante mas um ateu, mesmo assim ele continuaria a ser cristão com base na ética, na cultura e na origem do pai.

Andrew se dava bastante bem com Pauline, sua mulher judia. Talvez ela também não fosse praticante de sua religião. Pauline e Andrew levavam Steven, Alan e Jonathan para se reunirem, alegres e cheios de expectativa, em torno da árvore de Natal com os primos, recebendo os presentes das mãos do avô Thomas Reed disfarçado, com barba e tudo, de Papai Noel. Pauline e Andrew trocavam presentes que colocavam em segredo debaixo da árvore e que abriam em meio a risos e abraços. Seus pais não fizeram nenhum comentário sobre o fato de não terem sido convidados para os batizados dos filhos de Andrew; e ele não viu necessidade de lhes falar a respeito das circuncisões.

Steve relembra aquelas comemorações do Natal como as únicas ocasiões familiares da infância. Lembra-se também de sua mãe dizendo uma vez, num tom culpado, com uma careta de quem finge agradecer, algo que ele não entendeu porque não sabia nada a respeito da ocasião a que ela se referia, sobre nunca ter que passar aquelas noites de sexta sentada em volta da mesa do sábado ouvindo seu irmão responder às bênçãos sussurradas. Andrew ia com ela aos casamentos de seus contraparentes na sinagoga tal como os dois iam aos casamentos dos parentes dele na igreja. O círculo de amizades do casal, na verdade, era composto pelos sócios da firma de Andrew e suas esposas, sendo seus rituais os jantares em restaurantes prediletos e coquetéis chiques nos clubes de golfe, onde os homens falavam sobre a bolsa de valores e tacadas difíceis, enquanto as mulheres trocavam experiências referentes às suas atividades de lazer. Pauline era sócia de um clube de leitura e mexia com silkscreen, admitindo interiormente que não ia além disso o talento para pintura que ela antes julgava ter. Era uma ironia um dos seus filhos acabar se tornando perito numa fábrica de tintas industriais como sua primeira carreira — seu marido não percebia isso, impressionado que ficara pelas pinturas de Pauline quando se conheceram, um dos motivos pelos quais se apaixonou por ela, como se dizia na época; sua ironia risonha em relação a muitas coisas talvez venha do seu lado judeu, a contribuição que ela fez ao casamento. De algum modo o que Pauline era, e sempre seria, encontrou sua realização na curiosa deferência que seus filhos lhe prestavam. Alan foi o único deles que revelou algum talento artístico. Nos círculos que ela e Andrew frequentavam, era comumente aceita a ideia de que os homens com ambições artísticas tendiam a se tornar homossexuais, referidos com os termos habituais: *queens* ou *moffies*. Teria o que acabou se tornando a escolha sexual de Alan, tal como seu amor à poesia, vindo do sangue dela? Alan havia sofrido por isso, sua mãe mundana era sua confidente, ela sabia das portas que se haviam fechado para ele por ser gay — mais uma ironia, uma palavra que quer dizer "alegre", quando não há nada de alegre em ser alvo de deboches e desprezo. Mas que grande resultado do que seu irmão Steven havia feito, fosse o que fosse, para causar uma revolução: ela não apenas libertara os negros como também dera os mesmos direitos constitucionais em termos de reconhecimento legal a que fazem jus homens como Alan, que amam outros homens! Pauline sabia muito bem que isso era uma visão — como é mesmo que se diz? — reducionista do significado da liberdade, mas é essa sua experiência minoritária da liberdade, como uma mulher branca privilegiada pela opressão dos outros num passado muito recente. Andrew, o pai, aceitava o fato de que esse filho, entre seus filhos, fazia "amor" com outros homens (isso mesmo, penetrando no lugar da merda) como uma versão do desejo sexual; não conseguia compreender de que modo surgira essa privação opcional do amor das mulheres, o lugar para a perfeita consumação naqueles corpos belos. Amava o filho e continuava a demonstrar esse amor, e não deixava transparecer o sentimento que o comportamento dele lhe inspirava. Não sentia repulsa por sua condição: apenas a lamentava. Não conseguia tratar de modo tão efusivo os namorados de Alan, como fazia Pauline, tal como se eles fossem iguais às esposas dos outros filhos, produtoras de netos. Era-lhe difícil dizer a si próprio: "Desde que ele seja feliz".

Steve trazia alunos para casa. Servia-lhes amendoins e suco de frutas na pequena varanda, hospitaleiro, embora talvez eles preferissem cerveja e maconha de qualidade. Esses encontros não eram seminários; o professor (assim eles o chamavam, ainda que na verdade Steve fosse apenas um instrutor sênior) os convidava como jovens amigos. O fato de que a maioria deles pertencia àquela categoria outrora conhecida como a dos "não"— isto é, não europeus: negros africanos, indianos africanos e misturas de africano com branco com só Deus sabe o quê —, se era algo novo na faculdade de ciências da universidade, não era nenhuma novidade na casa de Steve e Jabu, como era para muitos outros que talvez só os recebessem em suas casas como empregados. A Luta não utilizava a categoria dos "não" ao identificar os camaradas. Nenhum camarada branco se sentia deficiente por não saber as línguas das células em que ele era minoritário, por só saber se comunicar no seu inglês nativo. Os poucos coloquialismos simpáticos de línguas africanas que Steve havia aprendido, pois todo coletivo com objetivos, atividades e condições em comum tem seu próprio jargão, lhe bastavam; afinal de contas, havia também os camaradas cubanos, que em sua maioria não sabiam nem mesmo duas palavras na língua franca, o inglês, mas mesmo assim haviam provado seu valor como irmãos, vindos de uma distância muito grande, uma distância de tipo diferente daquela que havia entre os militantes negros e brancos quando eram meninos.

Isso era antes. Agora a concessão que lhe era feita — por seus amigos negros, Mkize e os outros, pelos estudantes atraídos pelas matérias que ele havia ensinado — era uma coisa que pertencia aos mortos e enterrados. Steve era um africano, embora não compreendesse e não pudesse se comunicar em nenhuma língua africana — seria essa concessão feita pela mulher que amava, a mãe de sua filha, a própria Jabulile? Ele nunca lhe tinha dito aquelas palavras íntimas que para ela deviam representar um compromisso mais forte do que as palavras inglesas que querem dizer "querida", "meu amor" etc., palavras de segunda mão.

E Jabu era professora.

Ela ficou surpresa, curiosa, quando ele afirmou: "Você vai começar a me ensinar zulu". Era a língua que ele devia aprender; a língua dela. Jabu respondeu, com o termo afetuoso e cotidiano do inglês: — Querido, o que deu em você? —

Uma ideia nova. — Você fala com a Sindiswa em zulu. Ela já está falando muita coisa. Pedindo o que ela quer... E eu não entendo o que ela diz. Ela não vai me entender. —

Jabu riu. — Eu falo com ela em inglês também, como você. —

— Ela vai crescer falando comigo numa língua que eu e ela temos em comum, e eu não vou poder falar com ela numa língua que também é dela, mas que nós não temos em comum. —

— Qual é o problema? Tem muita gente com pais que um não fala a língua do outro, que passa pra criança. —

— Eu não sou estrangeiro. —

Ser obrigado a dizer isso de novo, agora a ela: ele é um branco que fez por merecer sua identidade, não um "não negro": africano.

— Então quando é que a gente começa? Vai ser divertido. Olha que eu sou severa, você sabe. Que tal hoje à noite? Não, hoje a gente vai nos Mkize, a irmã dela voltou com o ganense com quem ela casou, não se fala em outra coisa. Ele é cirurgião especialista não sei em quê, está querendo arrumar emprego na faculdade de medicina, quer conversar com você sobre a universidade. —

— Ah, não tem pressa, eu já estou mudo há tanto tempo, quando você puder me aceitar como mais um aluno da sua escola dos padres. —

Assim, uma das máximas de seu pai vem à mente de Jabu, dos tempos da infância. — O melhor tempo é o presente. Repita comigo: *Ngingumfana ohlankiphile eckasini lika thishela uJabu?* —

— Que quer dizer... —

— Como é que você vai me pagar pelas aulas que eu vou dar depois do expediente? —

— Só se você parar de rir da minha pronúncia. — Abraçando-a, o que o levou à sua boca e ao beijo profundo que pertencia a outra hora do dia, ou melhor, da noite.

Mas não havia nada de engraçado naquelas aulas. No fim de semana, Steve resolvia os exercícios de gramática que ela lhe passava e aprendia vocabulário, a seleção de palavras faladas que Jabu julgava serem as mais adequadas para, por exemplo, uma conversa com os alunos que ele trazia para casa; isso também proporcionava uma deliciosa troca de papéis, instrutor virando aluno. Jabu nunca o corrigia na presença dos estudantes, deixava que eles próprios batessem nas coxas cobertas por jeans aplaudindo e tentando ajudá-lo, acrescentando alguns palavrões úteis que ela vetava, provocando risadas gerais. Isso não afetava a autoridade de Steve como instrutor deles, uma espécie de autoridade diferente da do pai de Jabu, que no passado havia se esforçado tanto para que ela pudesse enfrentar o presente. Sem dúvida, aquilo era a tradição do Baba, que levava livros clandestinos para a filha quando ela estava presa sem ter sido julgada, uma aula depois do expediente como diretor e como líder espiritual no papel de presbítero da igreja, aquilo de ela estar contribuindo para a emancipação do marido ao lhe proporcionar a capacidade de se exprimir como africano, e não apenas por meio de uma língua europeia. Outrora seu pai havia formado frases para que ela lesse, juntando as palavras sublinhadas nas páginas dos livros de estudo que ele dava um jeito de fazer com que chegassem a ela na cadeia, mais uma máxima. "É uma infelicidade utilizarmos a língua do opressor para clamar por liberdade." Depois ela ficou sabendo que essas palavras eram de Gandhi.

Steve tinha razão a respeito da companhia Alertwatch, paga pelo subúrbio mensalmente; entre eles haveria *impimpis*, traidores negros que tinham sido membros do exército do apartheid. As técnicas de guerrilha não são muito úteis na situação de pós-guerra que recebe o nome de paz. A única coisa para que elas hão de servir é a violência, e foi esse o trabalho assumido pela soldadesca do exército derrotado. Entrar para a versão atual do exército nacional é impossível para eles por causa do seu passado — o jeito é trabalhar para a nova indústria, a das companhias de segurança. Pelo menos você vai ter armas bem conhecidas nas mãos, com uma licença diferente para usá-las, para defender não o apartheid, e sim a propriedade privada. No Natal, Jabu incluiu na sua lista a patrulha da Alertwatch, o carteiro, os garis, vendo que havia no subúrbio o costume de lhes dar um pequeno presente em dinheiro; coitados, como poderiam obter treinamento para fazer qualquer outro tipo de trabalho, tendo origem entre os mais pobres dos pobres que era o povo dela; o povo dele também, o povo de Deus. Não é com muita frequência que ela exibe os resíduos do que deve ter sido ser neta de pastor, filha de presbítero; Steve imaginava que, tal como ocorria com ele, "cristão" era uma espécie de rótulo étnico que fazia muito tempo já havia se desgrudado dela por conta da única causa que eles conheciam, associada a outra rubrica, a justiça. Mas com as contingências das transformações, muitos rótulos, BLANKES ALLEEN em bancos de praças, WHITES ONLY em banheiros públicos, as pessoas pareciam estar procurando ajuda em alguma autoridade além — não, fora da situação comum conquistada pela revolução, embora as autoridades desse tipo tivessem se revelado inúteis no passado. Os homens-golfinhos eram vistos com calças bem passadas indo à igreja do bairro (embora Alan e seu namorado tivessem sido expulsos de outra igreja em outro lugar), que necessidade havia de batismo, além da bênção da água espadanada na piscina? Uma genuflexão em agradecimento por ter a lei reconhecido sua opção de gênero. Graças a Deus. Os camaradas estavam dispersos em uma variedade imprevisível de atividades e profissões. Uns estavam qualificados para retomar as ocupações e empreendimentos que haviam abandonado para ir lutar no mato e no deserto. Havia advogados e médicos cujas carreiras tinham sido interrompidas, quando ainda eram jovens, naquela época uma exigência que se impunha à trajetória individual. Em sua maioria, eles retomavam suas profissões de uma maneira um tanto diferente do que teria sido se a Luta não tivesse se imposto às ambições da infância relativas ao futuro, ou às expectativas sociais e intelectuais. Havia médicos brancos que optavam por atender, ao lado de médicos negros, as filas que duravam o dia inteiro nos acampamentos de posseiros urbanos, em vez de abrir uma clínica particular num prédio de projeto arquitetônico moderníssimo. O que é que o Roly está fazendo? Por onde anda o Terence? Em algum lugar na indústria, talvez tendo desaparecido numa grande companhia, um de volta ao rebanho, na rede de supermercados da família, outro tendo encontrado seu lugar num enorme consórcio de mineração e — talvez visto como útil — representando a consciência do presente, promovendo políticas de melhores condições de vida para os mineiros negros tão mal pagos quanto mal abrigados em alojamentos. Alguns heróis negros da Luta, dotados de aguçada inteligência política, liderança e personalidade poderosa, haviam imediatamente ocupado cargos no governo de Mandela; alguns sobreviveram até o governo de seu sucessor, outros optaram pelo poder alternativo, por fim a seu alcance, das instituições financeiras dos velhos tempos que ainda são proprietárias dos recursos naturais subterrâneos do país e dos meios de convertê-los em riqueza. Mas tudo isso é linguagem de relatório oficial. Steve e Jabu conhecem outra linguagem, a que estabelece as coisas tais como são. A vida normal. A que nunca existiu. Entre seus amigos, há camaradas que são escritores e atores. Poemas eram escritos em papéis feitos para limpar a bunda, nos anos de prisão. Da prisão que todo mundo conhece, Robben Island, o manuscrito de um livro inteiro foi retirado clandestinamente com aquela engenhosidade afoita que só existe nessas circunstâncias de impossibilidade que atuam como estimulantes de uma faculdade cerebral desconhecida. Homens dotados de um terceiro sentido para penetrar a identidade de outras pessoas, lugares e tempos relevantes para seu próprio tempo e lugar — atores que jamais haviam pisado num palco representaram a *Antígona*, texto conhecido por um leitor, graças a um livro que circulava clandestinamente entre eles, durante a hora de exercício no pátio da prisão. Enquanto isso, durante aqueles anos, nas cidades segregadas, havia negros e brancos que escreviam e encenavam peças que representavam os relacionamentos do país do apartheid com todas as suas contorções racistas, corajosamente, e quase sempre conseguindo não ser presos porque não havia teatros nas cidadezinhas dos brancos, nos guetos dos negros, nos acampamentos de posseiros, em que a população geral poderia ser corrompida. Com base no mesmo raciocínio, a censura raramente se dava ao trabalho de dar destaque a essas peças proibindo-as e impedindo que fossem exibidas a plateias em que se misturavam as diferentes raças no teatro oficialmente destinado apenas a brancos.

Hoje em dia, Steve e Jabu são convidados a ensaios em que são exercidos livremente os talentos de escritores, atores e cantores que pedem as opiniões dos amigos e discutem suas críticas. Como fora criada na *location* ao lado das minas de carvão, Jabu só viu sua primeira peça de teatro quando assistiu ao espetáculo natalino montado pelos alunos da sua faculdade do outro lado da fronteira. Porém sua opinião foi valorizada quando um dos camaradas escreveu uma peça que recriava um contexto e certas circunstâncias sociais meio perdidas ou meio ignoradas pela geração de trabalhadores levados em manadas para as minas ou para as fábricas, em vez de eles próprios cuidarem de suas manadas de gado, e pela geração que viveu conforme os pronunciamentos de Marx, Lênin, Fanon e Guevara em vez dos costumes tribais. Marc, um dos golfinhos, deu para ela ler os originais de sua peça, que apresentava uma versão da dimensão de liberdade obtida. Com base em sua formação em parte rural, em parte industrial, como pano de fundo para sua transformação primeiro em revolucionária e depois em professora, Jabu parecia ter certeza de que *esse* costume agora não seria seguido exatamente *daquela* maneira: a reação de uma moça que se recusava a ser vendida como noiva a um homem que ela não queria provavelmente seria diferente da submissão do passado; o pastor ali representado talvez não fosse um traidor por denunciar, seguindo a vontade divina, uma reunião secreta do Congresso Nacional

Africano realizado em sua paróquia. Pessoas que haviam passado para o papel, por assim dizer, a partir de 1994, o conhecimento interior das vidas devastadas e sofridas agora publicavam em editoras que pipocavam por toda parte histórias heroicas das lendas pré-coloniais, apropriando-se delas e adaptando-as a seu presente, tal como os europeus fazem com as da Grécia antiga. Aqueles que o regime branco chamava de chefes tribais eram agora os líderes tradicionais que ocupavam cadeiras do parlamento, como qualquer outro partido político. Também eles haviam trazido sua autoridade individual antiga em línguas e feudos territoriais para uma espécie de identidade comum dentro dos poderes do governo para dirigir a vida das pessoas. No entanto, na perplexidade — no paradoxo da liberdade, quem haveria de imaginar tal coisa? — os líderes tradicionais ao menos ofereciam o apoio da obediência a normas de conduta que outrora orientavam a vida com algum grau de certeza; assim os ancestrais ainda estão com as pessoas tal como estavam nos tempos das humilhações, dos ataques racistas e das guerras; como estarão até a eternidade. E a quem as pessoas ainda devem responsabilidade? Uns poucos líderes tradicionais haviam colaborado com o regime do apartheid, recebido status em reservas só para negros conhecidas como bantustões (*bantu* = gente), tal como se dizia na linguagem racista ao referir-se àquelas áreas.

Os líderes dos antigos bantustões não são exatamente *impimpis* do passado numa democracia moderna. As pessoas estão livres para relembrar seu passado como bem entenderem, do mesmo modo como Jabulile e Steve formam um casal de revolucionários que se tornaram cidadãos. A Constituição confirma. A vida normal, a que nunca existiu.

Um envelope entregue em mãos, por um mensageiro e não pelo correio. "Para Steve, de Jonathan." — Chegou isto. — Jabu lhe entrega o envelope, levantando um ombro de curiosidade. Dentro, um cartão impresso imitando um rolo de pergaminho, alguma comemoração. Steve lê; em seguida, lê em voz alta, menos para ela do que para si próprio. É um convite, um convite para o *bar mitzvah* de um filho de seu irmão. A data, o endereço de uma sinagoga. — O que é isso? — pergunta, brandindo o cartão.

O espanto surpreende Jabu, que toma a pergunta literalmente. — Não é uma coisa que os judeus fazem...? — Os camaradas judeus teriam mencionado isso quando trocavam memórias de infância para passar o tempo em meio a preocupações tensas no mato.

— Pra fazer do menino um homem. É como vocês fazem na circuncisão ritual, só que não dói. —

É claro que ela sabe que seu pênis foi circuncidado quando ele era bebê.

— É uma cerimônia religiosa, não é? —

— O que é isso? O Jonny, o Alan e eu fomos circuncidados por um capricho da mamãe, imagino, e em matéria de religião foi tudo que o Jonny teve na vida, do mesmo modo como o nosso pai nos apresentou a Papai Noel, não a Jesus na cruz. *O que será que deu nele?* —

— Vai ver que a mulher dele faz questão. — Brenda, a mulher que a abraçou com tanto entusiasmo quando ela foi apresentada à família.

— Ela? Ela nem é judia, ora. Pelo menos que eu saiba... Estou afastado deles há tanto tempo. — Tira do bolso o celular. — Vou perguntar a ele que história é essa. —

— Não, Stevie, não — ela insiste, segurando-lhe o pulso, uma briga fingida, é sempre bom um agarrar o outro, mas ele acaba vencendo.

Jonathan tem uma resposta fácil e evasiva para o irmão que certamente o conhece bem, muito embora as diferenças políticas tenham interrompido o contato entre eles durante os anos em que Steve desapareceu da família. — Eu acho que o Ryan gostou da ideia. —

Mas o quê, quem? Por que passar isso para a criança?

— Bom... Quando a gente era criança, a gente não entendia muito bem quem era, não é? O Andrew e a Pauline achavam que não era importante, na época. —

— A espécie humana. —

Ah, é claro, o esquerdista da família; ele sabe a resposta correta para a pergunta que nós erramos. Nós, comerciantes, jogadores de golfe — se bem que agora o presidente negro também joga golfe.

— Seja lá o que for. A gente sabia da diferença entre o papai e a mamãe? Que eu me lembre, ninguém nunca disse nada à gente. O Andrew cristão e a Pauline judia, e nós... —

— E essas categorias tinham importância? —

— Stevie, muitas até têm, se você quer falar sobre as categorias. Tudo que a gente era, era decidido assim. Não basta ser preto ou branco, *finish and klaar*, como era antes, nos maus tempos de antigamente: de algum modo você faz parte de alguma coisa mais próxima, mais real. Você pode, é possível... É isso. —

Moças muçulmanas, filhas de indianos que são sul-africanos de terceira ou quarta geração; ele as vê no campus, calças compridas esculpidas pelas nádegas, seios atrevidos, sapato de salto alto, rostos de estrelas de cinema e cabeças envolvidas até os ombros em panos pretos de viúva.

— Você vem. — Seu irmão falou com firmeza.


— Amor, você não precisa ir — ele disse a ela.
— Mas é claro que eu vou. — E depois: — Você não quer que eu vá. — Não era uma pergunta e sim uma acusação. Ainda havia situações na vida dele em que ela sentia que estava deslocada? (E na dela havia alguma em que ele estaria?)

Steve negou delicadamente a acusação ridícula. — Eu só não queria obrigar você a aturar esse tipo de coisa. —

Jabu consultou Brenda a respeito de como se vestir; seria o tipo de roupa que seu pai presbítero gostaria que ela usasse na igreja, numa ocasião especial do calendário religioso? Ele aprovaria com o olhar, conforme a estação do ano, vestidos de verão modestos ou conjuntos de saia, camisa e blazer, ao estilo ocidental, como o terno dominical que ele usava, embora o arcebispo Desmond Tutu da Igreja anglicana tivesse introduzido os mantos africanos tradicionais, com os quais ele até mesmo dançava na nave durante o culto.

— Roupa africana! Aquelas suas saias lindas e aqueles colares de contas. —

— Vocês cobrem a cabeça? —

— Ah, não, o seu penteado está maravilhoso. Os judeus e os africanos são povos tão antigos, os dois tinham exigências especiais pras mulheres, o seu cabelo está ótimo, mas graças a Deus não deve ir ninguém de peruca. —
— As mulheres tinham que usar peruca? Por cima do cabelo? —
— Elas raspavam o cabelo a navalha. Aprendi essas coisas todas agora que o Ryan está estudando na ieshiva, quer dizer, a escola religiosa, que nem a madraçal dos muçulmanos. —
Há um labirinto de tranças em torno de sua cabeça. Na cidade, a gente tropeça nas cabeleireiras de calçada, porém ela frequenta algum salão chique. As coisas que as mulheres deixam que façam com elas. Moda; o conformismo. O que está na moda é uma forma de conformismo? Eu me apaixonei por Jabu quando ela usava um halo emaranhado de cabelo africano. Quando eu pegava nele, era como pegar nos pelos no lugar onde a penetro.

Steve usa um chapéu emprestado por Jake, mas havia quipás disponíveis na entrada do lugar de culto, ao qual eles chegaram seguindo as instruções que vieram junto com o convite. São conduzidos para dentro por um rapaz que leva muito a sério a sua função, hesitando diante nas fileiras de poltronas, indicando a melhor opção. A sinagoga é grande, o pé-direito é alto, mas não tem os ornamentos que haveria numa igreja de tais proporções, não há imagens esculpidas, não há capelas onde se pedem favores especiais a este ou àquele santo, como se fossem médicos altamente especializados, cada um voltado para um tipo diferente de perdão, bênção ou solução para várias situações espirituais. É um ambiente simples, espaçoso, sem nada que distraia a atenção do único foco: as cortinas atrás das quais deve haver alguma coisa sagrada oculta, ou então na parede mais distante, acima de uma plataforma, com um discreto púlpito ou pódio ao lado.

As poltronas são tão confortáveis como as de um cinema de luxo, Jabu constata, bem diferentes dos bancos na igreja de seu avô e seu pai; Steve não lembra de que modo acomodava o traseiro quando menino ao acompanhar Andrew numa das raras ocasiões em que era obrigado a comparecer à igreja, talvez um casamento ou um funeral. Há livros enfiados em bolsas nos encostos das poltronas da fileira à frente. A mulher ao lado de Steve — ele olha para ela de relance, por uma questão de polidez, mas ela está fazendo hora amassando as cutículas das unhas; o homem ao lado de Jabu está rezando, de modo quase inaudível, com um xale branco em torno do pescoço. Jabu toma cuidado para não perturbá-lo esbarrando no braço da poltrona, e consegue, do modo gracioso que lhe é natural, pegar dois livros sem incomodá-lo.

Há conversações constantes, até mesmo risinhos de um grupo de garotos que aparentemente foram todos confinados a um bloco de poltronas do outro lado da nave.

Esta sinagoga é ortodoxa ou reformada? A mulher deu-se por satisfeita com as unhas e Steve pôde perguntar a ela. É ortodoxa. Jabu está virando as páginas para verificar uma coisa que está constatando num dos livros bilíngues, seus lábios se mexem: ela está tentando pronunciar as palavras hebraicas, Jabu, que fala pelo menos quatro idiomas além do zulu nativo, que Steve está aprendendo com ela. Quem é negro é obrigado a improvisar para comunicar-se com brancos monolíngues, provavelmente ela aprenderia com facilidade mais essa língua antiquíssima.

O rabino dá as boas-vindas à congregação em hebraico e inglês coloquial, não no tom que Jabu está acostumada a ouvir na igreja, seja em zulu ou em inglês, uma repreensão implícita para qualquer desatenção na presença do Senhor. O hebraico do rabino é poesia, há um coro cantando no idioma, não é preciso saber ler a partitura para compreender a beleza da música.

Steve olha a seu redor para ver onde Jonathan está sentado, se não está nos bastidores, sabe-se lá o que o protocolo determina para o pai nessa cerimônia masculina.

Andrew e Pauline devem estar aqui — os pais de Steve e Jonathan, os avós do menino. O olhar de Steve passa pelo homem envolto num manto com uma espécie de turbante na cabeça e um xale de prece com uma franja, deve ser algum funcionário eclesiástico que participa da reunião, se bem que em pé, não sentado, onde, sim, os pais, Andrew e Pauline, foram localizados. Ele olha de novo para lá como se para dizer: estamos aqui também, eu e Jabu. A solidariedade familiar nas circunstâncias mais improváveis, depois de tantos anos em que tive que me afastar do modo de vida que esperavam de mim.

O rabino ou lá o que seja: é a cara do Jonathan. É o Jonathan. É o meu irmão. Como que eu não vi? Não reconheci.

Será que todos esses aparatos cênicos o modificaram tanto? O sinal de mudança, essa única maneira: a dele. O que foi mesmo que ele disse aquele dia? Que não basta ser preto ou branco, *finish and klaar*, como era antes, nos maus tempos de antigamente: você faz parte de alguma coisa mais próxima... O que foi mesmo? "Mais real." O que poderia ser mais real do que nós, tal como somos agora? A minha Jabu é uma mulher tal como a sua Brenda é uma mulher, os mesmos direitos — será que preciso explicar essas coisas? O seu Ryan e a minha Sindiswa não estão sendo criados com uma tatuagem de "Senhor branco" e "Swart meisie"\* tal como os nazistas tatuavam números nos presos dos campos de concentração. Será que você precisa desse disfarce de gueto para se sentir real?

---

\* "Menina negra", em africânder. (N. T.)

Aquele Jonathan, os funcionários e o menino agora se reúnem na plataforma.

Jabu percebe que Steve, a seu lado, não está prestando atenção no discurso que está sendo feito sobre a importância do bar mitzvah para o menino, não está nem mesmo ouvindo a ordem de não apenas ser fiel ao judaísmo, mas também de cumprir com suas responsabilidades humanas para com todos: as pessoas e o país. Uma coisa sensata de se ouvir; ela se vira para Steve e vê as mãos dele espalmadas, viradas para baixo, sobre as coxas. O gesto masculino de reação tensa que ela reconhece nele, embora dessa vez não saiba a causa. A mão dela, como um segredo, coloca-se entre as dele. É anunciada a leitura de um texto, e pelo visto pede-se à congregação que responda em certos momentos lendo trechos e versículos nas páginas dos livros à disposição dos fiéis. Na igreja, a maioria das pessoas conhece bem a Bíblia, mas aqui neste momento há toda uma movimentação de consultas à Torá e ao livro de orações — a congregação certamente inclui colegas de trabalho de Jonathan de várias origens e religiões, alguns africânderes, capitalistas ambiciosos que não pertencem mais à raça dominante. Entre eles há um negro, deve ser membro de uma diretoria, um exemplo do reconhecimento progressista da política de Empoderamento Negro na segunda definição de ministro do poder: "Primeiro conquiste o reino político, depois o reino das finanças".

Ela é a única mulher negra.

Jabu folheia as páginas do volume correto e pronuncia os responsos no momento adequado na versão inglesa, ao mesmo tempo que o velho do xale com franjas responde em hebraico. Durante as pausas, em que aparentemente nada se exige em matéria de respeito enquanto algum tipo de atividade ocorre na plataforma, o alter ego de Jonathan, em pé, parece aguardar ordens; homens com o mesmo tipo de roupa e outros com ternos escuros convencionais vêm pôr a mão no ombro de Ryan ou dar-lhe um abraço rápido, trazendo-lhe instruções, conselhos ou homenagens, enquanto o menino se limita a acenar com a cabeça, lenta e repetidamente. Brenda levanta-se de sua poltrona e vai até o grupo oficial, depois volta a sentar-se, em seguida mais uma vez é chamada para lá. Ela não troca uma palavra com a figura do marido. A certa altura ouve-se um sussurro pedindo silêncio na congregação-plateia: chegou um momento importante. O menino caminha até o pódio-púlpito com as costas bem curvadas, endireita as costas, engole a saliva (não dá para ver o movimento do pomo de adão daquela distância, mas todo mundo conhece aquela pausa para criar coragem) e faz o seu discurso de iniciação na versão inglesa e em hebraico, algo que vem preparando há anos com a ajuda de instrutores. Então vem o outro momento: a mão do jovem prestes a se tornar homem vai revelar o que há de mais sagrado nessa casa de Deus, gesto equivalente à revelação da imagem do judeu rebelde, Jesus, na outra religião inspirada por Ele. O menino pega a ponta de uma corda, as cortinas balançam na parede, suas dobras se sacodem e vão se recolhendo dos dois lados como uma onda que recua. Ryan pega os rolos da Torá. Jabu está meio virada para o lado na poltrona como se estivesse se preparando para aplaudir, mas sabe que deve conter esse impulso secular num lugar de culto.

E isso é só o começo do espetáculo, na plataforma as pessoas trocam abraços cerimoniais, é como uma cena de um ritual religioso tão antigo quanto um friso grego arcaico, tem-se a impressão de que os abraços vão derrubar alguns dos participantes. E a solenidade dá lugar a um tom diferente, estão se dispondo em alguma ordem o rabino, sua corte de parentes e amigos, médicos, advogados, corretores da bolsa, negociantes, todos homens, alguns transformados por um manto ritual, e mulheres da família com seu melhor traje (tal como, no meio da congregação, a mulher de Steve enverga o seu), o menino iniciado carregando como se fosse um troféu os rolos da Torá no seu estojo. Ele vai à frente do cortejo, descendo da plataforma cerimonial, e todos ficam de pé, os desinformados imitando os informados, Jabu imitando o velho a seu lado e Steve imitando Jabu. O cortejo desce lentamente a primeira nave, lentamente a segunda, sendo obrigado pelos congregantes mais próximos a fazer pausas. Quando se aproxima da fileira em que estão sentados Jabu e Steve, a mulher à esquerda dele se levanta e passa pelo casal para chegar até a nave, tendo que enfrentar o obstáculo do velho, um pouco trêmulo, já de pé. Jabu e Steve veem que os que estão mais próximos da nave estendem a mão na tentativa de tocar o objeto sagrado carregado pelo celebrante. Reina o silêncio, tirando o ruído dos pés contra o chão e o farfalhar das roupas.

As respirações presas se soltam. Os rolos são colocados de volta em seu lugar. Subitamente o cortejo se rompe, interrompido, dissolvido pelas pessoas que se aproximam dando parabéns a caminho das portas, os meninos excitados, já quase fazendo troça, irrompem de seu curral para capturar aquele membro de sua confraria que acabou de romper a fita na chegada da corrida para a qual todos estão se preparando.

Alguns desconhecidos detêm Steve, eles o conheceram quando menino pequeno, aproveitam a oportunidade para relembrar incidentes de que ele não se lembra; são camadas de tempo. Há um jardim nesse templo religioso, além de comida e bebida servidas em mesas enfeitadas à sombra das árvores. Jabu pega pratos para eles dois, comentando constantemente "isso está com uma cara boa", "você não vai provar aquilo?", com apartes simpáticos dirigidos a terceiros, diante das opções. Jonathan emergiu do manto e do turbante, aproxima-se do irmão e vem se apresentar com seu uniforme de terno escuro e gravata. Leva dois copos e pega numa bandeja um terceiro para entregar a Jabu. Ele a instrui: *Mazel tov!* Jabu lhe dá parabéns outra vez — ela e Steve já haviam esbarrado na família ao sair para o jardim — e ele se abaixa para receber um beijo em cada face. — Que bom que você veio! —

Será para confirmar ao irmão revolucionário que ela hoje está convertida? Ou que ele próprio não é convencional? Esse ritual que acaba de se encerrar não será outro tipo de sinal — invertido? Ou será que ele sente atração sexual por ela? — Eles trocaram brinquedos na intimidade de irmãos. Seja como for, ela é uma convidada melhor do que Steve, mistura-se com a multidão e conversa com espontaneidade.

Ela é a única mulher negra, sim.

— Quem é essa negra linda? —

O comentário vem de uma mulher que aguarda com Brenda na fila do banheiro feminino. O vinho kosher, forte, faz com que as inibições sociais da polidez se relaxem.

— É a cunhada do Jonathan, mulher do irmão dele. —

— Como que isso aconteceu? —

— Ah, os dois militavam no Movimento. — Brenda conhece a terminologia, embora a amiga não conheça. — Quando estavam presos aqui, ou em algum lugar do outro lado da fronteira. A família dele nem sabia onde ele estava, pensavam que ele estava na universidade, até ele se formar, um sujeito misterioso. É, ela é mesmo linda e muito inteligente. —

— Você conhecia? O irmão. Não é racismo, não... Mas deve ser estranho, com uma negra... Pelo menos no começo, não é? —

— Ah, pergunte a alguns desses maridos respeitáveis, você sabe! —

As duas privadas estão ocupadas por pessoas imersas numa meditação urinária, seja lá quem forem.

Na privacidade da conversa entre mulheres, Brenda afasta-se da persona em que foi transformada pela ocasião, esposa tradicional do tradicional Jonathan e mãe tradicional do menino iniciado no mundo adulto.

— Eu sempre quis saber. Outra coisa. Não é igual, mas... Como é que deve ser, isso... Um pau negro entrar em você. Será que é preto mesmo ou é como a boca deles por dentro quando eles riem, e as palmas das mãos, mais pro rosado? Eu sempre quis saber. —

A amiga consegue fazer cara de quem não ouviu aquela confissão de interesse, coincidindo com o ruído de uma avalanche por trás da porta de uma das cabines, de onde sai uma mulher.

Alan estava lá, despercebido em meio à congregação sentada na sinagoga, porém impossível não reparar nele empilhando pratos e copos como se numa festa. Eles se encontram, esses outros irmãos daquele que se tornou pai de um menino judeu de verdade, saudando-se com um tácito "você também por aqui?". Alan ri; o riso é para si próprio, ele não é mais o diferente da família — no sentido do dicionário, não no sexual —, agora é seu irmão Jonathan que por algum motivo divergiu dos outros, que não são religiosos mas aceitaram a identidade cristã herdada do pai, e abriu mão do que pode ser uma proteção contra o antissemitismo que não desapareceu junto com a fumaça de Auschwitz. Ele toca uma das tranças com linha colorida de Jabu. — Minha mulher favorita. —

— O que não quer dizer muita coisa, no seu caso. — Steve aturando mais uma daquelas tiradas ferinas que começaram na infância como uma rebelião contra a solenidade da gente grande.

— Cadê o Tertius? —

— Jabu, meu anjo, não sei, do jeito que o Jonathan ficou, não sei se seria kosher, como casal... —

— Bem, você é o cara que estudou todas as religiões... —

— Menos Marx, Che e Fidel, meu irmão. —

— Dizem que a Torá tem bons conselhos, você deve saber se existe alguma citação de Deus, porque, segundo a Gereformeerde Kerk, a Bíblia diz que é uma abominação. —

Jabu, a filha da outra raça abominável, a dos filhos de Cam, diverte-se com aquelas brincadeiras de família.

Steve acha que já dá para irem embora da "farsa do Jonathan" e voltar para casa, para a realidade.

Estão sozinhos os dois, ela e ele, cada um, na comemoração da família do irmão dele. Já estiveram juntos em tantas situações, pois cada um deles escolheu a resistência, a revolução, não é uma das convenções que governam a vida no subúrbio branco ou no gueto negro. É um lugar de encontro numa compreensão que não existia antes. É como se apaixonar.

Por que ele diz que é uma "farsa"? Nada de estranho em retomar um costume. O seu povo é o seu povo, o Baba é o meu Baba, eu ainda devo respeito a ele segundo os costumes do nosso povo, embora eu tenha tocado minha vida para a frente.

De volta para casa e para a realidade, Sindiswa aos cuidados de uma viúva, parente do pai de Jabu, que veio morar com eles; não exatamente uma babá, uma empregada, como na antiga ordem dos brancos (algo que é rapidamente negado), mas sim um pedido do pai dirigido à filha. Algumas soluções para o que ela sabe serem as inúmeras responsabilidades dele para com a igreja e a família extensa. Steve, é claro, cresceu no seio da sua família, a casa de Pauline e Andrew, onde a criadagem vinha com a casa, todos negros, morando numa ala separada do quintal, e ganhando um salário que era considerado razoável, levando-se em conta que eles comiam no trabalho.

Ele não admitia que um criado, um homem ou uma mulher, fizesse o que cada um devia fazer por si próprio. Em Glengrove, ele e Jabu lavavam as roupas e os pratos, passavam aspirador de pó. A culpa que Steve sente diante da presença submissa de Wethu, que tem atenções especiais para ele, dada a subserviência das mulheres diante dos homens da família extensa do presbítero — foi obrigado a tirar seus sapatos das mãos da viúva, que queria engraxá-los — era algo que, ele percebia, Jabu não sentia; Steve insistia que a prima distante ou lá o que fosse de Jabu devia receber um salário. Mas é claro que nesse caso ela seria uma criada; na família extensa, na aldeia junto da mina de carvão, as mulheres, numa posição de independência, têm moradia e são respeitadas, mas não são pagas. Jabu não havia pensado em dinheiro; para ela, o fato de que ele pensava nisso — mais do que uma consciência revolucionária de igualdade e justiça — era um sinal de sensibilidade, uma das qualidades de seu homem. Wethu ocupava o quarto que havia sido reservado para os camaradas que precisassem de pouso quando passassem pela cidade, levando suas vidas dispersas pelo país, mas ela dizia a Jabu, com lágrimas que não conseguia explicar nem mesmo na língua que as duas tinham em comum: "Minha filha, eu quero um lugar, pode consertar a janela daquele galpão".

E assim foi; sem que isso fosse a intenção deles, Wethu ficava de fora quando Jabu e Steve trocavam opiniões, animados, a respeito do que tinham ouvido falar, lido ou assistido no noticiário, e contavam um ao outro o que haviam vivenciado, com quem, suas realizações e frustrações na jornada de trabalho; o vocabulário de Wethu em inglês não continha as referências e gírias que os dois compartilhavam; ela só se comunicava com a criança, ou quando Jabu se lembrava de lhe dizer alguma coisa que talvez a interessasse, no seu próprio idioma.

O zulu de Steve, ensinado — passado adiante — por Jabu para que ele pudesse falar com a filha no seio da outra cultura que ela herdara — e para que ficasse linguisticamente um pouco menos inferiorizado em suas tentativas de se comunicar com os alunos que trazia para casa, que dominavam os coloquialismos mais recentes de hip-hop em inglês — também não era o zulu que essa mulher, Wethu, conhecia. Assim, Steve estava percebendo isso na pele: a diferença de classe poderia ocupar o lugar da diferença de cor no que vai ser feito agora com a liberdade.

Steve mandou derrubar o galpão do galinheiro vazio e construir um quarto com banheiro naquele espaço, o que foi feito por um amigo de Peter Mkize, pedreiro que fora empregado de um consórcio branco e havia resolvido correr o risco de trabalhar por conta própria na construção civil. O proprietário da casa, contatado através do corretor, não levantou qualquer objeção àquele melhoramento de sua propriedade. Wethu chorou suas lágrimas de mil e uma utilidades mais uma vez; Steve teve que delicadamente retribuir com um aperto de mão o das mãos dela, que se retorciam de gratidão. Deus o abençoe! Deus o abençoe!
Um quarto num quintal.

Foi no ano em que o Santo Padre resolveu nomear o professor mais progressista, adorado pelas crianças, como diretor do colégio.

Por que ela largou o magistério?

Foi também o ano em que concluiu com notas altas os cursos de correspondência preliminares para o estudo do direito.

Encare a coisa sem nenhuma resposta rápida de certeza inquestionável pronta para sair da boca de Jabu. Houve uma tentativa de pensar com objetividade, o que, como eles haviam aprendido, era necessário antes de tomar uma decisão, nas células revolucionárias.

Que razões poderia ela ter, razões que estavam com eles dois nos tempos de silêncio que mantêm o equilíbrio da vida em comum entre a interpenetração terna e jubilosa do sexo, e a necessidade de ser um indivíduo. Fosse qual fosse essa identidade, ou o processo de desenvolvê-la. Ela fora criada num gueto rural, filha de um presbítero de uma igreja metodista, ela é a mulher — esposa, essa entidade legal — de um homem com a palidez do colonialismo. Qual dessas identidades, ou serão todas, que compõe a sua identidade? Os livros que seu pai lhe trouxera para ler, dos tempos da infância; o texto deles continha mais do que mensagens que ela deveria formar juntando palavras sublinhadas espalhadas pelas páginas. O hábito de leitura que ele estimulou (mais uma identidade); nos tempos de estudante ela fumava a maconha de qualidade da Suazilândia, mas parou quando entrou para a célula porque precisava manter-se sóbria. Um dos livros que ela e Steve compram para dar de presente um ao outro e guardar nas estantes que instalaram na casa é de autoria de um indiano, Amartya Sen, e essas ideias de quem você é, compostas pelas atividades, tipo de trabalho, habilitações, interesses comuns, ambientes em que você é colocado e em que você se coloca, formam a definição de identidade proposta pelo autor. Multiplicidade na unidade. É isso que você é. Algo que se aplica à vida dela e à de Steve. Mas até agora a personalidade mais definitiva é a que veio da Luta. Seja lá o que isso significar agora.

Não é assunto que se possa comentar nem mesmo com ele. Não é uma coisa que tenha ficado para trás no acampamento no mato, no deserto nem na prisão, é o sentido da vida; sempre uma camarada. E é a lei que o confirma ou nega. E a Constituição torna a liberdade possível.

Por isso ela vai se tornar advogada. Steve tem consciência de que não se trata de uma escolha motivada pelo dinheiro, embora os professores sejam mal pagos, como se fossem obrigados a contribuir com uma espécie de dízimo especial para o desenvolvimento do país. Por algum tempo ela vai trabalhar como estagiária para alguém, ganhando uma merreca. Uma espécie de aluna, de novo; por acaso o presbítero devoto, seu Baba, para que ela tivesse uma educação melhor do que a oferecida pelo apartheid e um pouco de liberdade, não a mandou para o outro lado da fronteira?

Sempre que ela voltava, em visita, àquela definição de lar como lugar de origem, muito embora o lar seja agora outro lugar bem diferente, as mulheres olhavam para a extensão de fazenda lisa entre seus quadris; depois olhavam para a mãe dela: o que estaria a mãe dizendo à filha a respeito disso? Aquilo que devia ser dito e redito vez após vez. Quando é que vamos ter mais bebês? A criança que ela trouxe para a *magogo*, a *gogo*,* as irmãs, os irmãos, as tias e primas da congregação do presbítero era uma menina. Como poderia ela dizer àquelas mulheres, sem ofendê-las, aquelas mulheres com ventres proeminentes e aquelas com cabecinhas redondas e mãozinhas dotadas de delicados tentáculos a apalpar-lhes os peitos, que ela e Steve tinham decidido adiar o segundo filho em vez de se ver na obrigação de ser fecundos, porque a família nuclear não é a única família, os filhos não são os únicos filhos. O seu tempo não pertence exclusivamente a você, nem mesmo principalmente aos filhos que você gerou. A revolução vem em primeiro lugar porque os sacrifícios que ela exigia e ainda exige são para o bem dos seus filhos e de todas as outras crianças. Isso não é um voo de retórica política. Não faz sentido criar futuros escravos de um tipo de regime ou de outro.

É claro que o trabalho de Jabu está relacionado com o adiamento de um irmãozinho para Sindiswa. Tendo concluído o bacharelado em direito, ela é contratada por um desses escritórios de advocacia com três nomes que agora aparecem em toda parte, com um nome indiano e outro africano entre os sócios. Não há como negar que seu currículo político, se não sua cor, pesou ao ser ela a escolhida em meio a outros candidatos, mas isso não reflete as competências que ela tinha a oferecer. A firma não lidava com casos de divórcio — os sócios, de brincadeira, acusavam-se mutuamente de recusar as propostas mais lucra-

---

* "Avó", "anciã", em zulu. (N. T.)

tivas —, porém era conhecida por atuar na defesa em disputas de propriedade que outrora eram mais ou menos um privilégio dos brancos, fora um ou outro indiano que havia conseguido obter uma concessão na área urbana onde, numa determinada época, os indianos tinham alguns direitos não muito bem definidos. Os negros não tinham direito nenhum. Agora qualquer um pode ter propriedade em qualquer lugar — o capitalismo livre de quaisquer amarras, diz Jake, irônico, anunciando que ele e Isa, que como brancos sempre tiveram esse direito, iam comprar a casa alugada em que moravam — mas os direitos de herança eram complicados pelos resquícios do direito religioso ou tradicional que fora reconhecido pelo sistema do apartheid, fosse ou não justo. A ideia era manter os nativos em paz onde isso não afetasse mais ninguém. Entre os negros, depois da morte do marido a esposa tem que sair da casa que foi adquirida pelo casal, pois a casa passa a ser propriedade do irmão do marido. Jabu atuou como assistente de Ranveer Singh no tribunal no julgamento de um caso assim, que foi assumido e instruído por uma organização de assessoria jurídica por ser uma questão de direitos constitucionais, além de uma questão humanitária. O Centro de Justiça havia contratado para comandar a defesa um importante advogado sênior da área de direitos civis, um camarada cujo rosto de patriarca branco nada tinha a ver com suas temíveis técnicas de interrogatório. Nos intervalos para tomar chá, ele era o centro das atenções, exibindo uma oratória que Jabu, muito impressionada e inexperiente, não sabia que não cabia interromper, e suas perguntas inesperadas surpreenderam o advogado por serem relevantes para a discussão dos exemplos por ele relatados sobre o caso que estava sendo julgado. Aquela moça negra certamente teria aprendido com base na sua experiência o que era ser negro no antigo regime — a cabeçorra do advogado acenava, agitada, instigando-a a prosseguir — e conhecia as nuances políticas em tais casos, ainda que sustentassem a violação das leis, para não mencionar (mencionou ele) a absurda violação da dignidade humana, era preciso entender que do ponto de vista da tradição, das leis não escritas, quando se obtém um veredicto favorável ao querelante, você está fazendo com que o direito constitucional cometa o sacrilégio de pisar nos calos dos tradicionalistas. Vítimas negras mais uma vez... E sem elas, o que seria da unidade nacional? Um sistema legalista e moral isolado dela? Os tradicionalistas acreditam que a liberdade inclui o reconhecimento — não, a incorporação da forma específica de organização da vida que governava seus relacionamentos ancestrais, sua concepção de direitos adquiridos, de antes do tempo do colonialismo e do apartheid. Morreu o apartheid, há negros na presidência e no parlamento, mas suas leis tradicionais continuam vivas. Podemos nos dar ao luxo de insultar, para seu próprio benefício merecido, membros da maioria da população? Ele mesmo responde: — Bom, nós vamos ganhar este caso. — Solta uma gargalhada, todos riem com ele. — O cumprimento das leis implica correr riscos. É uma questão de princípios. —

Os outros advogados o chamam pelo primeiro nome, todo mundo chama todo mundo pelo primeiro nome, e Jabu o trata de modo formal, tal como aprendeu a fazer desde a infância ao se dirigir a uma pessoa mais velha e de status claramente superior; a outra irmandade, a dos camaradas, não a fez abrir mão disso, muito embora a relação com os camaradas a tenha tornado uma pessoa desinibida. — A maioria da maioria negra (ela frisa aquele significado preciso prendendo a respiração, apertando as narinas) a meu ver não gostaria que as tradições fossem transformadas em leis, principalmente no que diz respeito à propriedade. Afinal, nós só podíamos possuir muito pouco em comparação com todos os direitos que os brancos tinham, quem é que ia querer ter na Constituição o direito de despejar uma mulher, entregar a casa dela a um contraparente? Um homem, é claro. —

Era uma contradição divertida, que foi apreciada pelo advogado sênior e outros — a representante da população de onde provinham os tradicionalistas assumindo uma posição herética.

No final do julgamento, em que de fato o advogado sênior foi vitorioso, quando Jabu foi agradecer por ele ter permitido que ela atuasse no caso, ainda que desempenhando um papel secundário, o homem retrucou, como se de repente lhe tivessem chamado a atenção para um detalhe importante: — Você devia entrar para o Centro de Justiça. Venha comigo ver o diretor, vou conversar com ele. —

Esse homem da geração de seu pai, distante, coberto de distinções por sua atuação pública, reconheceu, num comentário de passagem que continha um juízo de valor, o que era para Jabu a realização de algo sobre o qual ela não conversava com nenhum camarada ou confidente, nem mesmo o marido. Uma afirmação que se torna motivo de orgulho. O objetivo de estar sempre alerta, como se ainda fosse uma camarada. As possibilidades. A oportunidade.

Agora que Jabu trabalhava no Centro de Justiça, Steve passou a conviver com a transformação por ela sofrida, a confiança crescente em sua voz, a certeza nos gestos, o prazer do relaxamento visível nos intervalos entre os períodos de dedicação ao trabalho à noite, preparando súmulas com base em anotações feitas nas reuniões dos advogados e, em pouco tempo, encarregada do trabalho para o qual estava mais capacitada: conversar com as testemunhas para avaliar o que se poderia esperar delas no julgamento — a expressão não recomendada era "ensaiar a testemunha". Além do que lhe era exigido em termos de suas responsabilidades profissionais, Jabu considerava sua responsabilidade pessoal explicar àquelas pessoas nervosas, assustadas ou irritadas o que havia a temer nesse tipo de interrogatório; pois ela conhecera muito bem o outro tipo, realizado dentro de uma cela.

Steve sentia que Jabu estava feliz; realização. Não é isso que é a tal da felicidade? O fato de não ser ele responsável por essa parte — esse componente — da felicidade não tem importância; ele a compartilhava. Inesperadamente, ela mencionou alguma coisa que o envolvia. Eles haviam feito amor. Por mais distante que fossem os mundos de trabalho que habitavam durante o dia, em termos de identidade, a ilusão de partilhar um êxtase com o outro deixa um eco no qual tudo pode ser dito. — A gente devia ter outro filho. —

Ele ouviu.

Eles haviam decidido que, por bons motivos em relação aos quais também estavam de acordo, seu objetivo comum não era perpetuar a espécie humana, nem mesmo promover a mistura de sangues que eles representavam, havia bilhões de outras pessoas igualmente qualificadas para procriar, bilhões de mulheres para quem essa honrosa tarefa era aquela para a qual estavam mais preparadas. Nenhuma condescendência, discriminação, nesse fato. Sejam fecundos. A igreja do pai afirmava isso, e provavelmente a Torá de Jonathan dizia o mesmo, os olhares das mulheres na aldeia de Jabu também.

— A Sindiswa precisa... Ser filho único não é uma coisa boa. —

— A Sindiswa tem muita companhia. Ela é supersociável, tem colegas na escola, as crianças do bairro entram e saem daqui de casa. —

— Mas elas têm a mesma mãe e o mesmo pai. —

— Se você um dia for nomeada advogada sênior, trabalhando vinte e quatro horas por dia... Você sabe como o Bizos e o Chaskelson e o Moseneke dão duro, mas eles têm uma esposa para desapartar briga de criança, enxugar lágrima, limpar bumbum... —

Ela roça o lábio no pescoço dele, a pele mais macia e mais

vulnerável do corpo do homem, antes de surgir a lixa da barba feita — a menos que os homossexuais achem que é o ânus, como é que uma mulher vai saber. — Você sempre fez a sua parte com a Sindiswa. —

— Certo. Mas e todas essas coisas de mãe? Você vai deixar de fazer, porque estará com a cabeça em outro lugar, e depois vai se sentir culpada, de uma maneira ou de outra, ou em relação às crianças ou aos réus. — A mão dele, um escudo sobre o seio dela como se uma criança faminta já estivesse a lhe sugar a vida tão duramente conquistada. — Não quero ver você infeliz. —

— Eu não vou ficar infeliz. Não estou falando em ter uma ninhada, cinco, seis. Temos a Wethu — veja como ela e a Sindiswa se dão bem. —

Uma mulher da família extensa não é uma babá.

Toda mulher é mãe de todos os bebês.

As razões alegadas por Jabu para convencer Steve a terem outro filho.

A razão verdadeira não é a que ela afirmou, a de que Sindiswa precisa de um irmãozinho. Também não é o fato de que lá na aldeia dela as mulheres ficam olhando para sua cintura achatada, onde esperavam ver uma barriga; a mãe dela lhe diz uma coisa que na família extensa jamais é questionada: seu marido quer filhos homens.

Quem quer um filho homem é Jabu. Ela já gerou uma reprodução de si própria, uma fêmea que terá que demonstrar suas próprias identidades além da sexual. Não fosse seu pai, talvez ela não tivesse nenhuma, jamais se tornaria advogada (algum dia). Já o filho homem não tem predeterminada sua função na família extensa, na aldeia ou no mundo pelo que há no meio de suas pernas. Ele nasce livre. Pelo menos sob esse aspecto. Jabu quer um filho homem, tudo que ela não é. É o Outro, para completar a realização do juízo favorável do tribunal. Referindo-se às ambições de Steve em relação a ela: — Se for advogada eu não posso ser mulher? — É tudo que ela diz a respeito da razão verdadeira.

Steve não consegue compreendê-la senão de outra maneira. Pelo avesso, como costuma acontecer nos caminhos do labirinto em que os seres humanos se encontram. — É porque agora uma mulher *pode* ser advogada! — Pelo menos os dois compreendem, sem que seja necessário especificar: "Negra".

Não há nenhum consenso, como houve em relação à decisão de não ter filhos depois de Sindi. Fazendo amor com ela, dentro do êxtase inefável, havia talvez alguma coisa que ele não percebia, não podia perceber. Era ela quem engolia ou não — como poderia ele saber? — uma pílula em lugar da vontade divina que, segundo alguns, era quem decidia se haveria ou não uma nova vida.

Jabu tinha lido em algum lugar ou visto na internet que era mais comum conceber filhos do sexo masculino no inverno do que no verão (algo a ver com a temperatura do corpo, com o sêmen armazenado nos testículos?), e provavelmente foi quando chegou o inverno que ela deixou de tomar a pílula. O filho foi concebido no inverno africano do hemisfério sul, e nasceu nove meses e três semanas depois, confirmando a teoria que ela havia aceitado com base no princípio que algumas das mulheres da aldeia chamavam de "coisa de livro".

O prazer, o poder sobre o futuro, ao escolher o nome de uma criança. Entre os camaradas, havia Fidéis e Nelsons e Olivers começando a dar os primeiros passos. Mas esses dois camaradas não queriam escolher para o filho quem deveriam ser seus heróis; ele cresceria numa época em que talvez houvesse outros. Além disso, o fato luminoso de que a raça, a cor, representa uma síntese nos filhos deles; nome africano ou europeu? O nome do filho saiu de algum lugar fora da pequena lista que tinham em mente, quando olharam para ele: era Gary. (O nome de alguma estrela de cinema?) Jabu testava o nome com Steve: Gary Reed, o G e o R, as iniciais combinavam. Foi Steve que lhe deu o segundo nome, para homenagear o pai dela: Elias.

Como? Por quê, Steve? Ela ria, entre lágrimas, pegando a criança no colo. *Elias*. Steve a conhece melhor do que ela própria se conhece. Os Mkize, Jake, Isa e os homens-golfinhos vêm comemorar o nascimento. Jabu traz o bebê, com Wethu endomingada a seu lado, e o apresenta: — Gary Elias Reed. —

Os golfinhos trouxeram guitarra e bateria, ficam dedilhando e batucando *kwaito*, mas também conhecem música africana mais antiga, e Wethu, embora não tenha bebido nem um gole do vinho que está sendo consumido para comemorar o futuro do menino, nascido naquele subúrbio conquistado do passado do país, é como se convocada a dar um passo à frente e, numa espécie de genuflexão, elevar a voz acima das conversas e dos risos. Ela canta. A escala é baixa, alta, ululante, chega até o telhado e sai pelo pátio aberto, ganhando o subúrbio. Nenhum som semelhante jamais foi emitido pelo coro da Gereformeerde Kerk, no passado.

Esta não é sua alma mater, é a universidade em que ele deu um jeito de se formar em química industrial ao mesmo tempo em que adquiria a alquimia necessária para sabotar o regime que fazia da educação superior um bem exclusivo. O novo "corpo" discente estava começando a ganhar muitos membros novos. Entre os estudantes brancos cujos pais pagavam anuidade e alojamento, havia um número crescente de jovens negros convictos de seu direito ao saber que haveria de elevá-los acima do nível de habilitação, dinheiro e dignidade a que seus pais haviam sido relegados.

O lugar do ensino superior agora tem as portas abertas. A bíblia de todas as crenças (por falta de um nome melhor para a fé laica), a Constituição, é que impõe essa situação por decreto. Mas, como a maioria dos decretos, este não pode garantir que todos tenham a tal "capacidade" que lhes vai permitir o aproveitamento dessa educação. Há rapazes — até agora, são poucas as moças com a força de vontade que Jabu, ainda menina, tinha para dar e vender — que recebem bolsas ou auxílios de algum tipo, há até mesmo patrões brancos que dão de presente, nestes novos tempos, uma oportunidade ao filho inteligente da empregada. As "aulas de reforço" dadas voluntariamente pelo instrutor sênior da faculdade de ciências: um band-aid. Steve sabe que isso não é uma solução para o abismo de educação ruim do fundo do qual os alunos tentam emergir.

A Luta não terminou.

Ainda há alguns professores do passado em atuação, ao lado de camaradas como ele, rotulados como "a Esquerda" por acadêmicos que não querem perguntar a si próprios, de modo mais exigente, se "a Esquerda", como categoria política aceitável, pode incluir, em nome de uma causa nobre, a explosão de centrais elétricas.

Os camaradas, a Esquerda, ou seja lá como forem identificados, têm consciência de que precisam de algum modo se reeducar. A discussão direta e intransigente na selva, com armas e celas de prisões em vez de teses e máquinas de vender café na sala dos professores — o tipo de confronto direto que eles cultivam vai ser mal-entendido por pessoas que não sabem o que é conviver com a expectativa de morrer no dia seguinte. — Se a gente quer que a universidade vire uma coisa nova, o jeito é partir do que a gente tem. É preciso conviver com a velha guarda, com base no princípio de que não aceitamos que eles continuem defendendo a educação antiga, a portas fechadas. Que a gente acredita que eles sabem disso. —

— Mesmo que eles não saibam? —

— Mesmo que eles não saibam. —

— Isso mesmo. —

— Eles deviam pedir aposentadoria antecipada. Está na hora. —

Ele está mexendo o café como se repetisse a sequência daquelas palavras que ouviu. — Não, não. Espere aí. Eles até são bons professores, a maioria deles. Uns até melhores que nós. Eles têm o conhecimento amplo, do mundo, sofisticado: o conhecimento geral que os alunos precisam ter também. Você tem que reconhecer isso. Porque quem é que vai substituir essa gente agora? —

Não se conhece o histórico de Shudula Shoba na Luta, talvez seja o bastante saber que ele conseguiu sair do gueto e conquistar o mestrado, mas ele é um dos recém-contratados no nível de instrutor, abaixo de professores de renome, romancistas e poetas. — O Mphahlele, o Ndebele, o Kgositsile. —

Steve é novo demais no corpo docente para ignorar aqueles que lhe dizem o que ele devia saber, eles já são professores de outras universidades. — Tudo bem, mas alguns dos outros nomes importantes, esses trabalham em faculdades rurais, pouco mais que colégios secundários, lá nos cafundós. —

— Então você quer roubar esses professores do povo? —

A conversa não é interrompida nem mesmo quando entram alguns professores já ligados ao sistema, cumprimentando a todos. Cordialidade da hora do cafezinho. Ele põe em prática suas palavras imediatamente: — O que a gente tem está conosco. — O comentário de Steve é dirigido a todos os professores, tendo como pano de fundo o estalido das xícaras e o sibilo desdenhoso da máquina de café. — Vocês não acham que essa história de reforço é insuficiente? Um band-aid. —

— A gente fica falando de resultados quando devia estar fazendo alguma coisa pra começar. Eu tenho alunos de estudos africanos que não sabem escrever, que não sabem ortografia nem na língua nativa deles, só têm o vocabulário dessas comédias enlatadas de negros, mais nada. — Lesego Moloi, sobrevivente não apenas da Luta como também do velho sistema acadêmico de contratar um negro como exceção numa universidade branca só para essa disciplina, quaisquer que fossem suas qualificações em outras áreas. Ele levanta e deixa cair os pés calçados em sapatos pesados no ritmo de suas palavras.

— Então o que é que nós devíamos estar fazendo? Não é a assembleia da universidade que manda nas escolas do departamento de educação. — O professor Nielson ainda usa terno, camisa social e gravata por baixo da beca acadêmica, embora o padrão de indumentária tenha relaxado a partir do exemplo dado pelas túnicas de Mandela. O professor Nielson não consegue disfarçar o tom didático mesmo quando não está lecionando. Ele é o tipo de homem que a geração do pai de Steve qualifica como "todo engomadinho", numa referência à goma utilizada outrora na roupa formal. — Você não está propondo que a gente baixe ainda mais os critérios de admissão à universidade. Então universidade é pra avançar no conhecimento ou é pra andar pra trás? —

O que Steve está perguntando é se esse ensino adicional de faz de conta na esperança de elevar os alunos a um nível universitário pode compensar dez anos de educação primária e secundária de péssimo nível.

— A nossa função é simplesmente transformar em cientistas, engenheiros, economistas, seja lá o que for, as pessoas que saem do sistema escolar. —


Então, vocês chegaram a alguma coisa? Ela quer saber.

O que poderia dizer, que não fosse uma desculpa?

Bem, era hora de todo mundo voltar para a sala de aula, para os seminários. Ou então aqueles atendimentos com hora marcada nas saletas com os nomes dos professores nas portas, em que os alunos fazem pedidos disfarçados de problemas. Foi a isso que chegamos. Band-aid. Ele levantou a questão para Jake, Isa e os Mkize, assando salsichas e costeletas num domingo (tal como faziam os antigos moradores do subúrbio). As crianças inventando jogos animados, lutando, caindo no chão, enredando braços e pernas de um jeito que seus pais nunca puderam brincar. Steve acha que sabe a que eles deviam ter chegado. Mas ele está falando com os camaradas, não com os colegas da academia. Assembleia da universidade, órgão estudantil — os vice-reitores! — eles deviam estar exigindo reuniões com o ministro que cuida de educação nas escolas. Arrombando a porra da porta dele! — Isso cabe a *nós*. A educação não pode ser dividida em duas, é um processo contínuo, o nosso Moloi em estudos africanos recebe alunos que não sabem ler nem escrever nas línguas deles, eu tenho uns: matemática é uma língua estrangeira que eles não aprenderam o bastante pra entender, o mínimo, de modo funcional, pra conseguir passar raspando no trabalho final. —

— Então, o que é que você e os outros professores estão fazendo a respeito da reunião? — Jake faz um gesto de mão vazia para que Isa ofereça mais pão.

— Foi isso que eu falei. — Jabu vira os ombros e os seios, uma de suas reações físicas inconscientes, para exprimir uma opinião discordante, que levaram Steve a vê-la como um indivíduo desde o início da clandestinidade. Há muito tempo, no tempo da Suazilândia, eles haviam decidido que fazia parte da liberdade a ser conquistada poder fazer uma crítica sem que isso diminua o amor.

O mesmo se aplica à amizade; Peter Mkize retoma o tema do camarada Jake. — Por que é que vocês não começam a se organizar? Juntar instrutores, professores, procurar o vice-reitor e pedir uma reunião com ele, o que for, falar com o ministro lá no parlamento, dizer a ele o que ele não quer ouvir. —

As crianças estão afirmando seus direitos, pedindo sorvete. — Ainda não é a hora. — proclamam as mães, em rivalidade. Todos estão rindo, comendo a carne que tem de ser comida primeiro. O coro recomeça: sorvete, sorvete!

Uma das muitas coisas que se aprendem num movimento de libertação é levar em conta os desafios que os camaradas propõem a você. Uma semana ou duas depois, Steve começou a falar com os colegas, primeiro os já agrupados na Esquerda, a respeito da responsabilidade dos professores nas situações de liberdade, e então, com base no mesmo princípio, apresentou à velha guarda a proposta de que se discutisse se uma delegação de acadêmicos deveria se reunir com o ministro para colocar a questão dos dois processos educacionais que deviam ser um só e não são. A discussão teve lugar na sala dos professores, em caráter informal. As opiniões foram expressas com hesitação, senão com relutância. A máquina do café mais uma vez entrou em cena; essa história de os professores se meterem no governo foi encarada (é claro) como uma coisa de esquerda, "cidadãos da universidade, uni-vos!", e por aí vai, uma variação atualizada da velha palavra de ordem que recrutava os brancos contra os *swart gevaar*.* Mas foi um dos esquerdistas que apresentou o argumento irrefutável que o ministro haveria de utilizar: não há dinheiro suficiente para financiar uma educação escolar de tal nível que os alunos possam sair dos colégios diretamente para as universidades, menos de uma geração depois do final de um período secular em que os recursos destinados à educação eram gastos praticamente só com a minoria da enorme população do país. — Educação. Os recursos do erário têm que ser repartidos com as áreas de Saúde, Habitação, Transporte, todas as necessidades sociais. (Não menciona o Grande Irmão, a Defesa.) Pedir mais? —

Ainda não é a hora, a hora do sorvete.


Jabu ouve o relato de Steve a respeito da reunião dos pro-

---

* "Perigo negro", em africânder. (N. T.)

fessores enquanto dobra as roupas que Wethu lavou e passou, e, continuando o processo, coloca as camisas e meias dele numa pilha, os vestidinhos e os jeans de Sindiswa, os shorts e camisas de Gary Elias em outras.

Por que ele desiste?

Se você está acostumado a ser rejeitado, você simplesmente toca em frente em direção à coisa de que você precisa, atuando nesse sentido. Como é que teríamos obtido o direito de votar em 1994 se não tivéssemos seguido a Carta da Liberdade, embora fosse proibida? Como é que eu teria estudado na escola antes do meu irmão, e depois me mudado para a Suazilândia para escapar da "educação de bantustão", se o meu Baba aceitasse que na nossa terra as mulheres vêm em segundo lugar, e que a educação de uma filha negra vem em último lugar? Não tem jeito. Por que não tocar em frente? Se da primeira vez ninguém topa, haverá outras pessoas na universidade e até mesmo fora dela que vão agir de outra maneira. Você só decide que não tem jeito se já está acostumado a ter tudo. Se você é branco.

Vergonha de pensar desse jeito. A respeito dele.

A vida intervém. Coincide com o momento em que o grupo resolve adiar a abordagem do ministro. É a hora da morte de um pai; os pais são sempre mais velhos e estão sempre mais próximos dessa hora do que os filhos imaginam, o relacionamento principal foi na infância, na meninice. A Luta substituiu-o por outros vínculos fundamentais; talvez seja algo a se lamentar. Será que não houve uma oportunidade para que o bom filho entrasse para o clube de críquete do pai? Ele vai ser cremado, como determina seu testamento. O súbito pressentimento do filho... Será que o Jonathan não vai aparecer com um rabino? Como você é ignorante em relação à sua própria tradição! Judeu não pode ser cremado. Não se preocupe.

Pauline deu um jeito de convencer o pai a circuncidar os

filhos. Mas parece ter reconhecido. O cristianismo não praticado de Andrew. O testamento de Andrew também especifica: nada de cerimônia religiosa. Alguns de seus amigos e sócios são convidados a falar, ou se oferecem para falar, sobre ele diante de seu caixão no salão do crematório, com bancos dispostos de tal modo a sugerir um lugar de culto, de algum tipo. É estranho para um filho ouvir os outros resumindo seu pai num panegírico, com oratória. Jonathan (e não um rabino), na condição de primogênito, fala em nome da família.

Terminou, as pessoas já fazem menção de se levantar, como faz Jabu ao lado de Steve, só que ela se levanta para cantar. Sem nenhum constrangimento, levanta-se para cantar para ele, para o pai de Steve. Ela está usando um traje africano completo, como se para afirmar a compreensão do significado do fim de uma vida. Tal como a babá-parente compreendeu antes, na apresentação de um filho recém-nascido. Todos ficam imobilizados.

Alguma substância potente está sendo gerada no corpo de Steve por aquela voz. Ele sabe agora que seu pai foi embora, sempre esteve dentro dele, com ele, e foi embora. Diante da última nota, há um sussurro de admiração, um movimento ditado pela emoção: Brenda, a mulher de Jonathan, é levada a agarrar as vestes de Jabu num abraço, chorando orgulhosamente. Ela segura a mão de Jabu enquanto atravessa a multidão em direção à saída, como se a outra tivesse sido feita por ela. Brenda transformou a admiração, a apreciação daquela homenagem especial, em constrangimento para alguns, um constrangimento motivado pela emoção que sentem; se aquilo transcendeu alguma coisa, é verdade que uma das características de ser negro é que, sejam camponeses ou advogados, os negros cantam bem demais.

Os anos são identificados por eventos em vez de números. O ano da terceira eleição no período de liberdade foi o ano em que Sindiswa já estava grandinha o bastante para que se começasse a pensar sério na sua educação. Para Steve, filho de Pauline e Andrew que era, nem se discutia que, quando chegasse a hora, seus pais escolheriam uma escola onde ele seria bem preparado para ingressar numa universidade que o levaria a uma carreira profissional. Para o diretor da escola de meninos e presbítero da igreja metodista na *location* perto da cidade de mineração, levar a sério a educação de sua filha era uma estratégia de combate a uma anormalidade social e — chegando mesmo a fazê-la dar prosseguimento a sua formação do outro lado da fronteira — um gesto de desafio político?

Com muita expectativa, examinaram as opções existentes de escolas para Sindiswa depois que ela saísse da creche. Com base nos princípios do casal, ela deveria ir para uma escola pública. Aquelas que antes eram reservadas aos brancos, por fim abertas a todas as crianças, eram bem equipadas, porém estavam deterioradas pela falta de financiamento destinado à manutenção, e os padrões de ensino haviam sido prejudicados pelas turmas excessivamente grandes.

Eles tinham condições de lhe dar uma coisa melhor.

Privilégio? Ora, tem que reconhecer!

É Steve quem questiona a si próprio e à mulher; ela reage dizendo que isso é um absurdo, uma convenção que deriva de um dogma, ainda que seja um dogma deles. O Baba dela não traiu o movimento de libertação dos negros quando fez sua filha cursar a licenciatura numa faculdade do outro lado da fronteira, o que teve o resultado de qualificá-la para trabalhar em prol da justiça!

Ele acha essa argumentação enganosa, algo que não esperava dela. *Aquilo* foi outra história, e outro tempo.

Mas agora a menina. Está bem. Não vamos discutir; a menina tem o direito de ser considerada em primeiro lugar, acima da ortodoxia dos princípios dos camaradas.

Outro tempo.

Só existe um único tempo, todo o tempo, para os princípios que orientam a gente.

O advogado sênior que se dera o trabalho de ajudá-la a conseguir emprego no Centro de Justiça descendia de imigrantes de um país que também no passado fora ocupado por outros: o exército nazista. Ele havia fugido para a África, um lugar distante, uma terra de miragem, quando pequeno, acompanhando o pai. Eram pobres e não falavam uma única palavra de outro idioma que não fosse o grego, porém eram brancos. Aceitáveis. Ele cresceu aproveitando toda e qualquer oportunidade que encontrava para promover sua educação, e o ápice desse processo foi sua aparição na condição de advogado de defesa dos réus nos julgamentos dos líderes do movimento de libertação promovidos pelo regime do apartheid, correndo o risco de ser preso ele próprio; no presente ele continua preocupado com o processo de justiça e as consequências imprevistas de suas transgressões num país livre. Mas jamais esqueceu que, como sul-africano — um africano que havia feito por merecer essa identidade única —, ele era também grego. Quando se tornou suficientemente famoso, ou seja, reconhecido no mundo externo pelo status obtido nos anais da profissão de advogado, e conseguiu levantar dinheiro bastante entre os gregos da diáspora que o temiam ou o admiravam, ele os convenceu a fundar uma escola aberta em que o grego fosse uma matéria obrigatória juntamente com o restante do currículo normal. Inicialmente uma espécie de clube esportivo e cultural como o dos italianos, escoceses, alemães e judeus em sua eterna diáspora, a escola, já no contexto da libertação, promoveu de modo enfático a admissão de crianças negras, qualquer mistura de cores na paleta da população, tendo como única exigência que elas aprendessem grego juntamente com as outras matérias. O privilégio de uma formação clássica como bônus.

Uma escola paga. Não é uma inovação voltada para o problema do analfabetismo, porém há uma série de bolsas; qualquer criança comprovadamente habilitada pode vir de uma escola rural improvisada sem banheiros nem eletricidade em meio aos casebres.

Jabu deveria ver com seus próprios olhos; naturalmente, seu mentor diz que é o lugar mais apropriado, o único lugar para uma criança. Mas não, a responsabilidade é do pai tanto quanto dela, ele precisa ir, embora essa criança seja uma menina e, se estivesse no lugar de origem da mãe, seria — ainda, talvez — a última a ser matriculada na escola. A menos que tivesse um Baba excepcional.

Assim, tal como haviam aceitado o convite de Jake para dar uma olhada na casa que foi o primeiro lar que tiveram juntos (para ele: ela talvez não concordasse), eles foram visitar a escola, convidados pelo advogado sênior. Ele mostrou as salas de aula, o estúdio de artes, a seção de música, a biblioteca e os terminais de internet, a piscina, as quadras de esportes, o jardim botânico, com um *entourage* de alunos entusiasmados aos quais ele se dirigia, interrompendo sua exposição dos valores em que era fundada a escola, para conversar e pilheriar.

Um percebia que o outro estava tentando imaginar Sindiswa naquele meio.

Ao cair da tarde, no pátio da casa, na presença da parte interessada, Sindiswa, tal como haviam conversado, com ela ainda bebê, naquela tarde em Glengrove em que o céu da rua foi rasgado, tomaram uma decisão. Mas dessa vez não houve nenhum barulho.

Ouvia-se apenas Gary construindo e depois atacando, deliciado, suas fortalezas de Lego.

Aquilo desviava a atenção do pai, que tentava se concentrar em Sindiswa. Na opinião dele, havia um único senão: o uniforme da escola era muito berrante. — Aquele paletó do time da escola, branco com galões e dourados. Um desperdício de dinheiro, pra enriquecer algum fornecedor. É o tal "consumo conspícuo". — Ele dirige uma careta a si próprio, diante daquele velho chavão politicamente correto.

A indecisão acadêmica de abordar o ministro, o medo de se comprometer, causava uma irritação frustrada que afetava todas as suas reações. Até mesmo a constância de Jabu se esgotou: — Convoca outra reunião. Não deixa a coisa ficar por isso mesmo. — É o mais próximo que ela chega de fazer o papel da mulher chata.

— Eu pus mensagem no quadro de avisos, enfiei papel de-

baixo das portas das salas deles. Ontem só apareceram três; os outros, nada. —
— Os professores mais antigos. —
— Não são só eles, não... Mas estou começando a achar que está rolando uma ideia... Desculpa, pretexto. Quem sou eu pra falar assim?
Ela faz um movimento brusco de cabeça dirigido aos professores.
Mas a questão não é tão irrelevante quanto ela pensa.
— Um novato metido, saído da "Luta", que não sabe que agora não é ele mais que manda? —
Com um gesto decisivo, ela junta nas mãos em concha os pedaços do prédio de plástico de Gary que se espalharam. — Fala com eles, um por um, com cada um deles. *Khuluma nabo, ngamanye, emanye!* —
— Um chute na bunda. — É a versão dele do que lhe parece ser o sentido aproximado daquela exclamação dela na sua língua. Não está entre as expressões que ela lhe ensinou.
Antes que pudesse agir com base na convicção que tem da sua própria força de caráter, um acontecimento no campus — coisa do campus, não do corpo docente — fez com que se tornasse tarde demais para um chute na bunda. Os alunos assumiram o controle da universidade com uma autoridade comparada com a qual seus protestos anteriores não passavam de chiliques que puderam ser contidos através da tolerância, afinal de contas há liberdade de expressão. Os organizadores — se é possível atribuir total espontaneidade a um Conselho Estudantil — estavam em franca minoria em comparação com outros grupos e facções, seitas políticas e religiosas, gays e lésbicas. Reuniões que se formavam diante deste ou daquele prédio, da biblioteca, da fachada em estilo colonial-clássico da reitoria, onde se realizam as cerimônias de colação de grau, foram engolidas, tomadas e en-

globadas numa única grita geral num lugar normalmente considerado dispersivo demais para servir de palco de um protesto: as quadras de esportes, futebol e críquete, invadidas como se por espectadores indignados que não aceitam a decisão do árbitro. Os alto-falantes eram inaudíveis diante do trovejar dos tambores e das canções gritadas, que aumentavam quando o empurra-empurra piorava; não fazia diferença, todos sabiam quais eram as reivindicações, em placas, camisetas, faixas feitas em casa, embora algumas delas — AGRESSÃO HOMOFÓBICA É CRIME SEGUNDO A CONSTITUIÇÃO — estivessem à margem do objetivo central — ABAIXO O ENSINO PAGO! EDUCAÇÃO É NOSSO DIREITO! CADÊ A TAL VIDA MELHOR? —, promessas de campanha devolvidas ao árbitro final todo-poderoso, o governo. A autodestruição que levara moradores dos guetos a tocar fogo nos sucedâneos de moradias que lhes eram concedidos, o cinema improvisado, a escola sem livros, a clínica sem água: esse impulso irracional da realidade. O lixo é vomitado das latas, atris são esmagados como caixas de fósforos, arquivos retirados do departamento de admissão são exibidos de mão em mão enquanto pegam fogo; nas quadras de esportes as traves de gol, os altares dos jogos diante dos quais os participantes do quebra-quebra exercem seu culto, são arrancados do chão, lançados de um lado para outro.

Os estudantes que vêm à casa de Steve como amigos, íntimos da família, de Jabu e das crianças — há entre eles um favorito de Sindiswa, a quem ela se gaba de sua escola — devem estar em meio à poeira de cabeças que recobre o espaço que ele contempla da janela de sua sala no prédio de ciências. Seria improvável encontrá-los lá, em meio ao anonimato que apaga todos os traços individuais da multidão. No entanto, há neles uma espécie de reconhecimento a ser afirmado; será permitido a ele, membro do corpo docente, imergir naquele mar?

Ele não consegue enxergar muito longe, com todos aqueles corpos se comprimindo a seu redor. Há mãos brancas entre aquelas que se levantam ao som de pés batendo no chão e palavras de ordem repetidas, de modo que sua presença não é tão conspícua, estão todos absortos em seu propósito comum com um fervor cego, isso ele sabe com base nas manifestações de que já participou. No meio da massa você não tem direção própria, ele é carregado por uma onda em direção aos portões principais do campus. Lá fora, entre a rua e os portões, outra reunião — uns poucos param, curiosos, antes de seguir caminho; outros, negros de ambos os sexos, literalmente lançam o peso de seus gritos no ar. Todos se agarram a portões largos, altos e fortes demais para serem sacudidos: eles juntaram-se ao protesto dos estudantes.

Steve tenta dirigir-se a outras partes do campus, mas é difícil mover-se no sentido contrário daquelas correntes poderosas, enquanto o impulso impele cada membro daquele grande corpo numa direção específica. Ele só consegue chegar ao prédio de ciências de onde havia saído.

Teriam alguns de seus colegas da faculdade, cujas bundas ele fora aconselhado a chutar, tentado aliar-se àquele movimento contra as mensalidades que a maioria dos alunos não tinha condições de pagar? (Então aqueles celulares que enfeitam as orelhas como brincos, quem é que paga todas aquelas ligações?) Na sala do cafezinho talvez se afirme, de modo factual, que a universidade não poderia existir sem as mensalidades para suplementar as insuficientes verbas governamentais; "financiar educação livre é obrigação do governo". Não estará a universidade faltando com suas responsabilidades para com os estudantes?

Haverá lugar para Steve lá embaixo? (Ele está de volta à sua janela.) Exigir esse lugar — uma exigência imposta a *ele* — por causa de seu papel, sua decisão de se envolver no processo de obter know-how científico e ingredientes para fazer bombas, sua

Jabu, seus filhos gerados num ventre negro. Há fogueiras acesas aqui, ali, como no Dia de Guy Fawkes* no seu tempo de menino, a comemoração de um incêndio revolucionário do qual ele e seus irmãos nunca tinham ouvido falar. Um dos maços do que está sendo usado, seja lá o que for, para alimentar as chamas estava muito perto do museu de arqueologia, onde pedras trabalhadas lembram que os jovens que protestam são descendentes de povos que já detinham algumas habilidades antes que os invasores trouxessem outras; de repente Steve teve medo, preocupado não com sua pessoa, mas sim com aquilo que é uma extensão de si mesmo: o trabalho, a pesquisa em andamento no prédio de ciências. E se eles arrombassem os laboratórios onde está sendo estudada a mudança climática, em busca de soluções para salvar suas próprias vidas neste planeta?

Quem é você para pensar assim?

Qual a diferença entre sucatear uma universidade que só pode fornecer saber em troca de dinheiro e as gangues de rua que sequestram e roubam? Ah, mas eis a diferença: o sequestrador obtém dinheiro para comprar e possuir os produtos dos anúncios que ele não tem; o sucateamento da universidade não traz lucro para ninguém.

E se eles vierem? Talvez ele dissesse: "Camaradas, é justo deixar que vocês entrem nos laboratórios para destruir o privilégio que os outros têm de se qualificar para esse trabalho, pagando mensalidades por um preço a que seus pais, avós e bisavós fizeram jus trabalhando no fundo das minas, construindo as estradas, cavando a terra em prol dos proprietários?".

Essa oposição interna, contradições em choque, isso não

---

* Na Inglaterra e algumas ex-colônias, a data de 15 de novembro, comemorada com fogueiras, lembrando o dia em que um dissidente católico planejou um atentado contra o rei e a Câmara dos Lordes, em 1605. (N. T.)

existia no tempo que você estava fechado, a sós com seu próprio eu na prisão, e mesmo nos acampamentos no mato, nos intervalos da ação que na época parecia ser a resposta, imediata, que dizia respeito a toda manifestação da vida em choque. Havia discussões sobre o que talvez se possa chamar de escolhas morais a ser tomadas — à falta de coisa melhor? — na "situação" do antigo regime — todos seriam libertos para sempre (em todos os sentidos da palavra) de todas as evasões quando aquele regime acabasse, *finish and klaar*.

Quem é você para pensar assim?

A resposta é voltar a mergulhar no corpo da turba. Mas dessa vez alguém apertou-se contra ele na estranha intimidade de uma contração peristáltica, torcendo o rosto para trás. — Eish! Ô, professor Reed de Ciências! — Na verdade, ainda não pode usar o título de professor, é apenas um instrutor sênior com uma tese a terminar, mas com essa saudação ele ganha autoridade no protesto, ainda que não muita, no empurra-empurra, das quadras de esportes e dos prédios cercados até, outra vez, os portões principais. Há um movimento de retrocesso no grande corpo, seguido por uma onda para a frente quando todos prendem a respiração: a polícia está junto aos portões, agora que os portões cederam, seus cães latem contra os gritos histéricos provocados pelo efeito teatral do gás lacrimogêneo. Ir na marra (como se isso fosse possível) até os portões e então, na qualidade de homem branco, a velha autoridade incontestável, dizer aos policiais para que não ataquem? Os estudantes estão jogando tudo aquilo que encontram nos policiais, que são em sua maioria negros. Em meio às lágrimas e à tosse, eles gritam insultos em muitas línguas enquanto são golpeados pelos cassetetes. Ao que parece, os líderes do Conselho Estudantil que estavam na linha de frente foram agarrados e presos, há camburões com as sirenes ligadas na rua, e os outros estudantes estão sendo arrastados aleatoriamente para dentro dos veículos.

A dispersão começa aqui e ali. Alguns pequenos grupos voltam a se formar com tentativas de reagir à debandada, o campus está destroçado.

As chaves estão em seu bolso; ele vai — foge? — até o estacionamento dos docentes; poucos carros, não foram danificados; a maior parte dos professores foi embora assim que o protesto ganhou força. Sua sacola de livros e seus papéis estão numa mesa em algum lugar de seu escritório, e a porta ficou destrancada. Irresponsável. Lá está um dos professores prestes a abrir seu carro. — Você está bem? Você foi envolvido naquele caos? —

— Não fui envolvido. Eu estava lá. —

O professor de letras clássicas — isso mesmo, é o Anthony Demster — encara essa afirmação como uma maneira filosoficamente sofisticada de lidar com o conflito.

— O que aconteceu na universidade? A polícia... Eu tentei e tentei ligar pra você depois que a gente soube lá no trabalho, mas você não atendia! —

Explicar a ela; um conhecia tão bem as reações do outro às coisas previsíveis ou imprevisíveis com base nos tempos não tão distantes da vida fora da lei.

Como sempre, ela está fazendo alguma coisa; ela vai continuar sua rotina com alguma parte do inconsciente (o que será? Está enfiando as chaves num chaveiro de couro), enquanto a voz exprime preocupação intensa. O professor de letras clássicas: você estava no meio daquela confusão? Mas ela não vai perguntar uma coisa dessas. Como se ela soubesse que ele haveria de sair de seu pequeno refúgio acadêmico e se misturar com uma multidão, que dessa vez era formada por estudantes, alguns dos quais alunos dele. Tal como ela faria.

— Não havia ninguém no meio dos líderes que pudesse

direcionar, quer dizer, o que estava acontecendo. Pra eles serem ouvidos... —

Ela está perguntando; ela que, obrigada a permanecer acordada e prestes a sofrer outras torturas, se recusara a dar os nomes dos camaradas que os interrogadores queriam arrancar dela.

Uma saída agora? Uma reunião na reitoria com o vice-reitor do corpo docente e o Conselho Estudantil para discutir a questão das mensalidades? — Isso é problema do governo. —

Qual teria sido o resultado? Acordar que a assembleia se reuniria para abrir um inquérito sobre as implicações etc. da responsabilidade social acarretada pela abolição das mensalidades no nível universitário? Quem pode pagar e quem não pode? Prova de renda?

— Eu não consegui nem mesmo que uma delegação fosse relatar ao ministro o probleminha da universidade, que é ter que dar aula pra alunos que saem do colegial semianalfabetos. Agora mesmo é que eles não têm alternativa. Sair das salas de aula e dos nossos seminários de puericultura, indo direto pro campus!

Steve diz a ela, como se estivesse fazendo uma confissão de algo que só agora compreendeu, que quando a onda humana o levou de volta para o prédio de ciências, ele desvencilhou-se e voltou para sua sala, não encontrou ninguém nos corredores — cada um recolhido à sua sala, ou então tinha ido embora ou estava refugiado na sala do café. Mas que motivos tinha ele para se sentir mais honesto quando voltou para sua janela e olhou para baixo, vendo o que ainda era oficialmente designado com o coletivo inofensivo "corpo discente", e agora era exatamente isso: uma entidade mitológica de muitos membros? E assim desceu de novo, deixando a porta aberta.

— O campus foi mesmo destruído? Isso não adianta nada. Eles mesmos vão ter que conviver com essa bagunça. Não, não, o que é que estou dizendo? Os negros da equipe de limpeza é que vão... — Jabu ainda tem internalizada a disciplina da Luta: é preciso se responsabilizar pelos seus próprios atos...

Documentos queimados pisoteados chutados de um lado para o outro como folhas secas. Um computador (de quem, de onde) largado no meio dos arbustos destroçados. Sabe-se lá o quê, tirado do lixo dos banheiros femininos. Na condição de alguém que oferece o saber, por mais escasso que seja o acesso, alguém que aceitou entrar para a academia, Steve não deveria estar contra os estudantes que cospem no prato em que comem? Se ele acreditar no propósito da universidade, ainda que ela não esteja à altura das circunstâncias. Se não, por que é que ele está lá? Ensinar com as limitações do que se pode fazer e escrever uma merda de uma tese para poder passar alguma coisa para aqueles que estão precisando, que têm esse direito.

Diretor, vice-reitor, corpo docente e representantes dos alunos foram convocados a participar de uma reunião em que os estudantes conseguiram fazer a universidade condenar a ação brutal da polícia e as prisões; e o diretor e os professores conseguiram condenar a destruição das instalações do campus causada pelos estudantes.

Sindiswa nasceu quando a nova vida de liberdade tinha apenas três anos de existência, filha da transformação. Tinha bom gênio e reagia com bom humor a tudo e todos. Seu irmão, Gary Elias, que dera seus primeiros passos na segurança da casa de subúrbio, não era, como dizia Steve, ainda que desconfiasse dos juízos feitos pelos pais, "fácil"; mais do que isso não dizia. Jabu ria — era um menino travesso, como quem diz "alto para a idade dele". Recebeu as primeiras letras numa escola do bairro, igual a Sindiswa antes do colégio grego, onde, segundo os professores, ela era a melhor aluna da turma. Mas as travessuras que a mãe do menino achava naturais começaram a se tornar preocupantes: Gary deu um soco num colega e por um triz não lhe atingiu o olho, Steve e Jabu tiveram que visitar os pais para pedir desculpas. Gary pegava "emprestado", sem a permissão de Sindiswa, os tesouros dela (um búzio em que lhe haviam mostrado que se podia ouvir o mar, uma caixa de madeira trabalhada que uma de suas amigas indianas lhe dera) e os danificava; ou então, segundo ele, os perdia. Ela perdoava o irmão, mas ficava magoada;

e isso parecia irritá-lo. Jake disse a Steve que ele devia levar o menino para assistir às partidas de futebol, os jogos universitários, com Jake e seus meninos, que eram bem mais velhos, para lhe dar uma espécie de status masculino inocente. Gary ouvia os comentários explicativos de seu pai e de Jake a respeito do que estava acontecendo no campo com indiferença, e puxava a camisa de Steve: — Quando é que vai acabar? —

— Vou levar Gary comigo lá pra casa no feriadão. —
— É uma ideia. Todos nós vamos descansar. —
— Stevie, eu quero que meu pai fale com ele. Meu pai tem experiência com meninos, ele é diretor daquela escola há não sei quantos anos... Vou falar com o meu pai. É melhor se eu for sozinha com ele. —

Há ainda — sempre — algo de distanciador no vínculo de Jabu com o pai. Pois Steve, que nunca teve uma relação semelhante com seu pai, só sentiu a perda naqueles poucos momentos em que viu seu pai morrer. Levantou-se e abraçou sua mulher pelas costas, ela virou-se não para se soltar, e sim para que eles pudessem se beijar, aquela bênção profana entre eles, acontecesse o que estivesse acontecendo.

Jabu e o menino voltaram tarde na segunda-feira, a última noite do feriado prolongado, ela animada, nem um pouco cansada com a longa viagem de carro, e ele saltitando, senhor da situação, saindo do carro com os espólios de sempre da terra natal de Jabu, dessa vez abacaxis e ovos. — Foi o Gary que pegou com as galinhas da mamãe —, disse ela. Steve preparou um segundo jantar, alguns daqueles ovos com a carne que havia sobrado, e ele e Sindiswa comeram de novo com ela e o menino, elogiando o sabor das gemas de um dourado vivo, Gary falando mais do que o costume, contando que havia tocado no bezerro recém-nascido, todo molhado, e que um pássaro — *inyoni*, intervém Jabu, dando o nome em zulu — quase bateu no para-brisa, eventos ocorridos no decorrer dos últimos dias. — Você é sortudo! — disse Sindiswa, conferindo-lhe sua admiração.

Na cama, antes de apagar a luz acima dos travesseiros: — O seu pai, o que foi que ele disse? —

— A gente conversa amanhã. Agora *lala, masilake manje*.

Amanhã era dia de trabalho, café da manhã, Wethu cobrando notícias da terra, como está o Baba a mamãe a titia — todos bem, crianças entregues nos colégios, caminhos divididos por mapas alternativos traçados pelo trânsito, Jabu em seu carro até o colégio grego, Steve até a escola primária de Gary antes de ir para a faculdade, ela tendo como destino o Centro de Justiça. Assim, foi só à noite, quando as crianças já estavam na cama, que ela teve tempo para lhe falar do que dissera seu pai, conselhos sobre o menino travesso. A lealdade de seu amor materno persistindo em vê-lo como nada mais que isso, apesar de um comportamento que já ia além das travessuras alegres.

Menino é assim mesmo. É, e os meninos são vistos de modo diferente, tratados de modo diferente lá em KwaZulu, na casa dela (nenhuma outra casa jamais fará com que aquela perca seu status), do que no subúrbio da liberdade. No fundo, é isso que ela tem para dizer.


Sempre que Jabu se aproxima de sua casa é por um caminho dentro dela também, além da estrada percorrida, e é o pai que ela imagina, em pé, pairando acima da pista. Apenas quando ela diminui a velocidade para proteger as crianças que reconhecem o carro e o acompanham aos pulos, gritando "Jabulile Gary Elias, *wozani!*" para serem as primeiras a anunciá-la, é que a familiaridade completa do lugar de origem se apossa dela, como se ela estivesse tirando da árvore pêssegos ainda não maduros, sendo puxada pelos meninos num daqueles trenós feitos de caixas de frutas que sempre acabavam virando, sentada ao lado das senhoras da igreja a rezar.

Sua mãe vem receber a filha e o neto com o séquito feminino habitual, todas abraçando Jabu por ser também ela uma mãe, sem poupar o neto, que aperta os cotovelos contra o corpo numa tentativa de esquivar-se.

O pai está no alto da escada de cimento, encerada com cera vermelha, da casa do diretor, uma construção em estilo europeu, e é essa a imagem que está fixada na mente dela. Jabu vai em sua direção e ele desce para recebê-la, em meio ao respeito que leva as mulheres a recuar. Ele e ela, pai e filha, abraçam-se, apertam-se nos braços um do outro quase como se estivessem participando de uma espécie de luta, porém não se beijam. Ela não se lembra de seu Baba tê-la beijado nem mesmo em seu tempo de menina. Ele não precisa beijar, como fazem todos os pais, maridos e namorados entre camaradas no subúrbio. Segura Jabu pela mão espalmada e os dois entram na casa depois que ela para por um minuto para que o neto, Gary Elias, seja saudado com um aperto de mãos de adulto, sendo depois solto entre os meninos que já vieram se apossar dele, retomando tudo do ponto onde haviam ficado na visita anterior.

O pai a leva à espécie de sala-cabine que é o único lugar da casa onde há privacidade completa, tirando o banheiro, usado rapidamente. A mãe se aproxima com um misto de queixa e preocupação referente a chá e comida, mas a conversa com o pai tranquilo termina com ele dizendo que deem comida ao neto e tragam chá àquela saleta para sua filha e para ele, Jabu vai se juntar aos outros depois.

Até a chegada de uma das meninas trazendo uma bandeja de metal com um fundo abaulado, contendo chá e duas fatias de bolo (o diretor tem celular, e naturalmente sua filha lhe avisou que vinha passar o fim de semana prolongado), eles conversam sobre os assuntos que seriam de se esperar: como estão todos, se as estradas estavam com muito trânsito no feriadão. Jabu diz ao diretor algo que ele já está sabendo, que o marido de sua filha foi nomeado professor assistente, tendo defendido sua dissertação sobre abordagens à transformação da educação. Baba diz que crê ter conseguido um financiamento da Fundação Carnegie para montar uma biblioteca e depois uma sala de acesso à internet na sua escola.

Essa abertura de algum modo revela que o instinto dele — sempre intuitivo com ela — percebe que isso não é apenas uma visita familiar. Jabu fala na língua deles sem se dar conta disso quando se vê de volta a sua casa, mas o pai, tão inconscientemente quanto a filha, muitas vezes lhe fala em inglês, talvez relembrando os anos em que ficava a prepará-la para a língua-padrão que lhe seria exigida do outro lado da fronteira, aonde ele a fez ir para que recebesse a educação que estava decidido a lhe proporcionar. A síntese da comunicação: a autoridade cultural da língua nativa, com a outra assumida como um direito, livre do colonialismo que implicava, configura uma intimidade que os dois não têm com mais ninguém. O amor de Jabu, Steve, jamais, por mais que se esforçasse para aprender zulu com ela, atingiria isso. Os filhos deles: Gary Elias, participando de jogos em que o importante são as ações e não as palavras com primos cujo sangue ele compartilha, aprenderá o idioma deles, uma segunda língua; nunca será sua língua materna.

— Baba, o Gary. O Gary Elias... —

Antes que ela pudesse continuar, o pai dedicou alguns momentos a olhar para ela, eles dois juntos no plano do tempo.
— Que idade ele está? — Ele sem dúvida sabia, mas era necessária a informação precisa: quem passou a vida inteira lecionando

para meninos aprende que cada semana e mês é um período tão completo quanto um ano para um adulto, não é só o corpo que está mudando, ganhando autoconsciência. A questão do lugar que a criança ocupa entre os demais está procurando alguma forma de afirmação.

Ele tem uma maneira melhor de ver esse fato: — O que ele faz, na família? —

— Baba? —

— Você me ouviu, minha filha. —

— Somos os pais dele, nós fazemos... Por ele, pelas crianças, espero que a coisa certa. — O inglês agora se afirma como língua. — Quer dizer, a gente dá amor a ele... Mostra a ele... que estamos sempre cuidando de tudo que ele precisa na escola, os amigos dele são sempre bem recebidos, a qualquer hora. Se ele tem qualquer problema, sempre pode nos procurar... Pra ajudar a resolver, não precisa ficar agressivo, o Steve é o tipo de homem que nunca dá nem mesmo um tapa numa criança travessa... *Sesibone udlame sekwanele*. É difícil entender como é que o nosso filho pode ser capaz de dar um soco na cara de outro garoto. Ele fez isso. Um grande amigo nosso acha que a gente devia fazer com que ele se interessasse mais por esporte, se bem que agora ele só sabe chutar a bola de um lado pro outro, mas numa partida de futebol importante o que ele mais queria era que a coisa terminasse logo. É bem verdade que o Steve também não é muito de futebol. —

O pai pensa por um tempo.

— O menino tem que ter obrigações. É, ele tem que fazer coisas para vocês. É isso. Uma família não fica unida se as crianças não participam do que tem que ser feito todo dia. Quando elas têm isso, obrigações (ele estava falando na língua deles, mas agora mudou para a cadência específica e áspera do inglês), tarefas que eles não gostam de fazer, isso dá a eles a consciência de que eles têm algum valor, não estão ali só para receber isso que você disse, amor. —

Quando seu pai fala, sempre se sabe qual foi a última palavra.

Mães, irmãs e um único irmão ainda em casa — os outros, maridos ausentes, foram embora para trabalhar e morar nas cidades — estavam esperando por ela. Apenas a irmã mais velha, nascida um ano antes de Jabu, tinha consciência da diferença da irmã como aquela que tinha sido presa durante o apartheid; as outras viam a diferença como sendo ela uma das mulheres transformadas, nas novelas que viam na televisão. Quando, uma ou duas vezes, uma irmã tinha sido convidada para visitá-los em Johannesburgo, na casa no subúrbio, era para ficar andando pelos shoppings como uma turista numa cena de televisão da vida real — era essa a diferença da irmã admirada, o mundo a que ela pertencia; se bem que aquela casa não parecia muito um cenário de televisão.

Agora, sentada todas juntas, Jabu entre elas em casa, a diferença, seja cela de prisão ou shopping, não estava presente; tagarelavam e riam no seu idioma comum, o bebê nascido mais recentemente foi posto no colo dela e olhava para seu rosto sorridente com olhos que ainda há pouco haviam aprendido a focalizar — *Uyabona ukhuti uyaba ngummeli omkhulu!* — exclamou uma tia ou uma avó intervindo, ela está vendo que você será uma grande advogada. As intervenções e gritos exagerados de pessoas que estão felizes e descontraídas por estarem juntas quando há tantas separações, essa irmã-filha há muito afastada delas por motivos inimagináveis, como a prisão e o casamento com um branco. Mas a tia ou avó mais velha mantinha os lábios apertados em ambas as extremidades, com a certeza contida de que ela é quem vai habitar o futuro.

— O que a senhora faz? — Uma menina de uns doze anos,

a julgar pelos seios, está há algum tempo movendo os lábios tentando criar coragem de falar e, nervosa, lembra-se de acrescentar, respeitosamente: — Mama Jabu, por favor... —

O pai está ao fundo, ignorando a movimentação em sua homenagem para deixar uma cadeira livre para ele. — Se alguém é preso pela polícia sem ter feito nada, a mama diz o que foi que aconteceu de verdade e por que ele não deve ser preso. Ela trabalha pela justiça, o que é direito. —

— E se ele fez uma coisa errada mesmo? — O idioma zulu encara com naturalidade as transgressões: — *Uma enze okubi?* —

Rindo, Jabu levanta a voz olhando para o pai, como se perguntasse o que ele diria: — Então vai haver outro advogado dizendo que ele não fez nada. — Será que vale a pena tentar explicar o conceito de justiça, tal como é definido pela Constituição, para uma criança? Pode parecer que ela está contando vantagem. O lugar discreto que ela conquistou na Nova Ordem (é o termo usado pelos advogados), e quem senão o pai tornou isso possível para ela.

Jabu é levada para admirar a cama de casal *queen size* e o refrigerador/congelador a querosene que um dos maridos que trabalham na cidade mandou entregar para a esposa. (O tipo de coisa que a própria Jabu tanto queria quando ela e Steve estavam se mudando para o subúrbio.)

O pai caminhou com ela até o carro, sua presença tendo deixado claro para a mãe e a família extensa que todos tinham que respeitar isso, depois das despedidas exuberantes e lacrimosas. Gary Elias já estava se engalfinhando com dois meninos no banco de trás.

— Baba... eu não costumo trabalhar no tribunal, quer dizer, representando um querelante. O que eu mais faço é preparar as testemunhas. Para o interrogatório. Elas ficam assustadas, aquelas perguntas tensas, elas precisam saber como lidar, quer dizer... —

Não é necessário que Jabu acrescente "para não se incriminar".

— Isso também é muito importante. — Ele está sendo coerente com os elogios que fez, mostrando que não foi apenas para impressionar as crianças. Ela se vira para abraçá-lo por um momento, e os braços dele, dentro do paletó preto rígido, a segurá-la com firmeza, até soltá-la rapidamente. Umas poucas palavras, virando-se para trás, dirigida aos meninos, e eles saltam do carro; o filho de Jabu, como se obedecendo a uma ordem, ocupa seu lugar no banco do carona. — Se despeça do Babamkhulu!* — ela diz, enquanto engata a marcha no carro.

A mão do pai, levantada como se em continência.

Hora de conversar; fechar o dia e colocá-lo de lado. Sindi e o menino tiveram permissão de assistir a um DVD sobre animais selvagens, e, embora estejam todos na sala de visita, a atenção das crianças fixada na tela significa isolamento de tudo e de todos, como acontece com todas as crianças de seu tempo. (Não há nada a fazer quanto a isso, e pelo menos um documentário sobre a natureza não é uma novela.) — Você ficou de me dizer o que ele falou. —

— O meu pai, bem... — Ela não consegue não levá-lo a sério. — Diz ele que o menino precisa de... *tarefas*, foi o que ele disse — uma palavra antiga, grifada, da infância do Baba em meio aos missionários —, coisas pra fazer, pra nós, pra família, algumas das coisas cotidianas. Responsabilidades. —

— Eu não entendo. Responsabilidades? Nove anos. — É claro, o pai não é só o diretor de escola, é também presbítero na igreja, sempre com esse hábito, um tema para fazer sermão.

---

* "Avô", em zulu. (N. T.)

Mas o apego de Jabu ao Baba é fundamental para ela, melhor não tocar nisso.

— Ele tem que ter obrigações. *Kufanele abe nezibopho.* Quando a criança tem essas obrigações, mesmo que seja uma coisa que ela não gosta muito de fazer, isso quer dizer que ela é importante, que ela tem seu peso. Que é alguém. —

— Ele tem o seu amor, o meu amor, o nosso amor, não é isso que mostra que ele é importante? —

— Fazer, dar alguma coisa, e não só ser amado. —

Amor. É irrelevante nesse momento, mas ele sabe como a desejava. — Jabu, meu amor. O que é que ele pode fazer pra nós? Esvaziar o lixo da cozinha, coisa que eu faço? Lavar as camisas dele em vez da Wethu e da máquina de lavar? Que "tarefas"? Aqui não tem cabra pra ele ordenhar, não tem galinha pra dar milho, não tem lenha pra ele buscar. — O tom da refutação é amoroso. Não será condescendente?

Aqui. Sempre haverá esses momentos em que ela não está "aqui" com ele. E quando ele não está "aqui", não estava "aqui", na clandestinidade de Glengrove com ela, algum impulso de um tempo passado?

Eles fizeram amor e não guerra naquela noite.

O que foi possível juntar do grupo de acadêmicos por fim conseguiu marcar uma reunião com o ministro da Educação. Não se podia chamar aquilo de delegação, pois o termo implicaria que estavam representando a assembleia universitária. Pelo visto, nunca se perde a identidade de dissidente, seja como revolucionário, seja como o chamado cidadão cumpridor das leis reivindicando o direito de consulta. Foi assim que eles se apresentaram, o porta-voz, da faculdade de ciências, vestiu a camisa do grupo.

O ministro, infelizmente, não pode (ou será que isso foi previsto?) recebê-los por estar numa reunião com uma delegação estrangeira. Eles se veem diante de um funcionário graduado do ministério, com o dedo pesado marcando o lugar nas páginas de um arquivo, caso seja necessário levantar uma data, um fato. Lesego Moloi comentou depois, bebendo algo mais revigorante do que café, que aquele sujeito deve ter sido desencavado como membro leal do partido de uma faculdade em algum *kraal*,\* pra mostrar que o ministério está realmente africanizado.

O representante do ministro escutou-os com a postura e os movimentos ocasionais que indicam atenção intensa, a serem entendidos como concordância ou dúvida, e depois disse o que eles já esperavam ouvir, podiam até falar em coro com ele. A realocação das verbas disponíveis do tempo em que se gastava dez vezes mais dinheiro na educação de uma criança branca do que na de uma criança negra implicava que a igualdade para todos exigia mais recursos financeiros do que o Ministério das Finanças colocava à disposição da educação. A necessidade de financiar a justiça na educação em menos de uma geração após cerca de cinco séculos de discriminação (ele pigarreia, procurando as páginas onde talvez se encontre a década em que, segundo os historiadores, os missionários pela primeira vez transcreveram a fala de um dos povos em símbolos escritos): sim, é inevitável, os recursos são insuficientes; o país, porém, não pode bancar mais do que isso.

O que adianta mencionar, como fez um dos membros do grupo de Steve, o dinheiro gasto em armamentos quando não há nenhum inimigo ameaçando o país, que tem as melhores forças armadas do continente africano? — Isso aí não é com o ministro, vocês estão no prédio errado, irmão, leve o seu pessoal pro Ministério da Defesa. —

O homem garante que o ministro está preocupado com as consequências da situação para o ensino universitário, numa época em que, para que se dê prosseguimento à notável renascença (não podia faltar a palavra do momento) do país, é necessário que se formem engenheiros, cientistas, economistas, geólogos... Ele faz uma pausa: cada um daqueles acadêmicos acrescentará sua disciplina específica.

---

\* Aldeia de povos tribais. (N. T.)

— Alfabetização. — Steve assumindo que fala por todos. — Nada disso vai acontecer se a população não for alfabetizada. Em qualquer das línguas nativas faladas pelas crianças, em inglês, em africânder, as línguas em que elas são escolarizadas. O vocabulário utilizado na faculdade não é dominado pelos alunos, e não por culpa deles. Eles recorrem à internet, um quebra-galho, quando encontram uma palavra que não compreendem, que não sabem escrever, em vez de consultar os dicionários, onde aparecem todos os significados, contextos e usos da palavra. — Ele não sabe, nem quer saber, se o homem compreende que ele está usando "palavra" num sentido religioso adaptado, palavra como Verbo, o Verbo não é Deus, é Homem, o que dá aos seres humanos o texto do pensamento. O representante do ministro não se ofende com seu jeito brusco de falar, pousa uma mão de político no ombro desse acadêmico quando o grupo está indo embora. Ele assegurou que o modo direto e confiante como eles vieram ao ministério é o caminho a ser seguido (o vocabulário da renascença outra vez). O ministério está inteiramente comprometido com as mudanças que vão garantir o desenvolvimento necessário para estes tempos. — Que porra ele quer dizer com isso? — Lesego, usando o atual vocabulário limitado do botequim a que eles se recolheram. Mas ninguém leva adiante aquela ironia.

Não muito tempo depois (nesse ínterim, provavelmente ocorreu uma troca de ministros numa reforma do governo), o Ministério da Educação faz um pronunciamento que assinala a estima do povo pela educação e a dignidade dos alunos: as crianças de agora em diante são oficialmente conhecidas como — e devem ser chamadas de — "aprendizes". O termo até então usado para designar "aluno", *pupil*, considerado pejorativo, pertence ao passado de discriminação. E o que emerge das provas finais realizadas depois dos anos de aprendizado de agora em diante passa a se chamar "produtos". Não há mais notas.

Os amigos da piscina da igreja são excelentes anfitriões: as mulheres convidadas percebem que as antigas convenções referentes aos papéis domésticos foram descartadas agora que a normalidade constitucional das famílias gays foi estabelecida de modo mais completo do que a das heterossexuais. Ceddie, o mestre-cuca da jambalaia, é quem cozinha, enquanto Guy, seu assistente (na ordem das relações sexuais administrada pela comuna, também?), descasca e corta; Justin, que parece ser uma espécie de presbítero (tal como o pai de Jabu numa outra igreja), prepara as bebidas, colocando gelo nos copos enquanto faz comentários indiscretos e animados sobre os clientes de sua firma de decoração de interiores. — Eu faço as casas ficarem habitáveis depois que os arquitetos vão embora. — É desse jeito irônico que ele define seu trabalho. — A esposa quer um espelho de corpo inteiro no banheiro pra que ela possa comparar a largura do bumbum aos quilos que aparecem na balança, o maridão prefere não ver o que ele está perdendo por causa da amante que ele arranjou entre as mulheres que agora estão pondo os bumbuns delas nas cadeiras das diretorias das empresas. — E arranca risos da plateia, enquanto distribui as bebidas, com suas fofocas tolerantes e nada preconceituosas: as *kugels* — termo de culinária judaica que ele usa para se referir às peruas ricas — hoje em dia são também indianas, negras, a variação de cores da nova classe média. A política envolvida de passagem nos comentários de Justin a respeito dos fundilhos do progresso não é comentada do jeito que é quando os camaradas da Luta — Steve, Jabu, os Mkize, Isa e Jake — estão reunidos só eles, uma rubrica que os distinguirá para sempre, que não precisa de tatuagem para ser assinalada, se bem que Isa nunca pertenceu a nenhuma célula, sendo apenas uma simpatizante que foi recrutada tardiamente como esposa escolhida por Jake. Há momentos em que ela atua como um bom fermento naquele meio. Essa característica de sua personalidade não se faz necessária na companhia da comuna dos golfinhos e seus amigos, alguns dos quais ainda estão chegando. Casos animados sobre onde você esteve, o que você andou fazendo, as viagens no feriadão, o fim previsível desse relacionamento, o brotar inesperado daquele, as ambições profissionais. Marc acaba de escrever uma segunda peça teatral. Será que alguém conhece um possível patrocinador para sua montagem? Ele encontrou talentos extraordinários: — Não dá pra acreditar, os jovens negros que trabalham como flanelinhas, sem instrução, não conseguem ler o texto, a gente tem que ensinar a eles oralmente... —

— Analfabetismo — confirma Jake, relembrando. — Afinal, no que deu a ida de vocês ao ministério? —

Steve, que estava perguntando a Marc do que se trata a peça dele, vira-se para o lado, o comentário se dirige a todos: — Vocês estão sabendo da nova terminologia pra "criança"? —

— Como assim? —

— As crianças agora são aprendizes, e vão terminar como produtos. —

— O ministério tem algum plano para elas irem além do abecê? —

Os ombros de Steve sobem e descem. Sua resposta é seca: — Eufemismos. —

Jabu está preocupada com a possibilidade de que essa conversa acabe estragando aquele almoço animado dos golfinhos, por conta das preocupações de Steve e Jake — pesadas. Ela olha para Steve do mesmo modo como uma mãe faz uma criança se calar com um olhar amoroso.

Ele faz uma pausa, descartando o assunto, e vira-se de novo para falar com Marc sobre a peça dele. Eufemismo. Não é o tipo de palavra que Jabu costuma usar. Não está em seu vocabulário de quantas? De três ou quatro línguas que ela fala e ele não conhece, não está no vocabulário que o pai dela fez com que ela ampliasse com a leitura de livros em inglês retirados ilegalmente de uma biblioteca só para brancos. Tudo para ela sempre foi definitivo, imposto. Sua experiência. Ele descarta o assunto de novo: nele mesmo, aquele julgamento fácil. Ser negro é ser negro, é isso, sempre foi; e, em algumas circunstâncias, continua sendo.

Na comuna gay, como em todas as casas do subúrbio, menos a de Steve e Jabu, há uma empregada doméstica, chamada de ajudante, tal como as crianças da escola são chamadas de aprendizes, mas a mulher dos golfinhos não trabalha nos fins de semana. Isa sabe disso porque sua própria ajudante lhe disse que os homens da casa da igreja dão à empregada deles esse privilégio que Isa não lhe concede. Uma palavra trocada com Jabu, e as duas insistem que vão lavar a louça depois. Os camaradas não exploram os anfitriões.

No entanto, a cozinha é como um banheiro feminino num lugar público, um refúgio seguro para a troca de confidências; o ar está aquecido pela comida, apesar do ventilador que os golfinhos instalaram quando converteram o coro da igreja no lugar onde os apetites da carne (alguns deles) são satisfeitos pelos mais recentes modelos de micro-ondas e liquidificador, e uma máquina de lavar pratos ajuda a apagar os vestígios do pecado da gula.

— Eu nunca tinha conhecido gente assim, você sabe, com tanta intimidade. Eles parecem iguais a nós, não é? Morando aqui como nós no subúrbio, cuidando da casa, se chateando quando têm que chamar o bombeiro porque tem um vazamento, pagando todo mês a taxa de segurança. Todas essas coisas que são consequência de estar casado, coisas domésticas, elas independem de como tudo começou. Você e o Steve, Jake... quando saíram da clandestinidade. Quer dizer, da *Umkhonto*.\* Eu não me vejo como uma de vocês, o Jake é que me representa; pois bem, num outro sentido, eles também saíram da clandestinidade. São vizinhos da gente. Um empresta o cortador de grama pro outro, água mineral quando a gente não tem. Camaradas burgueses. Ah, por falar nisso, a única coisa que eu tenho contra eles é que se apropriaram da palavra: não se pode mais usar *gay* no sentido de alegre. Não se pode mais dizer que uma ocasião foi gay, que a gente está usando uma cor gay, alegre — tudo isso agora tem um significado especial. O significado deles. Não dá pra usar mais no sentido original. — Isa estava colocando os pratos dentro da máquina, palavra por palavra.

As duas riam, porque estavam fazendo exatamente isso, vivendo um momento gay no sentido original, com aqueles bons vizinhos.

Jabu inseriu a pastilha de detergente no depósito apropriado e fechou a lavadora, Isa apertou os botões adequados. Isoladas pelo rugido marítimo da máquina, ela podia falar como se não temesse ser ouvida. — Alguma vez um homem fez, quer dizer, o que eles fazem, com você? —

Jabu percorre com a palma de uma das mãos o punho da outra, com cuidado, porque o que Isa disse não pode ser o que ela acha que quis dizer.

Nunca houve confessionário com cortina na Gereformeerde Kerk protestante, mas será que pode haver confissão encoberta pela maré alta da lavadora de pratos? Isa posiciona-se em frente à cortina preta.

---

\* *Umkhonto we Sizwe* (Lança da Nação), o braço armado do Congresso Nacional Africano, partido pró-independência fundado em 1912, que assumiu o poder com o fim do apartheid em 1994. (N. T.)

— Uma vez aconteceu comigo. Eu era louca pelo homem e ele me disse que, pra você saber tudo que rola em matéria de sexo, tem que fazer. Foi horrível, Jabu: ele passou uma gosma, vaselina, pra conseguir enfiar em mim, e eu fiquei com vontade de cagar e ele acabou gozando sozinho sem mim. A única coisa que ficou da experiência pra mim foi a ideia da sujeira daquele lugar, sujeira minha, saindo dele, na coisa dele. Como é que eles conseguem fazer isso um com o outro? — Um gesto abrupto, interrompido, em direção à piscina. — E a gente tem um lugar limpinho e liso e macio especialmente pra eles. Pra eles entrarem. —

Jabu só conseguiu pegar a mão de Isa como se o que havia acontecido, fosse o que fosse, tivesse apenas acontecido. Essa mulher, Isa-e-Jake, Jake não conhecia. E jamais conheceria? Disso não há dúvida, há coisas que não podem ser ditas entre um homem e uma mulher: o que ela acabou de dizer. É uma responsabilidade que ela não queria — ter ouvido isso.

Isa estava perguntando, como se para encerrar aquele momento na cozinha: — Um negro não faria isso com uma mulher. —

Uma pergunta. Ou uma afirmação para compensar tudo que já tinha ouvido sobre a selvageria dos negros quando ela vivia entre os brancos.

Jabu estava se vendo agora como raramente tinha tempo de se ver, como poucas vezes era questionada interiormente, sendo situada no passado: as viagens de volta para casa agora eram mais tranquilas, com a sensação de continuar fazendo parte de lá tal como antes, embora vivenciando um eu novo; nenhum estranhamento. O modo como a sexualidade sempre fora, e continuava a ser, ordenada lá — e o modo como era longe de casa, na faculdade na Suazilândia, entre o recrutamento e a prisão, nos acampamentos no mato; cursos por correspondência, até sobre Freud, na clandestinidade em Glengrove. Esse tipo de ordem é o que ela chamaria de "código sexual". O que ela conhecia.

Homens. Haveria um negro capaz de fazer a mesma coisa com uma mulher? Quem era ela para saber? — em sua reação. Afirmar uma decência — sensibilidade superior, nos negros?

As duas mulheres saíram do claustro da cozinha e juntaram-se aos outros, homens em sua maioria, a mulher de Mkize entre eles sem saber do que havia se passado entre suas camaradas na sua atividade doméstica pela qual elas estavam agora sendo jocosamente elogiadas.

Todo mundo vai à Europa.

É sabido que Steve e Jabu levam uma vida privada própria e não costumam participar das inúmeras ocasiões de comemoração observadas no clã dos Reed. Mas quando isso ocorre (é Jabu que insiste na importância de tal participação), Jonathan está sempre voltando de uma viagem de negócios ou uma viagem "ao estrangeiro" com a mulher. Brenda descreve com todos os detalhes a Trafalgar Square, os castelos que visitaram, Montmartre, as tabernas de Roma, o Museu do Holocausto em Berlim, as praias de Portugal.

Lugares onde Steve e Jabulile nunca foram. Steve poderia ter ido uma vez, quando estudante, à Europa, se não achasse que aquilo seria como tocar violino enquanto os guetos negros ardiam em incêndios ateados pela polícia. Apenas um número muito reduzido de negros, veneráveis como acadêmicos ou cristãos, promovidos pelas instituições ou por benfeitores brancos, saíam da África do Sul por motivos que as autoridades julgavam aceitáveis, concedendo-lhes passaportes; os outros eram combatentes da liberdade que haviam fugido e estavam recebendo treinamento militar em Moscou, na China, em Gana... Se algum deles era originário da aldeia junto às minas de carvão, ninguém viria a saber. Com exceção, talvez, do presbítero e diretor de escola. A filha dele conseguira chegar até a Suazilândia e terminara presa numa cadeia sul-africana; isso ele sabia. Ela havia aprendido alguma coisa a respeito da existência do mundo exterior graças às fotos contidas nos livros clandestinos que seu pai lhe mandava e que seriam devolvidos secretamente à biblioteca que ele não tinha direito de usar.

Tanto ela quanto Steve tinham visto tudo na televisão, a devastação cotidiana das guerras, bem como a capela Sistina. Ao mesmo tempo, é claro, seu irmão Jonathan e sua esposa tão receptiva jamais tinham visto por dentro como era uma tenda no mato ou no deserto, onde a cada noite se podia estar vivendo a última noite da vida sem jamais ter tido a oportunidade de conhecer qualquer outro lugar, as maravilhas do mundo.

Todo mundo vai à Europa.

Com o novo milênio, veio a época em que eles puderam ir, e foram. O Centro de Justiça cooperou, permitindo que a licença de Jabu coincidisse com as férias de inverno da universidade, verão no outro hemisfério. Como seu cunhado Jonathan entendia tudo em matéria de linhas aéreas e voos, e como Steve, apesar da insistência da mulher, se recusava a pedir recomendações ao irmão, Jabu telefonou para Brenda, a qual, felicíssima, fez questão de ir pessoalmente à casa da cunhada para falar com ela. Onde mesmo que fica a casa? Ela já esteve lá uma vez. Há quanto tempo? — Trazendo como presente generoso o mais recente equipamento para bebês quando Gary Elias nasceu. — Tinha que virar na esquina de uma igreja antiga...

Muito embora ela e Jonny não precisassem economizar (era desse modo que ela se referia a seus recursos financeiros), Brenda fazia questão de conseguir o melhor por um preço razoável, e é claro que havia sempre alternativas mais baratas que ela podia recomendar, a filha deles e uma amiga haviam viajado assim e gostaram muito. Era uma manhã de sábado, Steve estava na academia; Jabu ofereceu um café e as duas mulheres conversaram pela primeira vez fora de uma comemoração da família de Steve. — Então, a sua familiazinha está completa agora? — Se Brenda estava pensando, ainda que não exatamente com base na mesma autoridade, na expectativa de mais bebês sempre presente nas mulheres de sua casa (na África não é assim que se faz?), não se tratava de uma atitude paternalista de uma pessoa branca, vindo de quem vinha. Muito pelo contrário. Ela está ansiosa por ser amada pela cunhada, que representa a participação da família Reed junto aos negros nessa Nova Ordem instaurada. Steve, parecendo um menino, de short e com o cabelo molhado, saído do chuveiro, entrou no momento exato em que ela estava repetindo, de modo irreprimível, o abraço que havia dado em Jabu no funeral do pai dele. A saudação discreta que Steve lhe dirigiu exprimia, de modo igualmente irreprimível, que aquilo era excessivo, mas quando Jabu foi solta daquele abraço, as duas mulheres eram sinos a badalar.

Ela e ele vinham de uma época em que a família nuclear não era, não podia ser, a unidade definidora do ser humano. Este ou aquele jovem progenitor camarada estava na cadeia, sabia-se lá quando seria solto, este outro fora pai apenas no sentido biológico e estava em algum outro país aprendendo táticas de guerrilha ou então utilizando, de uma maneira estranha e clandestina, aquele departamento das Relações Internacionais elegantemente convencional chamado diplomacia, com o objetivo de obter apoio para a derrubada de um regime através de sanções ou mesmo de armas. As crianças ficavam nas mãos daqueles camaradas que ainda podiam cuidar delas, em alguns casos passavam de uma família improvisada a outra quando a primeira era, por sua vez, detida ou obrigada a fugir e assumir a "lança" do outro lado da fronteira ou além-mar. A ideia de uma família formada a partir da necessidade de sobreviver, sem éditos religiosos (a igreja metodista do pai de Jabu, a sinagoga pela qual a mãe de Steve havia optado ao insistir que seus filhos fossem circuncidados), era como uma disciplina herdada das circunstâncias de uma luta pela liberdade que não se questionava, que era algo natural, e assim, quando o camarada era levado pelo trabalho a permanecer algum tempo no estrangeiro, ou quando havia oportunidade para que um casal viajasse para fora do país, alguém do passado ficava com as crianças. Jake e Isa puseram duas crianças em cada um dos dois quartos para acrescentar Sindiswa e Gary Elias àquele alegre amontoado de camas, tacos de críquete, skates, figuras de monstros do espaço sideral no quarto dos meninos; e lindas princesas e joias de brinquedos no das meninas.

Aonde iria alguém que estivesse saindo pela primeira vez do continente africano? — Longe de Moçambique e Botsuana, onde ele havia ido militar (nunca chegara a Gana, muito menos a Moscou), e Suazilândia, onde eles se conheceram e fizeram amor pela primeira vez. Agora havia um passaporte válido.

Londres. É claro. A Inglaterra, terra de origem dos missionários que fundaram a escola onde seu pai adquiriu, além da devoção religiosa, algum conhecimento do mundo que estava decidido a passar para sua filha. Os missionários — Jabu aprendera em suas primeiras conversas na clandestinidade, com camaradas na prisão sob luzes que prolongavam os interrogatórios do dia durante toda a noite — tinham vindo com a Bíblia numa das mãos e uma arma na outra, para roubar o país deles. Desenharam nos mapas, com um nome geográfico: África do Sul. O continente em forma de um grande cacho de uvas apontando para o polo sul, e o peso do território no fundo do país dos zulus, sepedis, xhosas, vendas, sesotos, tsongas. A mesma Inglaterra onde um desses mesmos ingleses deu início a uma campanha que tornou ilegal o tráfico de escravos que enriquecera muitos ingleses, que se tornaram não apenas donos de seres humanos como também proprietários de plantações de cana-de-açúcar em outros países, onde eram escravos os que faziam o trabalho bem longe da ilhota chamada Inglaterra. Tais contradições não parecem tão improváveis para um africano, sul-africano — num país que não é mais de ninguém, que foi holandês, inglês e francês por alguns anos numa região —, porque o presente de liberdade também tem suas contradições. As contradições estavam na vida das pessoas que recorriam ao Centro de Justiça em busca de compensação quando eram demitidas, despejadas de suas casas, quando a lei tradicional ou religiosa entrava em choque com a lei constitucional. Essas pessoas estavam diante de seus olhos todos os dias em que Jabu trabalhava auxiliando um dos advogados que garantiam aos cidadãos seu direito de serem ouvidos num tribunal.

Londres não era exótica, como seria a China, por exemplo, ou até mesmo a França e a Alemanha. Os descendentes daqueles que viveram como súditos do suserano sempre sabem muita coisa sobre ele, seus hábitos. Tanto Jabu quanto Steve haviam sido criados à base de chá forte; no caso dele, também os ovos com bacon de Andrew no café da manhã. Londres, que, como o pai ensinara a Jabu, era o coração da metrópole, o império ("mais e mais amplas hão de ser tuas fronteiras", cantava o coro da escola) do qual fazia parte a cidadezinha junto à mina de carvão; Londres, que era a "terra natal" que os membros mais velhos da família Reed visitavam de vez em quando, embora várias gerações da família não tivessem nascido nem morado lá. Os famosos parques onde oradores lendários subiam em caixas de madeira para pronunciar catilinárias contra isto ou aquilo pareciam menos numerosos, e os hare krishna, que eles já conheciam de ver em meio aos camelôs negros nas calçadas de Johannesburgo, ao que parecia tinham sido substituídos por punks com cortes de cabelo desenhados e piercings de grife que lembravam as antigas distorções/decorações usadas pelos ancestrais de Jabu: sinal de um mundo único, passado e presente intactos, em contradição (mais uma vez) com os conflitos que estavam rompendo a tessitura da vida tal como uma motocicleta rasgara a rua em Glengrove Place. Mas os namorados ou os que pretendiam namorar, até mesmo numa democracia permissiva as carícias em público só podem ir até certo ponto, são como sempre foram. Aqui, sempre na grama úmida, o comentário tolerante de Steve sobre o clima e o estoicismo dos britânicos, que arrancou de Jabu a exclamação tipicamente sul-africana que às vezes exprime mais empatia do que reprovação moral: — *Shame!*\* — Indiferente à chuva de verão e à friagem, ela continuou usando suas sandálias de salto alto. Steve lhe dera presentes de namorado, mas jamais escolhera roupas para ela nem pagara por elas; de repente, ali, ele tinha vontade de comprar "coisas" para ela. O quê? Não era esse o tipo de contrato homem-mulher que vigorava entre eles, entre os camaradas. Ele comprou para ela uma jaqueta de esqui, o agasalho mais pesado que existe, segundo lhe garantiu o vendedor.

Num lugar diferente, as pessoas se transformam em pessoas diferentes. O que tem lá a sua graça.

Ficaram hospedados com camaradas sul-africanos, imigrantes que dividiam uma casa velha num bairro proletário com um

---

\* Literalmente, "vergonha". (N. T.)

casal antilhano, e que estavam procurando alguma coisa mais barata em Kensington (vã esperança!) ou em algum outro lugar que não fosse chique demais para eles. Os dois casais eram de médicos, e três das pessoas em questão trabalhavam no mesmo hospital, enquanto a quarta estava fazendo um curso de pediatria numa instituição de formação de especialistas. Os camaradas londrinos tinham pouco tempo de lazer, Steve e Jabu tinham toda a liberdade que desejavam, para ficar e vagar a sós. Dentro dos círculos separados de suas carreiras, os advogados, clientes e funcionários do tribunal ocupando o primeiro plano da consciência de Jabu, tal como alunos e professores no caso de Steve; as exigências das crianças, os problemas práticos de uma casa, cobranças dos camaradas do subúrbio, muitas vezes eles ficavam com a cabeça em outro lugar, quando juntos só os dois ou na companhia de outros. Com exceção daquele lugar abençoado, a cama.

Ali, Londres era uma constante permuta de eus: os deles. Não foram assistir à troca da guarda, mas cumpriram outras etapas do itinerário do turista estrangeiro, ao mesmo tempo fazendo uma seleção entre os interesses, que por vezes constituíam descobertas, que um tinha sem que o outro soubesse. Steve queria perambular pelas famosas estufas dos Kew Royal Botanical Gardens, Jabu queria aproveitar o último dia de uma exposição de artefatos mexicanos que estava sendo anunciada em cartazes. Foram ao Museu Britânico porque acharam que era obrigatório; e então passaram três horas totalmente absortos em tudo que havia ali para aprender, inclusive a respeito do modo como uma cultura se constrói a partir de outras — o glorioso friso do Partenon que um embaixador britânico levou de Atenas e que agora era exibido com o nome dele, os "mármores de Elgin". A National Gallery era uma das maiores prioridades da lista de Steve; na casa dos Reed havia um livro de reproduções desse museu que ele levava para seu quarto, tomando contato com o mistério da arte talvez em resposta à confusão emocional da adolescência, tal como mais tarde iria voltar-se para a ciência e, por fim, para a revolução política como sua maneira de compreender a existência humana. Nem mesmo a escola particular para alunos brancos, em que ele fora matriculado para receber uma educação mais privilegiada do que a já privilegiada das escolas públicas destinadas a brancos, levava os alunos, como parte do processo educativo, a museus de arte; tal como Jabu nunca esteve nesses lugares. E no tempo da clandestinidade ela não podia entrar na Municipal Art Gallery de Johanesburgo, e Steve se recusava a ir a lugares aonde ela não podia ir. O que os dois conheciam era o trabalho dos artistas negros e brancos exibidos em pequenas galerias que andavam na corda bamba entre o que era permitido a título de surrealismo (que, na cabeça dos censores, não tinha nada a ver com nada) e o que era contestação da lei do apartheid e dos tabus religiosos. Não havia amantes negros e brancos *sur l'herbe*. Não havia nenhum Jesus crucificado que não fosse um louro com feridas no corpo alvo. Salvador de pele escura? Blasfêmia. Um deles, pior ainda, fora pintado por um branco, um traidor — foi retirado da galeria e proibido.

Os séculos de pintores e escultores que haviam criado uma visão do mundo só chegaram ao conhecimento de Steve e Jabu através de reproduções. Por discrição, nenhum deles comentou que a National Gallery foi para cada um como ganhar um novo par de olhos. No caso dela, Leonardo da Vinci. Jabu voltou à sala da *Virgem das rochas*. Steve ficou a seu lado: uma experiência dela. Por fim, Jabu virou-se para Steve, como se fosse ele quem lhe tivesse dado aquilo, algo que provinha do passado dele, que não se limitava ao legado do colonialismo.

Em lugares assim, a volta à entrada significa encontrar lojas de suvenires, livrarias, pessoas vestindo agasalhos para voltar... à cidade. Jabu comprou um cartão-postal da *Virgem das rochas*. Foi encaminhada a uma agência dos correios na Trafalgar Square, e lá selou e postou o cartão, para seu pai. O presbítero da igreja protestante.

Steve perguntou: — Você acha que ele vai mesmo gostar da Virgem, tão católica? —

— Você não está morrendo de vontade de tomar um chá? Ou café. Eu estou. — Ela saiu, de volta à rua. Olhando de um lado para outro, como se esperando que os chamassem. Viram um café onde se sentaram junto a uma janela opaca, e concordaram e discordaram, entusiasmados, sobre a experiência que tiveram.

Num outro dia, foram ver uma exposição de arte africana. Era como encontrar em outro lugar, em outro espaço na vida, alguém que se conhece intimamente. Experimentavam a animação adicional do orgulho étnico compartilhado, se bem que a etnia era dela, dele por adoção — não, conquistada por merecimento, graças às fórmulas e substâncias químicas utilizadas para fazer explosivos nos tempos da fábrica de tinta! Os deuses e guerreiros gregos de alguns museus estão todos mortos há milênios, mas as esculturas africanas que combinavam sem contradição a abstração da realidade, a totalidade — estrutura óssea do rosto humano, pés, membros, as perspectivas das fisionomias em perfil, de frente —, aparecendo em qualquer lugar como uma só, a imagem única que Picasso tomou para si da visão africana, essas continuam sendo criadas em sua terra, pela gente africana cuja visão elas exprimiam e ainda exprimem.

*Macbeth* foi a peça de Shakespeare escolhida na escola de Jabu na Suazilândia provavelmente porque julgava-se que os jovens africanos compreenderiam com mais facilidade o enredo, fazendo uma ligação com os chefes tribais de sua própria história. Quando, no meio da chuva londrina, declarou "Que chova, pois!", ele confessou, fazendo-a rir, que havia interpretado o papel de Banquo na montagem da sua escola: eles teriam que comprar ingressos no Globe Theatre, segundo a *Time Out*. Jabu não sabia que ainda estava de pé o teatro de Shakespeare; mas isso Steve sabia, como legado vivo da cultura inglesa que era a origem remota dos Reed e que era passada adiante, de modo indiscriminado, juntamente com os legados imperialistas contra os quais os camaradas brandiam sua lança — e agora ocorre a Steve um trecho da *Tempestade*, ele cita para ela uma fala de Calibã: "Tu me ensinaste a língua, e eis meu ganho: agora posso praguejar" —, os invasores de sua ilha que vieram da Europa.

No Globe eles ficaram em pé na plateia tal como no tempo de Shakespeare, no auditório descoberto. A conversação incessante do temporal inglês abafava a bela interpretação dos atores e encharcava Jabu, perplexa com esse culto primitivo no santuário do Bardo: — Mas que ideia é essa de fazer as pessoas ficarem em pé na chuva? —

Os camaradas anfitriões ofereceram aos visitantes uma noitada numa boate do Soho: uma cantora negra da terra deles (ela conseguiu se dar bem aqui em Londres, é de tirar o chapéu) cantava com o instrumento de todo o seu corpo juntamente com a voz, música de Todd Matshikiza, o compositor e jazzista de Johannesburgo que tinha morrido no exílio, em algum outro país da África. Excitados pelo ritmo da música, ficaram todos conversando para estender a noite. Na sala de visita compartilhada, os antilhanos e seus amigos haviam deixado copos vazios, cascas de banana e folhas de jornal forrando o chão, uma garrafa de vinho aberta, como se para lhes dar boas-vindas. Steve deitou-se no chão com a cabeça encostada na base do sofá entre os pés de Jabu, sentada nele. Ele brincava com o salto agulha das sandálias, gastas nas ruas de Londres, enquanto dizia, num tom leve, naquele contexto de fim de noite, aos camaradas: — Quando é que vocês vão voltar? —

Houve uma pausa. Talvez a chuva inglesa tivesse parado lá fora. O silêncio que surge quando se diz uma coisa que não era para ser dita. Um assunto que o falante sabe ser tabu. A mulher, Sheila, começou: — Mas por quê? — E o marido continuou a pergunta: — Por que você acha isso? Qual seria o motivo? — Para voltar.

— Pra nossa terra. — Jabu não se dirigia a ninguém em particular, como quem diz uma obviedade. Os dois médicos haviam lhe pedido com avidez detalhes a respeito do número crescente de infecções e mortes causadas pela aids no país que haviam deixado para trás. — Estamos precisando de médicos. —

— E vocês dois são bons. — Acrescentou Steve, talvez já sob efeito do vinho que o fazia falar de modo tão direto. — Vocês se formaram nas nossas escolas de medicina. — Talvez fosse uma acusação.

— Se não me engano, vocês têm médicos do Paquistão e até mesmo de Cuba. É uma opção, onde você vai atuar como médico. A sua obrigação com o paciente, a profissão... isso não muda. —

Sua mulher, Sheila, veio salvá-lo talvez para evitar que ele revelasse, diante de camaradas nesta hora e com a indiscrição provocada pelo ritmo insistente e a bebida, outras razões, mais pessoais e questionáveis. Então não se tem direito de ter ambição e obter prestígio profissional, depois de tantos anos em que nada disso contava, só dedicação à Luta? O que é que a gente ainda deve depois?

Ele falou em seu próprio nome. — Estou adquirindo habilitações no tratamento de bebês e crianças que não existem na nossa terra, faltam equipamentos. —

Quando se levantaram para ir dormir e trocaram os abraços de praxe, ele esperou para ser o último ao lado de Steve e, sacudindo a cabeça para distanciar-se da justificativa que sua esposa, por lealdade, disse: — Tenho inveja de você. E da Jabu. — Com o fio de voz que a escuridão torna aceitável; e apagou as luzes.

Não tinham sentido saudade dos filhos. Não precisaram confessar um ao outro, ou se acusar de sentimentos desnaturados. Aquelas duas semanas em Londres, a sede do imperialismo que eles, tal como os camaradas, viam como um resquício, sendo os Estados Unidos a potência imperialista sucessora, lhes proporcionaram uma liberdade que eles nunca tinham provado antes. Livres da disciplina da Luta, livres da disciplina do Dia Seguinte, da necessidade igualmente absoluta de resistir, de se opor ao preconceito e à injustiça que ainda perduravam, seja com as testemunhas que ela precisa preparar quando o Centro de Justiça vai testemunhar em defesa delas, seja quando ele se coloca na posição de ser visto no meio acadêmico como um esquerdista criador de casos, um hipócrita a defender os estudantes ingratos que fazem exigências ao sistema de educação superior que lhes é concedido por uma Constituição. Tempo; para viver um para o outro, sem qualquer compromisso adicional. Uma experiência como essa, vivida pela primeira vez, qual era o nome dela? Férias.

As crianças. Sindiswa rapidamente havia se tornado uma personalidade dirigente, e não uma hóspede, não queria saber nada sobre Londres — o lugar de onde vinham os presentes, sim —, tão ansiosa que estava para contar, com seu jorro esplêndido e estridente de palavras, tudo que fora dito e feito naquela aventura de morar na casa de Isa e Jake. Isa disse que Sindi era uma diversão da qual ela não queria abrir mão.

Já Gary manteve-se afastado. Tinha aquele ar de uma pessoa que não está em lugar nenhum, deslocada dentro de si própria. Se um estado assim, adulto, pode ser atribuído a uma criança. Com o ônus dessa culpa, Steve e Jabu se viram de volta ao subúrbio, com gente explorada reivindicando compensação no Centro de Justiça e alunos vindos da universidade, circunstâncias eternas medindo-se contra uma deserção de duas semanas.

— O aluguel aumentou — Steve comentou, com um suspiro simulado, para Jake. — Este seu subúrbio de camaradas e gays está ficando chique. —

— É, meu irmão, a burguesia criada pelos proprietários capitalistas... Bom, deixa pra lá. — Ele e Isa haviam comprado a casa em que moravam.

Teria sido quando, logo depois que Steve pagou o aluguel mais uma vez pela internet, entre outras obrigações, que ele e Jabu tiveram o primeiro impulso de comprar sua casa? A qual já fizera por merecer se tornar o lar da família — fora nela que Gary Elias aprendera a andar, que a moradia de Wethu evoluíra a partir de um galinheiro, marcas na parede acima do divã-sofá onde os camaradas haviam apoiado a cabeça, um jardim que começara quando Jabu plantou com suas próprias mãos o hibisco dado pelos golfinhos como presente de boas-vindas —, mas a posse não era justificada legalmente. Jabu examinou o contrato: eles podiam ser despejados com três meses de aviso prévio, ser obrigados a mudar-se, foi como ela leu a cláusula em questão, se o proprietário decidisse vender o imóvel. Mas isso não é um tanto improvável? Sim, mas se o proprietário tivesse um parente ou amigo, agora que está havendo uma escassez de imóveis no mercado e que aquele bairro estava mesmo ficando chique, a venda seria negociada sem que eles fossem consultados. Conseguiram levantar um empréstimo do banco sem muita dificuldade; ambos formavam um casal de classe média com empregos de nível superior. No caso dele, professor universitário de nível financeiramente inferior; no dela, advogada trabalhando numa firma sem fins lucrativos, mas que podia começar a atuar no direito comercial a qualquer momento.

— Quer dizer que a gente comprou casa enquanto muitos outros, entre eles camaradas, milhões ainda vivem em casebres de zinco e papelão. — Ninguém faz recenseamento nas favelas.

A afirmativa se dirige a eles dois. É também uma acusação. Estão sentados, no escuro, naquele pátio onde a árvore do vizinho, inclinada, esconde o muro que define um limite, este lado, do que eles acabam de adquirir em caráter exclusivo.

O cri-cri das cigarras faz parte do silêncio. Qual é a diferença entre ocupar essa casa assim, como propriedade, e morar nela, pagar por esse privilégio a algum proprietário? Os princípios são pouco práticos nas concessões feitas em relação ao ideal imaginado quando ele não existia.

— Não é uma mansão enorme com não sei quantos cômodos. — O tom de Jabu parece condescendente, como se ela não estivesse envolvida. Ele pensa demais; antes não era assim. No tempo da Luta a pessoa agia, dava ordens a si própria, conforme o que acontecia e tinha que ser feito, nesse dia, naquela área de operação.

— Só o suficiente pra duas crianças, a mãe e o pai. E mais um parente colateral, a Wethu. Donos deste espaço. Eu sei — ele gesticula.

— Quer dizer que você se arrepende de ter comprado a casa? —

Ele apruma a cabeça, as narinas dilatadas. Não diz nada.

— Amorzinho. — Um termo infantil do vocabulário afetuoso dos brancos que ela aprendeu logo que entrou para a faculdade na Suazilândia. — A gente já morou em tudo que é lugar. Por que é que agora a gente não pode ter uma casinha? Não estamos roubando de ninguém. —

— É, até aí você tem razão, agora é tarde, como é que a gente sabe de quem era esse *kraal*, aqui onde viviam os tsuanas antes de serem atacados pelo mzilikazi, depois vieram os bôeres e os ingleses? — É a história da terra de Jabu. — Você já viu as ruínas de uma antiga mina de ouro, ou então era de cobre, perto daqui? A gente precisa levar as crianças lá. —

— Mas a gente não pode ficar olhando pra trás. Aonde que a gente vai parar... —

— É, você tem razão, isso é arqueologia, antropologia... A restituição de terras não inclui os subúrbios da cidade, com certeza... sorte nossa. —

É tão comum ele apontar suas próprias contradições que ela tem que rir, é uma das coisas que fazem dele uma pessoa única, o amor dela.

Aquele riso suave o aproxima; juntos ao som das cigarras que esfregam as patas para cantar depois da chuva. Jabu vem de um povo esbulhado, ela não tem por que se sentir culpada, nem mesmo de ter traído qualquer princípio revolucionário segundo o qual toda a propriedade é roubo. Talvez ela tenha razão outra vez, também isso é arqueologia a essa altura da história. Viver com alguém como Jabu, para um branco, é um conforto fora do alcance da análise. Ela é. Nós somos. Nós.

As situações pessoais e públicas para eles estão sempre em síntese, desde que se conheceram na Suazilândia, e isso não muda na situação de liberdade. Antes do interlúdio de Londres tinha havido boatos, alegações de que as compras de armamentos destinados às forças armadas no país estavam "sujeitas a possíveis irregularidades e desvios". Mais um item para a coleção de eufemismos de Steve: dessa vez para referir-se à corrupção. Entre os envolvidos estariam os irmãos Shaik, em meio a camaradas que não eram negros. Esses Shaik eram apenas nomes desconhecidos. É claro que muitas pessoas tinham nomes que não eram utilizados no tempo da Luta, uma estratégia para não serem identificadas. As acusações vão brotando, abundantes, espinhosas, uma enganchando-se na outra. Uma conclusão importante é que nenhuma irregularidade pode ser atribuída ao sucessor de Mandela, o presidente Thabo Mbeki e seus ministros. A Promotoria Nacional havia emitido mais de cem mandados judiciais, obtido declarações de testemunhas, numerosos documentos, investigado firmas na França, em Maurício e na própria África do Sul: uma empresa francesa do grupo Thomson-CSF e um consórcio alemão de navios de guerra haviam atuado como empreiteiros no negócio de armas.

A investigação virou parte da crônica cotidiana sempre que o grupo se reunia no subúrbio. Peter Mkize mostrava-se desanimado e indignado: — Não dá pra acreditar. Então foi pra isso que a gente lutou? Me diga. Pra isso que fomos queimados e perseguidos no rio Komati? — Todos compreendem sua autoridade para dizer isso.

Traduzir toda afirmação como se de uma língua estrangeira: um Shaik é intermediário das empresas fornecedoras de armas, as quais, segundo ele, teriam subornado Zuma.

Steve compartilha os sentimentos de Peter Mkize, o que há de vergonhoso na espécie humana, nada de pessoal, pior do que isso. — Por que é que a gente acha que conosco vai ser diferente? O México depois das revoluções deles. A Rússia depois da revolução, *a* revolução, e depois do fim da União Soviética, agora revolucionada pelo capitalismo. —

Marc é o único dos golfinhos que defende de modo passional a justiça sempre, e não só em casos de discriminação contra homens e mulheres que não se encaixem nas convenções emocionais. — Sempre tem esses caras que se dão bem. A gente tem que conviver com isso. *Ubuntu!* —

— A gente tem que querer... A gente tem que ser diferente! O que é que vocês estão dizendo? *Ubuntu*... Vocês sabem o que é isso? Sabem? O que é que está acontecendo com o conceito? Agora quer dizer que porque os camaradas participaram da Luta eles podem andar de Mercedes e comprar palácios pras mulheres deles com os milhões que recebem de propina desses ladrões estrangeiros? Nos traindo! Como é que vocês podem encarar a coisa assim? — Todo o corpo de Jabu estremece de indignação.

Quem é que pode responder?

Jake vai tentar; ela tem peito, essa mulher do Steve. — Se alguém pode nos dizer? Um de nós *dizer*? Porra. *Ubuntu*: nós todos somos um só, eu sou vocês, vocês são eu! Que poder nós temos? A gente achava que teria, que era isso que ia acontecer quando a gente se livrasse do apartheid e todos os outros penduricalhos. Cartéis financeiros internacionais, neocolonialismo, o nome tanto faz. Comércio de armas. A contabilidade do sistema é a propina. É fraudar os livros pros fregueses, trocando dinheiro por serviços prestados. Não é a mesma coisa que vender pizza num balcão! E afinal, que é que nós podemos fazer, nós que somos ex-combatentes comuns? São os Shaik da vida mancomunados com os Zuma que herdarão a terra em dólares, libras ou euros, seja lá qual for a moeda da transação. —

Bem, não é uma resposta.

É muito pouco dizer o que alguns estão pensando: vamos esperar a próxima eleição e a outra depois. E, de acordo com o que saiu dessa troca de ideias, haverá uma mudança de pessoal, talvez, mas o sistema de contabilidade do mundo será o mesmo, esquerda ou direita.

Jabu ia para casa, aquele destino imutável, a casa do presbítero da igreja metodista e diretor da escola, em KwaZulu, com uma periodicidade tão automática quanto a mudança de estações do ano. Não é esperado, talvez nem exatamente desejado, que o marido sempre a acompanhe, salvo nas visitas natalinas ou em um ou outro enterro — nesses casos o respeito era obrigatório, enquanto os casamentos eram mais ocasiões femininas. Sindiswa estava entrando naquela fase em que as colegas da escola lhe eram mais próximas do que os familiares, e normalmente preferia passar seu tempo com elas. Mas Gary Elias correu para o carro e sentou-se ao lado da mãe, já antegozando o entusiasmo com que seria recebido por aqueles meninos que pareciam ser todos primos seus, ou pelo menos de algum modo uma parte dele. Jabu estava contente porque queria que seu pai, o homem que sabia penetrar a consciência dos meninos, acompanhasse seu desenvolvimento de vez em quando. Era um olhar de avô, porém distanciado, profissional, experiente. Embora Steve fosse educador, era inegável que entendia mais de jovens adultos universitários, e no filho via uma repetição de sua própria meninice, que fora feliz. O comportamento da rejeição — necessária em sua situação por efeito da marca de suas mãos brancas, concebidas no privilégio — só viera na adolescência. Gary Elias não teria de crescer para emergir de uma situação falsa e chegar à realidade: ele já nascera nessa realidade.

O pai de Jabu havia telefonado convidando o menino para passar os feriados da Semana Santa com a família zulu à qual ele pertencia por parte de sua mãe. — Baba, mas não seria melhor nas férias de inverno? O senhor vai estar muito ocupado com a igreja por conta da Páscoa. —

Ele descartou a ideia do adiamento com o velho ditado que aprendera numa cartilha: — O melhor tempo é o presente. —

Ela compreende que, segundo a sabedoria do pai, o menino já está preparado para juntar as cerimônias de duas experiências de vida, que são suas por herança, com total autoconfiança.

Assim, ela se vê de novo no cubículo de privacidade de seu pai: os jornais perfeitamente redobrados e empilhados — é claro que seu Baba acompanha de perto tudo que está acontecendo no tempo de liberdade de seu país no qual, há que se admitir, ele desempenhou seu papel, arriscando-se para direcionar a trajetória da filha. Mas estão todos tão envolvidos, juntamente com o pai, em decidir se Gary Elias vai dormir na casa do Baba ou ficar com um dos irmãos de sua mãe que têm filhos mais ou menos da sua idade, que não têm tempo de comentar o assunto sobre o qual seu pai certamente leu naqueles jornais. Jacob Zuma, o zulu que antes de alçar-se ao segundo cargo mais importante do governo, o de vice-presidente no governo Mbeki, era Umpathí Wesigungu Sakwazulu-Natal, o chefe zulu do Conselho Executivo, agora está sendo acusado de cumplicidade num caso de suborno por compra de armamentos.

Ela entregou Gary Elias ao Baba.

Voltando à cidade, a sua casa no subúrbio, onde a compra de armamentos é o tema de especulações e questionamentos dos camaradas — ela incluída; como um tapinha no ombro: não perguntei. A meu pai. Como é que ele vê essa história. O irmão zulu foi um dos combatentes da liberdade naquele tempo, um dos melhores, próximo a Mbeki, passou anos na prisão de Robben Island. O que isso significa. No presente.

O grande descobridor de talentos, o advogado sênior que, nos primeiros anos de Jabu no Centro de Justiça, avançou em sua carreira sendo promovido a juiz, não se enganara ao reconhecer, do modo mais informal, o potencial da nova advogada. Sua capacidade de realizar com presteza trabalhos preparatórios para os advogados do Centro chamava a atenção no tribunal, e várias vezes ela foi abordada por advogados de firmas comerciais, que lhe perguntavam se ela estaria disponível para aceitar um trabalho de assistente de defesa num ou noutro caso de direito consuetudinário. Se tais convites se deviam em parte ao fato de que, por ser ela mulher e negra, sua presença serviria para provar que a firma — fosse Abdillah Mohamed, Brian McFarlane & Associados ou Cohen, Hafferjee, Viljoen & Associados — estava se adaptando aos novos padrões da profissão de advogado, antes reservada apenas a brancos, isso não tinha importância, desde que as novas políticas estivessem mesmo sendo postas em prática. O importante era que o Centro de Justiça, sabendo que era por sua determinação de defender os explorados que essa advogada brilhante e conscienciosa não atuava no ramo do direito empresarial, lhe concedia autorização para que ela assumisse um caso de vez em quando. O que ganha um advogado que trabalha para uma organização de direitos constitucionais não passa de uma afirmação de compromisso social em comparação com o que ganha um advogado que trabalha para empresas.

Jabu poderia ter continuado na firma em que começara a trabalhar depois que deixou de lecionar na escola dos padres, assim como Steve largou a fábrica de tintas e se tornou professor. Essa opção implicaria pôr o dinheiro acima do que definia para ela a condição de estar viva desde que fora recrutada para a luta pela liberdade, ao ser presa. Tal como gerações de tios e irmãos da família extensa do Baba haviam sido presos por caminhar pelas ruas da cidade sem um passe no bolso. Porém a escolha — por acaso — de trabalhar honestamente como advogada, sem privar o Centro de Justiça de sua dedicação, lhe dava mais recursos para enfrentar as despesas, as bocas que pediam dinheiro, da família nuclear no subúrbio. Steve, com o reforço de Peter Mkize, que trabalhara como mecânico antes da *Umkhonto we Sizwe* (e que se tornou um quadro importante para o exército guerrilheiro, deficiente em matéria de veículos), concluiu que o carro de Jabu estava obsoleto, tendo se tornado perigoso, e escolheu para ela comprar um modelo com dispositivos de segurança, trancas sofisticadas, era de esperar que ela achasse aquilo desnecessário, custando mais do que lhe parecia ser o limite de seu bolso. Mas a mensalidade da escola aumentou — o que estava certo, concordaram ela e Steve, já que os professores das escolas particulares mereciam um salário adequado, tal como os da rede pública deviam ser apoiados em sua exigência de salários acima da miséria que recebiam, como se eles constituíssem um dos fatores menos importantes num "país em desenvolvimento", o termo de jargão da ONU para designar um país onde não há uma terra de ninguém entre os píncaros da riqueza e os pântanos da pobreza.

Educação. Essa é a área do Steve, não é? Na parceria entre ideais com amor e realização sexual e o compromisso com os filhos, o que configura o mistério chamado casamento. Eles pisam em terreno sólido, o trabalho que cada um deles faz; as crenças que os dois têm em comum. Steve acena para Jabu, que vai testar o carro novo, com tudo isso os unindo, ele sorrindo de confiança, ela reconhecendo que a supervisão do marido garante sua segurança. O que é o amor? Você só aprende com o passar do tempo. Não é aquilo que deslumbra no início... Do mesmo modo como ninguém pensa que o sequestro de veículos (o que é corriqueiro nas estradas agora) é uma forma de liberdade; mas você devia ter pensado, porque a liberdade pode ter consequências que não se verificam, que não são possíveis em menos de uma geração? Não aceitando o método revolucionário de fechar o hiato, historicamente tão enorme quanto o próprio Universo, entre os ricos e os pobres num tempo em escala humana, e não na eternidade.

Steve sabe. Ela já disse isso, em tom carinhoso, muitas vezes: ele pensa demais. O jeito é tocar em frente assim mesmo. A dissertação dele foi publicada num periódico científico. Ele continua sendo o "esquerdista da faculdade" — isso mesmo, o remanescente da Luta em suas atitudes a respeito da orientação da universidade. Sempre organizando seminários interdisciplinares sobre este ou aquele aspecto, a relação entre acadêmicos e estudantes, algum novo processo de aprendizagem para ambos; enquanto alguns acadêmicos brancos passaram metade de suas vidas realizando pesquisas de uma ou outra natureza, tanto na condição de alunos quanto ocupando cargos honrados em universidades estrangeiras: Escola Normal Superior de Paris, Universidade de Hamburgo, Instituto de Estudos Avançados de Boston, St. John's College em Oxford, Japão e outros lugares dos quais os alunos nunca ouviram falar. O professor assistente Reed e seus camaradas certamente se sentem fortalecidos com a nomeação de um professor de outro país africano para a cadeira de Economia — uma espécie de tentativa de reconhecer a independência cultural de modo diverso da sua definição costumeira dada na Europa e nos Estados Unidos. O economista, com seu diploma e seu sotaque de Oxford, situava-se na hierarquia acadêmica mais ou menos no mesmo plano que a velha guarda da sala do café, apesar de usar um complexo traje da África Ocidental e um chapéu bordado. Ele adoçava sua fala com termos expressivos, utilizava locuções típicas do povo a que pertencia, e bebia com os amigos de Steve, quando foi levado ao bar onde eles se reuniam. Na casa de Steve, ficou entusiasmado ao constatar que seu colega era casado com uma negra — pelo visto, ainda tinha em mente a moral sexual, ainda que não os tabus, do passado deste país. Imediatamente se dirigiu a Jabu na língua africana que ele próprio falava como se pressupondo que de algum modo ela haveria de compreender; um abraço verbal só entre eles dois. Era uma maneira de homenageá-la. Jabu olhou para os outros que a cercavam amontoados no pequeno pátio, o lugar onde recebiam convidados, como se algum deles pudesse compreender. Veio uma gargalhada de Peter Mkize: — Ele está fazendo uma canção elogiosa, como você é bonita, seus olhos, seus... —

— Não precisa entrar em mais detalhes. — Era um dos golfinhos, juntando as mãos e projetando os peitorais.

— Como é que você sabe o que ele estava dizendo? —

— Saber, não sei, não, mas a gente sabe que ela é bonita, não é? Ela tem atributos. —

O irmão de outra parte do continente baixou a vista e balançou a bela cabeça, em sinal de confirmação ou de contrição sofisticada. Todos concordaram que ele era uma boa aquisição para a universidade, e parabenizavam Steve como se ele tivesse alguma coisa a ver com aquela contratação. Porém o mais provável era que fosse graças ao professor Nduka que estudantes de outros países do continente africano estavam sendo aceitos na universidade; ou eles têm condições de pagar as mensalidades ou são bancados por alguma fundação internacional, ao contrário do que acontece com os jovens do próprio país, que não têm dinheiro nem bolsas suficientes; "a universidade é aberta a todos", Steve repete a citação para Jabu. Ela certamente está pensando, ainda que não diga como antes: "O que é que vocês vão fazer a respeito disso? Agir. Agir". Ele e os outros membros desse grupo da universidade que são mais uma vez questionados: "Como é que vocês promovem a cultura integrada da instituição em sua identidade africana nomeando um nigeriano para chefiar um departamento, e participam de uma passeata de protesto com os homens e mulheres do nosso povo que não conseguem custear seus estudos numa instituição de ensino superior?".

Se em algumas igrejas os homossexuais ainda são excluídos, o teatro celebrou a estreia da peça de Marc, finalmente, tendo sido reescrita por ele em diversas versões até deixá-lo satisfeito. Tal como o Baba de Jabu, Marc tem uma citação filosófica que funciona em todas as circunstâncias: Mostre as coisas como elas são.

O mundo desenvolvido já está acostumado com isso provavelmente desde o julgamento de Oscar Wilde (embora ele dissesse apenas que não tinha nada a declarar a não ser sua genialidade — e não que não tinha nada a declarar a não ser o amor que não ousa dizer o próprio nome), mas no mundo em desenvolvimento a homossexualidade sempre foi um tema para insinuações e duplos sentidos de comediantes stand-up em boates vagabundas, e não assunto para uma peça de teatro.

Jabu vai à estreia acompanhada por um dos advogados para o qual ela foi, para usar sua própria expressão, "emprestada" pelo

Centro de Justiça, a fim de atuar num caso de guarda de menores; Steve teve que ir a um jantar oferecido a um cientista visitante naquela noite. A peça, que Steve e Jabu tinham sido escolhidos para ler tanto como uma obrigação imposta por sua objetividade quanto como um privilégio, em suas versões anteriores, torna-se uma coisa muito diferente quando encenada num palco com vozes e corpos reais. Ao vivo, constata-se que ela não cai na tentação de fazer presunções invertidas, como da superioridade das relações homossexuais; se por um lado, nesse tipo de relação sexual, não há esposas espancadas nem mulheres que humilham os maridos, por outro há ciúme, traição e uma tendência característica ou irreverente a rir com ironia, um do outro, de tudo e de todos.

Não houve intervalo, e por isso, quando o espetáculo terminou, a plateia permaneceu por algum tempo no foyer e no bar, conversando sobre a peça e o estilo de atuação, frontal e direto. Jabu sentiu que alguém puxou de leve um de seus cachos empilhados: é Alan que está atrás dela.

— Será que você deu um fora no meu irmão? Quem é o carinha? —

Ela já está escolada agora, e responde no mesmo tom: — Como que eu ia fazer uma coisa dessas com um membro de uma família distinta como a dos Reed? — Jabu o apresenta a seu colega de profissão. Como quem é tentado a se queixar de uma doença ao ser apresentado a um médico para ganhar uma consulta de graça, Alan aproveita a oportunidade para interromper os comentários entusiásticos sobre o espetáculo, no espírito da citação de Marc: — Você acha que o casamento gay vai ser legalizado? O que é que andam dizendo os advogados... e as advogadas? — Uma íntima inclinação de cabeça reconhece que Jabu é uma delas.

— Eu diria que é inevitável, mas não dá pra prever quando vai ser. —

— Mais cedo ou mais tarde, então. — Essa é a única informação que se consegue de graça: a que é tácita, Alan sente que compartilha o cômico da cena com Jabu. Não vai constrangê-la insistindo com o advogado.

Talvez tenha sido o espetáculo que criou certa atmosfera, juntamente com o ar-condicionado, que permite a franqueza e a espirituosidade. Ela lhe pergunta, brincando: — Está pensando em se casar? —

Alan lhe dá um abraço discreto — não toque nesse assunto.

Chegando em casa, passando pela igreja que normalmente esbanja luz e as mais recentes gravações digitais, escura e silenciosa, a piscina refletindo as luzes da rua é o único olho aberto.

Steve já está deitado, chegou antes dela. Quer saber tudo que ele perdeu. Jabu tem perguntas que lhe ocorrem, que ela quer perguntar. Senta-se na cama, empurrando para o lado o livro que ele estava lendo, e eles conversam como se ela fosse uma convidada animada que acabasse de chegar. — Difícil explicar... A coisa me pegou com tanta força, acho que não fui só eu que percebi que tem maneiras que a gente não percebe de demonstrar preconceito, e eles ficam magoados, talvez até nossos amigos... Camaradas... Gente como a gente. A piscina estava brilhando quando passei por ela agora mesmo... E como eles riem de tudo que acontece com eles. Foi muito engraçada, a peça. Eu não reparei como eles fazem isso, quando a gente leu o texto. —

— Rir de si próprio. —

— Isso! Rir de si próprio. —

— É que se você consegue rir, você se protege do que os outros dizem sobre você, as piadas que você faz rebatem os deboches deles, você ri de si mesma e cria uma casca grossa, a repulsa e o desdém chocam-se contra ela. —

Depois, Jabu se despiu da experiência daquela noite juntamente com as roupas e se deitou na cama, o lugar na vida que cada um deles só dividia com o outro e mais ninguém. — Se a sua gente... — Por algum motivo, essa expressão divisiva nunca era usada entre eles, nem para se referir a Pauline, Andrew, Alan, Jonathan e Brenda, os Reed, nem aos parentes colaterais Gumede, reunidos em torno do pai dela, o clã negro e o branco da rede familiar de cada um. — Se os negros conseguissem de vez em quando fazer isso... Agora que a velha ordem foi pra lata de lixo. Partir pra armas de pequeno porte, você entende o que eu quero dizer, em vez do couro de vaca, de ficar brandindo *assegais*,* daquela tradicional afirmação de identidade, dignidade contra a merda dos brancos que ainda jogam neles... — Mas na mesma hora ele cai em si. Um gemido de autocorreção. — Como é que se pode comparar uma situação em que o seu povo, em que vocês foram usados como uma lacuna a ser preenchida com a concepção de ser humano formada por outro povo? A comparação é ridícula, Ninguém tem nada que se meter com quem faz o que com quem. Na cama. É de matar... —

Ela sorri um sorriso triste ao ouvir o seu Steve, ele não está vendo, na escuridão deles dois. Ele não disse: "É de foder".

---

* Espécie de lança. (N. T.)

Como cada um exercia uma profissão que talvez não escolheriam se as diferentes ambições da juventude não tivessem sido colocadas em segundo plano pela Luta, e, uma vez conquistada a liberdade, pelas necessidades da vida privada, eles dois muitas vezes tinham obrigações fora do horário do expediente, horas que passavam um sem o outro. Ela, representando a realização do que era melhor que a ambição: ocupar seu lugar no que agora é chamado de Nova Ordem, o direito; ele, sem a consciência de estar engajado numa ação comum como alternativa às velhas barreiras da educação; ela, numa alternativa à defesa da justiça limitada àqueles que têm recursos para pagar um advogado. Jabu atuava no combate regulado entre promotoria e defesa no tribunal, mas estava integrada a seus colegas, no seu nível de advogada júnior, e aos advogados seniores que eles assessoram, tal como antes estava entre os camaradas na Luta. Ainda que a maioria dos advogados da firma comercial à qual ela foi "emprestada" não passasse de simpatizantes que assistiam ao conflito de seus lares, todos agora estão comprometidos com a causa da justiça. No laboratório, nos seus seminários, Steve cumpria sua obrigação acadêmica de disseminar saber e desenvolver habilidades; quando colocava na porta do seu escritório a placa avisando que ele estava disponível para atender, vinham procurá-lo alunos tímidos e confusos, ou orgulhosos e agressivos, e as aulas de recuperação que Steve e os poucos remanescentes de seu grupo de acadêmicos persistiam ministrando como band-aid compensatório à instrução fornecida pelas escolas, ele dando obstinadamente o melhor do que tinha aos alunos. Mas na sala de professores Steve fazia parte de um grupo de docentes do presente em meio às estruturas do passado, fervendo de raiva por dentro contra o mantra da máquina de café, os rituais do amor-próprio acadêmico embalados pelo vapor oloroso. Havia congressos científicos aos quais ele comparecia para se instruir, jantares do corpo docente em homenagem a professores visitantes aos quais ele era convidado porque sua tese fora aceita pela universidade — o orgulho que a oratória do vice-reitor manifestava pelo departamento de ciências, escolhido por cientistas famosos no campo da astrofísica e das concepções do século XXI a respeito da natureza do universo.

Além de comparecer às reuniões formais dos advogados, Jabu com frequência almoçava em restaurantes com este ou aquele sócio desta ou daquela firma de advocacia para a qual ela estava trabalhando no momento. À noite, levava a mão ao ventre, não querendo comer outra vez quando se sentava à mesa onde era servida a refeição que ela e Wethu haviam preparado para as crianças e Steve, o qual na hora do almoço havia comido numa lanchonete de fast-food frequentada por seus alunos.

Nos momentos de pausa do seu expediente, Jabu e seus comensais ficavam a falar sobre questões de trabalho, analisando o que ocorrera no tribunal; Steve e seus alunos, enquanto comiam pizza, discutiam se a universidade estava ou não correspondendo a suas expectativas.

Tal como a imagem muscular de um desportista profissional desenvolve certa conformação, assim também a imagem de Jabu foi sofrendo algumas mudanças. Embora seu cabelo formasse a coroa africana de tranças e cachos que configuravam a afirmação geral da estética africana tradicional reafirmada pela mulher livre, ela começou, talvez sem perceber o que estava acontecendo, a adotar a outra convenção tradicional da liberdade feminina: os conjuntos informais, porém bem cortados, de calça e paletó utilizados pelos homens que eram profissionais liberais. Isso era a expressão externa de alguma coisa... Uma impressão que ela havia conseguido obter, ou havia recebido, uma síntese entre a relevância funcional do passado e o presente; o que não havia ocorrido com Steve.

A volta depois da separação cotidiana não se dá apenas em relação aos filhos, o centro da vida privada. É também uma volta ao subúrbio; era com Jake, Isa, os Mkize e outros camaradas com os quais o contato era renovado que havia lugar, espaço a ser ocupado, com a troca confidencial de experiências e compreensões mútuas, para o que eles haviam planejado realizar. O que estava acontecendo no país. Até mesmo os que ocupavam a antiga Gereformeerde Kerk, que teria condenado à danação pessoas como eles, estavam interessados na preocupação profana com a situação resultante da luta pela liberdade da qual eles não haviam participado ativamente, embora alguns com a mesma orientação que eles, brancos e negros, tivessem atuado como revolucionários, camaradas na prisão e no mato. O dramaturgo Marc, provavelmente realizando uma pesquisa para a peça que estava pretendendo escrever, veio com relatos dramáticos em primeira mão sobre o que não estava sendo feito a respeito da situação degradante dos trabalhadores negros, que viviam em condições piores do que aquelas em que "o fazendeiro branco mantém os porcos dele"; era Marc quem forçava os golfinhos a não se limitar a constatar a discriminação específica sofrida por eles. O convite permanente de todos os domingos para que Jake, Isa, os Mkize, Jabu, Steve e a criançada frequentassem a piscina foi se tornando um evento sociopolítico, em meio aos comentários irônicos e afetuosos da comuna.

Essas ocasiões familiares dominicais no subúrbio, mais públicas do que privadas, eram de certo modo cautelosas. Se por um lado as decisões tomadas pelo governo que afetavam a todos — impostos, planos de saúde, criminalidade — eram discutidas em meio a críticas dirigidas aos ministros de Estado, com direito a imitações cômicas de alguns políticos para animar a conversa, com risadaria geral, havia aspectos dessas questões que Jake, Isa, os Mkize, Jabu e Steve não comentavam. Assuntos que eles não puxavam, como se tivessem feito um juramento político semelhante ao maçônico. Quando se reuniam só eles na casa de um membro do grupo, as mesmas questões eram discutidas por um ângulo diferente daquele que vigorava em torno da piscina.

Os vínculos formados na prisão e no mato entre camaradas, tentáculos interiores, configuravam um significado para suas vidas que não podia ser apagado. Eles haviam testemunhado disputas por afeto, hábitos de tirar ouro do nariz, peidos, coisas difíceis de suportar na proximidade estreita da barraca e da cela, tensões sexuais de ciúme quando havia camaradas do sexo feminino entre eles: todas as limitações, defeitos e paixões humanas; tudo, porém, sempre subjugado, dominado pela Luta. Reunidos só eles agora, podiam conversar sobre a venalidade do ponto de vista de quem está dentro, experiência informativa, sinais de que sempre existiu, neste ou naquele alto funcionário do governo, a determinação implacável desse vice-ministro para defenestrar aquele ministro, a questão de por que fulano, cuja patética incompetência os camaradas conheciam muito bem, havia sido promovido no ministério enquanto beltrano, camarada inteligente e íntegro, parecia ter sido relegado a uma posição secundária em alguma comissão.

Esses fatos e dúvidas não eram para ser comentados nas fofocas das manhãs de domingo.

Mas a família do tal Shaik continuava a aparecer nos jornais em conexão com a compra de armamentos. O primeiro governo democrático havia criado um Programa de Aquisição de Armas Estratégicas do Departamento de Defesa, com base no princípio de que o país precisava fortalecer o butim militar herdado com a derrota do exército do apartheid. Abriam-se concorrências para a aquisição de corvetas, submarinos, helicópteros, caças de treinamento e caças avançados no estrangeiro, com a condição de que os fabricantes de armamentos desses países prometessem investir no país e criar empregos. O nome Shaik — uma família de irmãos chamados Shabir, Yunus (mais conhecido como Chippy) e Mo — não sai da primeira página do jornal desde que teve início esse processo de compra de armamentos, há mais de cinco anos. Antes tinha havido uma tal de Comissão de Auditoria, e então o governo firmou a compra de armamentos, argumentando que se tratava de um gasto bilionário necessário. Havia um Shaik nessa comissão.

— Mas quem é esse tal de Chippy Shaik, hein? —

— Está aqui, você acabou de ler: "Diretor de aquisições para as Forças Armadas" quando ocorreram as "irregularidades" nos contratos com os empreiteiros que agora estão sendo investigados.

— Não... quando ele militava na *Umkhonto*. Ele era o que naquela época? — Jake respondendo a si próprio com uma careta de quem se reprova por não lembrar.

Havia muitos níveis de atividade no Movimento (mais um eufemismo, esse de Luta). Alguns estariam familiarizados com o papel de Shaik, ou lá o que fosse, mas Steve e Jabu, tal como Jake, não estavam.

Recorreram a Peter Mkize. — Isso é irrelevante. Veio à tona agora que o Shaik é, hum, assessor financeiro do nosso vice-presidente Jacob Zuma. Vocês viram o que deu no relatório do Tribunal de Contas, o custo do negócio foi bilhões acima do que tinha sido orçado pelo governo, e ninguém sabe qual vai ser o custo final... Por quê? Por causa de umas "compensações industriais". *Eish!* —

Steve sabe o que todos no mundo exterior sabem sem questionar. — O comércio de armas é o mais sujo de todos. "Compensações industriais" são investimentos e oportunidades de comércio que os que ganharam a concorrência com propinas prometem proporcionar ao país pro bem dele. Os comerciantes de armas sabem que essas promessas depois podem ser esquecidas. Como eles compram os ministros? Os funcionários do governo que decidem quem fica com os contratos. —

Jake arranca o argumento dele como se fosse uma bandeira. — Está aí uma grande contribuição para o desenvolvimento do país! —

O emaranhado da complexa família Shaik está sendo gradualmente deslindado. — O Shabir, irmão do assessor financeiro do Zuma, é que ganhou o contrato, apesar da proposta dele ser duas vezes mais cara que a de outra firma, da mesma qualidade. —

— E embolsou a grana. — O refrão.

— Se esse negócio acabar na justiça quem sabe... —

— O Zuma é o presidente eleito... Imagina se o presidente vai... —

Há entre eles uma advogada. — Ele foi citado no processo. E também foi ao tribunal por conta de outra acusação: estupro. — Ela estava presente na ocasião, e Zuma fora declarado inocente.

Os camaradas do subúrbio acompanham o início do que parece ser uma era, agora que a revolução foi vitoriosa.

— Por causa do apartheid nós éramos os párias do mundo, com a liberdade a gente passou a ser o que nunca foi: uma parte do mundo democrático. A corrupção não desqualifica isso. É uma coisa que está em todo lugar. — Apontou Steve.
Jabu está recolhida, como se estivesse entre estranhos.
Ele interpreta, com base na maneira como ela tem reagido ultimamente a acontecimentos cotidianos: irritada quando numa panela que ela não conferiu a tempo um molho parece ter secado, castigando-se a si própria puxando o couro cabeludo pelas tranças recalcitrantes diante do espelho de manhã, e acusando-se de falta de cuidado quando deixou que o carro ficasse sem gasolina, obrigando um colega a ir buscar um galão cheio num posto para que ela pudesse voltar para casa do Centro. Às vezes, quando estão juntos só eles dois, ela se levanta de modo abrupto, com um gesto de rejeição dirigido a algum comentarista da televisão, e sai da sala; em outras ocasiões fica com os olhos de tal modo pregados na tela, tão tensa por estar ouvindo o que está sendo dito, que ignora coisas a que costuma dar atenção, por mais absorta que esteja: conversas, músicas, o barulho de alguma briga entre Sindi e Gary Elias. Ele vê, sente se aproximando, cada vez mais perto, como a carne dela na intimidade, que Jabu está indignada e perturbada, mais do que ele próprio está.
Ela não diz muita coisa quando ele levanta a vista do jornal — Você viu isso? "Zuma teria pedido 500 mil por ano de suborno" à companhia francesa que ganhou o contrato de fornecimento de equipamentos para corvetas. A companhia do Shabir Shaik era a parceira dos franceses no programa de BEE.* —

---

* Black Economic Empowerment (Empoderamento Econômico Negro), programa governamental que visa compensar a discriminação sofrida por grupos étnicos durante o período de apartheid, que entre outras coisas concede a firmas pertencentes a membros desses grupos a participação em negócios que envolvem empresas estrangeiras. (N. T.)

— Por que é que a gente faz o que os brancos fazem nos países deles? O que é que a gente tem a ver com isso? Nós não somos mais as colônias negras deles. —

Ele percebeu, mas não entendeu mal, a justaposição de contrários: brancos e negros, o "nós" que excluía o homem dela, ele, de sua identidade solidária. Jabu se sente envergonhada pela traição dos negros, um grupo ao qual ela pertence, perpetrada por eles próprios; ainda que o racismo não faça parte de sua vida, é provado de modo definitivo pela existência de seus dois filhos?

Os períodos do ano que Gary Elias passa com o avô são regulares, prazeres de que ele nunca se cansa à medida que crescem suas atividades e interesses na cidade, na escola e no subúrbio. Ao menos uma vez, numa dessas viagens ocorridas durante as férias escolares, seu pai foi com sua mãe levá-lo até a aldeia para fazer sua visita de cortesia: ele era o marido da filha não apenas do presbítero da igreja metodista e diretor da escola, mas também do chefe da comuna familiar. Enquanto dirigia, Jabu observou, em voz baixa, que não deveriam levantar o assunto de Zuma durante a visita. Seu pai o conhecera bem, tinha ligações com ele de longa data, do tempo em que ele era membro do Conselho Executivo para Assuntos Econômicos e Turismo do governo provincial de KwaZulu Natal.

Steve estava pensando que o negócio da compra de armas era precisamente o tema que deveria ser discutido, por interessar a todos na aldeia. O pai dela, que sempre direcionava a conversa daqueles que se reuniam em torno dele, com a esposa e a família extensa a dar as boas-vindas, não tocou no assunto, e como a autoridade emanava dele com a mesma naturalidade com que ele respirava, ninguém o fez. Havia muitos outros temas a comentar. Dois primos animados da idade de Gary foram encorajados a falar sobre o equipamento de laboratório científico que fora doado à escola do diretor por alguma fundação norueguesa (essa notícia foi dada em reconhecimento à condição de Steve como homem de ciência e professor). — O ministro da Educação veio aqui pessoalmente, junto com o embaixador da Noruega. Você conhece o ministro da Educação, Jabulile? —

Não havia limites para o nível das realizações conquistadas em prol dessa filha que ele havia conseguido instruir até mesmo quando ela estava presa. Todos, inclusive a única avó sobrevivente de Jabu, carregada carinhosa e respeitosamente até sua cadeira, foram ver Gary Elias jogando como goleiro com o estilo de seus triunfos no time da escola. O conselho do camarada fora certeiro, o menino agora não era mais apenas um espectador relutante do esporte — Jabu desviou a vista da bola que ele agarrava para trocar um olhar com Steve, de reconhecimento mútuo. Ele falou usando o zulu que havia aprendido, e os que estavam ao redor comemoraram com aplausos dirigidos tanto a ele quanto ao filho. A mãe de Jabu fez um sinal e a comida foi servida, numa sucessão de panelas e tigelas, com cerveja engarrafada bem como uma cabaça cheia de licor caseiro, o qual, como o pai dela ficara sabendo, agradava a Steve muitíssimo.

Essas visitas, em que o neto passa de um lar para o outro, fizeram com que seu filho deixasse de ser ensimesmado e assumisse uma segurança completa, experimentando uma integração que antes só existia no plano do sangue. Exemplo secreto, dado por uma criança, da verdade e reconciliação de Desmond Tutu?

E o momento em que ocorreu aquela viagem parece ter tido o efeito de tranquilizar Jabu, que conversou o tempo todo no caminho de volta para a cidade, para o subúrbio. Ela ficou contando histórias, eventos da sua infância vivida naquele lugar do qual estavam voltando agora; as rivalidades que, por sua pouca idade, ela não havia percebido, em meio à congregação religiosa do presbítero, os conflitos de poder internos entre os numerosos parentes que moravam nos anexos com telhados de colmo, a habilidade com que, conforme ela entendeu mais tarde, sua mãe conseguiu não ser totalmente anulada por seu pai; enquanto esta filha pertencia — por opção — apenas a ele.

Se a questão das relações de Jacob Zuma com Shabir Shaik não foi levantada na casa do pai de Jabu, ela surge nos contextos em que a política também é contornada com muito jeito por Jonathan e Brenda, pelo respeito às convicções políticas que eles não têm em comum com Steve e sua mulher, embora pessoalmente tenham aprendido a gostar dela e sempre a recebam muito bem. Quando a mãe dos irmãos Reed completa oitenta anos de idade, há uma festa na casa de Jonathan. É Jabu quem toma algum tempo para decidir que presente Steve deve dar a sua mãe, um presente que exprima o respeito pelos ancestrais que seria reconhecido como tal na igreja da comunidade do presbítero. Alguém levanta o tema, atencioso, levando em conta o interesse que devem ter as pessoas presentes: — E o que é que se vai fazer em relação a essa história de corrupção agora? É mesmo uma coisa séria ou é só uma briga interna, como em todos os governos? —

Jonathan não espera pela resposta de Jabu. — As pessoas ficam sem entender quando ouvem o nome. *Shabir*, graças a Deus ele não é judeu. —

Ele tem necessidade de relembrar, dizer a si próprio. O comércio de armas, o mais sujo do mundo. O clichê verdadeiro. Antes, naquela época, não havia impulso, não havia tempo de pensar nisso, quando a *Umkhonto* tinha de se apossar das armas que aparecessem, viessem de onde ou de quem viessem. Não das potências democráticas do mundo ocidental: essas estavam ocupadas abastecendo os arsenais, militares e financeiros, do apartheid.

— Então, o que foi que você fez? —
Você sabia o que tinha que fazer no mato.
Ele responde a si próprio, naquele tom novo de desprezo: Formei uma delegação. É mesmo? Isso não é o tipo de problema que se tem na sala de aula de uma universidade, por trás dos portões de segurança, irmão. E nós não estamos no acampamento em Angola, sabendo que nossos camaradas cubanos vão lutar a nosso lado. Não dá para aplicar o código, a moral da Luta, devidamente ajustada para o intrincado momento de paz-e-liberdade.

De Peter Mkize, Jabu e Jake a pergunta, a afirmação, seja lá o que for, vem direta: Então, o que foi que você fez?

E ele responde, ele próprio, outra vez, porque ninguém mais quer, ou sabe responder: — Você engrossa o coro dos bem pensantes, ataca para seu próprio benefício a corrupção do governo, a corrupção do CNA. —

Peter fala como se estivesse sendo obrigado a confessar num interrogatório. — O Zuma era o nosso chefe de Inteligência no mato. —

— E dez anos na ilha! — Jabu atualiza o calendário da resistência armada.

O heroísmo tem uma auréola imperialista que não deve ser invocada para indivíduos quando todos os camaradas se dedicavam ao que quer que fosse exigido pela Luta; em termos de responsabilidade, estoicismo, sofrimento.

Jake soca a mesa, esmagando alguma coisa.

— Não dá pra acreditar que esses mesmos líderes dos camaradas esqueceram o que eles foram, o que eles suportaram na Luta, em troca da liberdade em forma de propina, liberdade em forma de dinheiro. —


Teria sido na mesma noite de outubro em que a coisa estava acontecendo?

Não foi apenas o *ware* subúrbio bôer que se transformou, em conformidade com a correção política, numa manifestação da justiça. O subúrbio de belas casas, muitas delas com elementos falsos dos diversos países de origem dos moradores, que antes pertenciam a brancos bem de vida, também foi invadido, ainda que não transformado. Lá onde os moradores brancos, alguns vivendo ali já como segunda ou terceira geração, venderam a casa da família por motivos de segurança e compraram um apartamento num condomínio fechado supostamente à prova de gatunos e assaltantes, ou foram embora do país para não viver sob o domínio de um governo de maioria negra, não há mais nenhuma lei que impeça qualquer negro que tenha dinheiro bastante para tal de adquirir uma dessas casas majestosas. A um quarteirão da casa onde Steve foi criado, à frente da qual ele passou andando em seu primeiro triciclo, depois bicicleta, o vice-presidente Jacob Zuma havia resolvido comprar, para nela morar intermitentemente, uma casa entre as outras que possuía espalhadas pelo país. Durante a semana em que Zuma foi demitido pelo presidente Thabo Mbeki por ter seu assessor financeiro Shaik afirmado num tribunal que Zuma recebera suborno de uma fábrica de armamentos francesa, o agora ex-vice-presidente estava em sua casa vizinha da velha casa de Steve. Uma moça, filha de um camarada com quem Zuma tinha convivido por dez anos em Robben Island, e que, seguindo o respeitoso hábito africano, dirigia-se a ele como *malume*, tio, pediu ou foi convidada para passar a noite de sábado lá, depois de uma festa na casa. A história é confusa: provavelmente os dois mentindo, tiveram relações sexuais — o único fato assumido. Ela o acusou formalmente de tê-la estuprado. Ele, nesse outro julgamento que acabou se realizando depois de ser adiado de dezembro a abril, afirmou que a relação sexual foi consentida. Zuma liderava o Movimento de Regeneração Moral, uma iniciativa do governo em prol da prevenção e tratamento do HIV e da aids. Ele admite que sabia que a mulher era soropositiva, que não usou preservativo; que tomou uma chuveirada depois, como medida de prevenção de infecção. Ainda que não tenha dito exatamente isso, foi um presente para a imprensa. Um chargista criou uma coroa para ele que certamente haveria de ser dali em diante sua imagem régia: um adorno na forma de um chuveiro aberto acima de sua cabeça.

Esse é o tema de uma conversa muito animada no subúrbio em torno da piscina da igreja. Os golfinhos se deliciam com mais aquele exemplo de dois pesos, duas medidas, tanto em matéria de armamentos quanto em matéria de sexo. Um homem que ocupava a segunda posição mais alta na hierarquia do poder, o vice-presidente, supostamente dedicado a combater o HIV e a aids, afirma para toda a população masculina que basta lavar o pênis com água e sabão depois, não precisa de drogas antirretrovirais.

Jake não resiste: — E se você constata que pegou uma gonorreia incurável, é só entrar numa dieta de beterraba, alho e espinafre selvagem, se você conseguir encontrar isso no supermercado. —

Todos riem de novo do que se tornou, na fala coloquial, um sinônimo impagável de absurdo: o tratamento natural aconselhado pela ministra da Saúde, que rejeita os antirretrovirais. Aquele outro julgamento, o referente à corrupção na compra de armamentos, de fato mais uma vez foi adiado (ele vai acabar sendo esquecido) por conta de complicações legais referentes a irregularidades. Jabu é quem sabe explicar melhor, passando adiante as informações a que teve acesso graças a seu contato com os melhores cérebros da área do direito.

Marc mergulha na piscina e emerge espadanando água e rindo, sacudindo sua cabeça raspada, como manda a moda. — Que enredo fantástico! Que elenco! Ah, se eu conseguisse... — O dramaturgo se apoderando de uma nova reviravolta num enredo maravilhoso.

Ela está no tribunal, em meio à multidão de espectadores, no dia em que Jacob Gedleyihlekisa Zuma, durante o interrogatório, tem que responder como pode ter havido relações sexuais se não era essa sua intenção, e ele diz que, tendo em vista as despedidas afetuosas à hora de se deitar trocadas por um tio e a filha de um amigo (a roupa escassa e provocante que ela trajava já foi descrita perante o tribunal), segundo a tradição da cultura zulu, um homem devia satisfazer uma mulher que demonstrasse estar sexualmente excitada. "Não se pode simplesmente largar uma mulher se ela está nesse estado."

É proibido divulgar o nome de uma mulher que levantou a acusação de estupro. A fim de proteger seu anonimato, a mulher é conhecida no tribunal e na imprensa como Kwezi, "Estrela da Manhã".

Fora do tribunal, Jabu, uma mulher entre mulheres negras, abria caminho para passar pelos manifestantes que gritavam sua mensagem: — Toca fogo nessa puta! — A imagem, fotos da Estrela da Manhã, arde em chamas.

O ex-vice-presidente é julgado inocente no processo referente à acusação de estupro.

Casamento. Uma identidade comum. Será que é isso? O significado da coisa, deixando-se de lado as implicações sexuais, biológicas, até mesmo legais, o seguro mútuo de saúde, os descontos no imposto de renda etc.? Assuntos que, na piscina da igreja, aos domingos, são levantados, discutidos, brincadeiras que os camaradas golfinhos fazem com os héteros presentes. — Então você quer o direito de se divorciar? —

Seja com palavras pronunciadas numa igreja, numa sinagoga, num templo, num tribunal ou em juras de amor murmuradas na cama por duas pessoas do mesmo sexo... casamento: o termo designa uma identidade comum que engloba todas as diferenças individuais entre dois seres humanos. Mas não se pode fazer de conta que as diferenças não existem, as outras identidades: não se pode pensar que elas sejam como elementos num laboratório que, ao se combinarem, produzem uma única substância que serve para criar algo decorativo e duradouro ou detonar uma explosão, conforme as necessidades do momento. Tanto ele quanto ela sentem a mesma indignação política com relação ao "caso" Zuma — sendo que aqui a palavra "caso" vale em ambas as acepções — e também pela acusação de corrupção na compra de armamentos que talvez jamais venha a ser julgada. Ela é uma advogada que se identifica com uma instituição que promove a justiça. Ele tem a identidade de professor, para ele o termo "acadêmico" é uma distinção de classe social; tanto os níveis inferiores quanto os superiores do ensino cabem aos professores. Se um camarada heroico revela-se um ídolo de pés de barro em matéria de moral sexual, a universidade pelo menos dá sinais de estar se transformando no tipo de instituição que ele julga necessária no presente. Antes atuou como químico industrial numa fábrica de tinta, produzindo na clandestinidade fórmulas para fazer bombas; fazia parte de uma célula (será que esses termos soam demasiadamente stalinistas depois de 1994?) num exército de libertação; e agora tem uma outra identidade na síntese do eu. Aquilo que, no jargão da psicologia, se chama de satisfação no trabalho serve para não pensar na desilusão política. Ao menos ele pode chegar em casa e dizer que alguns dos alunos que assistem àquelas suas aulas band-aids estão demonstrando ter a determinação, a coragem imbatível que tinham de ter os camaradas para enfrentar as situações da *Umkhonto* — para descobrir em si próprios aquilo que uma educação medíocre havia sufocado. A capacidade de se concentrar e questionar, o impulso de utilizar aquele túmulo intimidador, a biblioteca, bem como o quebra-galho rápido da internet, e desenvolver uma fascinação inata pela descoberta do alcance aparentemente ilimitado daquele mistério oculto da sua própria mente. Alguns estão se abrindo para um vocabulário de ideias e palavras além de "e aí" e "valeu". Isso ele podia explorar para os alunos convencendo cientistas que trabalhavam em física nuclear, virologia e física de partículas a oferecer breves seminários nos quais os alunos "menos favorecidos" ousariam fazer perguntas que demonstrassem terem eles alguma visão da ecosfera que não se limita aos monstros das guerras espaciais de ficção científica. Eles recebem a revelação da Grade, aprendem o conceito criado por um cientista chamado Wilczek que diz respeito à matéria que existe naquilo que é considerado espaço, vazio. Então não é vazio? Lá os átomos e núcleos são mantidos unidos por forças que atuam entre todos os pares de partículas neles contidos. É um meio altamente estruturado e poderoso cuja atividade dá forma ao mundo ali onde os olhos deles nada veem. Maravilha...

Ela se alegrava pelos alunos e por ele, na condição de alguém que sempre teve expectativas assim de uma pessoa como Steve. A ideia de ela ir uma vez assistir a uma dessas conferências por algum motivo acabou nunca se concretizando. Peter e Jake ficaram entusiasmados com a participação dos alunos band-aids quando convidados a conversar com uma sumidade visitante.

Jabu havia perguntado se ele conseguiria tomar conta das crianças, preparar comida e tudo o mais, se ela fosse passar o fim de semana em KwaZulu, levando Wethu, pois fazia muito tempo que não visitava sua casa e estavam lhe devendo uma viagem.

Se ele conseguiria! Steve riu, roçando seu rosto no dela. — As crianças vão adorar, vão pintar e bordar, eu peço comida para entregar em casa, a jambalaia dos golfinhos. — Ele sabia o que Jabu não tinha dito: ela precisava estar com o pai no momento em que ele deveria estar sentindo que tinham sido traídos os zulus, o povo, envergonhado pelo comportamento de um homem que participara do Conselho Executivo para Assuntos Econômicos e Turismo do governo provincial; um homem ao lado de quem o presbítero e diretor da escola havia crescido e sido iniciado como homem matando um touro à unha.

Durante toda a viagem, com sua atenção transformada em piloto automático a realizar as funções de dirigir o carro, Jabu ficou ensaiando o que diria. O que diria, da melhor maneira. O que invocaria, naturalmente de modo respeitoso, a relação específica entre eles, a única maneira de falar. Wethu a seu lado estava não exatamente incomunicativa, e sim no mesmo estado que ela — presente e ausente —, mas com uma ausência diferente, já andando mentalmente pelos caminhos que levavam de uma a outra casa lambuzada de barro, vendo por detrás de cada porta os irmãos, as irmãs, os velhos e os recém-nascidos, os parentes colaterais que eram suas raízes. Assim, nenhuma das duas se sentia constrangida por aquele silêncio.

— Estamos quase chegando. — E a serenidade de Wethu foi semidespertada, com o habitual sorriso cansado acompanhado de um som grave de concordância, como se cada arvoredo aconchegado, cada onda de canas-de-açúcar ao vento fosse um marco num mapa pessoal. Foi só quando surgiu uma loja à beira-estrada ou uma velha igreja que sobrevivera, nas recordações da infância, às experiências por meio das quais ela havia deixado para trás as imagens, que Jabu se deu conta de que não havia mais tempo de se preparar para compartilhar a perturbação interior de seu Baba como ninguém mais seria capaz de fazer.

Quando fez uma curva em direção à aldeia, viu um grande cartaz de Jacob Zuma com um sorriso assimétrico, pois havia se despregado da ripa de uma cerca.

Deve ser uma relíquia de algum comício: antigo.

A estrada de terra que dava na casa passava pela escola do diretor, havia meninos pulando, agachados, numa partida de futebol ali onde Gary Elias havia jogado. Era como se ela estivesse caminhando e não seguindo num carro, passo a passo, pela última estrada que a levava à presença dele, o Baba.

Jabu avisou à mãe pelo telefone fixo que estava vindo; ele nunca atende aquele telefone, é só para uso das mulheres, ele tem seu celular. Desse modo, não foi necessário que ela pensasse numa maneira de não dizer qual o motivo da vinda, aviltá-lo pelo método convencional de cobrir a distância. Sua mãe naturalmente imaginou que fosse a obrigação filial de todas as mulheres da família extensa que levava sua filha a julgar que já era tempo de Wethu fazer aquela viagem para cumprir seus deveres com os parentes. Assim, um grupo alegre reuniu-se ao redor de Wethu dando-lhe as boas-vindas, algumas em seguida dando um furtivo passo atrás para observar as mudanças em suas roupas que a cada volta assinalavam sua irmã como uma mulher da cidade, enquanto os braços da mãe se apossavam da filha. Baba mantinha distância, como sempre, com sua atitude calma contrastante, especial para ela, pronto para recebê-la. As mãos dele e as dela se estenderam para apertar-se, e o pai aproximou a filha de si próprio sem que os seios dela encostassem no corpo dele.

As falas de sempre: como estava a estrada?, não muito cheia; sim, as crianças estão bem, Steve está com elas. — Nós estávamos esperando você no mês que vem, com Gary Elias. A entrega do menino para as férias escolares. —

— Ah, é claro, nós vamos vir, sim, todo mundo. —

Baba precisa de todo o apoio possível, o sofrimento não é causado apenas pela morte, mas também pela raiva debilitante do choque. Ela sente a raiva nele, o aperto mais forte em suas mãos, a impaciência em seu olhar enquanto lhes eram servidos chá e bolo, até mesmo uma tigela com batatas fritas compradas na loja (sua mãe achava que Gary Elias talvez viesse com ela). Wethu era outra pessoa aqui; mas não era seu objetivo, não era a hora para observar e se sentir culpada por ter isolado aquela mulher de seu meio. Seu pai pousou na mesa a xícara e levantou-se, o sinal que todos aceitam cada vez que Jabu visita sua casa. Pai e filha afastaram-se da reunião na varanda sem que ninguém fizesse nenhum comentário.

A caminhada até o cubículo no escritório onde, tantos anos atrás, ele lhe disse que ela iria para a escola antes de seu irmão Bongani — e Jabu conteve um grito, enquanto ria entre lágrimas. Agora ela sentia alguma coisa, uma força dele, do Baba, que ela não tinha por Steven, nem Sindiswa ou Gary Elias (seus outros).

Na porta do espaço privado do Baba está afixado o mesmo cartaz que estava pendurado na cerca.

Espanto, incredulidade. Colisões do coração a pulsar apressado: o pai dela um homem assim, tão diferente de todos os outros no modo como lida com ambiguidades e autocontradições que são sim ou não para os outros. O notável diretor, o presbítero.

Alguma fé cristã de que aquele homem sorrindo com a fenda entre os incisivos precisava ser salvo, como salva a igreja. Algo que eles chamam de alma perdida. Uma imagem a ser redimida? Um presbítero podia acreditar nisso. Para ela sempre foi motivo de — do quê? — vergonha, arrependimento, culpa, que apesar de ter feito parte da congregação do presbítero desde que tinha idade suficiente para ir à igreja nas costas da mãe, e ainda acredite no primeiro revolucionário, o Senhor Jesus e o grande Pai, Deus, ela nunca recorreu a Ele quando estava presa, no acampamento no mato, havia aquela outra fé, a única, a Liberdade. Ela não consegue entender, mas Zuma está aí para ser salvo.

Ela entra e realiza os gestos, pegando uma das duas cadeiras rígidas para si própria, como é esperado. Ele contornou a escrivaninha e sentou-se na cadeira com braços de couro afundados que pertenceu, ela sabe, ao pai dele, o pastor da igreja metodista.

É costumeiro, quando por fim os dois estão juntos a sós, que ela espere que ele comece a conversa.

O pai está sentado com as costas bem eretas, abre e depois fecha os lábios uma vez, e olha para ela. Como se não conseguisse encontrar as palavras.

Elas jorram dos lábios de Jabu: — Tenho pensado no senhor o tempo todo, Baba, não dava pra falar pelo telefone. Eu estava no tribunal e ouvi o depoimento dele, ouvi tudo. Ele mesmo disse aquilo. E quando saí, as mulheres lá fora gritaram coisas horríveis. Que ela tinha que ser queimada. As mulheres gritando isso...

Ele ouviu algo diferente: — Os jornais caem em cima dele como se fossem animais selvagens. Querem estraçalhá-lo, é isso. Não interessa que o tribunal, os juízes decidiram que ele é inocente, as mentiras daquela mulher —

— Baba —

— Estou dizendo o que a gente pode ver, o que a gente sabe. —

— O que a gente sabe. Baba, o que é que a gente sabe? —

— O Mbeki e o pessoal para quem ele dá os cargos importantes, eles são capazes de fazer qualquer coisa pra impedir que Jacob Gedleyihlekisa Zuma seja o próximo presidente. —
— Zuma. — Ela pronuncia o nome para dar realidade àquilo.

Ele pronuncia o nome como se fosse a confirmação de tudo que está expondo, sentindo, e que ela deve estar vivenciando tal como ele. Estão falando no idioma, na língua que eles têm em comum com Zuma: a língua deles. Pai e filha sempre compartilharam percepções, as dela da maturidade instintivamente recebidas, as dele do passo a frente no tempo em relação aos jovens, recebidas por ele. A filha dele. *Zuma.* Quando ela diz "Zuma". É a afirmação de tudo que ele disse, é falar por eles dois. Não seria necessário nem mesmo falar sobre isso, eles dois, o que eles sentem, o torno da indignação apertado dentro deles, a cadência falada é apenas para pôr a coisa para fora, expô-la ao ar, como a explosão-gemido das mulheres furiosas em frente ao tribunal.

Jabu está dizendo de novo, de novo, *o que ela ouviu no tribunal* diante do juiz, dos advogados, do público em meio ao qual ela estava, qualquer um há de dizer que foi isso que foi ouvido, que ela ouviu, a moça era filha do camarada dele, ele tinha passado dez anos preso na ilha com o pai da moça, sabia que ela estava doente...

Baba a escuta com paciência, de um modo quase reconhecível. A Constituição-Bíblia, suas leis que regem o comportamento humano no qual ele (sim) sabe que teve oportunidade de se tornar versado, não pode lidar com essa questão de moralidade espiritual. É claro que ela não conhece as almas sofridas dos homens, não pode acreditar no que na verdade sabe *agora,* que o poder destrói a alma e que um irmão, Mbeki (ela diria um camarada da *Umkhonto*), agarra-se a ele para tirar um irmão da sua frente.

\* \* \*

Ela não pode contar ao pai a outra afirmação orgulhosa que ouviu no tribunal: um homem zulu "não pode simplesmente largar uma mulher se ela está nesse estado". Que é tradicional na cultura zulu que o homem satisfaça a mulher que demonstra estar sexualmente excitada.

Compartilhar posições políticas, sim, até mesmo a discordância passional, a perturbação na confiança que há entre eles dois e que eles não compartilham com nenhuma outra pessoa exatamente desse modo. Mas a questão da sexualidade... Não.

A noite transcorre de algum modo na companhia de sua mãe e das mulheres animadas. Como de costume, era a vez delas de aproveitar um pouco a presença de Jabu; de modo cada vez mais desesperado, ela se dá conta da necessidade de recolher-se com o celular em algum canto daquela casa onde não há privacidade fora do escritório do Baba e do banheiro, e ligar para Steve. Para lhe dizer... o quê? O telefone fixo está o tempo todo ocupado: as crianças que estão tirando férias da vigilância de no mínimo um dos pais conversam com os amigos sem gastar as baterias de seus celulares, e o celular de Steve atendeu com a mensagem (gravada a pedido dele com a voz dela, porque ele gosta muito de ouvi-la) de que ele não estava disponível no momento, porém ligaria de volta. Mais tarde Jabu saiu despercebida na escuridão e, tendo ao fundo as vozes alegres e as disputas de rádios tocando rap, gospel e *kwaito* nas casas de pau a pique, a correria, as crianças a brincar na rua passando por ela, encontrou a voz de Steve.

— Eu volto pra casa amanhã e não no domingo. —

— Coitada de você, deve ter sido difícil. Ele deve estar em estado de choque no mínimo, imagino. —

Ela não está chorando, porém sua voz está no tom agudo correspondente: — É, mas não é isso... O que nós... Ele está é com raiva, crê que seja tudo um complô para impedir que o Zuma seja presidente. Ele... está duro como uma pedra, furioso na defesa do Zuma. —
— Não furioso *com* ele? Indignado? —
— Não, não, com os jornais, com a mulher. É tudo mentira, tudo um complô. —
— Mas você contou pra ele. Você estava lá... —
— Eu contei, sim. — Neste momento, ela se cala. — Quero voltar pra casa.
— Eu queria poder pegar você agora mesmo. —
Palavras melhores que uma jura de amor.

Wethu não será privada de metade de sua estada, porque alguém vai voltar para a cidade para trabalhar na noite de domingo e pode levá-la.

Sozinha no carro, Jabu já não ensaia, como havia feito na ida para seu outro lar, o de KwaZulu, o que ela ia dizer a seu Baba que estaria tão indignado quanto ela, pela traição dos ama-Zulu perpetrada por Jacob Zuma; porém a lembrança do cubículo com privacidade, a hora que passou com o pai enquanto ele transformou o culpado da traição em vítima. Completamente: ver pessoas identificadas ou não que não faziam parte daquele organismo gigantesco de poder nu e cru, mas poder armado até os dentes de mentiras e invencionices difamatórias: uma mulher paga para levantar a acusação de estupro, para envergonhar e destruir o grande homem que é o presidente eleito.

Toca fogo nessa puta. Não havia mencionado isso a ela embora dissesse ter lido todas as matérias sobre o julgamento e os acontecimentos em torno dele. Será que o cristão devoto, filho do pastor e ele próprio presbítero da igreja da sua comunidade, acha certo que peçam que seja queimada uma mulher como se fosse uma herege em relação à fé do poder, tal como os hereges da fé cristã eram queimados nas cruzadas?

Havia uma outra coisa que ela não queria que viesse à tona enquanto a estrada se desenrolava sob as rodas do carro. Tal como, por uma questão de respeito, ela não podia falar com o pai sobre assuntos sexuais, respeito dele por ela, sua filha, ao escolher um homem branco como marido e pai de seus filhos, seu Baba não podia dizer o que mais havia lido: há brancos proprietários dos jornais por trás das táticas de caluniar Zuma, juntamente com seus rivais políticos negros. É possível que seu pai, que conquistou para ela ainda criança os direitos que lhe eram devidos arrancando-os dos privilégios preservados para a raça branca, de algum modo, olhando para ela ontem, tenha sido capaz de ver sua filha, fruto de uma revolução particular sua, como partidária dos brancos que temem e querem destruir Zuma.

E ela jamais poderá dizer a Steve que essa ideia lhe veio na estrada, voltando para casa, para o subúrbio que é o seu lugar, que ela escolheu.

Os paralelos na vida reduzem o impacto obsessivo de um deles quando os dois se encontram de repente. Enquanto ela voltava em seu carro ao subúrbio, Jake estava saindo de casa de manhã bem cedo para pegar um velho camarada que estava na cidade de passagem. Parando num sinal fechado, enquanto procurava um trocado no bolso para dar ao mendigo que apareceu em sua janela, dois homens empurraram esse cúmplice para o lado e um deles apontou o cano duro e frio de uma arma para sua cabeça. O carro é automático, um pé estava livre, ele acelerou para livrar-se dos ladrões e, ao desequilibrar o que estava armado, o revólver que apontava para seu ouvido voltou-se para seu pescoço, e a reação do homem foi atirar. A bala partiu uma vértebra, os ladrões arrancaram as chaves da ignição, empurraram o motorista caído para o banco do carona, foram até o terreno em obras onde não havia ninguém e lá o largaram em meio ao entulho, desaparecendo com o carro.

Jabu chegou e encontrou os filhos de Jake na sua casa, e Isa, aquela mulher cheia de vida, que falava tanto, com o rosto exangue de quem está diante de um túmulo; Jake tinha acabado de ser encontrado por mendigos que chamaram um policial para vir ver o cadáver que encontraram no lugar que lhes servia de abrigo. Mas Jake não estava morto; uma ambulância o levou ao hospital e os cirurgiões estavam avaliando o estrago. Isa falava uma linguagem aturdida, truncada, como quem soma os itens de uma conta num restaurante. Steve havia encontrado Jabu à porta, e ele não conseguiu retribuir seu abraço; ele estava indo levar Isa ao hospital, embora Jake estivesse na sala de operação e não havia esperanças de poder vê-lo com seus próprios olhos, torcer para que estivesse vivo. O que mais seria possível fazer por ela? Steve. Ele não tem resposta, apenas respira fundo com a boca que esqueceu de fechar, entreaberta.

O que fazer por ela, Jabu? Ficar com as crianças, dar comida às crianças. Pelo visto tinham dito a elas que Jake tinha sofrido um acidente, engavetamento de carros, mas não estava seriamente ferido. Embora a incredulidade estivesse clara no gesto do filho mais velho ao virar o rosto; como ele poderia não saber, vendo que sua mãe havia se transformado em uma desconhecida? Foi a ele que Jabu contou a verdade quando Steve telefonou do hospital, a bala foi retirada; ela esperava que o menino entendesse que isso queria dizer que seu pai estava *vivo*.

Steve passou horas no hospital ao lado de Isa. Viu que ela teve de testemunhar a saída de Jake da sala de operação naquela antessala de vida e morte, ele ainda reconhecível no leito de uma UTI, ainda que inconsciente, e preso pela camisa de força de um colarinho de gesso e curativos; os dois braços em tipoias, o resto do corpo sob o sudário dos lençóis.

O que fazer: preparar uma refeição para os dois quando voltaram, convencer Isa de que ela estava com fome embora não percebesse. De início ela recusou a panaceia, vodca ou vinho: Steve e Jabu não tinham uísque em casa (a bebida preferida de Jake e Isa). Então, quando Jabu trouxe uma travessa de espaguete e mais um vidro de molho de tomate com manjericão que havia encontrado, Isa serviu-se de vinho por força de algum instinto inconsciente de resistência que ainda lhe restava. Jabu disse que passaria a noite com ela. — Ah, eu sei que você faria isso, eu sei. — Camarada: continua a ser algo mais do que um amigo. — Não quero que você... Eu pego uma das crianças pra dormir comigo... Não se preocupe. Não estou sozinha. — Os Reed levariam as crianças para suas respectivas escolas na segunda de manhã juntamente com seus filhos, isso é certo.

Steve acompanha Isa e os filhos dela até sua casa, como se eles não morassem a apenas dois quarteirões dali.

Gary Elias havia combinado de dormir na casa de um colega. Sindiswa já começou a menstruar este ano, e a mudança ocorrida em seu corpo, onde ainda não há quase nenhum sinal de seios, roubou-lhe a segurança da infância feliz — pois foi mesmo feliz, desde o dia em que agitava as pernas, deitada na varanda de Glengrove Place, e a motocicleta rasgou o céu como se fosse uma folha de papel —, despertando nela um vislumbre dos acontecimentos que os adultos têm que encarar, saber como reagir, em vez de esperar que seus pais façam por eles o que tem de ser feito. Sindiswa gosta de ler e Jake é quem lhe empresta os livros que ele acha que vão agradá-la, entrando na imaginação que ele sente existir nela, e não os livros que ela deveria ler (como os que Steve de vez em quando lhe entrega). Os jovens não devem ser expostos aos horrores da violência tão próxima, embora estejam cercados por ela nesta cidade, neste país e no mundo que eles conhecem tal como é espelhado na tela da tevê que os entretém. Isa acha melhor não contar agora às crianças, nem aos filhos dela nem aos dos Reed, que espécie de dano Jake sofreu, nem o fato de que ele foi assaltado.

Quando se preparam para dormir, na ausência de Wethu, enquanto Steve, Jabu e Sindiswa lavavam os pratos do dia, Sindi de repente interrompeu: — Está tudo ligado à coluna, não é? Eu vi um esquema... As pernas e os braços dele vão funcionar se ela estiver partida em algum lugar...? —

Seu pai trabalha no departamento de ciências da universidade, ele tem que responder: — Não entendo muito sobre esses nervos complicados que tem na coluna... Vou perguntar pro professor da faculdade de medicina na segunda-feira. Pode ser que a fratura, por ser no pescoço, afete mais a parte de cima do corpo. — E, embora ela já esteja crescida, ele não acrescenta "o cérebro".

Jake passou semanas no hospital e, por fim, na clínica de reabilitação até conseguir recuperar a memória e a fala, poder usar as mãos e caminhar. Ele não gostava de comiseração, a família tinha que demonstrar amor de outras maneiras (seu filho mais moço fez um desenho cruel em que seu pai era um fantoche, puxado de um lado para o outro pelos enfermeiros). Era preciso que os camaradas soubessem, por mais terrível e imperdoável que fosse o ataque por ele sofrido: — Minha vez. — Irônico, com o espasmo de um sorriso amarelo; os camaradas sabem que ele, Jake, vê aquela bala na coluna de sua vida como a retribuição, *eish!*, de todas as balas que mataram, sim, as ocasiões sempre citadas, 1976, os anos 1950, os 60, os 80, até chegar ao *trek*\* da década de 1820 — como impor um limite ao passado? — e o déficit no cumprimento das promessas pelas quais se lutou tanto, pela liberdade. Peter Mkize está junto à cabeceira de Jake no horário de visitas do hospital, seu irmão fora esquartejado como carne para o *braai* do exército do apartheid e jogado no rio.

Durante as semanas em que Jake está ausente ocorre uma coisa que não podia ter sido prevista. Em meio aos camaradas da *Umkhonto* comentava-se, em tom de preocupação, que um deles deveria ficar com Isa, mas pelo visto não havia quem pudesse pôr de lado seus outros compromissos pessoais, assumidos em tempos de paz, por um período indeterminado. Procuraram uma associação de ex-combatentes para saber se não havia lá alguma mulher que tivesse participado do movimento, uma mulher como ela, que pudesse ficar com a esposa de Jake lhe dando apoio por algum tempo. Não se encontrou ninguém.

Foi um golfinho. Marc, o homem de teatro, o dramaturgo, que, sem avisar ninguém, foi ficar com Isa e as crianças. Não travestido, uma mulher como ela. Um ser humano como ela. Um homem da piscina da igreja. Manhãs de domingo.

Na mesa de cabeceira do lado da cama de Steve onde ele deixava seu celular, aquela outra forma de comunicação, havia um livro que lhe fora dado recentemente pelo tradutor da área de estudos africanos, Lesego. Um livro de fábulas africanas IZINGANEKWANE-IZINTSOMI,\*\* com aquele tipo de verdade contido nas fábulas. Essa maneira antiga de compreensão permanece com ele depois que fecha o livro e vai dormir. O golfinho e Isa. Isso é uma outra fábula; brotando da violência, do modo como o

---

\* A grande migração por terra feita pelos bôeres em direção ao oeste, afastando-se das colônias controladas pelos ingleses, para fundar repúblicas que seriam controladas por eles. (N. T.)
\*\* "Histórias", "narrativas", em zulu e em xhosa. (N. T.)

país está agora, surgindo não se sabe como. Não é preciso ser um ex-combatente da *Umkhonto* para ser um camarada. Uma nova identidade no que se chama liberdade.

O professor Goldstein, diretor da faculdade, está ocupadíssimo com problemas financeiros vitais, substituição de equipamento e o que alguns dos membros da sua equipe acham que é excesso de trabalho para eles, e por isso não pôde aceitar um convite acadêmico que muito o interessa, uma viagem ao estrangeiro. O professor assistente Steve Reed foi escolhido pelo departamento para participar de um colóquio sobre a presença de toxinas na produção industrial, nos produtos domésticos, na indústria de alimentos e nos cosméticos, como parte de uma série de estudos ambientalistas internacionais. Ele não conseguia acreditar; surpreendeu-se ao saber que fora escolhido: Jabu surpreendeu-se de ver que ele se valorizava tão pouco. — É claro que é você, é a sua especialidade, e veja só todo o trabalho a mais que você assume pelos alunos, pela universidade ... Quem mais no departamento? —

Ela via a escolha do ponto de vista político deles dois: a oportunidade para os alunos de Steve lhes trazer de fora mais conhecimentos atualizados, um direito deles.

Mas é um colóquio científico, não tem nada a ver com justiça social... Se bem que, pode-se dizer, impedir que as toxinas sejam inconscientemente inaladas, ingeridas, também está ligado a uma espécie de justiça, do tipo mantra, para todos...

Ele tem um endereço do hotel em Londres onde os participantes vão ficar e chega até lá num táxi que pega no aeroporto de Heathrow. O folheto do programa pede que comuniquem sua chegada à organização do evento. O saguão do hotel está animado, com participantes recém-chegados se apresentando um ao outro ou saudando os conhecidos com exclamações enfáticas, como se eles tivessem vindo de Marte e não apenas de um congresso anterior; Steve não conhece ninguém naquele grupo, não sabe a quem deve começar a se apresentar, então pega a chave eletrônica do quarto que lhe foi designado. A recepcionista, consultando a lista de reservas, já o chamou de professor — bem, "professor assistente" é longo demais, e um simples "senhor" provavelmente não serve para o protocolo de um colóquio.

Steve larga a mala em cima da cama: cama de casal, como se dando a mensagem de que duas pessoas eram esperadas. Os quartos de hotel, tais como as celas das prisões, estão tão acostumados a receber uma sucessão de ocupantes que têm aquele ar especial de não pertencer a ninguém, prontos para qualquer coisa que pudesse ocorrer, tendo tido experiências de muitos tipos. Ali pessoas já fizeram amor, brigaram, morreram. Ele pegou uma pasta com matérias recortadas de jornais que achou que talvez fossem úteis, mas que ficariam amarrotadas em sua valise, e jogou as poucas roupas trazidas na cadeira de pernas curvadas. O estilo dessa cela é um disfarce, inglês tradicional, simpático. Agora é seguir as instruções e apresentar-se a um tal de dr. Lindsey Wilson na sede do instituto.

— Nome, por favor. —
— Steven Reed. —

O intervalo normal para uma ligação, depois uma voz de mulher, uma voz jovem, falando um inglês de classe alta, confiante e informal: — Professor Steven Reed, o senhor já está aqui, está no hotel, seja bem-vindo! —

— Obrigado. Me disseram pra falar com o dr. Lindsey Wilson... —

— Eu sou Lindsay Wilson — rindo.

— Desculpe, pensei que fosse um homem. —

— E eu lamento decepcioná-lo. —

— O nome... —

— Ah! Eu sei, mas também é nome de mulher, só muda um pouco a grafia. —

Os dois estão rindo da confusão dele.

— Eu não sabia dessa diferença. Lá na minha terra.

A conversa normal sobre o voo, longo mas agradável, sim, o hotel é bom?, e vai haver um transporte para levar os participantes a um coquetel de boas-vindas na hora especificada no programa, até lá.

Ela corresponde à voz que tem, a Lindsay do sexo feminino. Em meio às instruções dadas aos homens, em sua maioria mais velhos do que ele, e às poucas mulheres das gerações que se seguiram ao pioneirismo de Marie Curie na ciência, ela é a facilitadora, aquele tipo de loura de cabelo liso e escorrido que é o ícone feminino pelos atuais padrões estéticos. Muitos têm como ideal a cascata de seda amarela que desce pelas costas dessa mulher. No meio da multidão, até mesmo Steve encontra um conhecido, o professor Alvaro, um cubano que uma vez foi levado à África do Sul pela embaixada de seu país com um grupo cultural de Havana em visita oficial: um camarada. Não estavam ali como camaradas, mas sim com outra identidade, apesar da saudação especial, incluindo um abraço de reconhecimento num lugar onde o ritual consiste em apertos de mão e protocolares tapinhas nas costas.

    Ela, a funcionária que apresentou Steve e outros ao diretor do instituto, presidente do colóquio: qual era a posição dela, isso não estava claro. Como o país anfitrião é a Inglaterra, o grupo que dá as boas-vindas é de britânicos, com todas as variações fonéticas dessa identidade: escoceses, irlandeses, alguns sotaques indicando mais classe social do que território. Em meio a franceses, alemães, ucranianos e representantes de lugares mais longínquos, seu zulu de cozinha não tem grande serventia. Mas todos tinham mais do que um inglês de cozinha — "Até mesmo nós, americanos", disse um deles de brincadeira — e todos dominavam o vocabulário de seu ramo da ciência, suplementando com o jargão em latim e grego uma compreensão interdisciplinar coloquial mais geral. Fosse o que ela fosse no instituto, a moça falava com uma voz límpida como água corrente com um italiano, na língua dele, e depois sua cadência veio de outra parte do bar em conversa com três franceses, na língua deles. Steve e Alvaro instintivamente resistiam ao impulso de juntar-se e conversar, depois de tanto tempo. Tendo sido apresentado como alguém que vinha da África, Steve foi envolvido em conversas e perguntas que não eram restritas a nenhum território do continente, ao mesmo tempo que estava plenamente consciente de sua própria identidade. Mas, afinal, isso aqui não é uma reunião política. No entanto, nesse encrave, com uns em pé e outros sentados na curva de um recanto com estofado já gasto, o tema da conversa acaba recaindo sobre a aids.

    África do Sul? Um deles contesta a suposta cura à base de espinafre, alho e beterraba. A ministra da Saúde fez de nós motivo de chacota no mundo inteiro; o riso pode ser uma manifestação de horror, e ele ri com os outros: interrompe-se — criticando a si próprio — e confirma que seu país tem a maior população infectada do mundo.

— Quem descobriu o vírus a causa onde foi?

Alguém bufa de brincadeira: — Não é o que vai ser discutido amanhã. —

— Parece que surgiu primeiro na África, isso mesmo, pessoas comendo macacos. —

— Como foi que os macacos se tornaram hospedeiros do vírus? — pergunta um participante de cabeça raspada (pouco provável que seja para disfarçar um círculo de calvície: ele é jovem) e uma barba que talvez indique uma sexualidade forte para atrair mulheres e/ou homens.

— Essa teoria já foi descartada. — Um comentário revelador de alguém.

Por ser racista: se apenas os negros comem macacos, é por não terem outra coisa. Porém Steve não demonstra sua reação inevitável.

O homem com a imagem de virilidade potente adota um tom de crítica para lamentar que uma reunião de cientistas deixe de lado aquele tema, uma falha no impulso de investigar que se supõe próprio da ciência. Sua pergunta não é irrelevante num colóquio sobre a presença de toxinas na produção industrial, nos produtos domésticos, na indústria de alimentos: — O que é que os macacos comiam? —

O papo de um professor balança, desprezo: — São onívoros, a julgar pelo que vi quando levei meus filhos ao jardim zoológico.

— Onívoros. O que será que eles ingeriam dentro de seu espectro dietético, o que será que inalavam com as minas, de carvão, de ouro, gerando depósitos de lixo extraídos dos elementos subterrâneos, invadindo o habitat deles? O meio ambiente. —

Outros, pela força do hábito acadêmico, se sentem obrigados a introduzir os campos do saber que dominam. — Ah isso já é sabido há muito tempo, a silicose... —

No momento em que a coisa está começando a virar uma discussão como era de esperar, a tal Lindsay interrompe: — Bom, hoje não vai ter jantar, é só depois da abertura amanhã, mas, se alguns de vocês quiserem, a gente pode ir a um restaurante, pra quem não gosta de comer no hotel. — Claramente o convite não é para todos, mas talvez interessasse esse pequeno grupo, que pelo visto está se entendendo com muita animação.

Ela escolheu um bistrô, como londrina que é. O grupo vai com ela, teria parecido falta de gratidão por sua hospitalidade pular fora com alguma desculpa obviamente falsa de ter outro compromisso... Eles acabaram de chegar. A moça deu um tapinha no ombro no barbudo de cabeça raspada, sinal para que ele se sentasse a seu lado, uma espécie de reconhecimento, e então, correndo a vista pelos outros, escolheu a esmo outra pessoa para sentar-se do outro lado dela. Por acaso foi ele, Steve. Ela estava sendo receptiva com os dois, como se fossem crianças que não conhecessem a adulta, ela, nem um ao outro numa festa de aniversário. — O lugar é meio caído, mas a comida não é ruim, não, apesar de supostamente ser "intercontinental", não quero que o dr. Milano se queixe que o ossobuco está duro nem que o professor Jacquard torça o nariz pro molho holandês dos aspargos. — Vem à tona que ela é a assistente pessoal do presidente do colóquio. Ela dá essa informação com um tom muito formal.

— Que alívio, pensei que fosse a mulher dele! —

O dr. Milano alegra o clima geral, como se o garçom tivesse tirado a rolha de uma garrafa de Antinori. Que ridículo! Ela terá trinta e poucos anos, poderia era ser filha dele.

— Alívio por quê? —

— Alguém prova o vinho... O senhor, dr. Sommerfelt, ninguém confia em avaliação de vinho feita por mulher. —

— Por quê? Porque a gente não precisa tomar cuidado com o que diz, correndo o risco de fazer algum comentário indiscreto que possa chegar aos ouvidos do presidente durante uma conversa na cama, antes de dormir. —

— Só não vamos falar de trabalho. Vão ser cinco dias de seriedade, a partir de amanhã. —

O volume aumenta, casos contados. Um físico nuclear do Texas relata a seu colega da Noruega a aventura que viveu nos fiordes no verão passado. O virologista mexicano descobre um outro observador de pássaros, um alemão de Stuttgart:

— Sabe, Herr Doktor... —

— Só Gerhardt, por favor! —

— Ah, obrigado, eu sou Carlos. No meu país as pessoas gostam de comer aves, mas eu prefiro estar com elas, ver a beleza do mundo que está na conformação, na estrutura dos ossos e nervos, nos movimentos quando estão no chão, não só lá no ar, os primeiros astronautas... —

Alguém não sabe direito de que parte da África ele vem: — Você é de Makerere, pois eu, uma vez, me ofereceram um ano sabático no Quênia, mas infelizmente... —

— África do Sul... Não, não, não tem problema. —

Depois do rápido pedido de desculpas característico de um inglês instruído de classe alta, o dr. Thomlinson confessa que ele dirige o mesmo departamento da universidade onde se formou "há milênios". — E você? Você estudou aqui ou no seu país? É lá que você leciona agora? Eu me sinto uma curiosidade no mundo acadêmico, um sujeito que não sai do lugar. —

— Eu também.

— Ah, então você está no mesmo departamento de ciências que produziu você. — Levanta a taça para brindar a coincidência.

— Não exatamente. Houve interrupções. — Levanta a sua taça, talvez brindando as interrupções, o vinho não é o mesmo que é servido aos domingos em torno da piscina, e por isso é instrutivo e solta a língua, algo que o desperta, descendo pela goela enquanto ele pensa no que não vai dizer, o que está vindo à tona; as ausências nos acampamentos e um ou outro tipo de ausência, a detenção. Não há lugar para isso na objetividade da ciência, cuja história é de descobertas, não de batalhas no mato.

O dr. Thomlinson estende o braço para encher seus copos, que se dane o protocolo do garçom paquistanês. — Quer dizer que você era um aluno relapso que matava aula. —

A taça de Steve alcança o gargalo da garrafa no meio do caminho; cada um dos dois ri de uma referência diferente levantada pelo comentário bem-humorado. Para Thomlinson, há de ser uma aula que perdeu depois de uma noitada, estudante matando aula na manhã de segunda, ultrapassando os limites dominicais de um fim de semana de namoro.

Ele não conseguiu falar com o sujeito barbudo, pois teria de inclinar-se ou por trás de Lindsay Wilson ou por cima de seus seios, embora tivesse vontade de continuar a conversar com ele sobre a teoria da dieta dos macacos. Ela não se dirigiu a ele exatamente, porém fez um comentário geral: — A gente podia organizar um chá como o do Chapeleiro Maluco. — Mas em seguida não deu a sugestão para o resto da mesa.

Uma mulher sentada à frente de Steve (talvez velha, mas parcialmente reconstruída por um ramo da ciência) pegou com ele o saleiro, encarando-o com os olhos bem abertos, emoldurados não por óculos e sim por um contorno de cosméticos azuis e verdes. — Eu sei que pode ser tóxico, mas eu gosto, esse molho napolitano está sem gosto. — Era o início de uma conversa ao ritmo de saborear e engolir, falar mais um pouco do que estivesse sendo dito, comer mais um bocado. A eloquência dela resistia a qualquer tentativa, encarada como inútil, do homem a seu lado de dar uma opinião ou acrescentar um comentário.

Era necessário adivinhar o que ele teria dito com base em duas ou três expressões que conseguia pronunciar; a mulher inclinava a cabeça em sua direção de vez em quando, e usava o que parecia ser uma forma abreviada e íntima de "Malcolm" para indicar que concordava ou (pausa de um segundo, levantar de ombros) discordava interiormente. Quem/qual era o participante do evento e quem/qual era o cônjuge, a identidade de gênero não poderia dizer. O assunto que a mulher inaugurou ao pedir o saleiro era se os colóquios serviam ou não para alguma coisa. Seriam processos, ou fins em si? Algum dia já houve alguma *prática* em que a intenção, o relatório devidamente aprovado, publicado nos anais, teve alguma influência, a ponto de alguma coisa ser realmente feita? Algo importante. Tudo que um colóquio realizava, concluía, era simplesmente agendar a data do próximo. E o próximo depois dele.

O homem ao lado dela finalmente conseguiu dizer uma coisa: — Não venha se não for para mostrar capacidade. Só palavras, não. —

Ela já estava falando outra vez. Steve disse, por trás da voz de bel canto dela, e na esperança de que o homem o ouvisse: — Essa é a minha primeira vez num colóquio internacional. Vou ter que lembrar. —

Não havia muito que esperar do dia de chegada; Lindsay Wilson determinou quem iria com quem nos carros na volta para o hotel. Steve e o barbudo foram extraídos da confusão para o carro dela. Mas, ao que parecia, o homem — agora sabia seu nome, que os outros à mesa tinham mencionado: Adrian Bates — não estava junto com os demais participantes. Quanto a Steve, foi largado na entrada do hotel e até mesmo recebeu um boa-noite distraído do barbudo, e o comentário obrigatório "Durma bem, tenho certeza que você deve estar precisando" de

Lindsay Wilson, que acabou não sendo um homem. Ela foi embora para cumprir sua obrigação de levar o outro homem para o lugar, fosse onde fosse, onde ele tinha o privilégio de estar hospedado.

Essa Londres não era a Londres que ele e Jabu haviam mapeado juntos com tanto entusiasmo, de um lugar famoso ao outro, Hyde Park (com um desvio para o Centre for The Arts of Africa), o Museu Britânico, *A virgem das rochas* de Leonardo da Vinci, onde Jabu experimentara aquele outro tipo de experiência religiosa que pode ser proporcionada por uma obra de arte e comprara a imagem dessa experiência na forma de um cartão-postal para enviar a seu pai, presbítero numa igreja metodista em KwaZulu. Quando se alojaram com camaradas imigrantes num bairro proletário e Steve, que jamais havia escolhido e pagado as roupas dela, pediu desculpas pelo frio e a chuva, como se fosse de algum modo uma culpa do lado a que ele pertencia na velha distinção colonial estabelecida pelos britânicos entre as raças, e comprou para ela uma jaqueta de esqui, a mais quente que havia, segundo o vendedor.

Não havia obrigação nenhuma agora, dessa vez, de fazer turismo. Nos momentos de lazer entre as sessões do colóquio, para a maioria dos participantes o objetivo central era deixar para trás a concentração; sem dúvida, alguns dos estudiosos mais velhos e dos jovens ávidos que se apegavam a eles, na intenção de conseguir algum benefício ou favor, a toxina da ambição, instalavam-se em alguma sala no instituto para dar prosseguimento a alguma discussão depois que a sessão terminava. Alvaro queria comida espanhola, se não houvesse nenhum restaurante cubano autêntico que alguém conhecesse, e ele e seu camarada da África seguiram as instruções que lhes foram dadas pela embaixada cubana, chegando a um endereço, a pé, porque o médico de Alvaro lhe havia dado a ordem de caminhar pelo menos três quilômetros por dia (quanto é isso em termos das tradicionais milhas inglesas?).

— Lá em Cuba nós temos os melhores médicos, você sabia? Se algum dia você adoecer, tiver uma doença séria, procure a gente. —

— O que não lhe disseram, camarada, é que, se você encher a barriga de *paella*, anula o efeito das tais milhas inglesas. —

Na sessão da manhã, ocorre uma digressão engraçada na discussão depois que o representante de uma universidade sul-africana faz sua primeira fala sobre o nível das pesquisas de laboratório sobre a presença possível, e em alguns casos comprovada, de substâncias tóxicas nos alimentos, conforme as definições adotadas pelo colóquio.

O tema foi ampliado ainda mais: se o acréscimo de substâncias químicas com o objetivo de acelerar o crescimento e aumentar o teor nutritivo dos produtos agrícolas não introduziria elementos tóxicos, e se os fosfatos acrescentados a alguns vinhos não representaria também os mesmos riscos. Um participante do Canadá respondeu que essa abordagem era um tanto jornalística, provocada pelos interesses comerciais dos fazendeiros que não queriam aumentar seus gastos tendo que comprar todo ano as novas variedades de sementes desenvolvidas que são es-

tenho sangue lapão por parte de pai, por isso tenho essa cara de falsa sueca. —

— Ora, então eu sou um falso africano, não sou negro. — Mas não era a hora nem havia clima para trocar confidências, para dizer do modo apropriado à mulher do país que é certamente o menos racista do mundo que sua mulher é uma africana autêntica: Jabu. Trocaram informações sobre trabalho por algum tempo, ela havia ensinado nos Estados Unidos e tinha passado um semestre trabalhando como bióloga em Gana. O povo de Gana — eles se lembram do tempo em que havia sul-africanos do exército de libertação fazendo treinamento lá —, o nome Lança da Nação, maravilhoso. Mas também não era a hora, o lugar de responder as perguntas animadas dela: — Como é viver no seu país agora? Me diga como é... As pessoas estão convivendo depois de tanto tempo *separadas*? E como é sem o Mandela? Como é esse atual? —

A música é boa, um grupo instrumental usando trajes que exprimem sua individualidade — punk indiano, africano, skinhead retrô? — o travestismo não é uma questão só de gêneros. Estão dando a cada um dos participantes do colóquio, a cada dançarino — Domanski, que já não dança há muitos anos, o francês Desmoines parecendo muito à vontade numa atmosfera de boate que lhe é familiar — seu próprio ritmo, desde o *kwaito* de agora ao tango dos anos 1920 misturado com jazz, seja uma lembrança de uma festa com as luzes apagadas no tempo dos bombardeios nazistas, seja a evocação da despedida secreta, na semana passada, da amante que os alunos jamais teriam imaginado que aquele professor fosse capaz de ter. A professora Sarah Westling faz perguntas interessadas sobre Jacob Zuma (ela tinha lido sobre os escândalos, o estupro e a compra de armamentos) — A essa altura vê-lo saltitando, jogando os joelhos para o alto, ao ritmo dos tambores... — e o outro, Thabo Mbeki. — Leu alguma coisa sobre ele? —

Lindsay Wilson está em pé; Steve não conseguia ver seu perfil porque os cabelos caídos tinham uma luminosidade própria (natural ou produzida quimicamente por alguma substância tóxica) na penumbra do ambiente... Ele deve estar bêbado de tanto vinho para fazer uma gozação tão pesada, ainda que só em seus pensamentos. De repente, ela e o Barbudo estão dançando. A conformação única que era um corpo de dois dançarinos, quando são bons nisso, é ocultada e revelada, ocultada e revelada, pelos corpos dos outros que passam à frente deles. É claro que o machão com cabeça raspada de presidiário dança bem, estava na cara.

Ela está se divertindo, até mesmo olha nos olhos dele por um instante, ou seria o olhar dirigido a Sarah Westling, e ele apenas fora apanhado no meio daquela trajetória rápida? A atenção profissional dela distribuída de modo a manter todos os participantes igualmente animados, em todo e qualquer contexto. Quando ela voltou a sentar-se: — Todo mundo está bem de vinho? — Embora a festa fosse iniciativa do canadense, e estivesse claro que a conta seria rachada por todos, ela era a presença organizadora. Domanski dançou com ela, houve muita risada como uma espécie de argumento, ele se mostrando, fazendo-a rodopiar loucamente.

O Barbudo estava dançando com a sueca; Lindsay Wilson jogou-se, soltando os braços, na cadeira vazia, seu corpo a arfar, como se ela estivesse respirando sobre ele.

Steve encheu de água um copo para ela. Lindsay engoliu, engasgou-se, recuperou-se enquanto ele retomava o copo para salvá-lo, depois voltou a pegá-lo num gesto doméstico, como uma criança reagindo a um adulto intrometido. — É que nem lutar com o meu cachorro, um setter irlandês grandão, pra ver quem vai desabar e correr em volta do gramado primeiro. Esses poloneses... —

— Eu pensei que você estava se divertindo. —

— Claro que estava! Mas acho que estou fora de forma. Faz um tempão que eu não danço. —

— A gente está dando muito trabalho a você. —

Ela recuperou o fôlego. — Ah, caras novas, é disso que eu gosto. Você tem que dar um tempo dos amigos por mais que goste deles, é um tempero, tem que conhecer gente nova, em lugares diferentes, tipos diferentes, relacionamentos, clima, tudo... —

— Onde? —

— Onde... bom, ir esquiar na Itália, o mesmo lugar onde eu aprendi, quando era menina. E a Jamaica... Já esteve lá? Além dos lugares que eu ainda tenho que conhecer. Mas as pessoas vêm aqui, em vez de eu ir lá, pessoas desses países, gente nova. Não dá trabalho, não... —

— E os imigrantes? —

Mas ela está pensando nas pessoas que chegam para o colóquio, pessoas que têm "campos" de interesse escolhidos por elas e não os imigrantes do Paquistão, Somália, Iraque e Europa Oriental, que como espécies de plantas invasoras parecem ter se tornado parte do matagal nativo de trabalhadores braçais desse país. Ela é espirituosa: — A gente tomou a terra deles, agora eles estão tomando a nossa. — Uma pessoa que é a senhora de sua própria vida. Nem sempre é preciso conversar sobre política para conhecer uma pessoa.

— Você já se recuperou? —

Ela levantou-se sorrindo como se Steve lhe tivesse perguntado se queria dançar. Conversavam enquanto dançavam, sobre — imagine só! — os tempos da escola. Pressupõe-se que ele, tal como ela, tenha estudado em uma escola particular tradicional para meninos como a dela, para meninas. Segregação para ela era isso. A inocência, a ignorância dela: ele deu por si lhe revelando, contando estranhas aventuras escolares que tinham a ver com passar a perna na autoridade, histórias que estavam esquecidas em alguma prateleira sem uso em meio ao cânone do que viera depois como aventura na vida real: na condição de camarada.

— Tenho uma amiga que até agora sobreviveu, pelo menos pra mim, desde o tempo em que a gente era amiga do peito no alojamento, mas eu não vou a essas reuniões de turma... Você vai? Reunião pra quê? — É como se essa desconhecida estivesse dizendo a ele que não é preciso participar daqueles almoços dominicais da família Reed, embora Jabu o faça sentir-se culpado quando ele dá desculpas para não ir. A exoneração vem com facilidade com base nessa proximidade ditada pelo acaso: na dança eles não se abraçam, e sim um meio que cerca o outro, no estilo que a música do momento exige. — Quais são os seus planos para o fim de semana? — O programa do colóquio prevê uma interrupção das sessões; é primavera, há várias coisas a fazer, programas culturais para aqueles que não têm amigos, seria uma boa oportunidade. — Você se inscreveu? É claro que isso quer dizer que são as mesmas pessoas, uma extensão das sessões... —

Nada contra essa condição. — Eu estava pensando em visitar as pessoas com quem eu fiquei da outra vez que vim a Londres, preciso ir lá, se elas estiverem por aqui. E também talvez fazer umas leituras na biblioteca do instituto, na segunda-feira vão discutir umas questões que eu acho que não estou preparado, quer dizer, à altura... dessas sumidades. Eu quero me informar sobre os assuntos que vou comentar, as perguntas... —

— Você é muito consciencioso. — Tom nada sério, cabeça inclinada. — Se seus amigos não estiverem em Londres, você

podia ir à nossa casa em Norfolk, se quiser. O negócio lá é cavalo, meu irmão tem um cavalo de salto, aposentado, e um pônei pros filhos dele. Meus pais fazem open house quando passam o fim de semana lá. Eu posso levar uma ou duas pessoas, vocês seriam bem-vindos. —
Nossa casa. Marido e família. Ele ainda não conheceu o marido, que provavelmente tem lá as preocupações dele, não tem nenhuma obrigação de fazer social com os participantes do colóquio. — Obrigado, realmente você não precisa fazer tanto por nós. Vou ligar pros meus amigos para saber se eles vão estar em Londres. Se não estiverem, bom, obrigado. —
— O Jeremy te empresta o pangaré velho dele. Você monta? —
Ela não esperou pela resposta, a bossa nova terminou de repente, justo na hora em que eles iam passar de novo pela mesa do grupo e ele foi chamado pelo canadense enquanto uma cantora com feições indefiníveis que denunciavam uma origem no Extremo Oriente acariciava o microfone, cantarolando com uma voz muito pura que contrastava com aquele objeto fálico.
— O motorista do táxi está pronto pra levar vocês de volta quando estiverem cansados. — Mas o do Canadá fez sinal para que trouxessem mais uma garrafa de vinho e começou a falar sobre os colegas, alguns da África do Sul, vencedores do prêmio Nobel de medicina, física, não era ele mesmo — didático, mas com uma cabeça crítica incrível — ainda estava vivo? não, não fora ele que havia emigrado para um centro de pesquisa nuclear na Alemanha? — Nós éramos uns garotos muito metidos, naquele tempo, todo mundo se achava um Einstein. —
Tirando Phillip Tobias, homem delicado e gentil, cujas aulas estimulantes ele havia assistido como ouvinte, ainda que a origem dos hominídeos nada tivesse a ver com a área que ele havia abandonado, a química, ele só conhecia os outros grandes

nomes — a única coisa que importava mesmo — por suas obras, algumas delas citadas na tese de doutorado graças à qual ele havia se tornado professor assistente.

— É claro. Você é muito jovem... Você estava de calças curtas, nos meus tempos de estudante. — Tom mais elogioso do que condescendente. Seus tempos de estudante; reprovado. Fugindo, na Suazilândia; ou então do bloco D da penitenciária. Juntamente com o vinho, aceita o elogio tal como o faria uma mulher: contente por parecer mais jovem do que era na verdade.

O canadense pagou a conta com seu cartão de crédito e cada um deu a sua parte, ou então, não tendo a quantia necessária em dinheiro vivo, garantiu num tom vociferante de decoro exagerado — ninguém estava bêbado, mas ninguém estava sóbrio — que amanhã acertava as contas. Todos seguiram em direção ao táxi e os outros carros em que tinham vindo, beijos no ar roçando cada face, dados a homens e mulheres igualmente pela cuidadora (no sentido mais encantador da palavra) deles, mas ela não os acompanhou. Na porta, fazendo força, bocejando com vontade de ir embora; ela foi vista, lá dentro, no meio da música, Lindsay Wilson e o Barbudo, dançando.

Só amanhã de manhã: ele não telefonou para casa ontem à noite.

Mas a que horas ele teria ligado. O telefone tocando alto ao lado de Jabu no ponto mais profundo do ciclo do sono.

Quando consegue falar com Jabu de manhã cedo, Steve faz um resumo sucinto da noitada dos professores da véspera e os dois se divertem com as fofocas... Jabu está com pressa, e um relato dos trabalhos sérios realizados até agora, embora ela esteja curiosa para saber quais são as suas impressões, terá que esperar.

Naquele dia, o campo abarcado pelas sessões se ramificou,

mergulhou, aprofundou-se na trilha das toxinas, indo além dos exemplos nacionais, a indústria de alimentos, os cosméticos. Os produtos industriais, um termo vago que dificilmente abrangeria os produtos inevitáveis das usinas nucleares. Um participante que até agora estava recolhido, prestando muita atenção aos outros, levantou-se com seu microfone e teve que fazer uma pausa para esperar que cessassem os aplausos: devia ser alguém inalcançável em seu campo, aquele campo. Ignorando a aclamação, o homem falou com uma eloquência distanciada: — Todos nós tememos a extinção. É isso que a ameaça nuclear significa pra maioria das pessoas. A ameaça nuclear que não é o bigue-bangue é a que mata devagar. Os dados globais, nossas informações, pra não falar no conhecimento aprofundado e bem estudado da ameaça nuclear, que não é o bigue-bangue, estão em estado muito incompleto, e talvez nunca passem disso. Este simpósio é uma oportunidade, temos a obrigação, de ouvir nossos colegas de muitas regiões do planeta que constituem o meio ambiente global em que estamos todos imersos, qualquer coisa a respeito da experiência de seus países que se acrescente aos dados de que dispomos... —

Do apocalipse à merda dos detritos nucleares. Um murmúrio percorre a sala: está tudo nos livros deles, mas o famoso orador capta a coisa. — Estamos aqui para dar coerência ao que está disperso. —

O professor que dirige as sessões sorri com aquiescência e levanta as mãos abertas recurvadas, mãos de uma divindade familiar.

Várias pessoas se mexem nas cadeiras, uma se levanta em primeiro lugar e fala das espécies de plantas ameaçadas na parte do meio ambiente em que ela vive, o conceito de "imersão" tem um sentido muito literal aqui (um murmúrio de concordância do professor sentado ao lado dela), trazendo à mente a água poluída que sai das usinas nucleares e prejudica o crescimento das plantas, inclusive das que são cultivadas.

A água passa a ser o elemento na berlinda. (Ela está representada aqui em sua forma gelada, dentro de garrafas plásticas espalhadas por toda a mesa do simpósio.) Um professor de letras: — Tchernobil sufocou as pessoas. Quando se fala em efluentes nucleares, todo mundo pensa no ar que respira e não naquilo que ingere, engole. — Um gesto dirigido ao participante que vem do habitat onde os crocodilos morrem em rios poluídos, a cadeia da vida interrompida.

Steve não se sente obrigado a compor as frases ao falar, como fez antes da sua primeira apresentação; os fatos lhe vem à mente de modo imediato. Ele sabe muito bem: uma usina nuclear perto da costa, mais uma em prol do desenvolvimento da indústria, vai gerar uma quantidade enorme de água quentíssima que foi usada para resfriar o condensador, e que terá o efeito de alterar a temperatura do mar, destruindo as algas. As substâncias químicas e os pesticidas usados nas tubulações da usina vão fazer com que essa água quente e poluída destrua as larvas de peixe no meio ambiente marítimo: um trauma de grandes proporções que vai perturbar a migração sazonal das baleias.

Ele responde movido pela força do hábito que adquiriu outrora, nos tempos da Luta, quando respondia o que se esperava dele de modo disciplinado numa dada situação.

No hall do hotel, depois da sessão, mais perguntas lhe são dirigidas, compara-se o estado de natureza das ilhas onde mora um participante com o de outras ilhas e, entre intervenções a respeito da possibilidade de que o clima consiga ou não atenuar essa situação, Lindsay Wilson vem ver como estavam as coisas, cumprindo seu dever de monitorar as atividades para o instituto, e estando perto dele meio que se vira em sua direção para confirmar: — Então, você vai estar pronto por volta das duas da tarde de sábado? —

Ela tem razão.

Ele não chegou a telefonar para os amigos com quem ficou da outra vez que veio a Londres.

Aquele gesto da cabeça virada captado pela periferia da visão na reunião no saguão: os pais dela fazem open house, ela e seu pequeno contingente. Se era primavera no hemisfério norte, fazia frio (com base na sua experiência das estações do ano na África) enquanto ele era lançado para fora do hotel pela porta rotativa, encolhido dentro da jaqueta de veludo que era o agasalho que usava na sua terra em todas as estações. O carro dela estava parado, ela indicou-o brandindo o gorro de lã colorido. O carro estava vazio. Pelo visto, ninguém mais do hotel tinha vindo ou estava sendo esperado. Ela não hesitou. Apertou o cinto de segurança.

— O Domanski deu pra trás. Acho que ele encontrou um amor que tinha perdido há muito tempo, que ele achava que tinha ido pro Peru ou não sei onde anos atrás. Entre vocês, participantes, tem muita gente que nasceu num país e trabalha ou já trabalhou em outro. —

— É, esse é o lado bom das guerras e revoluções, pelo menos pra aqueles países. —

Ela ri daquela ideia extravagante, num país que ganhou todas as guerras de que participou. Há quantos séculos? Invasões? Os vikings? Ninguém tinha que fugir para outro lugar. A não ser que fosse com o fim de levar a Inglaterra para todos os cantos do mundo.

Quando se caminha, há uma atitude em que o corpo sabe a direção em que está indo, os músculos e nervos estão voltados para ela. A mesma coisa acontece quando se dirige, há um objetivo sutilmente conhecido ao se manejar o veículo. Será que ela está indo para a rua onde vai pegar o Barbudo? Mas os impulsos que inconscientemente controlam o manejo do automóvel estão voltados para as ruas à esquerda e à direita, e ela pegou uma estrada. O Barbudo não está esperando na casa onde está hospedado. Nada foi dito, mas fica claro.

Ela faz fofocas divertidas sobre os representantes daquele modo que é natural entre pessoas que pertencem à mesma geração — bem, ele é um pouco mais velho do que ela, mas são da mesma época, têm a mesma relação com os acadêmicos mais velhos, alguns realmente velhos, presentes ao colóquio. Um deles quer uma bicicleta ergométrica no quarto, embora, coitado, se arraste apoiado numa bengala; o outro quer marcar uma consulta numa clínica de audição específica para que examinem o aparelho que ele usa, que seria, segundo afirma, muito especial. — Eu sou meio que uma versão sofisticada de aeromoça, enfermeira, acompanhante, não sirvo a comida, mas sou eu que recebo as instruções sobre a comida. E não são só os velhos, não... o Adrian Bates faz uma dieta só à base de soja... Imagine a cara do cozinheiro quando digo isso a ele. —

Seria tentador confirmar que é por isso que ele é um dançarino excepcional, não é?

O campo está regressando à vida, nas árvores magníficas começam a despontar folhas novas, e algumas poças de água de chuva têm aquela imobilidade de gelo derretido. — Lá na nossa casa o tempo está o que a gente chama de agradável aqui na Inglaterra. Não é mais aquela coisa de nariz escorrendo. —

Ela faz um desvio por uma cidade onde há uma catedral para tornar aquela viagem um evento cultural. A pedra cinzenta da catedral é uma afirmação de autoridade esplêndida disfarça-

da de beleza. — Não é à toa que vocês, ingleses, conquistaram metade do mundo. —
— Você é religioso? —
— Religião causa muito conflito. —
Não é necessário que o tema seja pesado. — Eu sou uma católica divorciada, não praticante. Acho que Deus não está nem aí pra isso. —
Ela é uma pessoa que não acha as perguntas invasivas; a liberdade de quem nunca viveu nada de ameaçador, nunca teve que se esconder... É um prazer fácil conviver com ela. É o que chamam de uma pessoa relaxada. Na dela.
— Você sempre, quer dizer, só faz esse tipo de trabalho de relações públicas, colóquios, coisas acadêmicas? —
— Eu tentei outras, sei lá, profissões. Depois da faculdade. —
— Você é formada em quê? Deixa eu tentar adivinhar. Ciências sociais. Letras. Ouvi você falando italiano, francês... —
— Errou. Ciências. Eu sou uma de vocês, mas, como eu disse, não foi a escolha certa, porque estou interessada é em *nós*: em gente. Mas pega bem no meu CV o diretor da faculdade ter como relações-públicas uma mulher que pelo menos é uma iniciada. Agora, garanto que não vai ser minha carreira pro resto da vida... —
— O que é que você está planejando? — Verbo errado, ela levanta a cabeça um pouco enquanto dirige, não é o tipo da pessoa que faz planos, que tem forças não exploradas.
— Já fui gerente de um resort pra mergulhadores nas Bahamas. —
— Como foi que você se preparou pra isso?! —
— Com uma outra pessoa, foi difícil em vários sentidos, o calor, cuidar do abastecimento e o medo de que um cliente descuidado morresse afogado, mas era divertido. Até que o dinheiro... e outras coisas começaram a faltar. Trabalhei um ano no

Conselho Britânico na França... — E como se ele tivesse reagido de um modo já esperado: — Ah, e agora há uma possibilidade de eu ir com uma comissão de comércio à China. —

— Quer dizer que você está levando um livro de expressões chinesas pra estudar no fim de semana. —

— Até que é uma boa ideia, vou procurar um livro assim. Até agora a única coisa que eu fiz foi frequentar mais os restaurantes chineses e tentar dizer pros garçons os nomes dos pratos. Eles não riem, não, eles ficam muito sérios e tentam explicar como é que se pronuncia. —

Steve não se sentia obrigado a manter a conversa fluindo, e surgiam silêncios curtos enquanto ele deixava a vista correr pelos campos, as aldeias que não eram mais como aqueles brinquedos de criança que ele esperava ver, mas sim com um supermercado ao lado do pub, e ela estava à vontade em algum aspecto de seu presente, por acaso dirigindo seu carro, uma atividade tão inconsciente quanto a respiração.

— Você sempre foi professor? Universitário. Você sabia o que você queria? —

— Já trabalhei numa fábrica de tintas. Químico industrial, um trabalho seguro pra mim naquela época. —

Ela vai entender que ele se referia a um modo seguro de ganhar seu pão, de alguma maneira, enquanto era jovem, livre e indeciso. Não estrague esse passeio agradável com uma desconhecida de algum modo compatível, sob todos os aspectos. Ela não suspeita, não tem por que suspeitar; ela o conhece como um participante do colóquio que estudou no mesmo tipo de escola, segundo a fórmula inglesa, para se preparar naturalmente para a vida adulta, tal como ela. Então o quê? Abstração, nazismo, fascismo, apartheid, fatos históricos contra os quais talvez ela tenha participado uma vez numa manifestação na Trafalgar Square, por opção, e agora não tem opção senão aceitar sem queixa o risco de morrer numa explosão banal no metrô, por obra de algum desconhecido membro da Al-Qaeda. Um desconhecido entre os imigrantes que ela certamente conhece na sua atual carreira de intermediária entre um instituto democrático e a sociedade. Não abra o carro para tudo isso. Basta aquele ar fresco, que faz as narinas se abrirem, entrando pela janela do motorista abaixada.

Ela está lhe dizendo que na verdade queria uma casa menor, que ela própria possa arrumar por conta própria, apesar de gostar muito daquele esquema familiar em que sempre pode levar seus amigos. Uma casinha mais perto da cidade onde ela pudesse vir até mesmo no meio da semana para passar uma noite. Mas não faz sentido, pensa ela, se agora vai morar no estrangeiro, talvez por alguns anos...

Quando um risco cruza a estrada algo escuro dando um salto lebre ou cão e a voz dela se transforma na guinada frenética da mão esquerda no volante o carro em velocidade balança ele agarra o arco do braço dela para corrigir o desequilíbrio violento e ela retoma a rota derrapando — o bicho, fosse o que fosse, escapou; a mão esquerda dela cai espalmada com dedos rígidos sobre a coxa dele, enquanto a velocidade oscila loucamente e a mão direita, equilibrada, recupera o controle do volante. Recolhendo o braço, Steve pousa a mão por um instante na mão que está em sua coxa, como quem toca uma carne que sofreu um golpe. Então ela reassume o comando, não desliga o motor, não para o carro, apenas sai lentamente da trajetória em zigue-zague traçada pelos pneus.

— Você não acertou o bicho. Ele não se machucou. Eu vi. — Tranquilizando-a.

Nenhum dos dois sugeriu parar para verificar. Ele de fato vira o animal desaparecer no meio do mato. — Acho que esquilo não era — foi tudo o que Lindsay disse. Seriam os esquilos especiais, para ela, em meio aos animais silvestres.

Enquanto o carro se recuperava, ela exclamou e virou-se para Steve com uma careta convulsiva. — Desculpe. Acho que você está precisado de um café, que tal parar numa aldeia? Pra gente respirar um pouco... Já estamos perto, falta mais ou menos meia hora. —

— Você se saiu muito bem, eu é que tenho que pedir desculpas por ter agarrado seu braço, acho que machuquei seu braço. —

— Eu lhe digo depois de tomar meu banho, agora tem manga demais pra enrolar. Até que nós dois seguramos bem. —

Tomaram café num lugar rural, servidos pelo tipo de figura que um forasteiro gosta de ver no interior da Inglaterra: um velho de rosto animado com o sotaque de alguma região que Steve nunca tinha ouvido antes; naquela sua outra vinda à Inglaterra. Havia um papagaio numa gaiola, mordiscando as grades e olhando para eles. Ela falou com a ave: "Oi, Louro, dois cappuccinos, por favor", e o papagaio respondeu com palavrões roucos aprendidos com algum bêbado: "Cala a boca, porra, vai se fudê, FU-DÊ VAI VAI SE..." — palavrões que não foram acobertados pelos risos deles. Tudo fazia parte do incidente no meio da viagem. Que terminou ao entardecer.

A luz saída das janelas revelou uma velha casa de fazenda sobre a qual se inclinavam duas árvores grandes que ele julgou serem carvalhos antigos. — Não são tão velhos assim. — Ela descartou o sentimentalismo. — Meu bisavô resolveu virar fazendeiro quando voltou da Primeira Guerra Mundial com os pulmões escangalhados pelo gás de mostarda. Meu avô preferiu a bolsa de valores, e foi uma boa ideia pro resto da família. Desde então, a fazenda não foi mais cultivada. A maior parte da terra foi vendida, é claro. —

Visto pela primeira vez como se uma pintura fosse desenrolada, uma espécie de pomar, uma fileira de árvores traçando uma curva do outro lado de um campo, onde dois cavalos balançavam as caudas na companhia de um burro desajeitado (em comparação com eles), a linha de árvores provavelmente cobrindo um riacho; a casa não tinha telhado de colmo, porém era de uma solidez rural animada por alguns acréscimos evidentes. Havia três carros e uma camionete estacionados em ângulos diversos no gramado, onde vultos de crianças, iluminadas pela luz que vinha da casa, corriam atrás de uma bola.

— Ah, hoje a casa está cheia. — Ela, reconhecendo os automóveis e as crianças. Pelo visto, o costume era ninguém, ela inclusive, telefonar para avisar que vinha passar o fim de semana. Mas ele se sentiu um intruso, aparecendo com ela, a casa cheia. — Tudo bem mesmo? — Ela emitiu uma exclamação fingindo surpresa: — Mas claro!

A sacola dele e a pilha de coisas que ela trazia para o campo, fossem o que fossem, foram largadas no carro. Todo mundo já estava em torno da mesa com comida e bebida numa sala ampla cheia de ecos, enquanto a lareira era abastecida com achas de lenha por dois garotos adolescentes e uma moça com botas de couro de carneiro, numa disputa alegre. Steve foi levado pela mão para ser apresentado a um homem pesadão, claramente irmão dela, tão louro quanto os cachos lançados sobre a testa e o rosto dela pelo que havia acontecido na estrada; assim, aquele tom louro era herdado, e não fruto da química. O irmão, Jeremy, apertou a mão oferecida e depois segurou o antebraço num gesto masculino de boas-vindas (não o duplo aperto de mãos dos negros, *eish*), embora não parecesse dar muita atenção ao nome de mais um naquele elenco sempre renovado de convidados que Lindsay trazia para o fim de semana no campo. — Os velhos não vieram? — ela perguntou.

Era o irmão, pois, que atuava como anfitrião. — Melhor se

servir antes que acabe tudo: essa família é um bando de famintos. Tem vinho ali, cerveja se você preferir. Minha irmã sempre prefere Guinness, ela sabe onde tem. —

Vieram mulheres do entorno da longa mesa cheia de comida. Eu sou a Tracy... Ivy, Isabel. Eu sou a irmã feia da Lindsay (uma bela mulher); uma menininha com a boca borrada com o batom roxo da mãe insistia, E você quem é... *Steve*, obrigada... Steve Steve Steve, repetido na cadência do papagaio.

Seu sotaque sul-africano deixava claro que, embora não fosse um dos amigos estrangeiros dela (o Domanski pulou fora, sim), ele era de alguma colônia. — Você é da Austrália, amigo? — Ah... um daqueles homens tinha um filho ou primo na África do Sul, comunicações ou seria automação, Cidade do Cabo. Um jovem negou aquela ocupação careta: não, seu irmão estava lá com o time de rúgbi de Liverpool. Uma mulher de cachos grisalhos, com a espécie de presença característica das pessoas que se destacaram em alguma coisa, estava ao lado de Steve no momento em que ele pôs mais vinho na taça. Algo nele teria despertado na mulher uma suposição: por acaso ele conhecia a obra de um artista conterrâneo seu, Karel Nel, que havia feito uma exposição recentemente em Londres, na Cork Street, um talento extraordinário, astrofísica na arte? Steve não conhecia o pintor pessoalmente, mas por iniciativa de Jake ele e Jabu tinham ido a uma exposição sua em Johannesburgo. Em meio ao torvelinho de vozes, um rebuliço de pessoas comendo juntas com prazer, por um momento formou-se uma ligação em torno de uma experiência específica, a visão de um artista, entre dois desconhecidos.

Não era necessário que a pessoa que o trouxera "tomasse conta" dele, Steve sentia-se à vontade no seio daquela família acostumada, tal como no subúrbio, a receber visitas ocasionais. Enquanto isso, Lindsay ouvia notícias de um e respondia a perguntas de outro a respeito do que ela andava fazendo; ele ouviu fragmentos de relatos sobre os participantes do colóquio em meio a intervenções alegres provocadas pelo que ela dizia. Mas uma vez Lindsay se aproximou, tal como fazia durante as sessões do colóquio, cumprindo sua obrigação de ver se tudo estava correndo bem, e viu que Steve estava se servindo de presunto, picles, carne assada e quiche comprado em caixas, ouvindo Jeremy contar o estranho roubo ocorrido em sua casa em Londres, em que só tinham levado equipamentos esportivos, seus tacos de golfe, os apetrechos do veleiro de seu filho. — Ladrões especializados no tipo de coisa que as casas de penhores compram hoje em dia. A Tracy acha que alguém foi informado pelo lavador de janelas, um sujeito simpático que sempre que vem ela faz café pra ele... — O filho de alguém com brinco numa das orelhas e uma tatuagem que parece um segundo sistema circulatório nas costas da mão (marcas características dos alunos brancos na sua terra, os brincos são comuns a todos, mas as tatuagens não se destacam na pele dos negros) quer saber se tem lugar bom para mergulho lá na África do Sul.

África do Sul.

Ele aproveita a oportunidade para sair da sala e encontrar um lugar silencioso onde possa usar o celular. Um corredor passando por uma cozinha onde ressoa uma percussão de panelas e vozes, mais adiante, evitando um quarto de porta aberta onde uma mulher ralhava com uma criança no tom especial de despedida noturna, encontrou outra porta aberta, o pequeno quarto que certamente funcionava como escritório para alguém que tinha que manter contato com pessoas da cidade: lá havia computadores, calendários com datas assinaladas e logotipos de seguradoras e empresas industriais. Uma ligação para o subúrbio: evocando, como se de algum lugar dentro dele. A voz de Jabu, distância nenhuma. — Jabu, oi, você não pode imaginar de onde estou falan-

do, querida, uma casa de fazenda inglesa tradicional usada como casa de campo, todo mundo, uma família enorme quase que do tipo africano, mas é claro que ninguém mora aqui. —
— Ah, que bom. Como é que você foi parar aí? —
— O colóquio foi interrompido durante o fim de semana, tem passeios, convites, essa casa é da família da moça que quebra todos os galhos do diretor, uma relações-públicas, ela é que resolve todos os nossos problemas. Ela convidou duas pessoas pra vir com ela, mas o outro acabou não vindo. Por incrível que pareça, não está chovendo aqui na Inglaterra, mas é claro que ainda não tive tempo de dar uma caminhada, aqui tem cavalo, eu podia montar se soubesse montar... Diga ao Gary que aqui as crianças têm um burrinho pra montar, ele ia adorar... —
— Não vou dizer a ele, não, ele vai ficar zangado por não estar aí com você! Ainda bem que o amigo dele vem dormir aqui hoje... Mas, Stevie, você ficou sabendo...? Um fazendeiro matou um homem que ele viu na plantação de milho dele, achou que fosse um babuíno. — Ela nem precisa dizer que o fazendeiro era branco (óbvio). — O Centro de Justiça vai pegar a causa da família do homem, ele trabalhava numa outra fazenda e estava indo visitar um amigo... —
— Ah, meu Deus! (Embora, desde os tempos em que seu pai o levava à igreja por obrigação, ele não acredita na existência d'Ele.) Aqui eu só leio jornal inglês, isso eles nem publicam, tem tanta história de horror pior, no Congo, Sudão, Iraque. Semana que vem eu vou à embaixada, preciso ler os nossos jornais. —

Ela vai participar da equipe do Centro?, mas, quando ele começa a formular a pergunta, ouve-se uma confusão do outro lado da linha e Gary Elias todo prosa: — Papai, eu tirei primeiro lugar na maratona júnior, a gente nadou andou de bicicleta e correu três quilômetros... — Então Jabu chamou Sindiswa para que ela também pudesse falar com o pai.

— Não era pra você já ter voltado? — É claro que Sindi está tão absorta em sua vida de adolescente que para ela não faz muita diferença quando foi que o pai partiu e quando foi que ficou de voltar; está começando a viver uma independência saudável que Jabu não se lembra de ter vivido — não com o Baba. Jabu não recebe o telefone de volta, fica subentendido que eles vão voltar a falar depois sem essas interrupções. — Beijos pra todos vocês. — E, em meio a outras vozes a disputar o aparelho, para Jabu. — Eu volto logo. —

De volta ao presente, um grupo animado, dois velhos com suéteres de Fair Isle discutem o mau desempenho de algum investimento que depende da bolsa de valores (são ações que nada têm de rural), enquanto Jeremy vira-se (sua mulher, Tracy, comenta em tom afetuoso, porém debochado, que isso é "fantasia") para falar em colocar umas poucas cabeças de gado no que ainda resta da antiga fazenda. — Tem que se contentar com os cavalos. —

Todos ajudam a tirar da mesa os pratos e garrafas de vinho, inclusive o convidado trazido pela moça que os outros chamam de Lyn. Enquanto todos trocam boas-noites ruidosamente, ela chama o irmão para um canto: — Tem algum lugar? —

Os olhos de Jeremy vão da esquerda à direita, e ele dá de ombros. — Vai ter que ser no moinho, as crianças todas estão tão crescidas, não dá mais pra elas ficarem com os pais. Os quartos estão todos cheios. —

— Tem lençol, essas coisas? —

— Ora, claro. Sempre. As camas todas feitas, que eu saiba. —

O moinho. Que moinho. A função de um moinho, a ideia de um moinho como um quarto para se passar a noite. Ela espalhou abraços detendo-se aqui e ali para ouvir algum comentário protegido pelo anteparo de seus cabelos soltos e, animada com intimidades trocadas, chamou-o: Vamos! Ela o chamava para seu carro, entrariam nele para ir ao tal moinho. Os faróis eram a única luz, olhos de um monstro na escuridão fora da casa iluminada, o caminho coberto de restolho e depois os olhos do monstro descobriram um abrigo, pequeno ao lado de algo que brilha — estrada? Riacho. Deve ser uma continuação do que ele imaginou que acompanhasse a curva de árvores que vira no lusco-fusco ao chegar. Ele não é responsável por nada: está agradavelmente cansado, tendo comido e bebido. Ela é quem manda. Os olhos do carro iluminam uma porta, ela empurra, a porta se abre e seus dedos encontram um interruptor, um quarto se manifesta, mas não há tempo para registrar o que há dentro dele. Os dois se debruçam dentro do carro para pegar suas bagagens, ela apaga os olhos do monstro, eles fecham a porta do carro e ela entra no quarto para ele, com ele. Lindsay já esperava a sua surpresa, a pausa questionadora, agradável para os dois.

— É moinho mesmo? Moinho de água? —

As bagagens são largadas no chão.

— Era, antigamente. Como tudo mais por aqui. Ninguém sabe quando foi usado pela última vez. Amanhã você vai ver a mó. Pena que ainda não é verão, está frio demais para tomar banho no riacho. A água do rio é tão limpa, eu adoro dormir aqui, ainda bem que não tem quarto na pousada. —

É mesmo apenas um quarto. Um acampamento: duas camas, como se fossem sacos de dormir numa barraca.

— Mas a eletricidade, não é possível que venha lá da pousada. — Aquela esgrima de palavras é divertida.

— O gerador está ligado, a gente pode acender o aquecedor agora mesmo. Ah, e você não precisa sair na escuridão, aquela portinha ali dá pra um banheiro. —

— Você pensa em tudo. Mas você não tinha me avisado que esse convite era para participar de uma aventura nas selvas da Inglaterra. —

Ela pega um aquecedor elétrico embaixo do único outro móvel que há além das camas: uma mesa de lavabo com bacia e jarro de faiança com desenhos florais, como os que se encontram nos antiquários. Pelo menos uma coisa ela não sabe fazer: ligar o aquecedor, e nesse momento ele justifica sua presença masculina competente.

Ela esvaziou sua sacola em cima de uma cama. Então aquela é a dela.

Ele abre sua sacola e olha para o que há para tirar de dentro. Calção do pijama. Ele nunca usa a parte de cima. Talvez seja melhor dormir como está. Com um aceno, ela aponta para a porta do banheiro, ele devolve o gesto, enquanto ela cata alguns de seus objetos, passa pela porta de vaivém, ouvem-se rápidos ruídos de dentes sendo escovados e uma breve pausa, com um farfalhar de roupas, e em seguida ela sai com uma espécie de pijama de coelhinho que vai até os tornozelos, os pés descalços curvando os dedos contra o chão de cimento. — Milagre. Não é que tem duas toalhas lá dentro?! —

Num espaço onde ele mal pode se virar, cabem, como se empacotados dentro de uma mala, uma privada, uma caixa de descarga e um chuveiro em cima de um ralo, toalhas penduradas em ganchos e uma jarra meio cheia de água, que ele usa para bochechar depois de escovar os dentes e que não tem gosto de água da bica, ele imagina que venha do riacho do moinho. No banheiro ocupado por ele, ouve-se o ruído da descarga depois que ele urina; ela certamente não estava com vontade, não é o tipo de pessoa que tem vergonha dessas coisas naturais, ou talvez por conhecer o moinho tenha aproveitado quando estava na casa. As mulheres exigem mais discrição para as funções corpóreas; era assim até mesmo no mato, na guerra.

Lindsay não se deitou. Frustrada, remexe os objetos despejados da sacola. — Aqui eu perco a noção do tempo. — Ele saiu do banheiro com a camisa desabotoada, o short inadequado, braguilha sem zíper... Eles não estão se encontrando numa piscina.

— Que raiva! Esqueci completamente que tinha prometido ao professor Jacquard adiar a entrevista dele na televisão. —

— Quer mandar um SMS para ele? — Se ela deixou o celular onde ele o viu no carro, o dele está na sua sacola.

A tal Lindsay mais que depressa recupera seu autocontrole: ela decepcionou a si própria, não a Jacquard. Assim, tornou-se outra persona. Outra pessoa. — Não. Não, ele vai ficar furioso se for acordado agora... Deve ser o quê? Meia-noite? Ah, que inferno! Ele não vai aparecer no estúdio, vai ser a maior confusão, meu amigo produtor não tem o número do celular do Jacquard para avisar ele no ônibus indo pra Stonehenge ou sei lá pra onde que levaram o Jacquard. —

Outra pessoa: neste tempo, o tempo daqui. Ela joga o celular para ele, que ele lhe havia entregado, num mesmo movimento o aparelho volta para a sacola. Os dois estão rindo do modo como ela pôs de lado a consciência e, em pé, confirmam essa cumplicidade, os braços dela em torno dos ombros dele, os braços dele, que estavam por baixo, são obrigados a descer a curva de suas costas e pegá-la na cintura. O pelo de coelho do tecido lhe faz pensar em contar histórias antes de dormir, era a sensação tátil que lhe proporcionava Sindiswa alguns anos atrás. Mas os corpos de um homem e uma mulher são ímãs. Ela encosta o seu no dele de alto a baixo, e enquanto os dois se curvam um pouco para a frente e para trás juntos, ela rindo despreocupada, ele sente subir o pênis oportunista. Isso talvez a afaste. Ela aperta-se mais contra. Os lábios para cá e para lá, acariciando, então o que é sempre a verdadeira descoberta, a língua dele naquela caverna que é a boca, permissão obtida ali de penetrar na caverna do prazer intenso entre as pernas.

Foi simples. Ela livrou-se do coelhinho abrindo o zíper com

um único movimento, levantando um pé e depois o outro. Ele apoiou-a com uma das mãos e com a outra começou a tirar a camisa. Por fim, despiu o short; ela segurou-o de leve, por um momento, ele próprio declarado ali, sem o escudo de um prepúcio. Qual cama? É claro que ela decidiu: era a outra, a que era aparentemente destinada a ele, a dela ainda não estava disponível para convidá-lo. Antes de ser acolhido dentro dela, ele deu atenção, parecendo fascinado, aos mamilos rosados de seus seios, lambeu em torno deles, abocanhou-os com os lábios arredondados, acompanhou o traço das aréolas. Ela murmurou, então você gosta dos rosados (algum outro amante devia ter reparado neles). A língua dele agora não era para falar.

Quem era o amante extraordinariamente excitante, ele ou ela, numa rivalidade generosa? Quando ela inovava aqui, ele inovava ali, algo jamais imaginado. As invasões da paixão eram um labirinto onde ela aceitava não aquilo que seu corpo fora feito para receber, mas também a capacidade erótica que estava secreta dentro do corpo dele. Steve também era uma outra pessoa.

Dormiram quase de imediato, no momento em que ele lentamente saiu de dentro dela, seus corpos acomodando-se ambos de lado, de frente um para o outro, como se o espaço estreito da cama fosse um abraço. Pouco antes de o dia raiar — deve ter sido antes, na primavera o dia clareia não muito tarde no hemisfério norte para compensar o inverno longo e escuro — ele acordou e, no silêncio, ouviu o som do riacho. Talvez logo depois o som chegasse a ela, que começou a mexer-se, os olhos ainda fechados, procurando com as mãos a presença dele. Emergindo do sono, fizeram amor de novo.

Ela se levantou primeiro. Não se pode dizer a uma desconhecida: "Volte para a cama, vamos ficar deitados mais um pouco, o dia em meio aos outros ainda não começou". Ela sacudiu as mãos enfiadas naqueles cabelos luminosos, como uma lufada de vento. — Vai fazer um dia bonito pra você, eu combinei com o sol. — Sorrindo e abaixando-se, os joelhos nus unidos, para catar as roupas largadas no chão, arrumando o quarto.

As nádegas perfeitas e o molejo das cadeiras quando ela foi em direção ao chuveiro... Uma exclamação alegre, a água devia estar fria, apesar do gerador.

Ela saiu enrolada na toalha, presa sob a axila; a nudez agora recolhida dele. — Me lembra o colégio interno: "Banho frio faz bem"... — Sorrindo. Brrrr!

É uma das experiências bem de classe média que eles de fato têm em comum. — O café da manhã aqui é uma festa móvel. Cada um entra na cozinha e prepara o seu, você está com muita fome? Tinha uma senhora fantástica que vinha da aldeia, ela fazia ovos mexidos com os ovos da galinha dela, fabulosa, famosa, mas essa supercozinheira agora está aposentada. Só não me vá pedir peixe defumado, alguém sempre traz, acho que a Tracy, e eu não suporto o cheiro... —

Ele quer se levantar e dar-lhe um beijo na testa, mas o clima que ela criou torna isso desnecessário.

Se o sol agora estava brilhando conforme o combinado, certamente teria chovido durante a noite, e mesmo depois do banho sentiu o frio do mundo externo sob o agasalho escasso de uma camisa; preguiça de pegar a jaqueta. Ela, usando o boné de lã que disfarçava a cascata de cabelos, nem perguntou se ele preferia o carro e foi seguindo a pé para a casa. Pararam um pouco, tal como ela tinha dito, para que ele visse a mó do moinho; a velha roda parada imóvel como um olhar vazio voltado para o riacho que ela fora feita para domar.

— Vamos. — Lindsay virou-se e saiu correndo pelo campo de restolhos para que ele a alcançasse, de modo que o frio era agora um outro tipo de animação física ao lado dela. Na cozinha com seus cheiros agradáveis — torrada, café — só havia um gato a miar. Alguém já havia comido, os outros ainda estariam na cama. Ela foi reunindo os utensílios, ele numa atitude cômica de contrição por não saber cozinhar. — Mas por que é que você tem que saber? — Talvez, porém, fosse apenas um comentário feminista seco e jocoso, as mulheres é que costumam cozinhar, como uma referência a uma esposa. Ela falou com o gato (macho) tal como havia se dirigido ao papagaio com familiaridade, e o gato entrou na conversa como se os dois já se entendessem há muito tempo. O outro macho presente pelo menos ganhou tomates, com a recomendação de que os partisse ao meio para que ela os fritasse. — Tenho o meu gato tigrado, eu não seria capaz de viver sem ele e um cachorro. — Como se a ideia lhe ocorresse: — Você tem filhos? —

— Dois. Um menino. Uma menina de catorze. — Não muda nada. Uma menina púbere, uma mulher como ela. Como se tivesse dito isso em voz alta.

— Um menino? Ele parece com você? — Mas não é um interrogatório, e sim o reconhecimento da aparência dele, o participante do colóquio, nos olhos dela.

Ele não vai perguntar se ela tem filho, divorciada.

O que aconteceu entre eles não tem nada a ver com nada. Nenhuma relação com terceiros, compromissos privados ou públicos, fidelidades. Ele leva a tábua com os tomates precariamente equilibrados até a panela dela. Agora o beijo-toque momentâneo na testa, a informalidade apropriada aos participantes no final da festa promovida pelo canadense na boate.

Jeremy apareceu com um robe escocês elegante. Ele participou do café da manhã enquanto planejava o dia do convidado de sua irmã numa discussão de irmão para irmão, interrompida quando ela protestou depois que ele expulsou o gato, que estava querendo participar da conversa. Na mesma hora, ela trouxe o bicho para dentro outra vez.

Eles podiam ir até os cavalos, se fosse do interesse do amigo (Steve? Sim, lembrou do nome...), talvez uma volta na fazenda, sempre sendo possível terminar o passeio no pub da aldeia se o tempo continuar firme. —

— Vai sim, vai sim, isso eu garanto. —

Antes de sair da cozinha, combinando encontrar-se dentro de meia hora: — Espere aí, Lyn, não dá pra ele sair tão cedo assim... Onde está sua cabeça? Ele é da África. — Sumiu no corredor e voltou com uma túnica militar. — Não é nenhuma roupa comprada em Savile Row, alguém que pertence à segunda profissão mais antiga do mundo deve ter largado aqui anos atrás, mas pelo menos pneumonia ele não pega. —

Ela não poderia entender por que motivo Steve riu, jogando a cabeça para trás, ao dar por si vestindo o uniforme de um exército regular, ele que tinha fugido tanto de uniformes assim, na versão do apartheid, em Angola, na Namíbia. Enquanto os irmãos seguiam em passo rápido contornando o perímetro da fazenda para ele se aquecer, Steve tirou a túnica, jogando-a sobre o braço. Jeremy de culotes tinha nas mãos a sua sela, Lindsay segurou o estribo do cavalo para Steve, e ele lançou seu corpo pesado sobre o animal, com um movimento elegante, homem e cavalo seguindo primeiro num trote e depois equilibrados num salto em arco sobre uma série de obstáculos feitos de troncos de árvores. Lindsay trouxe o burrinho das crianças para apresentá-lo, Eeyore, e disputou uma corrida a pé contra uma criança montada em pelo no bicho, e inesperadamente o burro relutante ganhou.

No pub havia bancos bem gastos, mesas empenadas do lado de fora e jardineiras com bitucas de cigarro entre as tulipas que começavam a lançar da terra suas pontas de língua, mas não havia

ninguém conhecido; dentro, pessoas que pareciam ser da aldeia. Jeremy é saudado e detido com um cotovelo. — O Ron toma conta dos cavalos pra mim durante a semana. —
— E do burro. —
— É, pra ele é meio humilhante, agora aposentado, depois de ter sido professor de equitação num clube chique. —
— Pra mim não é humilhação nenhuma; é humilhação pros cavalos, ficarem na estrebaria com esse bicho aí. —
Mas o pub também é frequentado por gente rica das mansões da região; ali, serviam-se ostras, além de porco e da famosa "torta de carne com rins", especialidade da cozinheira, anunciada a giz no quadro do almoço de domingo. Tracy recomendou o porco assado em vez da torta. A fala do dono do pub, que também trabalhava como barman, comandava uma sinfonia de vozes, pedidos, garrafas de vinho e ruídos de chopes tirados do barril, num tom de familiaridade tanto com os londrinos quanto com os aldeões. Atento para um rosto novo: — Por que é que o senhor não está provando a torta de rins da minha Margie? O senhor não vai encontrar nada parecido em Londres, nem em lugar nenhum. — E assim o forasteiro muda seu pedido.
A simpatia dessa gente domingueira torna corriqueiro qualquer tipo de contato inesperado ocorrido nesse contexto. Um cacho daquele cabelo brilhante cai e é afastado por ela da boca ocupada com a comida, tal como antes caiu suavemente sobre o corpo dele. Alguém do grupo da fazenda trouxe os jornais de domingo, e cadernos passam de mão em mão... Transações financeiras, choques entre palestinos e israelenses, sessões do Conselho de Segurança da ONU — tudo tão distante daquele dia quanto as notícias África do Sul que nem chegaram ali. Ela pediu um bom chianti para ser tomado depois da Guinness, e quando falava a alguns dos presentes a respeito do tema do colóquio, foi interrompida animadamente pelo participante que havia trazido

consigo. — Estou muito interessado na questão das toxinas presentes na cerveja Guinness e no vinho tinto italiano. —
Jeremy inclinou-se em sua direção para atrair a atenção do proprietário showman. — É rústico demais para você? Está se divertindo? —

— Muito, mesmo, obrigado... —

Todos os ocupantes daquela antiga casa de fazenda estão acostumados com a variedade de indivíduos em trânsito que de algum modo são importantes para o trabalho de Lindsay.

Não era o Barbudo. Era ele.

O almoço de domingo estendeu-se até metade da tarde, gente passando de um grupinho para outro quando ouvia um trecho de conversa que despertava seu interesse, ou aproveitando o ensejo de conversar com alguém com quem não tinha tido oportunidade de travar contato na cidade. Fragmentos de vocabulário financeiro, dialeto de golfista, discordância a respeito dos méritos artísticos de Pavarotti em comparação com os de algum outro cantor de ópera ouvido recentemente, as vozes mais baixas de dois homens que parecem ser médicos, comparando as propriedades de remédios novos, algo não destinado a ouvidos leigos.

Agora a família estava voltando para a fazenda, e os aldeões para suas casas. Indo em direção ao moinho, ficaram em silêncio diante do espetáculo do ricto de um pôr do sol ainda cedo no rosto primaveril do céu: ela tinha razão quando garantiu que faria sol para ele. Falavam pouco, um consciente da presença do outro. Junto ao moinho, o riacho já à sombra tinha uma pálpebra levantada sobre as cores do poente. Ela parou, virou-se para ele, à porta, respirou fundo por um momento e depois expirou depressa: — Você faz questão de voltar? À noite? Aquelas anotações, coisas que você precisa estudar, que você falou... Se você preferir, se não se incomoda de acordar antes de raiar o dia, a gente pode sair amanhã bem cedo. E chegar lá na hora. — É claro que ela levou em conta o trânsito, a hora exata em que começa a sessão, ninguém tem uma eficiência mais tranquila em relação ao programa do colóquio do que ela.

Um sorriso cúmplice dirigido a si próprio. — Acabei nem indo à biblioteca. Vou ficar ouvindo os outros com atenção e arriscar umas perguntas improvisadas, estou aqui pra aprender com os meus sábios superiores. — Antes que ela diga alguma coisa, ele acrescenta: — Estou falando sério. — Afinal, essa mulher que está a sua frente no crepúsculo representa a confiança nele depositada pela academia, graças à qual ele está aqui.

Ela abre a porta com um solavanco e os dois entram, decisão tomada: voltar amanhã de manhã! É o pacto sobre o qual eles nada sabiam, voltam para os braços um do outro e então trocam um beijo profundo, por um tempo que não é o registrado pelos relógios em termos de segundos. Nenhum dos dois fala na possibilidade de voltar para a casa, o almoço foi tão reforçado que não vão querer comer outra vez. Junto com os outros. O quarto está frio, e um despe o outro no jogo do desejo, com arrepios fingidos interrompidos pelo calor trocado com as bocas. Ela enfia-se rapidamente na cama que fora destinada a ele, e ele joga a túnica militar emprestada em cima dos cobertores na altura dos pés dela, antes de deitar-se também.

Familiar — e inteiramente estranha — a sensação de penetrá-la era tão nova quanto da primeira vez; uma redescoberta. Mas a avidez entre eles era a mesma, algo de inato nos dois, como se não estivesse cada um em seu transe diferente de homem e de mulher, mas sim numa sensualidade única.

Então chega a segunda-feira. Segunda-feira: separados pelos atos de tomar banho e vestir-se, ele ouvindo o riacho, sentindo uma relutância, a incongruência de ir tomar café da manhã em companhia dos parentes dela que talvez também tivesse decidido dormir na fazenda e partir pela manhã, por qualquer motivo que fosse. — Vamos passar na casa? Pra se despedir (ele, o convidado, dos anfitriões). —

Lindsay limitou-se a franzir o nariz um pouco. — Não precisa, não. —

Partiram, deixando para trás a casa da família que nem era visível naquela manhã nevoenta, com os faróis ligados, tal como haviam encontrado o moinho na noite da chegada.

Ela falou do programa do colóquio para os próximos dias, explicou que havia tentado propor que, como a ideia era (gesto largo tirando a mão do volante) abordar a ciência nos seus atuais "contextos mais amplos", fossem uma noite ao teatro, a um concerto, talvez um aficionado por futebol entre os professores se interessasse pelo fenômeno de uma partida à noite — os dois tentaram adivinhar quem seria tal pessoa. As boates faziam parte do tema de meio ambiente, é claro, mas isso ficava por conta de cada participante... Ela consultou o relógio, certamente fez algum cálculo rápido; mudou a rota da volta para Londres (— Nós estamos indo bem rápido! —) para lhe mostrar uma abadia que, afirmou, talvez fosse o prédio de que ela mais gostava em todo o mundo, até o momento. E qual o dele, até o momento? Steve admitiu que não havia feito muito turismo, até o momento.

— Mas não se preocupe, agora você está no circuito dos eventos, que leva grandes cérebros a muitos países e lugares no mundo, até mesmo o espaço agora está ficando menor. —

— Pra mim é a primeira vez, e só estou aqui porque o diretor do departamento estava ocupado demais pra vir. —

Confissões assim desarmam o interlocutor, não parecem sérias e têm que ser negadas por quem desconhece as circunstâncias. — Isso não pode ser verdade. — Ela ria, e sua mão mais uma vez se desprende do volante, hesita como se fosse pousar por um momento na coxa dele, tal como aconteceu depois do susto ao quase atropelar um animal na estrada, porém volta ao volante.

    O que havia entre eles não tinha nada a ver com a coerência na vida. Uma realidade fora da realidade. Real apenas em si mesma.

    Mais uma vez sozinho, recebido pela documentação de participante largada no seu quarto do hotel londrino, o paletó militar (que ele se esqueceu de devolver) foi largado na cama.

    Uma realidade. Talvez a que deve ter o amor sexual.

    Ou talvez um fragmento da alternativa, o que a vida poderia ter sido se não fosse a Luta, se ele tivesse sido fruto de uma escola particular só para brancos, com um gramado importado da Pátria Mãe, e se tornado um profissional voltado para ganhar dinheiro, numa grande empresa.

    Os últimos dias levaram a algumas decisões em prol da dedicação às obrigações morais da ciência que não podem ser resolvidas nem mesmo pelas inconcebíveis possibilidades da pesquisa de laboratório do século XXI voltada para a preservação do meio ambiente do planeta. Apenas se os governos do mundo fornecessem dinheiro e recursos aos cientistas dedicados era que tal coisa poderia se realizar. A realidade fundamental, a sobrevivência.

    Isso ele podia levar consigo de volta para a África.

    Esse resultado da deliberação ele podia pôr dentro da sua bagagem pessoal.

    Lindsay Wilson administrou a supervisão dos participantes até o fim, simpática, com uma dignidade informal, encantadora e engraçada até mesmo com o mais exigente professor. Ele, com um instinto para a dissimulação que jamais imaginou que tivesse (as mentiras que eram contadas nos interrogatórios para salvar os camaradas e a si próprio não têm nada a ver com isso), manteve com ela uma relação simpática e genérica, como a de todos os outros. Exceção feita ao Barbudo, Adrian Bates. Esse sentava-se ao lado da relações-públicas nas refeições, e foi ele quem pegou uma bebida no balcão e levou-a para Lindsay enquanto ela conversava com outros participantes, no intervalo, tendo conseguido convencer o diretor de que todos mereciam ir ouvir a Royal Philharmonic sob a regência de Zubin Mehta. O Barbudo, é claro, não estava hospedado no hotel. Lindsay Wilson o havia levado para algum outro lugar, quando, no momento da chegada, foi deixar o outro participante de quem estava encarregada à porta do hotel. O Barbudo não fora incluído na hospitalidade da casa de campo da família no fim de semana. No entanto, a familiaridade com que ele permanecia junto a ela agora parecia uma continuação.

Pensamentos, surgindo naquele contexto, para os quais nunca antes tinha havido lugar nem atenção.

O que aconteceu — o que tinha inegavelmente ocorrido entre ele e aquela mulher cujo véu louro havia caído sobre seu rosto e seu pênis — era apenas um alívio pessoal, não conhecido pelos demais que se encontravam com eles. Uma continuação. Quando um ouvia a voz do outro, ou os olhares se encontravam por acaso. Ele aprendeu isso com ela.

As despedidas foram calorosas entre alguns, abraços de gorila com casacos dobrados nos braços, e-mails e números de telefone trocados, muitos cartões distribuídos como se fossem homens tentando vender alguma coisa. Alguns tinham pedidos especiais e iam falar com Lindsay no escritório dela, um por um, para dar ou anotar informações. Steve não tinha pretexto algum. Quando chegou seu traslado para o aeroporto, ela inclinou a cabeça dourada, seu gesto usual de eficiência, para chamar sua atenção: — Professor Reed, estou com as cópias daqueles trabalhos que o senhor queria da biblioteca. — E entrou no escritório antes dele. Como se lembrando-se, no meio da pressa, de suas boas maneiras, ela deu um passo para trás para que ele entrasse na frente e, como se ainda apressada, fechou a porta. O ruído de vozes e pés se arrastando do lado de fora foi tragado pelo ônibus. Ela baixou as pálpebras por um momento e tensionou os lábios: o traslado não iria embora sem ele. Juntaram-se e beijaram-se tal como quando se abraçaram no moinho. Foi essa a troca de cartões entre eles. Saíram do escritório separadamente, ela primeiro. Em meio a dois outros participantes que chegavam atrasados, um dos quais Domanski, ela fez sinal para que ele entrasse no ônibus ofegante.

Quando Domanski jogou-se no banco ao lado dele, atrapalhado, abraçado a sua pasta, sacolas de compras, jornais dobrados, ela estava lá fora, com um aceno de despedida dirigido a todos.

A recepção no aeroporto é um abraço múltiplo de boas-
-vindas.

Gary Elias, Sindiswa e Jabu, num coro de braços a seu redor, as mulheres Sindi e Jabu beijando-lhe o rosto, o menino
agarrado a alguma outra parte de seu corpo. Era domingo, por
isso toda a família pôde ir, e de lá ele aproveitou para levar todos
a uma das pizzarias do aeroporto, escolhida pelas crianças, em
vez de irem diretamente para casa.

A casa no subúrbio o acolheu, não parecia diferente de nenhum modo. E por que haveria de parecer? Jabu, com sua pers-
picácia natural que havia se transformado naquela atenção ana-
lítica dos advogados, fez perguntas sobre alguns dos temas do
colóquio que já a haviam interessado quando ela viu o convite recebido por ele. A poluição da água, em áreas tanto rurais
quanto urbanas, estava se tornando motivo de litígio em casos
de direitos humanos assumidos pelo Centro de Justiça. Qual era
o nome do homem que falou com tanto conhecimento de causa
a respeito do mar, não apenas dos rios? — Ainda há discussões,

aqui no Cabo, sobre as baleias que de vez em quando encalham e morrem... — Como entrar em contato com ele? Jabu sabia que um de seus colegas ia querer, seria útil para ele.

Ela estava pegando a roupa de baixo e as camisas de Steve à medida que ele desfazia as malas e tirava os papéis, o dobro da quantidade que ele havia levado. Porém largou as roupas sujas ao ver os papéis, e levou alguns depois de olhá-los por alto, perguntando: — Então essa história de macacos e aids veio à baila de novo? — Assim, ele a fez rir, relatando a discussão sobre a possibilidade de que as toxinas contidas no alimento tivessem gerado na família dos primatas a doença misteriosa que agora chamamos de aids, quando um professor jovem e metido (ele não deu o nome do Barbudo) propôs a teoria. Alguém então começou a pedir informações mais precisas a respeito da dieta dos macacos, o que eles comiam. E um outro professor, querendo encerrar o assunto, no tom de quem diz o que é óbvio para todos: "São onívoros, a julgar pelo que vi quando levei meus filhos ao jardim zoológico".

Sindi e Gary voltaram para seus interesses pessoais. Sindi recolheu-se à privacidade de seu quartinho do qual sempre vinha, com a regularidade do grito do muezim numa mesquita, o ritmo adolescente do grupo pop preferido de suas amigas no momento; Gary foi para o jardim, para limpar sua bicicleta na companhia de Wethu, que estava lá cuidando de suas coisas. Ainda não é primavera no hemisfério sul, ninguém vai nadar na piscina dos golfinhos. Os jornais de domingo, cujas páginas Jabu e Steve passam um para o outro, como sempre, não trazem nenhuma notícia referente ao caso que ela lhe relatou pelo telefone no domingo anterior. Jabu lhe repassa os fatos mais recentes a respeito do fazendeiro branco que matou o filho de seu empregado que ele teria confundido com um babuíno. É uma ligação estranha e sinistra com a história dos macacos onívoros.

O homem diz que estava apenas se protegendo de um primata que viera para comer seu milho.

Wethu não se sentou à mesa, como parente distante, com a família — embora não seja uma empregada, ela folga aos domingos tal como fazem as empregadas nas casas dos brancos. Mas seja lá como for que ela veja sua posição na casa de uma filha do presbítero da igreja de sua aldeia, que é seu parente, o fato é que Wethu vem dar boa-noite, embora seja domingo e ela tenha passado o dia fora, na igreja (não aquela que as pessoas desse bairro — uma vergonha, que Deus há de castigar — transformaram em piscina), e convidando as amigas para visitá-la no jardim que ela compartilha com a família da filha do presbítero. Uma filha do clã é uma filha para ela, tal como o marido e os filhos da filha são seus parentes. Wethu entra sem nenhuma cerimônia no quarto de Sindi, que voltou para lá imediatamente depois do jantar. Aliás Wethu é a única pessoa bem recebida lá: o abelhudo do Gary Elias não pode entrar. Um dueto alegre de vozes agudas vem do quarto, mais alto que a música, e Wethu sai depois abraçando a si própria de prazer: — Essa Sindi! — Ela projeta sua luz sobre Jabu e Steve. — E como foi lá na Inglaterra? Deve ter sido muito divertido, Londres, e eu nunca que vou lá... Você tirou fotos? —

— *Eish!* Esqueci de levar a máquina! — Mas ela fecha um dos olhos olhando para ele, pois sabe que aquilo é mentira, que ele está fazendo graça, porque a decepcionou não trazendo foto nenhuma.

E Jabu junta-se à sua parente, as duas formam um coro. — Fica pra próxima vez. Ele estava trabalhando com muita gente importante, Sisi, aposto que até saíram na televisão... Não na nossa daqui. —

Não mandou o cartão-postal que havia prometido a Wethu,

devia ter lembrado. Do palácio de Buckingham, e não no campo na primavera.

Jabu imagina que ele esteja sentindo o mesmo jet lag que a acometeu quando voltaram da primeira viagem deles, a Londres. Nem é preciso dizer que os dois vão para a cama cedo. A mão dela entre as escápulas dele, depois que Gary é abraçado e despachado, e Sindi é chamada para ser beijada. Um pijama limpo, de calça curta, estendido na cama larga. Ela foi tomar banho, depois vai deixar a banheira cheia com a mistura exata de água quente e fria, como Steve gosta. Ele vai escovar os dentes enquanto ela se banha; desde os tempos da Suazilândia, o brilho da água sobre as formas suaves e escuras dela.

Os mamilos são cerejas escuras.

Eles se beijaram enquanto a cama voltava a ser reconhecida, mas nenhum dos dois saberia dizer quem desestimulou o sexo: apenas o braço dela dobrado sobre o peito dele, e o dele em torno do corpo dela.

Steve sabe, sabia, que as mulheres o acham atraente. Isso acontece na adolescência ou então não acontece mais, e nem sempre implica beleza convencional (algo que, pelo visto, elas lhe atribuem). Quando era estudante, teve uns poucos... seria difícil chamá-los de "casos", o termo sofisticado usado pela classe média branca, e também os breves interlúdios no tempo da Luta, arrancados às escondidas, uma forma de alívio e prazer em meio às muitas privações diferentes tornadas inevitáveis pelo compromisso com a causa. Aquela fé fazia com que até mesmo os filhos do homem ou da mulher em questão ficassem em segundo lugar. A liberdade exige tudo. O prêmio, nenhum desses parênteses rápidos teve mais do que uns poucos momentos, no máximo um presente, por vezes até com certa ternura, a chamada "rapidinha". Mas tudo isso antes. Depois que ele "dormiu" — mais um eufemismo educado para o ato indescritível, desde a exaltação do êxtase à conspurcação do estupro —, depois que ele fez amor na Suazilândia com aquela camarada recém-recrutada, recém-saída do curso de licenciatura, era pouco provável que surgisse alguma outra atração passageira. Ela o aceitou, deixou que ele penetrasse seu corpo e seu ser, transpondo todas as diferenças entre eles percebidas em termos das categorias criadas pelos outros, ambos buscando respostas às mesmas perguntas nas circunstâncias que foram impostas às suas existências, chegando mesmo a se casar, um símbolo específico para o significado de sua condição; ele não havia feito amor com nenhuma outra mulher.

O que nos uniu? A Luta.
Seria essa a atração?


Procurando justificativas para o moinho.


E ela, Jabu, a "sua Jabu" — isso é vê-la como um acessório, ignorar sua eficiência independente no mundo, tempo e lugar em que eles vivem. Ocorrem-lhe pensamentos aleatórios, nunca pensados antes: os almoços com um advogado de sucesso, muito diferente dos novos tipos de camaradas dela no Centro de Justiça. Será que houve uma vez? Uma. Algo que não foi um almoço. Um caso passageiro, "interno". Uma hora não assinalada que nada tem a ver com a vida normal dela.


Então. Procurando justificativas?

\* \* \*

Há uma outra maneira. Abrir o jogo. Precisa dizer o que aconteceu na conferência, e não as conclusões das discussões que ela queria muito que ele lhe relatasse. Esmagar. Apagar essa especulação conveniente sob o calcanhar da franqueza, contar a ela, Jabu, sobre o moinho. Ensaiar o modo de fazê-lo.

Ah, seria o gesto final de autocomplacência! Ela nada sabe, por que machucá-la, fazê-la sofrer, como adivinhar o impacto que teria sobre ela? Um julgamento a seu respeito, as deficiências que ele veria nela?

O momento veio... e passou. No que teria sido o momento exato, Jabu está dizendo: — Então explodiu uma briga bem na frente da porta, o dono de uma loja e os homens que saíam da igreja, o homem gritando que eles tinham largado cobertores e sujeira na frente da loja dele, afastando os fregueses, foi terrível... Eu estava exatamente lá... Você tem que ver como é, quando você estiver livre esta semana... —

Ela está falando onde, no que, eles estão juntos, o presente. A compaixão de uma igreja protestante (a fé de seu Baba) não manifestada pelos católicos, os judeus e os muçulmanos em seus templos religiosos, tinha dado abrigo aos imigrantes e refugiados de países em conflito do outro lado da fronteira desde que começou o êxodo, cristianismo apropriado às circunstâncias do momento. Mas agora aquilo estava virando um incômodo para a cidade, uma intrusão, uma invasão para os cidadãos que pagavam impostos, uma ameaça ao comércio e à saúde. A igreja transformada em dormitório havia transbordado para a calçada, onde pessoas dormiam como cadáveres debaixo de qualquer sudário, em cima de pedaços de papelão apanhados no lixo.

Era para essa forma de realidade que ela o impelia. A rua em que chegaram não parecia fazer parte daquela cidade apressada, o deslocamento de funções era o cenário improvisado para um lar.

Lá estavam os tribunais dos magistrados, belas manifestações arquitetônicas contemporâneas da dignidade do direito, dos direitos humanos. Lá estava a dignidade da velha igreja metodista, de tijolo vermelho. A fachada da frente dos tribunais ignorava, escurecidos por um amontoado de gente, aqueles abrigos improvisados desmontados pela polícia, empilhados como roupas de cama que voltaria a ser usada e não como lixo a ser removido. Alguns homens e mulheres, acocorados sobre as pedras do calçamento, cercados por crianças que queriam um pouco da comida distribuída aos adultos: esses homens e mulheres eram as pessoas de sorte que ganhavam trocados lavando um carro ou mendigando (a natureza do trabalho de Jabu a mantém atualizada a respeito da condição dos miseráveis). Outros chegavam trazendo pratos de metal com comida, servidos pela igreja. Passam por Steve sem ver que ele os vê: ele não existe. Jabu os saúda em seu idioma, por ela e por ele: *Sanibonani bafowethu nondade!* Quando a saudação é respondida na língua de um país vizinho que ela compreende, Jabu volta a falar, usando a língua deles. Ele é o Forasteiro.

O que estamos fazendo, olhando como turistas para essa gente vinda do Congo, Zimbábue, aquela região da África em que eles viviam? Muito embora Jabu tenha alguma legitimidade, e ele se associava a ela através das palavras e de sua pele negra.

Eles deviam entrar na igreja, cumprimentar o pastor, ela é filha de um presbítero na mesma Casa de Deus, embora não seja praticante. Já viram o pastor muitas vezes nos jornais — um branco, uma vez esteve envolvido num escândalo qualquer que a imprensa não esquece, seja verdadeiro ou falso. Quem poderá colocar na balança da moral os pesos do certo e do errado, das mentiras e da verdade, quando essas pessoas ficam ao desabrigo

no que depender dele, o militante da *Umkhonto*, enquanto esse pastor os mantém vivos durante o tempo necessário para que haja paz e eles possam voltar para seus países, sejam lá quais forem os países que eles tiveram de abandonar, deixando para trás suas vidas? Porém o número incontável de membros dessa espécie diferente de congregação significa que a igreja é obrigada a adotar algumas das formalidades de uma instituição comercial. Dois representantes da igreja (funcionários da prefeitura? Ou então policiais à paisana assumindo o controle) vêm, dirigindo-se primeiro ao intruso branco. Ele tem hora marcada com o pastor? Que organização ele representa? É jornalista? Deve haver uma lista de pessoas vistas mal-intencionadas, ele poderia ser um dos comerciantes da rua.

Ele não pode entrar na igreja.

Jabu, mulher e negra como eles, é ignorada; os homens a tratam de um modo displicente e sedutor quando, surpreendentemente, ela toma a palavra, como quem reivindica um direito natural e também a lei da casa de Deus: não se pode impedir que uma cristã entre em sua igreja. Eles parecem não acreditar, encaram o desafio dela como uma espécie de provocação sexual, mas também não a deixam entrar.

Não faz parte da natureza dos camaradas desanimar quando estão fazendo o que acham que devem fazer. — Qual é o número do celular do pastor? Por favor, me dê o número. Ele vai nos receber. — Agora ela está falando em inglês. Demonstrando autoridade, mostrando que é uma irmã educada, acha que conhece as pessoas no poder que vão lhe permitir que entre onde quiser entrar. O homem, com um sorriso sarcástico, dá de ombros para ela, e nem precisa responder: "Não".

O que é inesperado é a existência — impossível — de uma atmosfera semelhante à de um lar na miséria organizada do local. Um bebê mamando no seio nu da mãe, sentada sobre as pernas cruzadas num pedaço de cobertor, parece tão pequeno — como é que um homem pode saber — que talvez tenha nascido quando a mãe já estava abrigada na igreja do pastor. Há um velho enrolando cigarros com pedaços de jornal, usando um fumo que ele está tirando de uma pequena pilha de pontas de cigarros, são guimbas que vão parar na sarjeta como se fossem folhas secas. Eles contornam a mulher que parece ter encontrado uma oportunidade de aproveitar o desejo feminino de fazer boa figura no estilo que prevalece atualmente na cidade, embora elas não sejam da cidade, e abriu seu negócio: uma cliente está sentada numa caixa enquanto seus cabelos são dispostos num penteado mais complexo até do que as tranças que Jabu usava antigamente, em que aos fios de cabelo são acrescentados diversos objetos entre os que estão espalhados junto à mulher, pentes, prendedores e umas coisas que parecem caudas de ratos. Recusando-se a aceitar a negação das pequenas ocupações cotidianas.

Steve e Jabu são estrangeiros ali. Até mesmo ela. A pele negra não basta. Ela dobra numa via que é a saída dessa cena de terra tomada por um outro povo, a qual dá subitamente numa rua onde uma via larga, com uma placa, "Boulevard", de lojas chiques fechadas tornou-se uma espécie de supermercado dos sem-teto. Território ocupado. Dois rapazes oferecem maços de baterias de celulares, sacudindo-os quando Steve passa por eles. Jeans esfarrapados de segunda e terceira mão, com os danos naturais provocados pelo uso, que alguns alunos brancos de Steve reproduzem nos jeans que usam para indicar que não são caretas, estão expostos sobre a calçada juntamente com *dashikis*\* e vestidos que guardam marcas das formas de seus antigos proprietários, roupas para bebês que sobreviveram a gerações.

Todo mundo está tentando vender alguma coisa. Os refu-

---

\* Túnicas africanas. (N. T.)

giados alegres e importunos transformados em comerciantes sabem muito bem que esse homem e essa mulher jamais vão precisar daquilo. Não haverá uma forma de empolgação especial que a gente sente quando não tem nada mais a perder?

De volta ao território do subúrbio, Steve relata essa cena para Jake, Isa, Marc e Peter Mkize, que veio pegar o filho depois de uma tarde de futebol com Gary Elias. Isa estala a língua, contém-se, e depois: — Você já leu que as pessoas nos campos de concentração faziam instrumentos musicais com coisas tiradas do lixo, tocavam música, havia até mesmo comediantes, com os fornos de gás esperando? —
— Não é a mesma coisa. — Jabu nunca está disposta a aceitar exemplos da brutalidade cometida por europeus como parte da condição humana a que os negros estão inevitavelmente sujeitos a compartilhar em suas atitudes com outros africanos, tal como também eles agora vivem às voltas com computadores, internet, Facebook, Twitter. O que os brancos fizeram uns com os outros — mesmo entre os prisioneiros do Holocausto, como ela acaba de ver nas pessoas expulsas pela situação de seus países africanos, neste país de refugiados — é terrível. Nada a perder.
— Claro que não é a mesma coisa! No Holocausto as pessoas morriam em fornos. *Finished and klaar.* Morriam só porque eram judeus. Aqui as pessoas vêm do Zimbábue, onde se pode morrer aos poucos, porque seus irmãos estão tirando tudo de você, é o método do Mugabe, pra enfiar nos bolsos deles. —
— E os outros irmãos, aqui na África? —
— Primos, não irmãos do mesmo pai e mãe. —
— Está bem! O mesmo sangue da África... —
Lá vem outra vez: a acusação que não pode ser evitada, apenas adiada.

— *Eish!* É claro, qual é a de vocês que foram da *Umkhonto*? Por que é que vocês que são ex-combatentes não fazem alguma coisa pelos irmãos que deixaram a gente montar campos de treinamento nos países deles nos tempos da Luta? —

— É, mas falar é fácil. O que é que você sugere que a gente faça, meu irmão? Ir até a igreja e convidar todo mundo pra vir morar conosco? Você está disposto a dividir esta sala? —

O golfinho Marc se tornou um camarada, fora das reuniões em torno da piscina em que o vínculo do subúrbio é apenas uma questão de boa vizinhança, pois foi ele o morador do bairro que se mudou para a casa de Isa para cuidar dela e da família quando Jake estava no hospital depois do sequestro-relâmpago. É ele que, nessa semana, os leva para ver o que ele encontrou quando estava visitando um possível financiador para uma de suas peças, num condomínio de casas (de luxo, segundo ele) cercado por um muro, com guardas postados em portões eletrônicos.

Buganvílias roxas se esparramando sobre um muro e um homem de uniforme sentado numa guarita disfarçada de pavilhão de jardim falando sozinho, com um celular na mão. Uma rua larga, bem cuidada.

Do outro lado da rua, uma confusão de arame farpado ora elevando-se, ora caindo, ao redor de um terreno baldio cujo limite não se oferecia à vista, onde uma espécie de abrigo organizado havia se formado de improviso, uma pequena construção de tijolo que restava dos tempos em que existia ali alguma outra coisa cercada de um amontoado de papelão, plástico, tábuas, tapetes velhos, como se fosse uma formação orgânica, uma trepadeira silvestre que emergira do pó.

O que outrora fora um portão agora pendia torto daquela cerca banguela. — Desde que vim aqui, fico pensando que diabo é isso, posseiros? Aqui? — A resposta lhe é dada agora por um dos guardas do condomínio: é gente do Zimbábue que antes morava no assentamento de Alex. O pessoal daqui perdeu a paciência com eles, eles pegam as nossas casas, pegam os empregos da cidade, deu a maior confusão.

Ler sobre a violência, os assassinatos que não são cometidos por dinheiro; a sobrevivência é outra coisa. Isto aqui é o trecho de calçada que transbordou da igreja metodista. Aqui ninguém impede você de entrar. Os homens lá dentro não dão nenhuma atenção aos intrusos, homens brancos com alguma autoridade, talvez, inspetores que vieram criar caso. A negra — se ela veio para dar alguma coisa às mulheres — aqui não tem mulher nenhuma. Talvez as mulheres estejam abrigadas em outro lugar, as únicas que satisfazem as necessidades dos homens aparecem com a escuridão quando cai a noite.

Os intrusos aproximam-se das barracas, onde um homem está lavando roupa num balde, calças e camisas secando estendidas nas cordas das barracas. Um Volkswagen surrado, encalhado na terra, é a fonte da música animada de rádio, mas é muito diferente da vitalidade animada do supermercado dos sem-teto na cidade.

— *Dumela*,* oi! — A aproximação deles atrai a atenção de um dos homens curvados sob o capô do carro, que parecem estar dando conselhos a respeito do que deve ser feito ali, um outro está parado em pé, como se fosse uma sentinela, diante da entrada aberta de uma das barracas. O homem que os saúda fala inglês bem — quando Mugabe se tornou presidente da Rodésia britânica, que virou Zimbábue, a primeira coisa feita por ele, que era ex-professor, foi abolir o sistema educacional colonial do país e estabelecer um padrão geral de letramento e numeramento mais elevado que o vigente na África do Sul pós-apartheid. O homem está explicando: — As pessoas daqui disseram que a

---

* "Bom dia", em soto do sul. (N. T.)

gente vai ter que ir embora no final do mês. "Voltem! Voltem pra lá!" Lá no Zimbábue não tem nada. Não tem escola. Não tem hospital pra quem adoece. Dinheiro é um papel que não serve nem pra comprar pão. Prefiro voltar pra Alex, ora se não prefiro. —

Um caminhão entra pelo portão, estremecendo, e segue rumo ao prédio de tijolo. Enquanto o informante continua falando — a mulher e os filhos estão lá em Alex, como no tempo do apartheid, escondidos na casa de alguém. E ele? Ele arranjou emprego, há dois anos que é assistente de eletricista numa firma de construção —, alguns homens se aproximam lentamente vindos do caminhão, cada um segurando com cuidado uma tigela de metal, como as usadas na igreja. É o caminhão do Exército da Salvação trazendo o almoço. — É, todo dia. — O homem não vai com os outros, que levantam a cabeça sob o capô do carro; o balde com água ensaboada é despejado, e seu dono enxuga as mãos nas calças. Ele pega num saco preso ao cinto uma porção de comida do KFC: conseguiu um emprego que qualquer outra pessoa deseja, se bem que o seu quarto, numa casa que ele divide com outros compatriotas, pegou fogo, ele teve que carregar os filhos no meio do incêndio..., mas tem dinheiro, para comer.

Colheres raspam as tigelas de metal trazidas para o acampamento e levam às bocas uma papa dura, pedaços de pão e de algo que parece ser repolho.

Os visitantes não querem intrometer-se ainda mais, porém está claro que os brancos e a mulher que se revelou uma irmã — ela até mesmo fala a língua deles — não estão ali para despejá-los do terreno. Que eles sejam, pois, a exceção à regra, seja lá qual for seu motivo, que impera do outro lado da rua, onde os que vivem atrás do muro convenceram os mandachuvas da cidade a dar a ordem à polícia: — Os do Zimbábue, fora daqui!

Uma escolta de vários membros — um deles o informante,

depois que todos revelam seus nomes — leva os visitantes para conhecer as barracas dispostas de modo irregular, aqui e ali alguns moradores vêm para fora, como se para aplacar a curiosidade mútua e trocar umas poucas palavras. "Há quanto tempo vocês estão neste lugar?" (A expressão não é entendida no sentido de "neste país".) "Nós estamos neste lugar há mais de três meses." "Pra onde vocês vão?" Eles dizem que a gente tem que voltar pro Zimbábue, mas lá não tem nada...

Na maioria das tendas não há privacidade a ser respeitada "neste lugar": privacidade é mais uma coisa de que eles foram privados, juntamente com todo o resto; dentro delas o chão é coberto, como se pavimentado, por coisas que algum dia teriam sido colchões, com cores vivas, doados por alguma agência internacional de apoio aos refugiados, juntamente com as barracas?

O acadêmico vai descobrir, ele é um pesquisador nato. O dramaturgo, que usa recursos cenográficos para revelar personagens, verá escombros de identidades individuais naqueles parcos objetos, vestígios de vidas pessoais: um par de sapatos da moda, de bico fino; a foto de uma mulher nua recortada de uma revista, numa pose erótica contorcida, pregada com percevejos na parede de lona; uma espécie de certificado numa pasta de plástico; penduradas em cabides, camisas listradas, xadrez ou com padrões africanos, a assinatura do morador da barraca ou do doador da peça usada. E, é claro, nessas barracas de gente sem teto, a única conexão que resta àqueles párias, a prova de sua existência no mundo: os celulares.

Nada lhes é ocultado. Eles não se aproximam, mas lá estão as privadas, cabines individuais com fios de urina escorrendo para fora. Há um cartaz com os dizeres SEÇÃO DE BANHO — fechada. Não há água. Por isso o homem estava lavando roupa num balde... O jeito é pegar água numa das torneiras espalhadas aqui e ali entre as barracas. Os montículos de objetos não são lixo, e

sim posses de famílias de onde se destacam os pés de uma cadeira, periscópio de uma vida.
Deixar tudo para trás. Finalmente, a realidade encarada.
Vocês viram tudo.

Mas contornando o portão desabado e chegando à rua: eles não viram tudo.
Jabu segura a mão de Steve de um lado, a do golfinho do outro, a diferença em relação ao ente amado e ao vizinho era irrelevante para o que os três estavam vendo na rua. Traçando oitos na pista, simulando colisões evitadas com muita arte, há garotos brancos de bicicleta, trajando os uniformes cavalheirescos da mais cara escola particular que seus pais são capazes de bancar. Juntam-se a eles, traçando zigue-zagues alegres, seus colegas com o mesmo uniforme, saindo do condomínio de casas, aberto para eles com saudações do segurança.
Esses garotos são negros. Filhos de uma nova classe média.
São inocentes; seus pais são moradores, brancos e negros, do condomínio exclusivo cuja associação de moradores certamente concluiu que a presença dos sem-terra representa um perigo, uma ameaça à saúde dos moradores do subúrbio. Algo que desvaloriza as propriedades deles no mercado imobiliário. Conseguiram obter a ordem de despejo para os moradores do outro lado da rua.

Não iam ter dinheiro para pagar aquela escola mesmo! Mas ele havia pensado... comentado com ela quando foram conferir outra muito diferente, naquela primeira vez, que o uniforme de lá era espalhafatoso demais. Uma bobagem. A gente acabou encontrando o que havia de mais parecido com o que a gente queria, uma educação democrática.

E se houvesse um acampamento de refugiados em frente ao colégio Aristóteles, e os meninos de lá se exibissem com suas mountain bikes e seus uniformes?

Já se sabe aonde ele quer chegar; sempre esperando outro aspecto vindo dela, isso começou para eles há muito tempo, na Suazilândia. Jabu sabe o que ele está dizendo, por si próprio e por ela.

— Não... não é a mesma coisa, você não pode dizer isso, tem que pensar no que teria acontecido antes. Os garotos do acampamento e os garotos da escola já jogaram futebol juntos, a escola convidou os garotos pra conhecer as instalações, a piscina... —

— Uma racionalização liberal! Não se muda a vida dos rejeitados, só se faz tornar umas horas da vida deles mais suportáveis. —

— *Muda. Muda sim.* Ou então a gente não faz nem isso por eles enquanto aguardam a nova justiça, a globalização, a União Africana... seja lá o que for... para ganhar a recompensa que eles merecem... —

— "Recompensa." Recompensa também é uma esmola, uma coisa que te dão de graça. —

Mas Jabu é advogada, ela usa o termo objetivamente tal como é empregado no tribunal, os que são prejudicados têm o direito de ganhar uma recompensa, uma compensação por aquilo de que foram privados. O que ela sabe, e ele não sabe, é o que um único ato de reconhecimento — uma bibliotecária que empresta livros em segredo a um homem, tirados de uma biblioteca, que ele legalmente não tem o direito de usar — significa na vida do homem e, consequentemente, na de sua filha.

As contradições ao lidar com aquilo que está na sua própria casa. No presente. As escolas, microcosmos de mundos. Gary Elias está fazendo uma campanha, gozando a liberdade de expressão que Jabu e Steve esperam de seus filhos, para sair daquela escola que foi escolhida para ele, a Aristóteles, onde eles vêm acompanhando seu bom desenvolvimento, vendo-o deixar para trás aquela sua natureza ensimesmada. Que era congênita? Ou culpa deles, algo da natureza deles? O instinto de considerar as crianças dentro da relação mais profunda que eles próprios conhecem desde o começo, juntamente com a intimidade sexual da qual essas crianças saíram: considerá-las camaradas. Ensimesmado. Alguma coisa genética? Sindi tem o mesmo DNA amplo de Pauline e Andrew Reed, remontando até a fusão de sangues diferentes durante as cruzadas, os ingleses que eram a plateia de Shakespeare no Globe Theatre, os judeus das diásporas czaristas do século XIX, remontando às guerras tribais entre os Chaka e os Mzilikazi e os pastores cristianizados, a antiga linhagem africana e colonizada de Elias Siphiwe Gumede, presbítero, diretor de colégio. Sindi no colégio Aristóteles abraça o mundo que herdou.

Gary Elias está escolhendo para si próprio uma escola para meninos num subúrbio e do tempo em que ele, Steve, frequentava a escola, um colégio exclusivo (a atual marca distintiva social) e que pratica a segregação sexual. Ele quer aquele colégio só para meninos, uma instituição outrora só para brancos, porque seu melhor amigo, o filho de Peter Mkize, Njabulo, estuda lá. É claro que a escola agora admite alunos de todas as raças, senão o filho de Mkize não seria aceito, nem tampouco aceitariam Gary Elias, colorido pelo sangue de sua mãe. Gary Elias não estava infeliz no colégio atual, o Aristóteles, que era tudo que uma escola devia ser; prova disso era o visível desabrochar de sua personalidade. Porém a explicação, também visível, era que ele estava naquela fase de amizade intensa com Njabulo que acontece na infância e é mais forte, contrariando os vínculos familiares, até que a chegada da adolescência aos testículos assume, por sua vez, o comando. Sindiswa, indignada com a falta de lealdade para com a escola deles, partiu para o ataque, tentando dissuadi-lo; mas ela era irmã... Os pais — são tantos eus a que se tem de ser responsável como indivíduos — recorreram a Peter e sua mulher (um "casal misto" que segue uma outra receita: Peter é zulu como Jabu e Blessing é xhosa) para se informarem a respeito da escola de Njabulo. Os camaradas tranquilizaram o casal, o filho deles estava recebendo uma boa educação e — abrem o jogo — não há nenhum problema com os garotos brancos, todos se entendem bem.

Haveria uma entrevista com o diretor.

— Será que ele é negro? A gente não perguntou ao Peter. —
— Que diferença faz? O diretor do Aristóteles não é. —

Ela acha graça, uma censura à pergunta.

O uniforme e os distintivos do colégio são adquiridos, o pai de Gary Elias, o professor assistente, o leva para seu primeiro dia de aula de seu primeiro período, pois o menino insinuou com muito jeito que não deveria ser a mãe a levá-lo; e daí em diante os Mkize vão levar Gary junto com Njabulo.

Para Gary Elias, dá para perceber na hora do café, as manhãs agora são encontros jubilosos.

O que será que o Baba dela — ele próprio diretor — acharia dessa mudança?

O rosto tranquilo de Jabu indica que ela nem pensou na questão, porém eles dois têm um passado, ela e o pai, e o que ele diria tem importância.

— Não sei o que ele achava do colégio Aristóteles. Ele só ia querer saber se o padrão de ensino é elevado. O resto — Jabu trança os dedos, com os polegares abrindo bem a concha nas palmas — ele acha que é conosco. Eu e você... — esclarece, como se usando termos formais com que os dois não estivessem acostumados — O pai e a mãe. —

O fato é que a experiência crescente do menino, as primeiras semanas num novo ambiente exclusivamente masculino escolhido por ele próprio, uma contingência que é fruto das decisões adultas da infância, é eclipsada para eles dois pelas distorções ocorridas em todo o país no padrão de comportamento humano que havia sido estabelecido para compensar aquele passado letal. Na área onde mora a maioria dos negros e quase negros (tons de Sindiswa e Gary Elias), ainda que tivessem a renda que têm os políticos, podendo morar onde bem entendessem, os imigrantes refugiados se instalaram nos lugares onde sua cor não terá o efeito de fazê-los se destacar na multidão. São irmãos africanos a superlotar os barracos já abarrotados de gente, consumindo a água que mal dá para a comunidade local. Os brancos, a menos que enfiem o nariz em lugares como o terreno da igreja metodista e o acampamento do outro lado da rua, não chegam a ter muita consciência dessa invasão, a não ser quando são importunados nos shoppings dos subúrbios pelas mãos estendidas dos mendigos cada vez mais numerosos. Nos assentamentos e barracos a presença de refugiados é incalculável, sabe-se lá quantos são, entrando ilegalmente pelas fronteiras imensas impossíveis de controlar, alguns atravessando o rio a nado quando as águas baixam. Ao contrário dos proprietários das belas casas que pagam impostos, os pobres em seus acampamentos de posseiros não têm esperança de obter um mandado judicial para livrar-se dos invasores.

A única autoridade é a do arsenal que conseguem juntar: facas, machados, armas roubadas pelos membros das gangues; o fogo. Alguns somalis que fugiram do conflito de seu país trouxeram consigo seus instintos comerciais e abriram lojas que são incendiadas com as novas armas tradicionais da África do Sul que foram utilizadas no tempo da Luta, os pneus em chamas.

E os invasores reagem.

Nas aulas band-aids, os temas acadêmicos são substituídos pelas palestras improvisadas pelo professor assistente da faculdade de ciências e pelas preocupações dos alunos, com o distanciamento proporcionado pela televisão, pois a violência que explode é fora dos limites do campus. Lesego Moloi, da área de estudos africanos da faculdade de humanidades: os refugiados — Agora não são mais Os Irmãos, são Os Estrangeiros. —

Quando ouve o que foi dito na universidade, Jabu dessa vez não pergunta de novo o que eles vão fazer. Os professores, os estudantes.

O que vão fazer, o que podem fazer os camaradas, os militantes da *Umkhonto* (por acaso existe ex-militante)?

Fizeram *o que tinham que fazer*: na Luta, e agora não têm poder algum, a menos que sejam vereadores ou parlamentares, de influenciar o governo do país livre. Militantes que somos nós: Peter Mkize, Jake e todos os outros camaradas, nós companheiros do subúrbio. Marc, em torno da piscina onde entram todas as cores, todas as raças, todos os sexos, lê em voz alta matérias dos jornais de domingo.

— Xenofobia... O país inteiro virou xenófobo... Não sei se dá pra reduzir a coisa a isso...

— Ora, então o que é? —

Jake faz um sinal: — Peter, xenofobia, africano odiando africano? —

Ela está acostumada com precisão terminológica. Jabu intervém: — Será que todo mundo sabe o que está dizendo? —

— Seja lá como for, todo mundo está usando a palavra pra se referir ao que está acontecendo. Xenofobia. A mesma coisa que antissemita, anti-islâmico... Será que você encontra uma palavra melhor? —


Em casa, Jabu e Wethu estão preparando o almoço juntas, ele entra na cozinha para pôr cerveja na geladeira.

Wethu está preparando um molho no fogão a gás e regendo sua própria veemência de púlpito com gestos da colher de pau erguida, que espirra gotas do molho. Ela passa do zulu para o inglês, utilizando com fluência os coloquialismos que aprendeu na cidade, para incluir Steve em sua congregação. — Esse lixo, eles têm que *voetsak*\* e voltar pro Mugabe, eles estão aqui, vêm

---

\* "Cair fora", "desinfetar", coloquialismo africânder. (N. T.)

daquele lugar pra roubar, pegar as nossas bolsas na rua, uma vergonha, uma vergonha o que eles fizeram com o sr. Jake, queriam matar pra roubar o carro dele, não fosse a vontade de Deus e ele não estava mais vivo pra ver os filhos dele crescendo, não pode mais andar direito, eu vejo ele na rua, *eish!* Eles falam mentira dizendo por que vieram pra cá, os moços são todos *tsotis*,* *Wonke umuntu makahlale ezweni lakhe alilungise!* Cada um tem que ficar no seu país pra consertar as coisas, e não fugir, nós nunca fugimos, ficamos em KwaZulu mesmo no tempo que os bôeres, os brancos na mina de carvão pagavam uma mixaria pros nossos homens, não dava nem mesmo pra levar as crianças pra escola, e adoecendo, adoecendo lá no fundo das minas, nós ficamos e fomos fortes pro país dar certo. Se essa gente não for embora, a gente vai ter que expulsar... —

Tendo estudado por correspondência antes da era da internet, Jabu tem uma coleção de obras de referência (seguindo o exemplo do pai). Os livros ficam no que era para ser a sua escrivaninha no quarto, mas não sobra nela espaço suficiente para ninguém trabalhar, porque os dicionários de Steve ocupam tudo.

"Xenos. Indica a presença de uma referência àquilo que é estranho, estrangeiro, diferente. Do grego, Xenos, forasteiro."

"Xenófobo. Caracterizado pelo medo de pessoas ou coisas estrangeiras."

"Xenofobia. Antipatia intensa ou irracional por pessoas de outros países." É a única em três dicionários que, em sua concisão, tem relevância? Mas os refugiados não são invasores de algum outro continente, portugueses, holandeses e britânicos outra vez. São do continente, africanos, assumindo o lugar coletivo em todo o mundo que está em processo de reconstrução.

---

* "Ladrões", em zulu. (N. T.)

Unidade africana. *Eish!*

Jabu entrou no quarto para chamá-lo, a comida está na mesa.

— O que é que você está fazendo? Não sabe mais escrever, meu professor universitário? —

— Essa tal de "xenofobia"... —

— Eu te mostro como é que escreve. — Ela sorri. Percebe que ele tem alguma coisa em mente, mas agora não é a hora para conversarem os dois a sós. É preciso almoçar e sair correndo, levar Sindi para o Aristóteles, hoje tem ensaio geral de uma peça no colégio, Sindiswa é Antígona, o arquétipo do heroísmo invocado em qualquer ocasião, em qualquer lugar, que os camaradas representaram na prisão de Robben Island. Para Sindi, é a adaptação feita pelo colégio Aristóteles de um enredo existente tendo em vista a história africana recente.

Jabu foi com a filha assistir ao ensaio e Gary Elias... Cadê ele? Ah, está na casa dos Mkize. Os círculos da vida que se entrelaçam.

Lá está a cama; é tirar os sapatos e estender-se. O travesseiro tem o cheiro dela, não o perfume, ela está presente. Assumir a coisa: xenofobia. Todos nós repetindo a palavra para designar o que está acontecendo, a situação em que estamos, uma epidemia.

Não será talvez uma saída fácil, uma denegação? O país encontrando um diagnóstico simplista que não reconhece os fatos, a verdade (porém evitemos os grandes conceitos abstratos), a realidade.

Os negros de todas as cores, sul-africanos dos assentamentos e barracos que de algum modo conseguiram construir; eles não rejeitam a possibilidade de atacar e atear fogo em seus irmãos africanos se são estrangeiros: no último recurso contra sua própria situação, estão defendendo desesperadamente seus meios, as migalhas de sua existência, sua própria sobrevivência. Não há telhado que não deixe entrar a chuva e o frio, não há eletricidade, não há privacidade nem mesmo na hora de cagar, não há estradas que levem às clínicas onde faltam medicamentos, há poucos empregos para muitos desempregados... Isso é o que eles *têm*, o que é deles, e aqueles que não têm *nada* estão vindo para cá para disputar isso.

É essa a causa do que está acontecendo. Não "medo ou antipatia irracional pelos Xenos, estranhos, estrangeiros ou diferentes". Familiares, africanos, negros como eu. Ela continua lá dentro dele embora esteja com a transformação mítica de Sindi, Antígona exigindo uma versão atualizada, o tempo da Luta, a devolução do corpo do irmão que ficou em Robben Island. Se duas pessoas se conhecem com muita intimidade, tanto na mente quanto no corpo, uma pode conversar com a outra, com ela, quando ela está ausente. Ela compreende, admite a explicação dele, todo mundo está tirando o corpo fora com aquele termo de sentido amplo que permite o distanciamento.

Ele mesmo. Dentro desta realidade que ele não está realizando, não vai conseguir realizar nada... ir embora. Ir embora! Como será a vida de Sindiswa e Gary Elias? Ir embora.

E o que será da gente de Elias Siphiwe Gumede? Os zulus, a gente dela... a mesma aldeia, as mesmas pessoas que se atacam umas às outras como tribalistas tradicionais contra o CNA nacionalista africano... Enquanto uma das partes em conflito não ameaça a vida da outra em KwaZulu. Bom, isso é rivalidade política, é uma questão de poder. Os refugiados não têm nenhum. O celular é sentido mais do que ouvido contra sua coxa. Ele muda de posição na cama, retrai os músculos do ventre para retirar aquele intruso no bolso da calça.

Jonathan. Agora é Jonathan. Tão longe dos pensamentos. O irmão que sempre prefacia seus telefonemas com uma ladainha de informações dadas e pedidas sobre a família, como vão vocês todos, como vamos nós, o que fulano está fazendo, onde é que beltrano está agora. E por que ficar impaciente? É assim que se estabelece a comunicação não havendo contatos frequentes; quando Jonathan me chama de Stevie, somos dois meninos se atracando no gramado.

Bem, mamãe está vendendo a casa velha e vai se mudar pros arredores da Cidade do Cabo, ainda não decidiu onde, Jonathan está procurando um apartamento, ela não aguenta mais o problema da segurança, arrombaram uma casa a duas portas da dela, acho que ela não contou a você, sabe como é independente a nossa Pauline.

Mas o objetivo do telefonema é que o menino a cuja cerimônia de iniciação à vida adulta Jabu e Steve estiveram presentes agora está prestes a começar a pós-graduação em engenharia. Jonathan e Brenda querem que ele vá para o estrangeiro; qual país, qual universidade o acadêmico da família recomenda que eles escolham para ele tentar ingressar? Brenda precisa de um bom conselho de Stevie, o único membro da família em cuja opinião ela confia. E, como admiradora de todas as realizações de Jabu, Brenda é muito apegada a ela... Acha que Jabu vai compreender sua precaução.

Engenharia: é uma ciência, mas não pertence à faculdade onde trabalha o homem a quem eles recorrem para pedir um conselho — e provavelmente supõem que ele tenha influência através de contatos no mundo acadêmico.

O rapaz fez a graduação na Cidade do Cabo, Stevie não teria um colega lá que talvez fosse útil?

Mais uma vez, não em engenharia. Mas sem dúvida ele vai falar com um dos professores da área de engenharia da sua universidade para pegar algumas informações. E nesse ínterim, sente-se capaz de dizer, movido por um impulso autêntico: — É bom saber que ele quer ser um engenheiro altamente qualificado... Isso faz muita falta no país, nós precisamos dele. —

Seu irmão conclui a afirmativa: — E com uma qualificação assim dá até para fazer carreira em outro país. — Jonathan talvez esteja falando de uma decisão já tomada.

Passam-se meses. Jabu já foi assistir a outro ensaio na escola com Sindi, as duas ardem com um entusiasmo que ilumina a sala como se elas fossem colegas de turma orgulhosas. Jabu, como praticante da letra objetiva da lei, é esse outro tipo de camarada, camarada dos filhos, coisa que ele não é, não consegue ser, nem mesmo com o filho que é homem como ele, Gary Elias.

— A Sindi é muito boa. Eu não imaginava que ela ia entender a *Antígona* tão bem, ela entende, *mesmo*, você precisa ouvir ela falando... E a escola, é claro, o professor de literatura e o de educação física que também faz parte do grupo de dança, eles dirigem juntos. —

A menina ri até perder o fôlego, não consegue conter o elogio, o prazer da mãe.

— O que é que você e o Gary estão fazendo? Ele não está vendo tevê direto, está? —

— É possível... está na casa dos Mkize. —

— Ele devia ter vindo conosco para ver a irmã... e um menino que faz o papel de Creonte, o Gary deve ter conhecido ele. —

Mas Gary Elias haveria de se sentir mal recebido, excluído por sua própria vontade, rejeitado por sua própria vontade, se fosse à escola que ele ofendeu ao abandoná-la.

Nessa fase, na nova versão de Sindiswa que está surgindo, ela usa dreadlocks tal como os que ele se lembra de ver Jabu usando, quando a conheceu, antes do cabelo black power, e isso ele lamentava. Os cachos davam um toque de desafio ao rosto de Antígona (não tão bonito quanto o de sua mãe, diluído pelo sangue dos Reed) quando ela recita:

"Jamais, fosse eu mãe de filhos, ou se meu marido apodrecesse na morte, teria eu assumido essa tarefa afrontando a cidade. Que lei, perguntais, legitima essa minha palavra? Perdido um marido, eu poderia encontrar outro, e com outro ter um filho em lugar do primogênito morto, mas com pai e mãe já ocultos no Hades, a vida de um irmão jamais poderia voltar a florescer para mim..." Aperta os olhos por um momento ao encontrar um obstáculo na sequência. "... E que lei divina transgredi? Por que voltar a olhar para os deuses...? Quando tiver sofrido minha pena, conhecerei meu pecado; mas se o pecado é dos meus juízes, não desejo que sofram mais males do que eles me infligem injustamente..."

Como o pai dela não estudou numa escola grega, Sindi imagina que ele talvez não saiba a história: — O irmão de Antígona, Polinice, é assassinado e o corpo dele fica apodrecendo por ordem de Creonte, o rei cruel, porque ele estava envolvido numa espécie de revolução, e aí a Antígona enterra ele, o que é proibido, por isso ela vai morrer... — Ah, o enredo é muito mais complicado do que isso, mas como seus pais participaram da luta contra o apartheid, eles vão...

Steve sente que Jabu o está observando, em vez de assistir ao desempenho da filha, como se ela tivesse decorado o papel também. O que traz à memória aqueles que jamais saberão se os camaradas haviam sido enterrados, e que esperavam que alguma confissão feita diante da Comissão da Verdade os levasse a encontrar seus restos. Isso mesmo.

— Vai pegar seu irmão agora, Sindi, é hora de voltar pra casa... e diga à Blessing e ao Peter que a gente precisa se ver.
— Ela quer que os Mkize tenham a oportunidade de ser aquecidos pelo brilho da Antígona que arde dentro de Sindi, a menina que desde pequena convive com os filhos deles no subúrbio... E Marc... Marc precisa ir assistir a um ensaio, ele vai ficar im-

pressionado... A tentativa de adaptação, ele vai saber dar umas dicas para o elenco.

Qual é mesmo a palavra? Simultaneidade. Enquanto a escola dramatizava a questão da justiça para que as crianças compreendessem que era essa a condição para que vivessem seu futuro naquele país, Jonathan lhe relatava o sucesso do plano do filho para ir embora.

— O Jonathan telefonou, o filho deles, o Ryan, vai emigrar. Ele foi aceito pela universidade sugerida pelo meu colega da Cidade do Cabo... Garoto de sorte.—

— Mas ele vai é estudar fora. Isso não é emigração. —

— Mas você sabe como é. A ideia é essa. Ele vai estar qualificado pra ir trabalhar numa firma na Inglaterra ou nos Estados Unidos. —

Os passos e vozes do filho e da filha discutindo ao entrar, Gary Elias já exclamando: — Por que é que vocês mandaram me chamar? — E para a mãe: — *Ilantshiekhaya kwaNjabula beye mnandi impala!* O almoço foi muito legal, a casa do Njabulo, o tio dele lá de KwaZulu, ele mandou um abraço e umas coisas pra você do Baba, a Sindi está *se achando*, recitando um negócio aí, por que é que vocês mandaram ela? *Umthumeleni!* —

O que é que vocês estão fazendo a respeito disso?
De novo.
Dessa vez a parte dos refugiados do mundo que coube ao país está dormindo em entradas de prédios e sujando bairros residenciais; é mudança de clima, tal como o monóxido de carbono que está em toda parte, é a atmosfera, em grau maior ou menor. O jeito é continuar respirando. O que as universidades podem fazer senão estudar, pesquisar o fenômeno nos departamentos de ciências sociais, ciência política, história, estudos humanitários? A lei dos direitos humanos é eterna, acima das suas distorções nos códigos dos diferentes países, sociedades e circunstâncias. Um seminário no departamento apropriado, assistido por um bom número de professores de outras faculdades, aberto pelo vice-reitor nigeriano, sendo o decoro intelectual interrompido apenas ocasionalmente quando ele não consegue conter um toque de raiva no fraseado africano de sua voz.

E, na hora do almoço, uma reunião de estudantes e alguns professores num auditório cheio pela metade.

De novo. Convencido pelos alunos das aulas de reforço (que agora também se tornaram opcionais para os alunos do segundo ano), Steve é um dos acadêmicos sentados atrás de uma mesa, cada um dando tapinhas no microfone, como uma espécie de pigarro, antes de apresentar sua visão do tema. Xenofobia. Essa é a identificação, monovocabular, nos cartazes do Diretório Estudantil pendurados nas grades lá fora. Será que ele é o único dos professores (Jean McDonald de economia, Lesego de estudos africanos e os dois alunos formandos eleitos) que vai questionar a palavra, taxando-a de superficial?

Na plateia, os estudantes se espalham atentos: há uma moça de xador bem aprumada, graciosa, na primeira fileira, e um rapaz na outra extremidade comendo de uma quentinha, é democraticamente correto, o povo não deve passar fome. Ele não pode comentar esse fato (tentador), porque os alunos ririam se ele chamasse a atenção para aquele colega: a simples presença de uma necessidade básica sendo atendida na hora imprópria é um exemplo dessa necessidade como algo que está sendo deixado de lado por aquela rubrica que aparece no cartaz.

— "Xenofobia"... é uma maneira de nos distanciarmos do fato de que no nosso próprio povo, aqui no nosso país (sua mão inconscientemente forma um punho cerrado), as pessoas vivem como refugiados da nossa economia, sem emprego, sem teto, sobrevivendo de maneiras engenhosas, mendigando, ajudando os motoristas a estacionar em vagas pra ganhar uns trocados (todos nós que temos carros damos esse tipo de esmola), parados nos semáforos tentando vender frutas aos motoristas, as mulheres levando bebês ou um filho que já anda com as próprias pernas brincando na sarjeta. É fácil chamar essas pessoas, a nossa própria gente, de xenófobas, quando elas recorrem à violência pra proteger o único espaço, o único meio de sobrevivência que elas têm, das pessoas que vêm aqui pra disputar com elas esse *quase nada*. Não se trata de ódio aos estrangeiros. O nome dessa violência é xenofobia? —

Há uma espécie de aplauso, uma confusão de palmas de mãos batendo umas contra as outras, um par de pés cujo impacto contra o chão é abafado porque as solas obesas dos sapatos esportivos de lona não têm a força do couro, algumas vozes discordantes são lançadas como dardos de papel. Jean McDonald é a moderadora informal. Ela aproveita bem o microfone: — Você está chamando a atenção pro fato de que não estamos conseguindo atender os direitos dos cidadãos marginalizados do nosso próprio país... Se não podemos fazer isso, se não temos recursos ou a vontade necessária, a política do governo, como lidamos com os refugiados, que ameaçam até mesmo o nível desse estado... de privação? —

— Capitalismo! Mantém o nosso povo produzindo riqueza pros brancos igual ao tempo do apartheid... —

— O Ocidente apoia os ditadores negros cuja opressão conduz às guerras... As pessoas têm que fugir pra não morrer... —

— E os milionários negros? Aqui? Vivendo como nababos enquanto o povão trabalha nas minas de platina e ouro, trazendo divisas, ocupando diretorias, capitalistas BEE. —

— Conversa! Que história é essa? Então essa gente é africana? Conversa. Eles vêm de outros países, falam outras línguas, têm outra cultura, são estrangeiros. —

— Não são estrangeiros? Exceções porque são negros? —

Uma moça branca cujos seios balançam enfáticos quando ela se levanta: — A União Africana. Existe uma União Europeia, e muito preconceito na Inglaterra quando os imigrantes vão pra lá e pegam os empregos, os sindicatos... —

— Não quando eles pegam empregos que os ingleses não querem, os encanadores são todos poloneses... —

A professora McDonald deixa que os estudantes se manifestem. Liberdade de expressão, mesmo que a consequência seja que não se chegue a tirar dali nenhuma resolução coerente para ser divulgada para o jornal da universidade. Mas o professor Lesego Moloi empurra a cadeira para trás e se levanta, o microfone é um cajado em sua mão. Com esse cajado ele faz sinal para um estudante negro que tem um cartaz estendido sobre os joelhos. O estudante volta-se para o lado, procurando amigos que lhe digam o que se espera dele. Aqui ninguém dá ordens a ninguém, e a universidade não é um colégio, mas esse professor é um irmão, trata-se de um tipo diferente de autoridade. O aluno se levanta e faz o que aparentemente se pede a ele, leva o cartaz até o proscênio, e Lesego estende a mão para pegá-lo. O professor volta à mesa, mas fica em pé diante de seus colegas, dando as costas para o auditório inquieto, escrevendo com traços firmes alguma coisa sobre o cartaz estendido na mesa. Ele se vira. O cartaz é apresentado. Um pincel atômico grosso riscou a palavra XENOFOBIA e traçou, com letras garrafais, POBREZA.

Não é uma resposta: o que é que vocês vão fazer a respeito disso? Os magros recursos pelos quais as pessoas se matam. Porém o enfrentamento direto da questão transformou o clima agressivo dos estudantes em atenção, todos querem ouvir a sério aquilo que os que deveriam ter alguma qualificação graças aos estudos que realizaram — ciências sociais, economia, ciência política e história — têm a dizer a respeito da condição de origem de muitos deles, e a respeito da qual eles estão aprendendo teorias de diversas "escolas de pensamento" com os professores que agora estão trocando com eles suas convicções a respeito do estado da nação, como se estivessem num nível igualitário de responsabilidade democrática pela situação.

Essa reunião na hora do almoço não apenas deu um novo nome aos refugiados em termos de identidade, como também ampliou o foco da discussão para todo o espaço exterior da Terra, que separava os pobres do que constitui os ricos — uma gama, indo do operário industrial até o multimilionário novo ou antigo, dentro da promessa contida no nosso slogan: "Uma vida melhor para todos". De algum modo há um lento movimento de despertar. Aquela reunião. E o seminário sobre a ecosfera. Um grupo de alunos de estudos ambientais está fazendo saídas de campo para ver com seus próprios olhos aquilo que estão estudando, a drenagem, a desconstrução de áreas úmidas por atividades de mineração. Steve está contando tudo isso a Jabu e, sem expressar desprezo, sorri: — Ontem, no patamar no meio da escada, tinha uma coisa que parecia um carrinho de sorvete desses dos vendedores de rua, uma espécie de geladeira com rodas. Quebrar o campus por uma questão de princípios, fazer uma manifestação por causa dos empréstimos estudantis, tudo bem, isso é uma coisa, agora, jogar na sarjeta ou no mato o que sobrou da sua pizza... Os estudantes e a equipe do grupo de conservação levantaram essa... coisa... isso de não ter vergonha de jogar lixo no caminho pra aula. —

Jabu foi convidada a trabalhar numa das firmas de advocacia com três nomes para as quais o Centro de Justiça generosamente permitia que ela trabalhasse de vez em quando. Seu conhecimento profundo do processo legal nas atuais circunstâncias foi observado, ou então a firma queria fortalecer sua imagem ao nomear uma advogada mulher e negra: igualdade de gênero, além de racial. Steve talvez pensasse nisso com ressentimento contido: como pode alguém não reconhecer a capacidade e a dedicação dela à lei, uma sul-africana que viveu como fora da lei e foi presa. Mas ele não diz isso. O novo emprego seria um passo à frente na sua carreira para um dia se tornar advogada sênior.

Um dia. Ele quer isso para ela, tal como o Baba dela queria vê-la instruída. — É claro que eu vou poder continuar trabalhando no Centro nas minhas horas vagas. — Estará ela se questionando?

A menstruação falha no segundo mês seguido. A médica olha o resultado dos exames: grávida. Burrice não ter ido logo de saída. Parecia tão improvável. Ou uma coisa atávica. As mulheres do Baba olhando sábias para seu ventre chato: os maridos querem se perpetuar através de filhos homens. O homem dela é diferente. Ela não precisa dizer a ele. Não saberia explicar como isso aconteceu, as precauções que ela sempre toma, nunca fazem amor de modo impulsivo e arriscado.

Eles querem mesmo um terceiro filho? Há outros tipos de realização para nós. Para ele, nesse momento delicado do desenvolvimento da universidade; é claro que ele é otimista demais quanto à possibilidade de que ela se torne advogada sênior, é um desejo amoroso... Mas ela terá uma experiência bem mais ampla, mais variada, casos de direito consuetudinário além de constitucional, tanta coisa a saber, a necessidade de aprender.

Mais um? Sindi floresce cada vez mais, primeira aluna da turma, na escola ideal para se preparar no atual momento. Gary Elias. Talvez não seja fácil tentar compreendê-lo; mas, pelo menos, ele parece ter acertado ao escolher a escola, hoje em dia ele está longe de viver ensimesmado, se bem que está bem mais próximo dos Mkize do que de sua própria família.

A médica é uma camarada, do tempo que estiveram presas juntas, numa prisão de mulheres onde a "matrona" aceitava livros do pai de uma prisioneira porque ele era presbítero da igreja metodista. Nas rápidas oportunidades que tinham para conversar no pátio, na hora dos exercícios, essa camarada via no futuro apenas a paixão de estudar medicina. O aborto não é mais ilegal, nem uma prática perigosa feita em quartos de fundos, exceto para a Igreja católica e algumas outras proibições religiosas ou tribais. A operação é realizada com perícia, graças à liberdade adquirida pela camarada como ginecologista.

Se eles não podem fazer amor naquela noite, os homens não ficam contando quantos dias transcorrem entre dois sangramentos... E por que haveriam de fazê-lo? Ele vai achar que ela está menstruada, o desejo dos dois vai se dissolver em sono. Embora a geladeira esteja fazendo um barulho estranho, vem da cozinha... Wethu já reclamou, precisam comprar uma nova, uma maior, que caiba mais coisas dentro.

Simplificar tarefas que fazem parte de uma vida voltada para metas — trabalhar pela justiça dos tribunais, trabalhar pelo direito de saber nos laboratórios da faculdade de ciências — comprando a cada sábado comida que dê para toda a semana.

Uma vida normal. (Finalmente?) O que é isso? Em que tempo e em que lugar?

Irrelevante. Uma vida em que o pessoal venha em primeiro lugar.

Mas a coisa... seria — é — clandestina, como o apartamento em Glengrove Place. Não "a mesma coisa", mas "semelhante": parecida sob certo aspecto. (Em Glengrove, o isolamento era por decreto.) Há um espaço exterior na Terra entre o nosso povo e os outros; que espaçonave poderia ser lançada para torná-lo uma parte humana do país? Enquanto ela oferece sua migalha de justiça, ele oferece seu tostão de educação.

Uma maneira de se defender de tudo. No pouco tempo livre que eles têm, Steve lê mais do que jamais leu na vida, e é diferente do que ocorre com Jabu; a lei significa mergulhar nos precedentes de cada tipo de caso para descobrir por que foi escolhida uma determinada tática pela promotoria ou pela defesa.

Na escola tradicional da família Reed ele aprendeu latim,

não grego. Porém ao ver Sindi/Antígona pegar uma boa base do grego demótico, e interessar-se cada vez mais em trazer à baila durante as refeições o fascínio da filosofia e da política que ela conhece como mitos gregos, Steve sente um impulso despertar dentro de si. Procurar numa outra era um esclarecimento — uma ajuda — para o presente. Pegar nas bibliotecas da universidade as obras que ele não teve o privilégio de ler na sua escola privilegiada para brancos. E que a fé impaciente de sua juventude, por lhe impor um emprego numa fábrica misturando elementos químicos para preparar explosivos em vez de tinta, o impediu de adquirir. Como era comum entre as pessoas supostamente bem instruídas da sua geração branca, os nomes dos sábios da Grécia antiga designavam características, derivadas daquelas cujas obras e pensamento os usuários nem conheciam. Chamar alguém de epicurista, sem maiúscula inicial, é alguém que se dá ao luxo de bons vinhos e boa comida. Um *fundi*\* em matéria de luxo. Tal como alguns ministros do atual governo fumam charutos cubanos, não para demonstrar solidariedade com Fidel Castro, mas para assumir um direito que antes pertencia apenas aos capitalistas.

Steve traz para casa uma tradução e interpretação de Epicuro que pegou no departamento de filosofia para ler na hora de lazer dominical depois dos jornais. O elenco de ministros, funcionários do governo, parlamentares envolvidos na novela de corrupção da venda de armamentos é relegado umas semanas às páginas internas, como notícia já antiga, mas nessa semana volta à primeira página. Jabu não tem nenhuma informação privilegiada para dar prosseguimento à sua intenção de relatar de que modo a justiça estava sendo feita com os alunos do alojamento

---

\* "Perito", termo coloquial sul-africano derivado de uma palavra que significa "professor" ou "pregador" em zulu. (N. T.)

daquela outra universidade, em que os negros da limpeza eram maltratados com a maior desfaçatez; nada de novo. O que acontecia parecia ter sido intencionalmente deixado de lado, posto em banho-maria. Nesse ínterim, o alojamento simplesmente fechou.

Aqui está. Epicuro acreditava num universo não criado, não guiado por nenhum criador, seus ensinamentos morais afirmam a liberdade humana de seguir suas aspirações, viver melhor, aumentar o prazer, uma situação que só pode ser criada por meio da autocontenção no contato com as outras pessoas, respeitando os princípios de justiça que garantem a própria existência dessa situação. O direito à felicidade.

Isso é uma vida normal depois da Luta.

Nunca se está a sós num cômodo, há sempre alguma outra forma de vida presente. Jabu se aproxima da janela para fechá-la porque há chuva no ar, e sua atenção é atraída pelo deslizar de uma traça que sai de um dos livros nas estantes pela qual ela está passando.

Tenta esmagá-la com a junta ossuda do polegar, mas é claro que a forma da traça é feita para a fuga... e o bicho escapa. Jabu retira livros da pilha de quatro ou cinco em que a traça desapareceu, e várias outras traças caem das páginas. É mais difícil que matar moscas. Se elas vivem no papel, é mais fácil chegar a elas em papéis soltos do que entre as capas de um livro. Há, ao lado, outra estante que ela e Steve mandaram fazer numa carpintaria que fica no shopping que tem como um dos donos um camarada indiano que se tornou um comerciante bem-sucedido. Lá estão empilhados a esmo os documentos e papéis da universidade de Steve. Que festa. Jabu começa a remexer os papéis, tirando um maço, e umas poucas folhas, uns recortes de jornal, escapam e caem no chão. Não apareceu nenhuma traça; mas é necessário endireitar aquela papelada toda, ela arruma pelo menos a prateleira em que mexeu, e abaixa-se para catar o que caiu no chão. Os recortes de jornal são muito leves e voltam a cair. São todos no formato tradicional de anúncios; todos proclamam em letras grandes seu produto: AUSTRÁLIA. As datas em que aparecem, algumas de um ano atrás, algumas recentes, foram escritas com a letra de Steve. AUSTRÁLIA CHAMANDO MIGRAÇÃO PARA A AUSTRÁLIA. A Austrália precisa das suas qualificações hoje! ESTÁ PENSANDO DE FATO NA AUSTRÁLIA? Ela começa a perceber trechos de um ou outro recorte... é preciso ir mais devagar, ler os textos enquanto sua mente está mais atenta, intrigada, tenta compreender por que ele estaria recortando e guardando esses anúncios. VOCÊ ESTÁ INTERESSADO EM VIVER NA AUSTRÁLIA POR ALGUM TEMPO OU PERMANENTEMENTE? ENTÃO ISTO É PARA VOCÊ. Explore oportunidades ocultas. Confiável, excepcional taxa de sucessos. PARA AVALIAÇÃO E INFORMAÇÃO ON-LINE... IMIGRAÇÃO NA AUSTRÁLIA. Consultor oferece seminário gratuito. O seminário apresentará informações recentes sobre imigração e sobre o que a Austrália tem a oferecer. Estamos particularmente interessados em pessoas de nível superior. Um advogado especializado em imigração estará disponível para consultas individuais... Serviço sujeito a cobrança... AUSTRÁLIA. Seminário para público limitado. Por favor, telefone para reservar seu lugar. Disponível para consultas com hora marcada a respeito do evento sobre migração para Austrália utilizando vários itinerários. Clicar em "seminários sobre imigração". Venha participar de um seminário gratuito sobre...

Se ele está pensando em escrever alguma coisa sobre o fenômeno, pessoas qualificadas que estão indo embora do país (problema que interessa à universidade), por que então nunca mencionou isso, nunca disse nada, como sempre fazemos, um ao outro? Eu estaria interessada, ele sabe. Me mostre essas coisas.

Escondidas como se fossem cartas de amor de alguma mulher.

Por não se permitir a explicação em que não era capaz de acreditar, nem mesmo cogitar, deu por si à porta da casa dos Anderson, como se tivesse passado ali por acaso numa caminhada. Não pensou na improbabilidade de alguém estar em casa nessa hora da tarde: no trabalho, os meninos ainda na escola. Ela própria não teria voltado para o subúrbio se o caso de disputa de propriedade no qual estava atuando como auxiliar de um dos advogados da firma para a qual havia entrado não tivesse sido baixado a uma instância inferior, ele tinha adiado a discussão para o dia seguinte. Mas Jake abriu a porta, depois de uma espera. Estava amarrotado, despenteado, devia estar descansando, tinha voltado mais cedo, sentia muita dor de cabeça desde o assalto. Descalço, convidou-a para entrar. — A Isa ainda não chegou. — Mas, ainda que não se desse conta do fato, se ela queria alguém em particular era ele, o camarada homem como Steve. Trocaram banalidades. Perguntou a Jake se ele estava bem, como estava se sentindo. Ele indicou o próprio corpo com as mãos, pedindo desculpas por não estar apresentável.

Ela mostrou os recortes. — Você está sabendo disso? —
Ele os segurou entre polegar e indicador, como se fossem cartas de baralho. — Claro, saem no jornal todo dia. Por quê? —
— Achei hoje, caíram de umas revistas e coisas do Steve. —
Ele está olhando; enquanto faz uma pausa para entender o que ela está dizendo. — E? Imagino que ele guarde um monte de recortes, muitas coisas acontecem com a gente, você vê que esqueceu... confere as datas... Aí você precisa... —
— Se ele está escrevendo alguma coisa para os ex-combatentes da *Umkhonto* (hipótese que acaba de ocorrer a ela), ele

não me disse nada. — Como se fosse uma pergunta. — Nada. A gente não tem falado muito sobre as pessoas que estão indo de avião pra Perth, seja lá quem for. —

Por que é que a Jabu veio mostrar esses recortes? O que será que ela quer que ele diga? Steve está puto. Todos nós estamos putos com o que está acontecendo no país.

Jake arqueia as sobrancelhas, tirando o corpo fora, e passa a mão no rosto para se livrar daquilo: cansaço ou recusa. — Como é que eu vou saber? —

Ele sabe. Passa o maço de recortes — as provas que ela viu — de uma mão para a outra. E devolve para ela.

Não há mais nada que um possa dizer ao outro.

Sua esposa advogada apresentou as provas a ele naquela noite depois que Gary Elias foi convencido a se deitar, Sindi já estava em seu quarto ouvindo Michael Jackson, e Wethu na sua casinha ex-galinheiro com a televisão que Steve havia lhe comprado para compensar a perda da companhia das parentas de KwaZulu. O lugar, o quarto onde a coisa importante está prestes a ser mencionada, *a acontecer*, emerge da familiaridade em que é ignorado e ganha um novo foco, que será preservado depois que os recortes tiverem sido comidos pelas traças e a mudança de vida que eles propõem tiver se realizado ou jamais ocorrido. Aquele quarto, em que passam tanto tempo, na casa do subúrbio onde moram desde que se mudaram de Glengrove Place, as cadeiras trazidas para dar mais conforto, os quadros pintados por artistas que têm experiências em comum, um no Brasil, os outros na África, compartilhadas com os moradores da casa, o paletó da faculdade largado num canto, livros com a capa para baixo, a bandeja rachada com óculos escuros e xícaras de chá e uma garrafa de vinho meio cheia, uma caneta esferográfica com uma cabeça de Mickey Mouse: testemunhas. Jabu olhou a sua volta, registrando aqueles objetos, enquanto pegava, em algum lugar no *dashiki* de algodão que gostava de usar depois que tirava a roupa de tribunal, alguns recortes com AUSTRÁLIA.

— Eles caíram no chão quando estava fazendo uma arrumação hoje à tarde. Nos seus papéis. —

— Sei. —

Agora ela espera que ele se lembre: curiosidade pura e simples, alguma coisa para comentar em torno da piscina dos golfinhos.

Ele havia pegado a bandeja; dela, tirou a caneta Mickey Mouse de Gary Elias, equilibrando os objetos com a outra mão. Pôs a caneta na mesa.

— Eu não estava fuçando as suas coisas. —

Os camaradas respeitam a privacidade até de uma pessoa com quem têm um relacionamento íntimo e antigo. Ele ficou parado com a bandeja; de repente, a responsabilidade de falar passou a ser dela, dizer o que houvesse para dizer.

— Mas — Embora haja urgência entre eles, não se trata de uma briga. — Você nunca falou, quer dizer, que você estava guardando isso sobre a Austrália. Pra quê. —

Outro silêncio. Os olhos dele estão fixos nela, eles se veem de uma maneira que costumam se ver, não com a familiaridade que lhes é cara, ainda que estejam acostumados com ela. — Eu ia… eu vou falar com você. —

— Austrália… — Ela está virando lentamente não apenas um ombro, mas o corpo todo. Ela não quer prosseguir. — Me diga que você não está pensando seriamente na Austrália. Nós… —

— Estou, sim. Para nós, Sindi e Gary Elias. Sei como você se sente, é assim que eu também me sinto… ou sentia. — Afastou-se levando a bandeja até a cozinha, e ela ouviu-a sendo largada sobre a superfície de metal do espaço ao lado da pia. Ele

trouxe a declaração consigo, parou e desenrolou-a para eles dois.
— Será que foi pra isso, o que nós fizemos...? A Luta. Camaradas... renascidos como clones dos patrões do tempo do apartheid. O nosso "renascimento". Corrupção, a compra das armas, como é que se diz nos tribunais? O interior... aquele depósito da igreja metodista é só uma das muitas cloacas pra pessoas que ninguém quer, ninguém sabe o que fazer com elas... ("Direitos"? Isso é uma coisa sofisticada demais pra se aplicar a esses refugiados.) Barracos onde agora devia ter telhado e paredes, o povo ainda vivendo na merda; eu podia tocar pra frente como estamos fazendo, nós, os camaradas. Eu estou no *compound*\* da transformação numa universidade, as escolas não têm professores formados, nem privadas... As crianças vão estudar de barriga vazia. —

Na LII Conferência Anual do Congresso Nacional Africano em Polokwane: Jacob Gedleyihlekisa Zuma, nome de clã Msholozi, chefe de informações da *Umkhonto we Sizwe*, que passou dez anos na prisão de Robben Island e atuou no exílio em Moçambique e na Suazilândia.

Foi eleito presidente do CNA pela maioria, contra uma facção que se separou do partido bem como os seguidores do presidente do país, Thabo Mbeki, que o havia demitido do cargo de vice-presidente por conta de um caso de corrupção ocorrido dois anos antes, tendo o presidente Mbeki tomado o veredicto do tribunal — a decisão do tribunal foi deixar de lado o veredicto — como um juízo moral segundo o qual uma pessoa envolvida

---

\* No tempo do apartheid, dormitório em que os operários negros das minas ficavam isolados do mundo exterior, enquanto durasse o contrato de trabalho. (N. T.)

com uma acusação dessa natureza está desqualificada para ocupar o segundo cargo mais elevado do país.

Houve uma comemoração ruidosa, em particular entre os jovens, que cantaram com Zuma a canção que era seu tema, "Awuleth' umshini wami", tragam minha metralhadora, um grito de guerra da *Umkhonto we Sizwe* que (embora não devesse ser levado ao pé da letra) certamente iria trazer-lhes empregos, casas, automóveis, tudo de bom nesta vida quando — uma certeza incontestável — ele fosse eleito presidente da república nas próximas eleições. Zuma havia afirmado, em depoimento no tribunal, que sabia que a moça com quem tivera relações sexuais, e que o acusara de estupro, era soropositiva. No discurso da vitória, pronunciado na conferência de Polokwane, ele declarou: "Todos os órgãos do governo devem participar ativamente da luta contra o HIV e a aids, em todas as facetas da estratégia nacional: prevenção, tratamento e apoio às famílias afetadas e infectadas".

Zuma, presidente do partido.

— Seu pai vai ficar em glória. —

Se a intenção era um comentário irônico para compartilhar os sentimentos dela, foi um equívoco. Jabu virou a cabeça com seu gesto costumeiro de irrevocabilidade. Burrice dele, Steve percebeu: como poderia ela, tal como eles dois faziam, lamentar o resultado e, como seria obrigada a fazer, aceitar na privacidade de sua relação com o Baba a satisfação do pai?

O que ele podia fazer de bom: perguntou a um amigo (ainda que não camarada) da universidade, que muitas vezes havia decantado os méritos de uma casa de veraneio na costa do Cabo, se por acaso ela estaria vazia durante o período das festas. A casa pertencia ao sogro de seu amigo e, como a família ia viajar para o estrangeiro, combinaram de alugá-la.

Ele tomou a liberdade de anunciar aquele passeio, férias à beira-mar, a Jabu e às crianças como um presente oferecido e não como uma decisão a ser tomada entre ele e ela... Fruto do amor e da preocupação. Ela não poderia rejeitar a proposta como irrelevante diante do entusiasmo das crianças, Gary Elias proclamando imediatamente que queria surfar, o amigo dele tinha uma prancha que ia lhe emprestar.

Não haveria visita natalina a KwaZulu: isso era entendido.
— O Gary pode passar um tempo com os primos na Semana Santa. —

Ano-Novo.

Lá estavam eles numa das muitas praias, pistas de areia limpa que davam no mar e no céu que aparecem nos folhetos das companhias de turismo dirigidas a estrangeiros. Para ir da casa até a praia era só caminhar por um trecho de mato. Se não fosse os jornais e o rádio — não havia televisão na casa do sogro — seria como se Polokwane, Zuma e as devidas consequências tivessem ficado lá na casa no subúrbio. Austrália.

Steve voltou para a barraca correta em meio a tantas outras, trazendo suco de frutas e sorvete da loja: — E os jornais? — Ele não precisou voltar. Jabu saiu correndo pela areia.

Eles dois liam com o mesmo ímpeto com que Sindi e Gary sedentos tomavam o suco e o sorvete. Mar e céu desapareciam no papel de jornal: o racha do partido confirmado na conferência de Polokwane, rivalidade até mesmo ao escolher o nome da facção transformada em novo partido: "Congresso do Povo" (Cope)* — ao mesmo tempo uma afirmação das massas e da capacidade de lhes dar o que era necessário. Congresso do Povo.

— Bom... Como é que você engole o nome de um evento real, específico, da história do CNA, quantos anos atrás? —

---

* A sigla de Congress of the People, *Cope*, forma uma palavra que significa "enfrentar com sucesso um problema". "Congress of the People" também designou uma assembleia da Aliança do Congresso, formada pelo CNA e outros grupos, que em 1955 formulou a Carta da Liberdade, manifesto da luta contra o apartheid. (N. T.)

Era isso. Ela levanta os óculos escuros. — Qual o problema? É uma afirmação, uma promessa do que vai ser. E qual é a importância do nome, afinal? O pessoal do Zuma está uma fera com esse "povo" do nome: é propriedade deles, dele, até mesmo a palavra. —
— É uma *ameaça*. Veja só o que a gente perdeu... o Lekota, pra começo de conversa. — Os dois estão absolutamente convictos da integridade política, inteligência e honestidade de Mosiuoa Lekota, conhecido na Luta como "Lekota, o Terror", até que com a chegada da paz e da liberdade o cognome pareceu muito associado com o terrorismo, se bem que na verdade era apenas um apelido que vinha da sua fama como jogador de futebol. — Perdemos o Terror... é assim que o CNA está pagando o preço das lutas internas, traições, quem está levando suborno de quem, toda aquela sujeirada do Shaik se espalhando pelo partido... Cope. Então esse nome não é *nada*? É o sinal do fracasso do nosso partido, o fracasso dos ideais. Promessas? —
E aquela última palavra vem num tom que questiona o que ela significa. A eleição de um novo presidente, um novo governo, novas promessas. Um ano a contar deste Ano-Novo que chegou na praia.
— Mas a gente precisa de promessas, não é... —
— Mesmo quando os nossos líderes não vão cumprir, não podem cumprir promessa nenhuma. —
Sindi se levanta para cair na água.
Sindi ajeitando o biquíni. A adolescência de Sindiswa, a chamada de atenção para outra corrente de tempo que traz mudanças; ela está andando agora, balançando o traseiro tal como fazia Jabu quando ele a viu pela primeira vez na Suazilândia, aquele rebolar que tanto atrai os homens, típico das negras. Sua filha vivendo nesse tipo de presente.
Gary Elias sumiu, foi pescar com os amigos que fez ime-

diatamente na praia. São de várias cores, tal como ele, alguns negros, alguns brancos, nada de espantar nisso, para eles. Porém impensável numa outra infância lembrada: brincando na praia só para brancos. E, por fim, Sindi e o menino estão recebendo uma educação decente, humana; mas isso porque os pais (nós) temos dinheiro (nos esquivamos de tantos princípios dos camaradas) para pagar escolas particulares. Abertas para qualquer criança do povo. Desde que os pais tenham dinheiro.

Eles estão sozinhos debaixo da barraca. Ele tomou um gole de suco e estende a garrafa a ela.

Como se ela não estivesse vendo.

— Aconteceu alguma coisa na universidade? —

O marulhar das ondas e o silêncio do refúgio deles dois. Será que ela não entende? Não é isso. Não se chega de repente ao ponto de pensar, numa certa etapa da vida, a vida da gente, as vidas múltiplas de Sindi, Gary Elias, Jabu, ele mesmo. Teria ele ficado chocado com alguma decisão acadêmica tomada pelo diretor em quem ele confia? Não. Uma *des*coberta... como a ocorrida recentemente, a que a faculdade de ciências reagiu muito bem, de que um dos alunos mais brilhantes de Steve estava vendendo drogas no campus. A defesa do acusado: para pagar a conta do alojamento. Não. Ou uma preterição, um colega promovido a um nível superior ao do professor assistente? Não. Não é isso. Ela sempre teve ambições para Steve que ele próprio não tinha, não ligava para si próprio.

Zuma vai se tornar presidente no ano que vem. A facção que rompeu com o CNA ainda não chega a ser um partido, é pouco provável que nos meses antes da eleição o Cope consiga obter votos suficientes para abalar o favoritismo de Zuma, que é a escolha do CNA. Como é que os camaradas do partido, que passaram pela prisão, o mato e o deserto, podem deixar de exercer o direito de voto, pelo qual foi feita a *Umkhonto*, em prol do Congresso Nacional Africano?

— O que vai acontecer com o Zuma na presidência, e depois? Quem é que vai vir no lugar dele se alguém derrotá-lo depois do primeiro mandato, qual desses que estão aí agora cantando a música da metralhadora dele vai sentir que o poder está *ali mesmo*, na mão dele, e vai tentar pegar? O Zuma está prometendo tudo. Quantas dessas promessas ele vai ou não vai conseguir cumprir? O ANCYL,* Jabu, não foi o grupo de jovens seguidores de Mandela, Tambo e companhia que transformou o partido diante da necessidade da época de formar a *Umkhonto* porque era a única maneira que havia de acabar com o poder racista. "Awuleth' umshini wami", os jovens cantando pra ele agora, vai ser uma música diferente que a Sindiswa e o Gary Elias vão ter que dançar e só Deus sabe, se ele está mesmo lá no alto, abestalhado, sem saber o que fazer, se o fracasso do Zuma não vai levar a um novo Ubuntu: ditadura. —

Ela está esperando.

— A Sindy, o Gary, crescendo nesse clima. —

Ela ainda está esperando: Austrália.

— Então será que a gente tem, será que a gente deve ficar aqui, sabendo o que vem pela frente? Será que eles vão crescer e lutar outra Luta, dessa vez irmão contra irmão, que vai fazer a do Congo e a do Zimbábue parecer briga de botequim? Pelo menos, pra eles, uma outra coisa. Outra coisa. A gente não pode impor a eles o nosso AMANDLA!** num país que não é aquele em que a gente acredita. —

— Mas então quer dizer que... os camaradas trabalhando juntos, ao menos um começo, não adianta nada? Será que você esqueceu que está numa universidade em que os estudantes de medicina negros não tinham permissão pra dissecar cadáveres

---

* African National Congress Youth League, a ala jovem do CNA. (N. T.)
** "Poder", em xhosa e zulu, grito de guerra na luta contra o apartheid. (N. T.)

brancos, mas os brancos podiam dissecar negros? Ninguém podia nos casar. A Sindi pode perfeitamente arranjar um namorado branco e ninguém vai ficar olhando pra eles, eles não vão precisar se esconder da polícia, o Gary pode se apaixonar por uma moça negra como eu... —

— Uma nova classe? A classe de cima, não é mais a divisão racial, guerra entre as raças, sim: elite é a nossa, enquanto a massa dos irmãos e irmãs, eles continuam sendo os negros que ficaram pra trás. Você acredita mesmo na sociedade sem classes que a gente queria, o nosso antigo sonho de liberdade? Nós acordamos. Fomos acordados. Sempre vai haver uma hierarquia de trabalho, não é? As profissões liberais e os operários (vamos deixar de lado os magnatas, pretos e brancos, por ora), os garis, tem que ter alguém pra limpar a sujeira... Um desses trabalhadores e o advogado, o professor assistente, o editor, o cirurgião, eles não vão estar sempre vivendo em planetas diferentes, *prestígio* além de dinheiro, classe econômica? É pelo poder político que é a Luta agora, e vai ser entre irmãos. E o indizível: a cor. —

Quando a aproximação de uma ameaça se torna inegável, surge o impulso de confirmar a proximidade confessando um erro. — Não sei por quê... eu... eu fui na casa do Jake e mostrei a ele os recortes. Ele estava sozinho, não estava se sentindo bem. —

Steve não pergunta o que Jake disse. Aceita, pelo visto, que ela foi movida por um impulso: talvez ele seja culpado de achar que era cedo demais para falar nos recortes, recrutamento para outro país, com ela.

Pronto. Os camaradas sempre se abrem uns com os outros, antes era uma condição de sobrevivência e o hábito sobrevive como uma das formas de honestidade necessárias para justificar uma "vida normal". Para alguns entre os camaradas essa vida estava se transformando na opção — no dever? — do novo reino político, ministérios, responsabilidades no parlamento e no governo.

Há que reconhecer esse fato, mesmo que ele esteja se transformando numa opção para que uns poucos da nação arco-íris sobrevivam no luxo.

Escancarar. O próprio Steve puxa o assunto: Austrália. Com a presença completa do grupo de camaradas do subúrbio em torno da piscina num domingo e mais o seu irmão Alan. Veio à tona que ele conhece os golfinhos por circularem nos mesmos ambientes gays.

Steve pressupõe que todos sabem que Jake contou a Isa, e Isa contou aos Mkize e assim se espalhou por toda a corrente de gente de confiança, que Jabu apareceu com um maço de recortes de jornal na casa de Jake, encontrando-o em casa com uma das suas dores de cabeça. Se forem sinceros, os golfinhos, com exceção do dramaturgo Marc, provavelmente não têm nenhum interesse em estigmatizar alguém que pretende ir embora do país, como quem muda para outra cidade no mesmo país em busca de oportunidades melhores ou por causa de ligações pessoais.

Há uma espécie de franqueza nos vínculos que unem os ex-combatentes. Jake pergunta o que Jabu não se permitiu perguntar a Steve: — Você foi num desses, como é mesmo, seminários? — O tom não é de acusação.

— Não... Achei que eu não ia me interessar muito nas oportunidades de negócios. — Um riso curto que não tem adesões. Mas também não encontra rejeições, negações enfáticas, da possibilidade que está sendo esboçada. — Tem um no mês que vem que eu me inscrevi... —

— A gente tem que se inscrever, não é só ir entrando, não? Tanta gente assim interessada...? — Os lábios de Jake permanecem entreabertos, diante de sua própria ingenuidade.

— Êxodo. A fuga do Egito. — Superficial como um de seus próprios anúncios: Alan.

— Esse vai ser pra profissionais liberais. —

— Quer dizer que os australianos estão interessados nos nossos professores, acadêmicos, além dos engenheiros civis, oculistas, médicos, enfermeiros, até chegar aos técnicos de refrigeração e operadores de guindastes? — Jake está citando alguns dos itens que se lembra de ter lido nos recortes trazidos por Jabu.

— Ah, o que não falta é mecânico e artesão desempregado, fábrica demitindo gente, aqui, se lá eles garantem emprego... — Ela estará apenas demonstrando lealdade a seu homem, apesar do choque que sentiu ao ver que a Austrália o estava atraindo, ou será que Jabu também está sentindo a atração ela própria? Se bem que Jake não viu nenhuma menção a advogados entre as oportunidades mencionadas.

Ela comenta uma noite, no jantar, quando todos estão sentados em torno da mesa servindo-se de espaguete que transborda da concha de servir, que nesse fim de semana ela vai a KwaZulu, há alguns meses que não vai lá. Wethu fica empolgada: — *Bheka Baba!* Visitar o Baba! A filha querida dele! —

Sindiswa só vai a KwaZulu de vez em quando, nas vezes em que toda a família vai. Gary Elias, que costuma acompanhar Wethu nessas visitas, ataca: — Aaah, não! Este fim de semana, não! Vem um pessoal aí de Pretória, o nosso time titular joga contra eles... Não posso faltar, a gente tem que torcer pro nosso time com vuvuzela e tudo. Quem é que vai me levar pro colégio no sábado? —

— Eu, é claro. — Steve não vai a KwaZulu, não se espera dele que compartilhe a obrigação filial de Jabu.

Depois do jantar, as crianças e Wethu assistem a um episódio de um seriado de suspense que eles acompanham, e Jabu está na cozinha com duas canecas de café que ela faz toda noite para a patrulha do subúrbio, que Steve antes desconfiava ser formada por veteranos *impimpis*.

— Alguma coisa especial acontecendo na casa do seu pai neste fim de semana? —

— Que eu saiba, não. — Ela levanta os canecos, indicando delicadamente que ele deve abrir a porta da cozinha para ela.

Ela vai até o portão para levar aquele conforto aos homens.

De volta depois de alguns momentos, Jabu esperou enquanto Steve trancava a porta. Ele se virou e sorriu: esqueceu alguma coisa? Mas ela não estava correndo os olhos pela cozinha.

— Acho que eu tenho que falar com ele sobre a Austrália. —

— Mas por quê. Pra quê? —

Ele está perguntando o que é que isso tem a ver com o pai dela.

— O que ele acha da ideia de ir embora. Nós irmos embora. Eu ir embora. —

— Não sei o que é que isso tem a ver se a gente está só pensando... O que deu em você? Nós não vamos pegar o avião amanhã, não é? A gente já tomou um monte de decisão, a gente sempre tem que ter as coisas bem claras, estou só examinando as possibilidades. Por que é que ele tem que saber... certo, "todo mundo está sabendo", até os camaradas estão fofocando, já fi-

quei sabendo, sei lá como que a coisa se espalhou, através do Twitter ou Face Talk ou lá o que seja, até na faculdade. Mas como que isso ia chegar lá na aldeia... na escola, na igreja? —
Enquanto ele está falando: ela ir embora. Isso não é da conta de ninguém. O que é que o clã dos Reed ia pensar sobre a decisão dele de ir embora? Um filho optou por um diploma de curso superior que o qualifica para ocupar um cargo em outro país, enquanto há necessidade de engenheiros civis para construir o futuro deste país. "Ela ir embora", o Baba dela. Isso, o Baba. O que o Baba pensa a respeito de cada decisão que ela toma em cada passo que dá na vida, a vida que ele propagou e que está tão profundamente no ser dela quanto Sindiswa e Gary Elias estiveram dentro de seu ventre? Isso é importante para Jabu. Não é uma questão de influência; entre ela e o Baba, sua esposa camarada e o Baba dela, há uma identidade. A identidade final?

A chamada abertura para alunos de diferentes tons de negro na faculdade de ciências aumentou muito o número deles, e mais do que compensa os que são reprovados ou desistem de se tornarem químicos industriais, engenheiros e outros profissionais da área de ciências, ou porque não têm mais bolsa ou porque as aulas band-aids, apesar de todas as boas intenções, não foram suficientes para remediar a pouca base de matemática que eles receberam nas escolas onde estudaram. A pesquisa se tornou parte do currículo, o estudo da mudança climática, bem como as alternativas aos combustíveis fósseis para a geração de energia elétrica. A Escola de Administração da universidade é a que tem o maior número de alunos novos, não é mais vista como um beco sem saída para quem não era branco e não tinha um pai atuando no mundo dos negócios para encaminhá-los a um cargo de diretoria, a um banco ou uma empresa. Agora há diretores negros nos cartéis de mineração, nos shoppings, nas corretoras de seguro. É estimulante, ainda que compreendido, certamente por um acadêmico, que assistir às aulas juntos, trabalhar nos laboratórios, nas bibliotecas, lado a lado diante dos computadores e na cantina, é o lado mais simples da transformação, quando os alunos moram com os pais ou em algum apartamento na cidade. Os alojamentos estudantis têm o efeito de aproximar, com a intimidade dos chuveiros, de camas lado a lado, lugar para a necessidade de pertences pessoais diferentes, tons de pele e hábitos de jovens que nunca viveram juntos no mesmo espaço antes. Tem havido alguns incidentes de brigas sem grandes consequências nos alojamentos "mistos" — mistos apenas no jargão antigo que se refere à raça —, estudantes que tocam rock a todo volume enquanto os outros estão tentando estudar, um que entope a pia com o cabelo que escova: nada de sério que tenha a ver com racismo.

Um Ano-Novo.

A notícia do jornal a respeito do que aconteceu no ano passado numa universidade, numa parte do país que ainda tem o nome do tempo da república dos bôeres — Estado Livre — muito anterior ao apartheid, do tempo em que os bôeres desafiavam os colonizadores (tal como eles) britânicos, quase não dá para acreditar na versão agora revelada por seja lá quem fosse o informante ou delator.

São relatos que há meses estão sendo pesquisados por jornalistas na internet em contato com indivíduos anônimos, que não se deixam entrevistar, e então... fotografias. Obtidas sabe-se lá como, clipes de um vídeo que parece ter sido feito por alguns dos participantes do evento, seja lá qual tenha sido. Estudantes brancos na universidade tradicionalmente africânder do Estado Livre deram o passo mais radical no intuito de deixar para trás o racismo e o preconceito de classe ao convidarem membros da equipe de limpeza de seu alojamento, negros, a uma festa que assinala a iniciação dos novos alunos, normalmente um ritual muito privado e clandestino. Os empregados, a maioria idosos, quatro mulheres e um homem, cujo papel na formação desses estudantes era limpar a sujeira deles, dançaram livremente, bêbados, e depois, de joelhos, foram obrigadas a servir-se generosamente de uma panela de cozido. Um dos alunos havia mijado dentro dela.

Qual era o progenitor.
Isso mesmo. Necessidade de saber. Uma coisa muito antiga, a iniciação. Antes mesmo da Antiguidade, não batalhas e reis, tiranos e escravos. Antes de tudo isso... chegando à evolução. Mas não como os primatas assumiram a postura ereta e perderam as caudas. Até chegar à anatomia íntima. Se você é do sexo feminino, Jabu é uma menina, você tem uma iniciação definitiva ao próprio corpo. É o dia em que você sangra. (A sensação que deve ser colocar a mão entre as coxas e constatar.) Você se tornou mulher. No sexo masculino, o menino, para nós não há nada tão drástico quanto um sangramento. A elevação da minhoquinha que você usa para mijar, de repente ficando dura, parece que já acontece no útero materno e é possível conseguir esse efeito na infância brincando com ela. Deve ter acontecido de um dia sua mão ser movida por uma urgência, e então um fluido foi lançado, excitação, prazer. Assim. Então você não era mais menino: homem.
Rituais que o corpo tem.
Haveria algum outro tipo de cerimônia animada nos dormitórios do colégio secundário onde os Reed estudaram por no mínimo duas gerações? Não se lembra, então não pode ter sido uma coisa digna de nota, nem por ser boa nem por ser traumática.

Seja como for, deve ter se sentido, por efeito dela, totalmente reconhecido, seguro, aceito, naquele encrave viril e branco, filho daqueles que tinham importância.

Universidade. Daria para chamar aquilo de recrutamento fora do currículo? Não chegava a ser uma imposição tão forte. Iniciação, a primeira compreensão de uma contradição nas formas de vida, e também de pensamento... isso é a iniciação política. Na verdade, não saiu das bíblias da revolução que foram lidas: e sim das fugas à Suazilândia, pondo em prática as tentativas do que a teoria chamava de libertação, contradições resolvidas pela ação, você *pode* tomar partido, sim, ninguém é *obrigado* a fazer parte do meio em que nasceu. Questão de coragem, não de obediência. O que foi provado mais tarde na fábrica de tinta, ingrediente da poção de explosivos usada para destruir subestações de energia e perturbar o funcionamento do apartheid. Iniciação: aquilo que você mesmo fez.

E a *Umkhonto*. Os camaradas que pela primeira vez participaram de ataques, a batalha no deserto e no mato, para matar o exército do apartheid e ser morto por ele: imagina se *eles* iam precisar de uma iniciação num alojamento de estudantes, se o objetivo é testar a resistência.

Iniciação religiosa. Mas, é claro, como é que você poderia se lembrar dos gritos que certamente deu quando cortaram o seu prepúcio — Quando é mesmo que os judeus fazem isso? Antes de completar duas semanas de vida? —, seguindo um capricho atávico da sua mãe, casada com um gentio (ainda que cristão não praticante). Os muçulmanos fazem isso numa etapa do desenvolvimento, o casamento, em que ao menos tem mais sentido tornar-se homem por meio de algum tipo de provação: nós, homens, não passamos pelo parto. E a justificativa, para os que não são crentes: não se trata de uma mutilação, e sim de uma prática higiênica. E pelo visto as opiniões divergem entre as mulheres que têm liberdade suficiente para falar sobre essas coisas: a relação sexual com um pênis circuncidado é mais/menos excitante do que quando o prepúcio está intacto. O que será que ela vai dizer? Vai implicar que ela teve outras experiências. Antes de mim? Depois. Não se pergunta esse tipo de coisa à mulher da gente.

Tal como entre os judeus e muçulmanos, a iniciação à idade adulta é tribal entre os africanos. Os xhosas praticam a circuncisão na adolescência ou na idade adulta, quando se considera que o homem está pronto para se casar; os zulus não a praticam, não mais. Provavelmente não faz parte das tradições observadas agora pelo Baba de Jabu.

Não é apenas o café que está quente na sala dos professores. Westling, da faculdade de psicologia, devia ter alguma coisa de esclarecedora a dizer a respeito do Estado Livre. Por motivos profissionais, ele é imune à repulsa, ao juízo de valor: — Sofrimento. Não precisa ser cirúrgico. Pelo visto, todas as iniciações à idade adulta envolvem aquela outra forma: a humilhação. Você tem que demonstrar que é capaz de suportar os deboches e as provocações dos seus pares. E depois você fica bêbado com eles. É exatamente isso que é, o que significa quando você se torna um deles, comportamento típico dos adultos do seu grupo, tal como você no futuro vai iniciar o próximo estudante. —

— Mas isso é justamente o que não aconteceu naquela universidade. —

Lesego está preparado: — O que é que as pessoas que lavam o chão e dão a descarga das privadas cheias de merda têm a ver com os estudantes que se tornam homens? Isso não foi, não pode ser uma *iniciação*. Me diga, iniciados em quê? Então aqueles estudantes aceitaram essas pessoas como iguais? Por desprezo a esses homens e mulheres que limpam a sujeira deles, eles os forçam a fazer uma coisa que você não consegue nem pensar. O convite pra entrar foi o pior insulto de todos: convidar esses negros pobres a participar de uma festa com os estudantes, dar um porre neles, fazer dançarem para eles e depois comerem comida de uma panela onde um desses mesmos estudantes mijou. Está tudo lá, filmado em vídeo. —

Mas os colegas acadêmicos não querem investigar o nojo, a repulsa e — compreendido, mas não comentado — uma coisa *assim*, por mais impensável que seja, só poderia acontecer *naquela* província, *naquela* universidade.

Nojo. A coisa não pode se resumir ao nojo.

Está chovendo e, em vez de se reunirem na piscina da igreja, os camaradas estão na casa de Jake e Isa.

— Quem são esses pulhas superiores recebendo ensino superior... Não, terciário, não é? Agora no novo sistema: parece menos discriminador que oportunidades superiores e inferiores? Quem são esses superiores mais degradados do que qualquer degradação imunda que eles impõem aos seus "inferiores"? — pergunta Jake. Algumas coisas você só pode discutir com você mesmo. Ele não tem consciência de sua própria voz. — Será que esses rapazes foram tão brutalizados? Não vamos dizer que são animais, os animais são inocentes, só caçam e atacam para sobreviver. Será que a tortura que os pais deles impuseram a tanta gente naquela rotina engenhosa grotesca cotidiana do apartheid, será que isso entrou no DNA deles? Fez o quê? Impôs a eles alguma farsa horrenda de repetição? —

Jabu parte em direção a ele do outro lado da sala; falando em nome de todos. — Então a culpa não é deles? —

O que tinha de ser dito... desculpas? Não pode haver nenhuma justificativa do comportamento presente com base no comportamento dos avós, tios, pais, que eram os torturadores no Destacamento Especial, a polícia deles, o exército deles! Haverá uma tatuagem de vergonha que se transforma em desafio, indecência, agressão inacreditável? — Então não há culpa assumida pelo que os seus pares fizeram que não possa ser posta na conta de uma túnica velha manchada de sangue.

Apenas Pierre, o golfinho africânder, pode falar sobre o Estado Livre, em voz alta: — Bôeres. Africânderes. — Pierre assumiu o que é mais difícil, a responsabilidade pelo que o seu povo fez a si próprio.

Ao mesmo tempo que produziu alguém como o *dominee* Beyers Naude, que se recusava a pregar numa Gereformeerde Kerk que praticava a segregação racial.


Naquele único refúgio do que está acontecendo em outro lugar, em outra universidade, na cama outra vez, longe de todas as intrusões, havia uma tensão perceptível nela. Ele acariciou-a no quadril, onde sua mão estava. Ela afastou-se como se fosse falar, dizer alguma coisa que no meio das outras vozes não fora ouvida.

Como poderia não ter compreendido? Ele e os outros, chocados com o que havia sido feito em nome dos brancos; eles próprios. Ela faz parte das velhas da equipe de limpeza, dos homens levados a beber com os filhos dos senhores de antigamente, obrigados a comer naquele cozido tudo que fora empurrado pela garganta abaixo de sua gente todas as suas vidas, a rejeição dos brancos em forma de mijo como a parte da abundância da vida que cabia aos negros.

Fazer amor com ela, isso seria a cura amorosa, a aceitação mais respeitosa daquilo que ela não podia afastar de si própria sem amaldiçoá-lo em silêncio pela percepção do que a pele dele representa. Mas dessa vez, pela primeira vez desde o encontro ousado entre o desejo do rapaz e o da moça, ignorando os Reed, ignorando o Baba, na Suazilândia, ele não podia esperar ser aceito por ela, ao penetrá-la. Quanto tempo ainda há de se passar? A questão agora é o país, não é o Estado Livre, não, não, seria fácil demais dizer que era a cor, a raça, Jabu tem identidades múltiplas na vida: nas suas convicções, ética, crenças, juntamente com o que é congênito. Um amor entre eles, ela e seu Baba, que aquele outro amor, entre mulher e companheiro, não suplantou. Seu vínculo com o Baba resistiu à desilusão e à dor daquela outra visita, o dia em que ela foi a KwaZulu depois de assistir — testemunhar — ao julgamento de estupro, e constatou que seu pai estava indignado com o julgamento e triunfante por Zuma ter sido inocentado.

Também é fácil não perceber entre as múltiplas identidades dela alguma coisa que você prefere não perceber. As lealdades embaralhadas, força por trás de qualquer aquisição em matéria de identidade, daquela história chamada "tradição" (os colonialistas relegavam ao balaio dos costumes qualquer coisa que fosse diferente das suas próprias maneiras de lidar com os acontecimentos da vida e da morte). A lealdade, não necessariamente um vínculo emocional e sim uma história viva no presente que ele não pode ter a pretensão de compartilhar com ela e seu Baba. É preciso reconhecer, querendo ou não, camaradas e amantes que eles são, com sua história compartilhada da Luta, um vínculo definitivo... Ir embora é diferente; para ela, Jabu. Que seja para a Austrália. Ou qualquer outro lugar. Ele não está deixando para trás a mesma coisa que ela.

O que o pai dela sabe, ela está indo embora.
— O que foi que ele disse? —

— Nada. De início. Quase fiquei achando que ele não tinha me ouvido direito. O que eu tinha falado. —
O pai distanciado de um modo inacreditável. Ela entendeu a conclusão tirada, uma das facilidades de comunicação criadas quando as pessoas crescem juntas não como crianças, mas como adultos.
— Não, é a maneira dele de não ser forçado, sabe, de dar um tempo... Pra compreender o sentido do que foi dito. Ele só fez abrir a porta do escritório dele e mandar um menino trazer chá; e só quando a gente começou a beber: "Você e as crianças vão também?". Como se perguntasse ao homem da família que vai pra cidade onde ele arranjou emprego. Eu repeti as oportunidades... O senhor já ouviu falar. "Austrália, Inglaterra, América, Gana", ele disse, "tudo igual." —
Oportunidades. Palavra usada nos recortes... Como uma circunstância, uma razão que o Baba talvez compreendesse, embora ela própria não demonstrasse ter compreendido para ele, Steve; mas esse era o Baba que a havia enviado à Suazilândia para estudar, decisão dele, oportunidade para ela.
— Então. Ele ficou zangado. Então... —
Ela aperta as narinas por um momento, concentrando-se para repetir fielmente as palavras do Baba, claro que ele teria falado em zulu. — Ele passou pro inglês: "Tem muitos brancos indo para lá, eu li que eles chamam de alguma coisa, 'reassentamento', deve ser a palavra que eles usavam quando eles nos deslocavam, nós os negros, pra aqueles assentamentos nos arredores das cidades". —
— Só isso? Não perguntou mais nada, sobre você? —
O que sobre ela? Ela só ficou sabendo quando achou os recortes, não foi?
Ela sorriu com os lábios fechados e fez uma pausa, antes de evocar o seguidor de Zuma, o pai: — *Uzikhethele wena impilo*

*yakho!* Você fez a sua vida, eu deixei você escolher, você tem que viver do jeito que a vida é agora neste tempo. —

O que ela está dizendo, a camarada Jabu, que qualquer que seja sua traição em relação ao Baba, o sofrimento profundo dele, a rejeição dele por ela; a traição a si própria, o Ubuntu, seu país: uma mulher, dentro da ordem da comunidade de seu Baba, vai viver este tempo tal como sempre com base na decisão de seu homem.

Austrália, eu vou embora com ele, vou deixar para trás o nosso país, o KwaZulu, vou deixar vocês. A mulher vai aonde o homem dela vai, essa é a ordem antiga que todos compreendem, mas *ele* sabe, o Baba sabe, ele fez sua própria evolução pessoal ao criar sua filha de modo a torná-la um ser independente. Não seria possível enganá-lo, fazê-lo aceitar que ela estava emigrando — aquela migração inversa à que trouxe os estrangeiros ao continente para tomá-lo, a África que não era deles — na condição de esposa que obedece ao marido. O Baba ainda vai forçá-la a concordar com ele num terreno comum, ainda que não em pé de igualdade — ele é o pai, a autoridade final depois do Verbo Divino —, que ele tomou conta dela. Ela tem de proteger a si mesma pela escolha feita para as crianças, os filhos dela e, portanto, a linhagem do Baba, filhos da África, da nação zulu.

Proteger-se dos vínculos emaranhados da natureza que seu homem deve reconhecer, deveria ter sempre reconhecido, vínculos que ele não tinha. Ter nascido aqui não basta. Nem mesmo na igualdade da Luta.

Sindiswa está prestes a completar catorze anos. Quando lhe perguntam o que lhe dar de aniversário, ela pede um desses celulares novos em que a gente pode ver filmes e ler livros, as páginas passam sem que seja necessário virar: o celular dela é uma velharia.

— Ah, não! — Então ela tem que ser igual a todos esses garotos (inclusive seus alunos) com aquele troço grudado no ouvido, como se estivessem falando sozinhos?

Ele guarda seu celular "jurássico" dentro do carro — para a emergência de algum sequestro...? Há interrupções na comunicação na sala dos professores justamente na hora em que alguém está apresentando um argumento que vale a pena ser ouvido e é chamado por uma melodia que toca em algum lugar em suas roupas, como se fosse um ruído da digestão. Quando um aluno o procura para discutir uma fórmula que não foi inteiramente compreendida — é para isso que ele está aí, um professor sempre disponível —, ele, de modo autoritário, criou a regra de que é necessário desligar aquele troço. É meio careta, esse professor

Reed, se bem que dizem que ele foi um dos brancos que participaram da *Umkhonto*.

— Todo mundo tem. O Gary também vive pedindo. —
— Justamente. —

Brenda telefonou em nome de Jonathan, pois Steve é irmão de seu marido no final das contas, embora tenha ido um para cada lado durante aqueles anos ruins — todo mundo agora concorda que foram mesmo ruins, embora não estivessem pessoalmente envolvidos senão pelo fato de serem brancos. Brenda registra todos os aniversários da família tal como os calendários assinalam o Natal e agora também os dias santos muçulmanos, hinduístas, judeus etc. Ela vai dar uma passada só para trazer uma coisinha para a Sindiswa, que já está uma moça, brinquedo nem pensar, o que será que ela quer?

— A sua tia... —

Sindi vem do seu quarto, interrogativa: — Lá da casa do Baba? —

— A sua tia Brenda. — Elas conversam, Brenda tem uma compreensão intuitiva dos jovens (funciona mesmo) que estão equilibrados na borda da idade adulta.

Ela devolve sorridente o telefone fixo antiquado a Jabu. Uma conexão natural se formou entre sua filha e a mulher do irmão de Steve. — Você e o Jonathan podiam comer conosco quando vierem dar um abraço na Sindi. Festa não vai ter não, infelizmente, porque ela resolveu levar os colegas da escola pra comemorar no McDonald's à noite, acredite ou não. —

No fone ribomba a exclamação de Breda. — Claro que eu acredito! —

— Então é almoço. No domingo. Quantas pessoas vêm? —

— Só eu e o Jonny. Como você sabe, o Ryan está estudando fora e os outros já fizeram planos pro fim de semana. —
— A gente deve fazer um *braai*. — É a sugestão de Jabu, que será submetida à aprovação dele. Uma sul-africana de verdade, essa descendente de guerreiros zulus!
— O que for mais fácil pra você, minha querida. —
Jabu até gosta de ocasiões familiares, mesmo quando a família é a dele (por que será que ele faz essa distinção?), embora os parentes de verdade, dele e dela, sejam os camaradas. São eles a descendência, os sobreviventes, enquanto Ruth foi despedaçada ao abrir um embrulho, o presente que lhe foi enviado, Albie perdeu um braço e um dos olhos... Quem mais? Os grandes.


Estão indo comer no pátio, a mesa do jardim melhorada com uma toalha. Jonathan se oferece para trinchar o pernil de carneiro que se resolveu fazer, embora haja também *putu*\* com feijão e batata assada ao estilo dos Reed (o que para Jabu é um estilo branco). Steve cede diante da perícia do irmão. Enquanto testa a faca para ver se está afiada, Jonathan fala sobre seu filho Ryan. — Parece que ele está dando duro mesmo, o curso é puxado... Está sabendo que ele entrou pra faculdade de engenharia da Universidade de Londres? E ainda achou tempo pra se apaixonar por uma moça, irmã de um amigo dele que é um dos primeiros alunos. Ele vem com ela pra cá, não pra mostrar a moça a nós, mas pra mostrar a África a ela, ano que vem, as piscinas e os leões. —
Brenda está orgulhosa e sorridente. — Sindiswa, melhor se preparar pra ser dama de honra. Um casamento na família. A gente preferia que ele se formasse antes, mas essa decisão não cabe a nós! —

\* Espécie de polenta; termo de origem indiana. (N. T.)

Ela já deu a Sindiswa um embrulho com fitas. Sindi está colocando alguma coisa que veio dentro dele em torno do principal presente de aniversário que ela escolheu, um iPhone. O presente é uma elegante capa para o celular. Sindi deve ter dito a Brenda na cozinha que Steve não queria que ela ficasse "falando sozinha". — Mas essas coisas também são educativas, além de ser uma segurança pra nós que somos pais, o filho sempre pode ligar pra gente se tiver um problema qualquer, neste lugar, a gente nunca sabe... Esta cidade perigosa. —

Os jornais de fim de semana que Steve saiu cedo para comprar além dos dois que eles já assinam. Espalhados, com a imagem de Jacob Zuma na primeira página.

Depois de fazer o café, a tarefa que lhe coube naquela refeição, pedindo licença para se ausentar com algum comentário que ninguém ouve no meio do ruído das conversas em torno da mesa — Jonathan mexe com Gary Elias, que está lisonjeado, dizendo-lhe que tem certeza que ele vai ser um esportista de primeira; Brenda tem também outro dom para a vida social: organizar assuntos de conversas e fofocas sobre celebridades que dão animação a ela própria, Jabu e Sindi, unidas em feminilidade, ainda que não em libertação —, Steve vai até a sala e liga a tevê, ouvindo o clamor:

*Awuleth' umshini wami*

Semanas se passam, e ninguém lhe pergunta se ele ainda está em contato com a possibilidade/oportunidade, Austrália. A vida normal consome atenção e energia. O imediato segue seu curso. Surgiu uma conexão adicional à que já havia entre eles quando um curso de inverno na interface entre direito e ciências sociais foi organizado na universidade dele, e ela, Jabu, a combatente da liberdade e advogada, foi um dos participantes convidados, alguns vindos de outros países africanos, Estados Unidos, Brasil e Índia. Ele saiu da faculdade de ciências no dia em que ela ia participar de uma mesa-redonda sobre as ligações entre direito e acesso público ao poder e foi ouvi-la falar, interrompida por aplausos quando explicava certos detalhes. Como parte da plateia, ver e ouvir uma pessoa que se conhece intimamente, no plano sexual e no intelectual, o temperamento, as idiossincrasias, como ninguém mais conhece, é constatar que ninguém conhece ninguém por completo. Steve já assistiu a algumas sessões no tribunal, mas lá estava ela como membro modesto de um grupo, entre outros advogados assistentes, uma presença composta. Ali, diante do microfone, a atenção de todos que o cercavam fixada nela, que por obra de uma estranha transformação se tornou um deles, ele vê seu pescoço negro e flexível acima da pequena depressão entre as clavículas quando ela levanta a cabeça para indicar reconhecimento da plateia em sua relação com ela; a imagem icônica daquele pano dando voltas e mais voltas e elevando o cabelo por ele contido, uns poucos cachos com mechas pintadas de cores vivas soltando-se dele, sacudindo-se quando ela mexe a cabeça para enfatizar um argumento. Ela está usando um traje africano e não a roupa normal de trabalho com que vai ao tribunal. Qual é a roupa dela: de Jabu? Por que ela se vestiu assim para uma ocasião cujo tema é o direito? Só mesmo estando na plateia para entender por quê; o que você devia saber e não sabe.

Nas férias de julho, Gary Elias foi como sempre passar uma parte do tempo com o avô e os meninos da parentada de KwaZulu. Acompanhá-lo era um privilégio que o punha acima da irmã, a qual afinal era menina, que ele queria oferecer a seu amigo Njabulo. Eles dois — a autoridade dos pais que eram também sempre seus amigos — disseram que talvez a família de Njabulo tivesse outros planos para ele; e, quando Gary foi mandado por Steve e Jabu à casa do amigo perguntar a Peter e Blessing se o menino podia ir também, constatou-se que era o que de fato se dava. A família ia visitar a irmã de Blessing, cujo marido havia arranjado emprego no prédio do Parlamento — graças ao conhecimento da pessoa certa do CNA, na hora certa, Peter explica confidencialmente. Gary não preferia ir com Njabulo lá? A negativa tácita de Gary, expressa por olhos arregalados e corpo retesado, leva Blessing e Peter a dizer: "Ah, pensando bem, não seria uma ideia... uma oportunidade para Njabulo ir com Gary à casa do avô dele?". KwaZulu. As raízes zulus dos Mkize tinham sido arrancadas e transplantadas há muito tempo para regiões mais industrializadas do país. Mas Njabulo optou pelo mar.* E Gary Elias não abriria mão de modo algum de seu principado no reino do Baba.

Ela estava no quarto de Gary Elias, juntando as roupas e outros objetos necessários do menino quando ele entrou. — Quer que eu vá com você? —
Ela estende para trás a mão livre para pegar a dele e apertá-la por um momento, depois precisa das duas mãos para dobrar uma camisa. — Tudo bem. —
A Austrália entre eles dois: ele levaria o país consigo, ao apresentar-se ante o Baba. Se ela estiver sozinha, isso talvez fosse uma espécie de afirmação, ainda que falsa, de que a coisa não vai acontecer.
Jabu partiu cedo, sem fazer paradas no percurso, acompanhada da conversa de Gary Elias com Wethu. Como presente para a mãe, um xale de agasalho; para o Baba, um livro: uma reedição de *An African tragedy*, de Dhlomo, que talvez ele não tenha. E depois de almoçar com a família, as tias comemorando como sempre os visitantes da cidade, voltou no mesmo dia com Wethu. A Austrália não esteve presente, tampouco Jabu foi levada à privacidade do escritório do Baba.
Steve e Sindiswa haviam preparado o jantar, ou melhor, foram juntos comprar comida pronta num supermercado cujo dono era um sul-africano de origem grega, talvez pai de colegas de Sindi.

* O poder legislativo da África do Sul tem sede na Cidade do Cabo. (N. T.)

— Dá pra ver como o Gary Elias está feliz! Não quer nem vir se despedir do Babamkhulu dele. Ocupado demais com os meninos. *Hai!* Eu nunca vejo ele assim aqui, eles são os melhores amigos dele... E fazem tanta festa com ele, *eish!* — Wethu fala em zulu e em inglês, porque Steve só entende um pouco de zulu. Wethu já efetuou em sua pessoa a transformação que o governo diz ao povo que está ocorrendo no país. — *Eish!* — Somos todos sul-africanos. Ela volta da sua aldeia natal para seu galinheiro convertido em casinha no subúrbio, e se sente em casa nos dois lugares.

## PROCURAM-SE EMIGRANTES PARA ESTIMULAR A ECONOMIA

Ele havia assistido — não é a palavra adequada para descrever uma espécie de ação irrelevante para a sua vida, a vida deles — a um seminário gratuito. Procuram-se emigrantes para estimular a economia. A inferência lisonjeira para aqueles que querem trocar de país é que eles não seriam apenas imigrantes recebidos num espírito de caridade, porém estariam atendendo às necessidades de outro país, o qual ficaria agradecido. Quem mais interessava à Austrália, os primeiros da lista, eram os que tinham formação universitária. Ele, na verdade, havia assistido a tudo como se em segredo — uma forma clandestina de autoconsciência: o que é que você está fazendo aqui? Viu, em meio aos rostos atentos reunidos numa sala de conferência no hotel de cinco estrelas, um único rosto reconhecível enquanto tentava classificá-los por classe social, usando um critério grosseiro: homens de negócios de terno e gravata, outros com trajes informais afirmando sua diferença — um professor de alguma faculdade da universidade. Não sabia seu nome, mas o rosto lhe era familiar, tal como o seu deveria ser para ele. Irmãos sob a beca acadêmica invisível jogada sobre seus ombros, não era necessário um aceno de reconhecimento. Só havia um negro. Difícil de classificar, porque — embora usasse um *dashiki* elegante, e não esses baratos comprados na travessa ao lado da igreja metodista — suas pernas cruzadas ostentavam calças listradas, e a pasta era de couro fino, intacto. Por que a surpresa? Se havia alguns milhões de negros invadindo a África do Sul fugindo da pobreza de seus países, por que não poderia haver um negro burguês com motivos próprios para querer emigrar? Ir para lá. Para a Austrália. Uns já foram para o Ocidente, médicos que querem ganhar mais e ter melhores condições de trabalho nos hospitais.

Uma das circunstâncias jamais imaginada nas possibilidades de clandestinidade do que Steve não havia abandonado era o fato de que ele continuava não tendo ninguém com quem pudesse comentar o assunto; uma inibição. Nem mesmo ela.

Os australianos que organizavam o evento falavam de modo simples e simpático, mesmo ao fazer a ressalva "sujeito a condições", e conversavam de modo afável com aqueles que faziam perguntas complexas, desde política educacional até seguros de saúde e imposto de renda. Ninguém perguntou nada sobre criminalidade; pois a situação da segurança por lá, fosse qual fosse, certamente seria melhor do que aquela que os futuros imigrantes deixariam para trás. Fuga. Não seria essa uma razão moralmente aceitável, e não traição do patriotismo?

Um advogado especializado em imigração, devidamente identificado pelo número de inscrição, estaria disponível para qualquer consulta individual. "Serviço sujeito a cobrança."

Peter e Blessing dão duas buzinadas em saudação sempre que vão deixar Gary Elias em casa depois de pegá-lo com Njabulo na escola. Era quarta-feira, dia de treino de rúgbi (aquele jogo inglês) depois das aulas, portanto final da tarde.

— O camarada Steve já chegou? — Peter gritando do carro. Ela estava no pátio ajudando Sindiswa a fazer uma pesquisa de dever de casa, tentando convencer a menina a consultar a enciclopédia em vez de, seguindo seu impulso natural, recorrer à internet, para não ter que se dar ao trabalho de virar tantas páginas.

Ela atravessa a casa para aparecer à porta da frente. — Ele ainda não chegou. Mas entrem. —

— Não, não vamos incomodar, Jabu. —

— Vai ser uma boa desculpa pra não ter que ajudar a Sindi a fazer o dever de casa dela... Sejam bem-vindos, *nafika kahle*! —

As portas do carro se abrem e fecham, Njabulo e Gary Elias imediatamente saem e desaparecem, entregando-se a suas atividades, a bola oval ressoa ritmicamente pela casa. Os três trocam abraços apertados, que indicam a condição de camaradas. Com a mão, Jabu indica Sindi diante do computador, navegando... Trocas de comentários dos pais sobre os conflitos com as concepções dos filhos a respeito de educação, riscos críticos; Blessing está orgulhosa e invejosa. — Eles conseguem aprender qualquer coisa, e nós presos aos livros. —

Os preciosos livros decodificados na prisão. Sem eles, como é que Jabu poderia vir a se tornar advogada? Um ruído de passos sobre o cascalho do quintal: ele chegou, Steve. O som muitas vezes tem o efeito de lembrá-la do quanto, às vezes, ele é atraente para ela, em outras ocasiões um mal chega a perceber o outro; hoje é como se ele tivesse ido embora e depois voltado refeito, outra vez presente, no dia a dia.

Steve traz as pilhas para o rádio que ela lhe pediu para não esquecer, juntamente com as coisas da universidade, e a primeira edição do vespertino debaixo do braço, embora ele seja entregue todas as tardes. O jornal é largado na mesa de vidro e palhinha (sobrevivente de Glengrove Place) ao lado de Peter, como se fosse para ele. — Alguma coisa sobre a atitude que o reitor vai tomar? — nem é preciso identificá-lo como reitor daquela outra universidade.

— Eles vão "lidar" com o problema na universidade através de uma comissão disciplinar. O que você acha disso? —

— Ah, é só uma *brincadeira* de estudantes. — Os lábios de Peter se retorcem. Ele transforma a palavra num termo estrangeiro.

— Claro, muita adrenalina, uma *jol* que passou um pouco dos limites. —

Por cima de algo que Jabu está começando a dizer: — Eles não vão ser expulsos? —

A voz de Blessing a interrompe: — Nem mesmo o sujeito que...? — Basta um gesto.

Steve pega o jornal. É uma publicação que dá apenas os fatos. — A comissão disciplinar vai decidir quais são as "medidas apropriadas". — Com suas pastas de trabalhos dos alunos trazidos para casa para corrigir, há outro jornal, menos cuidadoso a respeito de revelar o que vai ser apresentado diante da tal comissão disciplinar, ou lá o que seja. É um jornal tachado de pasquim pelos políticos que não querem ver em letra de fôrma algumas das coisas que eles dizem ou fazem. É desdobrado, e lá está outra vez a foto tirada de um dos vídeos feitos por um dos alunos como lembrança — ou troféu? — e que não teve o bom senso de destruí-lo. Rostos sorrindo de triunfo, aplaudindo o fluxo de urina entrando no *potjiekos*,* vindo de alguém que aparece de costas para a câmera. As pernas bem abertas.

* "Cozido", em africânder. (N. T.)

— Eu não quero ver. — A mão de Blessing cobre os olhos. Peter com um riso que é como uma explosão indelicada. — Não sei por que vocês todos estão desse jeito... Ora, isso não era de esperar? Para eles é só uma diversão. — Porém falando sério: — E se o diretor expulsa uns dois alunos, quais? E os outros vão pra um alojamento, e outros pra outro? Castigar obrigando a viver com alunos que acham que eles são uns merdas? Deve ter alguns naquele lugar que sabem o que isso é, mesmo na *universidade* do Estado Livre. Mas esses merdas não vão nem ligar. Eles deviam ser expulsos. Não ser aceitos por nenhuma universidade. —
É isso. Raiva. Indignação a ser satisfeita por uma punição interna, um puxão de orelhas nos "merdas". A lei, a justiça tal como Jabu aprendeu desde o início do seu curso de direito por correspondência, baseia-se no princípio do infrator e vítima. — Nenhum de nós, nem os jornais que ele trouxe, está falando sobre o pessoal de limpeza, as pessoas que estão no ponto mais baixo da pirâmide. Quem é que está pensando nos homens e mulheres convidados pra "festa"? Quem é que está perguntando se a convocação da universidade, se essa justiça acadêmica deles, é *justiça* pra essas pessoas? Existe a lei, a indenização nos termos da nossa constituição. Essa é a única justiça. — Os camaradas (certamente ele) deviam entender isso. Ela assumiu a autoridade como se fosse uma beca negra usada no tribunal. — Uma comissão universitária, o senado, a convocação, subindo o quanto quiserem, não podem tomar uma decisão nos termos da Declaração de Direitos Humanos. Esses estudantes precisam ser indiciados. Uma acusação criminal contra eles. Isso. Nada mais. Nada menos. —
A relação entre eles, companheiros e camaradas, está se debatendo, ganhando vida. De repente ele sabe que ela vai afirmar essa faceta sua, diferente do recolhimento daquele primeiro dia.

O advogado tem que ser *a favor* das vítimas, e não uma delas, independentemente de quaisquer outras identificações pessoais que houver.

— Como é que se faz isso? — Os outros se viram para ela, recorrem a ela. É o reconhecimento, algo que os camaradas aprendiam, tinham que aprender, a exigir das qualidades de cada um, suas possibilidades de ação efetiva, no contexto da Luta.

A ansiedade de ver a ação e não se contentar com a condenação pelo nojo; Jabu percebe que eles esperam mais de sua familiaridade com o processo judicial do que ela é capaz de oferecer, assim de saída. Seus superiores do Centro de Justiça hão de saber como, por quem, e quais acusações criminais devem e podem ser formuladas.


Há muito tempo Jabu já digeriu o que foi obrigada a admitir, encarar, naquela vez em que foi visitar o pai depois de passar o dia assistindo ao julgamento de Zuma e encontrou o cartaz comemorando a extinção do processo na casa do Baba, na casa dela. Se você vive com uma pessoa durante fases sucessivas da vida juntos, você não sabe, não pode saber, como é que ela enfrentou a desilusão e a dor, só pode sentir que isso aconteceu. Ela fez outra visita à aldeia em que o presbítero da igreja metodista, o diretor da escola, determina a vida de uma família extensa, que impõe a sua síntese dos chamados valores tradicionais e afirma os direitos que conseguiu obter ao preço de séculos de derrotas e degradação (desafiando a tradição e mandando a filha estudar na cultura do colonizador). Seu pai sem dúvida apoiou a eleição de Zuma, presidente do CNA em Polokwane, uma preliminar para que ele viesse a se tornar presidente da República, contribuindo com o peso da sua voz à conquista de votos entre os parentes colaterais e na aldeia. Mas, pelo visto, não espera que ela obedeça. Houve a recepção costumeira para a filha e o neto que se ajustou com sucesso tanto à escola de estilo colonial da cidade quanto aos primos do interior no campo de futebol. Oferece-se para ensiná-los a pegar a bola e correr com ela como se faz no rúgbi.

    Assim, ela é dura, Jabu. Mais dura que um Reed.* Se bem que juntos eles suportaram acampamentos no mato e prisões como forma de iniciação. Não... dura, não, essa sua mulher delicada, carne macia nas cadeiras e mais nas nádegas agora, confirmando sua feminilidade de negra. Nenhum outro ideal adotado; não condicionada como a mãe dele, fazendo regime para permanecer jovem em cada etapa da vida. Não, dura não, forte de uma maneira que ele nunca poderia ser, é claro. Uma questão de condicionamento diferente, o povo dela, o Baba dela, todas as gerações que vieram antes deles sobreviveram séculos em que tudo visava amesquinhá-los e destruí-los. E sua gota de sangue judaico? Se ele fosse um sobrevivente, filho de judeus alemães que foram jogados dentro dos crematórios nazistas, ou se fosse um palestino em Gaza, ele seria duro à maneira dela, talvez.

    Agora Jabu tem os recursos a que fez jus e consegue, depois de inicialmente recuar para a posição de vítima juntamente com as mulheres da equipe de limpeza, usar todas essas vantagens que estão combinadas dentro dela.

    Ela mantém os dois informados, explica que será um longo processo, os culpados têm muitos mecanismos para protelar o cumprimento da lei: a Comissão Judicial talvez tenha que ser envolvida para que o povo comece a exigir justiça diante do Tribunal Constitucional. Talvez ele possa dar início ao movimento na sua universidade, algo mais do que a certeza de que um horror daqueles jamais poderia ter acontecido lá.

    Certeza mesmo? Mudança, mudança, foi preciso virar do

---

\* Em inglês, *reed* é "junco". (N. T.)

avesso o passado, mas o que sai rastejando dos escombros pode vir à tona em qualquer forma em qualquer lugar, até mesmo em instituições que estão sofrendo uma transformação verdadeira: há mais negros de todos os tons de pele na faculdade de ciências este ano do que no ano passado. Reafirmar isso a si próprio: um antídoto contra o nojo.

Entre os dois resiste a consciência de que ele não havia deixado de lado, nem eliminado aquela possibilidade. Será que isso quer dizer que ela está convencida de que a coisa não iria, não poderia vir a se realizar, porém é obrigada a lhe conceder a liberdade de pesquisar o que sabem que ele está propondo a ela e aos dois filhos? Steve recebe mais informações que pediu num e-mail enviado pelo departamento de imigração do governo da Austrália.

Sim, sim, as condições se aplicam. Uma resposta positiva, um sinal. Ele a mostra à sua advogada, mulher, camarada, para que ela dê a sua interpretação, mais informada do que a dele: uma interpretação para todos eles, Steve, Jabu, Sindiswa e Gary Elias, que se aplique a todos, se chegar a esse ponto; se chegar a se realizar.

Setembro, primavera, tempo de florescer.

A Liga Juvenil do Congresso Nacional Africano tem um novo porta-voz, segundo o qual o slogan "Matem por Zuma" não será mais usado pela Liga, mas que a organização "vai fazer tudo que for possível para que Zuma seja o próximo presidente da República".

Peter Mkize é promovido para o cargo de gerente geral de um grupo de empresas de comunicação, telefonia celular e modens.

Blessing agora tem sua própria firma de bufê em parceria com Gloria Mbwanjwa, que antes trabalhava como garçonete na cafeteria frequentada por Isa; uma oportunidade do programa de BEE.

Isa abriu uma galeria que vende arte étnica, em parceria com um dos artistas.

Jake está na área de seguros, com boas perspectivas: um dos ministros do atual governo faz parte da diretoria (talvez deixe o ministério depois das eleições), e ele também investe nela.

O lugar de Jabu entre os camaradas ex-combatentes, na sua carreira prestigiosa e que tem boas possibilidades de se tornar próspera, sempre dedicada à causa da justiça contra o passado e justiça no presente, permitiu que fosse a primeira a ver algo semelhante à política de Empoderamento Econômico Negro em evidência, ainda que apenas na classe social que mora no subúrbio.

Quando o subúrbio se reúne, cada participante desse grupo em que há confiança mútua pode extravasar as frustrações, situações imprevistas, sucessos inesperados da peça que cabe a cada um no quebra-cabeça nacional e discutir sobre o lugar em que sua peça vai se encaixar para formar o mapa da vida nova. Seja como for, nem todos veem a mesma cartografia. Aqui há montanhas que a gente sobe suando a camisa... Não, são fossas sépticas das quais ainda é preciso esvaziar a merda do passado, não, são os novos campos verdes orvalhados.

— O que você faz com as sobras quando prepara toda essa comida sofisticada pra gente do governo? O que acontece com as sobras? Eu fico curiosa... Os seus ajudantes comem o que eles quiserem? Eles levam na quentinha? — Isa pergunta, balançando um dedo para Blessing.

— Vai pra algum orfanato, asilo de velhos ou escola... Um que seja mais perto, sabe, a gente tem uma van refrigerada. —

— Caviar pra garotada. — Jake gozando Blessing de leve.

Peter entra na brincadeira: — Vocês estão é com inveja das coisas que ela traz pra mim. Eu chamo vocês da próxima vez que ela esconder uma garrafa de vinho debaixo do avental. —

Coisas de outra natureza também estão acontecendo, que seriam vistas como inteiramente pessoais se todas as situações oriundas do passado não fossem pessoais para os camaradas ex-combatentes do subúrbio. Ultimamente Marc não aparecia entre os golfinhos quando os Reed traziam seus filhos para nadar na piscina aos domingos. Sua presença fazia falta nas animadas brincadeiras de adultos em torno da piscina da igreja; todos pensavam que, fazendo cada vez mais sucesso, ele devia estar encenando sua nova peça em algum festival, em outra região do país. Uma noite ele apareceu bem tarde, quando Steve e Jabu estavam prestes a se deitar, e disse a eles que havia se apaixonado por uma mulher. Ia viver com ela: a primeira vez para ele, em toda a sua vida. Marc queria conversar. Nunca tinha sido bissexual. Era uma descoberta decisiva... eles compreenderiam. Ele, que havia se tornado um camarada, não era mais um golfinho.

Chega o verão e ele está de novo em julgamento, Jacob Zuma: as acusações de corrupção contra o presidente do Congresso Nacional Africano são retiradas pelo Tribunal Superior. A afirmação divulgada posteriormente, de que essa decisão foi tomada quando o juiz acreditava que tinha havido interferência política no caso do réu, não foi o motivo pelo qual ele concluiu que as acusações contra Zuma eram ilegais, sua convicção era apenas uma reação ao desejo do Estado de que as alegações fossem retiradas... Tratava-se de "uma questão paralela aos aspectos legais": o Departamento de Promotoria Federal, segundo ele, não dera a Zuma uma oportunidade de fazer sua exposição dos fatos antes de formular a acusação.

— Então isso não tem a ver com a culpa ou inocência do Zuma quanto às acusações feitas contra ele... Que diabos isso quer dizer? — Agora é Jake que vai bater à porta dos Reed. Jabu está em casa, a camarada advogada, e é a ela que Jake apresenta uma página rasgada de um jornal.

Steve traz cervejas e um pacote de batatas fritas para um

dos lugares onde mais se realizam as conversas no subúrbio: o pátio.

— A pessoa é culpada ou inocente, não é isso que o tribunal decide? Afinal, pra que serve toda essa história de provas e contraprovas? —

— Espera aí, camarada, você não é advogado, eu também não sou, mas tem essa história de circunstâncias atenuantes, eu me lembro daquela vez que o... Como é mesmo o nome dele? o Fikile... —

— *Atenuante?* Põe atenuante nisso! As acusações já estão esperando há um ano, e nada de julgamento. —

Nesse ínterim, Jabu está lendo a notícia do jornal que ela já conhece por conta de uma cópia do julgamento que viu no Centro de Justiça. Houve pedidos de instalação de uma comissão de inquérito. Isso significa que, nesse caso específico de corrupção, não está se julgando a questão da compra de armamentos: Zuma também está envolvido nisso, através das alegações de que houve uma conspiração entre ele, Shaik e a empresa de armamentos francesa, uma concorrência fraudulenta. — Olha, o Zuma está ameaçado de sofrer um processo há anos. —

— Comissão de inquérito. Problema nenhum, é só adiar, adiar que a coisa acaba sendo esquecida. — O braço de Jake faz um gesto em direção ao futuro. É o que se apresenta a eles: foi para isso que se passaram tantos anos de prisão, exílio, morte no campo de batalha.

E o próprio Zuma ficou dez anos na ilha.

Wethu viu Marc do outro lado do portão e o fez entrar pelo jardim, os meninos dos Reed, dos Anderson e dos Mkize vêm da rua montados em seus corcéis, uma rivalidade de bicicletas adornadas com seus ícones.

— Por que é que está todo mundo tão sério, perderam dinheiro na bolsa, coisa de gente de sorte, poder arcar com as ações subindo e descendo, não é? Vocês não ouvem rádio? No programa sobre birita dessa sexta o tema foi o uísque, como saborear o *single malt* dos riachos cristalinos da velha Escócia, em vez dessa cerveja que vocês estão tomando aí, feita com o xixi que sai dos acampamentos de imigrantes. — Ele veio convidá-los para ir à igreja, não a da piscina, mas a anglicana, onde ele vai se casar, e depois para uma festa com os golfinhos. — Eles já se conformaram com essa história de eu virar a casaca, agora não são só os casamentos gays que são respeitáveis. —

A gargalhada geral muda o aspecto de todos.

Isa vira-se para trás e lhe dá um abraço significativo, estão rindo juntos como se compartilhassem um segredo. Sim, claro, ele, o golfinho que cuidou dela e das crianças quando Jake foi hospitalizado depois do sequestro-relâmpago, porque nenhum dos camaradas estava disponível. Depois que os vizinhos exultantes foram embora com o futuro noivo, o clima animado permaneceu. Jabu, que raramente faz comentários invasivos sobre a vida privada dos vizinhos do subúrbio, com uma voz bem suave, quase sem sair som: — Será que... foi ela que fez ele... daquela vez que...? —

Steve começou a rir de novo, agora dela, e foi sua vez de abraçá-la, como se para dar um exemplo: — Você está me dizendo que a nossa Isa foi quem iniciou o Marc?! —

E depois se recuperou, perguntando a si próprio: por que é que nós, héteros, ficamos tão alegres? Será que ele é um troféu para nós? Será que a gente ainda tem um pé-atrás, um vestígio de desprezo pelo terceiro sexo, e exulta quando alguém se converte para o nosso lado, a única maneira de viver e de ser?

Uma semana depois de Jacob Zuma sair do tribunal livre da acusação, dessa vez não de estupro mas de corrupção, o Conselho Executivo Nacional destituiu o presidente da República, Thabo Mbeki, da presidência nacional do partido. É o telefone fixo que está tocando, e não o celular de Sindiswa, que sempre alardeia um tema de Michael Jackson. Jake: — Quer dizer que o cargo está vago pro Zuma! —

Chega a época de festas: não no sentido climático, pois no hemisfério sul é verão. Em vez de neve para o trenó do bom velhinho, o tempo de paz e boa vontade também é o momento de fazer o balanço do ano acadêmico encerrado. O total de matrículas indica que noventa e sete por cento das crianças do país estão nas escolas, quarenta por cento das quais agora são gratuitas. Estatísticas recentes mostram que 67,4 por cento das escolas não têm computadores e 79,3 por cento não têm bibliotecas. E 88,4 por cento não têm banheiros utilizáveis.

Dentro do sistema educacional "baseado em efeitos" (que fim levaram os "resultados"?), graças ao Projeto Nacional de Assistência Financeira ao Estudante, as matrículas de alunos negros dobraram este ano: agora eles podem entrar nas universidades com menos qualificações acadêmicas do que os alunos pardos, indianos ou brancos. — A hierarquia da liberdade. — Ninguém capta a voz solo de baixo profundo de Lesego, ou então quem o ouve acha que ele está menosprezando sua própria universidade. Em meio às despedidas na sala dos professores, explicações de quem está indo aonde, na praia ou na serra, correm os boatos de que as nossas universidades vão perder credenciamento nos outros países, porque os estudantes daqui são aceitos sem qualificação suficiente.

Nas reuniões natalinas nas casas ou na piscina da igreja do subúrbio, não é um acadêmico entre os camaradas quem interrompe o clima festivo, mas sim Marc, acompanhado da noiva, ao levantar a questão: — Como é que a gente pode saber se os alunos não estão recebendo diploma com base no mesmo princípio, que isso é o *efeito* da educação baseada em efeitos...? —

— Como se pode abrir a educação superior sem fazer alguma concessão para que os negros possam entrar? —

— Mas isso é exatamente onde a gente estava há meses, um ano atrás. — Desde que teve o problema com a coluna, Jake adquiriu o cacoete de empertigar-se e projetar o peito. — Me explica qual é a vantagem de dar diploma a um aluno que vai começar a exercer a profissão dele sem estar equipado pra fazer o trabalho que se espera dele. Qual o sentido disso? Aí as pessoas vão ter o prazer de dizer: "Está vendo como os negros são burros?". Isso é perpetuar a ideia da inferioridade dos cérebros dos negros, é o apartheid disfarçado de Empoderamento Econômico Negro. —

Em meio aos decibéis crescentes de vozes, esse comentário é dirigido a Steve, o professor universitário. Se bem que os camaradas estão sabendo da Austrália: o que é que ele tem a ver com o que acontece, com o que vai acontecer com a educação aqui?

Então, que direito tem ele de ouvir esse tipo de pergunta? De respondê-la? Será que estão fazendo de conta que não sabem do plano de emigração, estão evitando, negando-se a julgá-lo, julgar um deles?

Presumindo que o camarada ainda está mesmo pensando em ir para a Austrália, esteja ou não trabalhando nesse sentido, na universidade, Lesego de estudos africanos e um ou outro acadêmico às vezes especulam sobre quem poderia ter a oportunidade de substituí-lo na faculdade de ciências; não deixa de ser uma oportunidade, ainda que obtida dessa maneira. Tudo, na chamada Nova Ordem do país, entra em erupção e depois se arrasta, tendo se tornado de algum modo cotidiano. O país está na adolescência.

A época de festas.
Por acaso volta à berlinda mais um daqueles acontecimentos violentos cujas consequências são resolvidas por aquele outro gesto de Jake, o movimento de braço: adiar, adiar, adiar até que a coisa seja esquecida. Pelo visto, foi o que se deu no caso dos negros da equipe de limpeza que foram iniciados na cultura branca daquele modo bárbaro, por estudantes brancos. De vez em quando o assunto ainda era mencionado nas páginas interiores dos jornais, referências às medidas que a universidade estava pensando em tomar para "lidar com o incidente". Ao que parecia, debatia-se se os estudantes deveriam ter ou não permissão de continuar seus estudos; quanto à questão de a universidade fazer alguma coisa a respeito das consequências do "incidente" para as vítimas, nada era dito. Mas quando o ano chegava ao fim, o incidente do ano anterior acabou voltando à baila inesperadamente: enquanto desempregados brancos e negros iam encarnar Papai Noel nos supermercados, devidamente paramentados com barbas, um daqueles alunos deu ou vendeu uma cópia do vídeo, e mais fotografias apareceram nos jornais. Os convidados sendo recebidos, o circo de piruetas bêbadas incentivado com entusiasmo, cabeças debruçadas sobre a panela, os convidados sendo obrigados a comer; de novo as costas do aluno mijando na preparação do *potjiekos*. A coisa não foi simplesmente esqueci-

da: um lembrete. Mas talvez na hora errada. Todo mundo está com a cabeça em outro lugar.

Para Steve, o lembrete foi tomado, podia ser tomado, como algo pessoal. Por acaso ele havia conseguido, depois de contatos esporádicos com consultores australianos, um lento processo de aproximação das autoridades educacionais, chegar perto de uma meta: as cartas de apresentação a universidades específicas. Credenciais acadêmicas, apresentação de cv, essas coisas; ele podia pedir, e pediu, ao professor Nduka uma avaliação e uma carta de recomendação: Nduka, o homem que havia ido embora do seu país, a Nigéria, por motivos pessoais, para ir trabalhar no estrangeiro. Não podia pedir nada àqueles que ocupavam cargos ministeriais, cujas recomendações teriam peso de verdade, os camaradas da Luta que o haviam conhecido naquela época e que melhor podiam avaliar quais eram as qualidades deste camarada que estava indo embora do país.

Um *impimpi*. Na vida nova: viu a si próprio de relance naquela vitrine.

As inscrições para um cargo na faculdade de ciências são muito bem recebidas pelas três ou quatro instituições que ele contata. Os consultores lhe fornecem panfletos animadores sobre o clima, a flora e a fauna, as instalações esportivas, as atividades culturais, coisas decisivas para um intelectual com uma gama de interesses na comunidade em que cada universidade é situada. Steve enumera: — Universidade de Adelaide, do sul da Austrália; Universidade de Melbourne, de Victoria; James Cook University, de Queensland. — Depois de uma pausa: — Me mostra o mapa. —

Sindi tem um atlas bem à mão entre seus livros de escola, que ela passa para a mãe sem curiosidade a respeito do motivo; ela está falando em tom de conspiração no celular quando é chamada de seu quarto para trazer o livro. As crianças não estão sabendo da Austrália, os dois tomam cuidado para que elas não ouçam nada... cedo demais.

Apenas Sydney e a Grande Barreira de Coral podem ser imaginadas visualmente, é o que eles admitem. Mas não há instituições concretas, universidades com nome e endereço localizadas no desconhecido: apenas a possibilidade de existência é confirmada. Nada se falou em matéria de oportunidades na prática da advocacia. A aceitação das oportunidades dele como se implicassem naturalmente também as dela, em comum.

Steve tinha visto naqueles primeiros anúncios de "bem-vindos à Austrália" que precisavam de engenheiros civis, oculistas, enfermeiros, técnicos de refrigeração, enroladores de induzidos, operadores de guindastes, mas os advogados não constavam na lista de profissões desejáveis. Eles dois não haviam conversado, nas horas de privacidade, sobre o que poderia fazer, o que estaria disponível, para ela, lá. Não como simples esposa de alguém que veio junto com a bagagem. Se o diploma de advogada dela era reconhecido no sistema jurídico daquele país. Se em matéria de advogados a Austrália já estava muito bem, obrigado. Se sua atual experiência num Centro de Justiça seria uma vantagem na obtenção de um cargo numa firma de advocacia comercial ou num serviço social criado para fornecer assistência jurídica a pessoas que não têm dinheiro para contratar um advogado.

— Você podia perguntar isso. — Concedendo a ele as possibilidades abertas a ela.

Assim, eles estão vivendo com base na lei tradicional do Baba, segundo a qual a mulher sempre há de depender das decisões de seu homem.

— Olha, melhor você mesma perguntar, você é que entende dessas coisas de direito. Vai ter um seminário semana que vem, num hotel. —

— Que dia? Eu tenho que comparecer ao tribunal na terça... Não, na quarta. — Sua resposta direta e prática dizia tudo: ela está com ele independentemente da decisão sobre a possibilidade: Austrália.

Sem consciência do seu significado para aqueles dois, o seminário de quinta-feira acontece num hotel em que uma das cinco estrelas corresponde a uma sauna tailandesa e um centro de massagem carma, do qual eles nunca tinham ouvido falar. A sala de reuniões não estava cheia de pessoas em busca de empregos temporários, mas sim de homens e mulheres em sua maioria no início da meia-idade, a julgar por sua aparência, que faziam perguntas preparadas com cuidado; rapazes e moças com brincos de ouro, tanto eles quanto elas, pelo visto a Austrália é conhecida por não ser um país careta, desde que você tenha as qualificações de que eles necessitam, e lá estava um homem que certamente era filho de alguém, e que fora discriminado pelo BEE por ter baixa pigmentação, acompanhado de uma velha com o rosto corajosamente maquiado. Jabu era a única pessoa negra. Usava um traje africano complexo, o pano em torno do penteado alto com uma cor mais discreta do que de costume, sem que nenhum cacho escapasse solto. As pessoas na sala discretamente reparavam nela; poucos indivíduos querem ser vistos abrindo mão do seu país nativo. Derrota? Deserção; é como se diz, pegar o avião para Perth.

Jabu surpreende de qualquer modo (agora as cabeças se viram para olhá-la) pela precisão das perguntas gerais que ela faz, perguntas que eles próprios estão ali para fazer, como se ela estivesse agindo como porta-voz deles, e fazendo melhor que eles, apresentando questões que eles não têm conhecimento de jurisprudência suficiente para entender. A lei está presente, de algum modo, a favor deles. Vem à tona que ela é advogada e é mulher do branco ao seu lado. Ele é professor universitário e está contatando algumas universidades que já manifestaram interesse nele; as perguntas dele, porém, não dizem respeito apenas a isso, pois ele quer saber também se os empregos oferecidos são restritos em termos de período de validade ou são permanentes com a concessão do status de imigrante. E qual é a posição quanto à inscrição em associações profissionais: os emigrantes podem entrar para sindicatos? E não receberão salário abaixo da média, sem benefícios adicionais?

Não será um tiro no pé para todo mundo, entrar em questões políticas? Vai ver que é porque ele tem uma esposa negra de verdade (vejam só o traje dela, tipo *black is beautiful*), e por isso é pouco provável que ele seja discriminado nos cargos para professores aqui na África do Sul... Mas então por que é que eles querem emigrar?

Porém essa sala de reuniões não é o lugar para os futuros imigrantes ficarem trocando ideias, não é bom um se dirigir ao outro. Ele obtém a sua informação, ela obtém a dela, sendo-lhe dito também que há mais informações nos folhetos.

Depois dessa experiência comum, agora podem quebrar o acordo tácito, podem falar sobre o assunto. Descendo num dos elevadores, o homem acompanhado da velha se dirige a Steve:
— Você já recebeu alguma resposta de lá? Sorte sua. "Explore oportunidades ocultas", "todos os tipos de visto", "avaliação precisa e sincera", "sucesso espetacular", e por aí vai. "Bem-vindo" é o que dizem os anúncios, e esses consultores são superotimistas, mas até agora não recebi nenhuma resposta das firmas que eles me puseram em contato. Estou começando a pensar na Nova Zelândia, o que é que você acha desse país? Mas é claro, você sendo professor universitário, imagino que deve ter mais oportunidades do que eu, toda aquela história de "sujeito a condições": as letrinhas miúdas. Cada vez que eu vou numa dessas reuniões, o consultor me diz uma coisa diferente, seja o cara australiano ou então um advogado daqui mesmo... —

A velha baixa as pálpebras pintadas de azul e aperta os lábios, como quem já ouviu tudo isso antes, repetido muitas e muitas vezes. Dirigindo-se a todos que estão apertados naquele espaço pequeno, ela fala: — Eu vou fazer a imigração final. —

O tom é solene demais; alguém, condescendente mas simpático, pergunta brincando: — A senhora vai naquele voo de turista pra Lua? Na sua idade? —

— Não. Cremação. A gente é reduzida a partículas infinitesimais e lançada no espaço infinito.

Estão no carro de Steve, cheio de presentes e contribuições para as refeições de Natal. Dessa vez, coisa rara, a família completa: Gary Elias indo para sua segunda casa; Sindiswa tendo concordado em ir depois de lhe ser garantido que ela estará de volta em casa no Ano-Novo, porque foi convidada para uma festa de réveillon com seus amigos do Aristóteles; Wethu cantarolando algum hino que, ela sabe, em breve vai cantar na igreja metodista do presbítero.

O próprio Baba telefonou para convidar a todos; Jabu lhe disse que não podia dar certeza — era pouco provável que tivessem algum compromisso com a família Reed, mas os camaradas, o subúrbio, os golfinhos e um novo grupo ao redor da piscina, com a deserção de Marc, tinham planejado algumas festas. No entanto, parecia ser ponto pacífico para os dois que, se o Baba chamasse, eles iriam para o torrão natal dela. O caso do estupro era passado; e o processo por corrupção tinha sido deixado de lado, embora um recurso contra aquela sentença estivesse em andamento; Jacob Zuma permanece, ainda é, o candidato do

Congresso Nacional Africano à presidência da República, a eleição será depois da virada do ano.

Um boi foi abatido na aldeia, sua carne não é dessas que vêm em pacotes plásticos nos supermercados, porém vai direto para as grandes panelas de ferro, ocupando várias bocas dos fogões das mulheres. Para Sindiswa, que não viaja com muita frequência a KwaZulu, isso não é exótico: na festa de aniversário de um colega grego havia um carneiro no espeto, que ele e os amigos, orientados por seu pai, ficaram girando.

Steve é chamado para participar da partida de futebol disputada por Gary Elias, os primos e outros pais do clã do Baba. Muitos dos homens que moram fora dali, nas cidades industriais, mineiros, operários de construção, vieram passar o Natal em KwaZulu. Eles formam uma espécie de encrave ali, bebendo a cerveja em lata que é a sua contribuição, bem como a *imbamba*\* caseira, preparada em quantidades generosas. Eles estão alegremente bêbados, e a certa altura um pequeno grupo se separa discretamente para cercar, de modo protetor, uma mulher que, recurva, chora em meio à alegria e ao falatório geral; o filho dela morreu em alguma cidade onde encontrou trabalho. Jabu vai com a mãe e outras mulheres para consolá-la, quando passa perto dela.

Steve se permitiu um intervalo da partida de futebol.

— Foi aids. —

— Quem? —

— O que não voltou. — Jabu indica com o olhar o grupo dos trabalhadores.

Ele e ela têm acompanhado as estatísticas da aids, ela sabe o número exato de doentes segundo o último levantamento, mas

---

\* Espécie de cerveja à base de sorgo, abacaxi, gengibre e outros ingredientes. (N. T.)

até agora ninguém que eles conheçam morreu. No Centro de Justiça, ela tem contato com homens e algumas mulheres — por medo de cair em desgraça, elas evitam ainda mais revelar sua situação — que são soropositivos, tomam antirretrovirais, e até mesmo alguns que contraíram aids. São pessoas que foram demitidas por estarem infectadas com o vírus: Jabu está envolvida em processos contra empregadores que, burlando a lei, ignoram os direitos constitucionais dos empregados.

Sabe-se lá quais dos alunos de Steve são soropositivos, conscientemente ou não; um instrutor de uma outra faculdade resolveu tornar pública sua "condição" e falou aos alunos de todas as faculdades, corajosamente insistindo que todos eles, tal como ele, fizessem o exame: se der positivo, comecem o tratamento de imediato; se negativo, fiquem atentos, ao fazer amor tomem todo o tipo de precaução para proteger da infecção a si próprios e seus parceiros, seja lá de que sexo forem.

Há dois camaradas — não do subúrbio, mas do contexto maior do passado comum — que saíram do armário e estão recebendo um tratamento que os manterá vivos, talvez sem mesmo chegar a contrair aids. Os golfinhos? Não caiam na ilusão de que isso é uma praga homossexual que foi transmitida aos héteros.

Ainda corado da partida de futebol que ninguém levou a sério, pura diversão, como os concursos absurdos que às vezes eram realizados nos acampamentos entre um e outro combate, Steve junta-se aos trabalhadores que discutem a perda. Mas eles estavam dispersos pelo país industrializado, cada um no emprego que pôde encontrar, a maioria deles certamente não conheceu o falecido na idade adulta, e se há entre eles alguns de seus camaradas — colegas de trabalho —, esses o terão pranteado no enterro; é a dor da mãe que está sendo reavivada pela ausência do filho entre os homens que voltaram à terra de origem no Natal. Eles recebem de braços abertos o branco que casou com a filha do presbítero da igreja e diretor da escola, conversando animadamente, um interrompendo a narrativa do outro a respeito da espécie de vida que lhes oferecem as cidades, albergues onde há que enfrentar situações de violência, o custo dos quartos instalados em quintais para quem consegue encontrá-los — uma das narrativas provoca gargalhadas, uma história contada numa mistura de zulu com inglês, sobre alguém que conseguiu compartilhar um quarto na cobertura de um arranha-céu outrora habitado por brancos ricos. Antes, lá no alto, moravam os criados; e os novos moradores do prédio não têm empregados que morem em casa, por isso o proprietário do edifício aluga os quartos da cobertura para qualquer um — num deles, umas mulheres abriram um bar clandestino que funciona nos fins de semana, há crianças lá em cima, homens com suas namoradas, *Izifebe Onondindwa*.

Sindi está falando em zulu, usando o que aprendeu com a mãe desde as primeiras palavras que ouviu ainda bebê em Glengrove Place, com um grupo de garotas que contam as mesmas piadas e fazem as mesmas queixas a respeito dos namorados, embora a liberdade que Sindi tem em seu colégio seja impensável para as outras, que estudam no equivalente feminino da escola para meninos dirigida por Elias Siphiwe Gumede.

Em vez de irem para suas casas no Natal, os zimbabuanos que fugiram de sua terra às dezenas de milhares foram parar naquela outra igreja metodista, dormindo nas calçadas da cidade, nos terrenos baldios do subúrbio. Dentro de uma semana vem o Ano-Novo, e depois as eleições, mais um governo pós-apartheid; o êxodo dos heróis do CNA que vão fundar um novo partido — ninguém está falando sobre isso, esses aqui são zulus de volta ao torrão natal, bebendo cerveja caseira. Todos bebem abundantemente brindando a grande promessa: as promessas do ídolo, Zuma. Jacob Zuma vai mudar tudo que não foi mudado para tornar a vida melhor para todos ainda *melhor*. Msholozi, seu nome de clã: um trabalhador como eles; Zuma, seu representante.

O Baba deu ao marido de Jabu a parte que lhe cabia da presença e da atenção que ele distribui a todos, exercendo a tradicional hospitalidade tanto do cristão nessa época sagrada quanto do zulu numa comemoração de seu povo. Ele recorre ao assunto masculino mais fácil: a necessidade de comprar um carro novo. — O homem da oficina diz que o meu modelo antigo não vale mais a pena consertar, e os pneus... As nossas estradas, você sabe... Trocar todos ia ser um gasto muito alto. Dizem que a gente deve comprar um carro novo a cada seis anos. —

— Se é assim, o meu já devia estar no ferro-velho! Já passei quase três anos da data. —

— E você chegou direitinho aqui com a Jabu?... Claro... claro que se eu tiver mesmo que trocar, eu preciso de carro, tem agora um modelo japonês, ou então talvez seja melhor ficar mesmo com a Ford. —

As expressões em seus rostos mostram que tanto um quanto o outro têm outros assuntos em mente, mas trata-se de uma conversa amigável sobre um tema inofensivo, em respeito ao dono da casa. Nada de falar sobre o julgamento de corrupção que paira sobre a eleição já ganha de Jacob Gedleyihlekisa Zuma, como se uma alusão àquele tema fosse em primeiro lugar uma ofensa ao anfitrião, e em segundo lugar falta de tato, levando em conta a posição política, qualquer que seja ela, do marido de sua filha. As reações dela quando o visitou depois que Msholozi foi inocentado no caso de estupro: ela há de ter influenciado seu homem. Ou então foi ele que a levou a ter aquela atitude. Uma filha minha.

Passaram a noite num clima simpático na casa dos pais de Jabu, ainda que demorassem a pegar no sono, como era de esperar, por causa da cantoria e da animação cada vez mais ruidosa, o barulho ao fundo do locutor de rádio até uma hora que não foi registrada. As crianças foram distribuídas para onde escolheram ficar entre os parentes da sua própria idade, que os receberam com enorme prazer, Gary Elias, naturalmente, dividindo a cama que costuma ocupar nas suas visitas regulares.

Jabu nem teve que perguntar se ele iria junto com a família, sob a liderança do presbítero, ao culto no dia de Natal.

— Estou bem assim? — Steve havia vestido um paletó, apesar do calor, e colocado a gravata que havia jogado dentro da sacola de viagem, lembrando as exigências do tempo em que ia à Igreja anglicana com o pai.

Ele estava decente; ela havia trazido seu traje pan-africano formal; e, embora a vestimenta complexa a destacasse dos vestidos simples tradicionais das outras mulheres up-to-date, das saias justas, sob medida, e dos chapéus floridos, resquícios do decoro colonial usados por algumas velhas, sua beleza como tributo ao culto do Menino Jesus, vinda do continente africano, foi muito admirada. O diretor. O presbítero, na linhagem dos líderes destacados da família, naquela igreja, a igreja deles, havia educado sua filha para o mundo, mas ela não se esquecera de voltar, trazendo alguma coisa, o símbolo de suas realizações, para eles.


Ele divertia-se. Sério. Sentia-se... em casa. Na casa dela. No seu lugar. Será porque a vida pessoal pode se tornar, é mesmo — central em detrimento da fé — da fé política? (Isso é heresia...)

Ele *recuperou-se* (sem pensar nisso) da sua rejeição da... não, não é bem isso... seu distanciamento da família Reed, de Jonathan. Uma reconciliação por efeito de Jabu, da vida com ela? Sim, uma camarada; mas ela nunca afirmou seu compromisso com a fé deles — a Luta — como uma religião, como substituta da fé religiosa. Ela é livre? Que solução mais fácil. Mas ela não é de buscar soluções fáceis.

Dificílimo aceitar uma prioridade entre opções de existência na acanhada extensão de uma vida humana. Ah, coisa de filósofo. Ela tem sua herança zulu, africana, exemplificada pelo pai a quem ela está unida, apesar do afastamento causado pelo cartaz que ela encontrou na cerca.

Nessa noite, ele a vê lendo e tomando notas referentes às informações fornecidas pela consultoria australiana a respeito da jurisprudência e do sistema legal de lá. Mentalmente, dirigiu-se a ela pelo nome completo: será que Jabulile Gumede aceitou, optou pela Austrália? Eles falam sobre a mudança em termos práticos, sobre as escolas, se para o estilo de vida que eles têm em mente seria melhor morar numa cidade do que, digamos, um bairro mais afastado, um subúrbio, não o subúrbio?

Não é uma decisão, uma aceitação interior, dentro dela.

É de esperar que, algum tempo depois de voltarem para o subúrbio, tal como foi prometido a Sindi, que não quer perder o réveillon com os colegas, façam uma visita à mãe de Steve de tarde ou à noite — talvez a última antes de ela se mudar para a Cidade do Cabo —, a ela e a quem mais da família estiver por lá.

Jabu já combinou a visita, à noite. Jonathan e Brenda estão lá, além da filha deles, Chantal, que com a efusividade da mãe abraça a prima Sindiswa, a qual ela só viu umas poucas vezes no período de infância que as duas já estão quase deixando para trás. E Ryan, o filho que estuda engenharia na Inglaterra para ganhar o diploma com o qual será mais fácil arranjar emprego lá ou em qualquer outro lugar. Ele não esperou até a formatura: já casou, e sua esposa, descendente de galeses e ingleses, Fiona, está com ele; então Sindi não vai ser dama de companhia. Ryan fala cheio de confiança sobre a vida em Londres, bem-adaptado sob todos os aspectos — até mesmo seu inglês sul-africano de algum modo perdeu naturalmente a entonação de antes, influenciada pelo modo como o idioma é usado pela babel sul-africana, zulu, tsuana, sepedi, xhosa, africânder — todas as notas que sobem e descem a escala das línguas.

Sua mulher trabalha numa galeria de arte na Cork Street, e o irmão dela é o primeiro violino numa orquestra de câmara que se apresenta em todo o mundo. — Não fico sabendo só da tensão e tração das estruturas de engenharia com que eu trabalho, não: a gente nunca perde uma exposição de arte, as tendências, as diferentes concepções, o que é arte, quer dizer, é ver a tecnologia nova como um meio, do mesmo modo como os pincéis eram um meio pra pintura, e também, é claro, a música... O irmão da Fiona abre o caminho pros concertos, tudo de novo que está acontecendo na música, é fantástico, depois de Stockhausen e Jackson. — Como se, de repente, lembrando-se das preocupações de Steve e sua esposa tão bonita e (sim, isso mesmo) negra. — E a gente não fica o tempo todo pensando como é que a gente pode ter isso tudo enquanto as pessoas ainda estão vivendo em barracos e sendo oprimidas... — Ele torce o nariz, e depois despacha o assunto, como era de esperar naquela noite, com um movimento de cabeça.

— E os muçulmanos na Inglaterra? — pergunta Jabu, com sua voz suave de interrogar testemunhas.

— É, tem uns, tem havido uns incidentes, claro que sempre tem uns delinquentes que descarregam as frustrações deles nas pessoas que são diferentes. — Ele arqueia as sobrancelhas para deixar claro que não é um deles.

A Austrália extinguiu seus aborígines. Quase. De modo que lá ninguém se sente culpado por ter privilégios. Os poucos que restam, os descendentes, são em sua maioria espécimes, não chegam a participar de verdade na vida nacional?

Ele não está mais acompanhando a conversa entre Ryan e Jabu.

Nem ele nem Jonathan, que está lhe dizendo: — Estou procurando um jeito de financiar a casa pro jovem casal em Londres, ou seja lá onde ele arrumar emprego. Provavelmente numa dessas grandes firmas de construção... Talvez até mesmo um cargo num município... Como é mesmo que se diz lá? Num condado. O meu advogado está às voltas com a papelada. Como é que faz pra mandar dinheiro daqui? Agora tem um jeito de você ter propriedade no estrangeiro, você sabe... Ah, sujeito a condições. As autoridades querem saber todos os detalhes da vida financeira da gente. É, mas eu tenho uns amigos que sabem como dar um jeitinho. —

Então o filho não vai voltar. Para a terra dele.

O que já estava claro quando Jonathan veio lhe pedir uma orientação a respeito da melhor faculdade de engenharia para seu filho. Pode-se mudar de terra. Sempre se pôde. Muito antes da chegada das tribos do norte equatorial, os holandeses depois do reconhecimento da Companhia Holandesa das Índias Orientais, os franceses e sua vinicultura, os governadores coloniais ingleses, os indianos que vinham trabalhar nas plantações de cana-de-açúcar dos brancos, os engenheiros de mineração escoceses, os judeus que fugiam do racismo na Rússia dos czares e depois da perseguição na Alemanha nazista, os italianos que acabaram gostando do país quando ficaram aqui como prisioneiros de guerra, os gregos trazidos para cá numa odisseia provocada pela pobreza — todos esses e outros de origens distantes transformaram a África do Sul na terra deles. O país não conseguiu exterminar por completo os africanos das etnias sã e khoi cuja terra de origem lhes foi roubada.

Em qualquer lugar a gente pode transformar a terra dos outros em nossa terra. É a história da humanidade. Mas fica menos complicado quando a população original já foi mais ou menos eliminada.

Será que Jonathan está sabendo dos seus contatos com a consultoria australiana, talvez através de um amigo que viu quem estava presente num seminário? Ou será que Jonathan, ali ao seu lado, leu seus pensamentos? — Já pensou na Inglaterra? Você tem contatos muito bons, não tem? Daquele simpósio que você foi? Garanto que você conseguiria arrumar um bom emprego numa universidade. Mas é claro que você deve ter vínculos aqui... Não há por quê... Eu e a Brenda, com essa violência terrível cada vez pior, a gente fala nisso... Quem não fala, não é? Mas quando chega a hora H, eu digo: *é assim em qualquer lugar.* Não tem país nenhum onde haja segurança. Eu tenho a impressão que, depois que terminar essa recessão mundial, os investimentos, os negócios aqui, vai ser um boom; por ora, o jeito é segurar as pontas. O setor de metalurgia até que não está indo mal mesmo agora: a minha firma, a gente conseguiu remanejar mão de obra... Acabou que não foi preciso despedir muita gente. Mas isso não resolve o problema de mandar dinheiro pro Ryan comprar a casa dele. —

Eles riem juntos, Jonathan plenamente consciente de que seu irmão, nesse tipo de assunto, não é alguém a quem se possa pedir orientação.

Inglaterra. Outras consultorias. Sim. Por que é que você nunca pensou na Inglaterra se você está com esses grandes planos e já começou a agir? Contatos. Os acadêmicos influentes naquele simpósio onde tudo foi administrado com eficiência por aquela funcionária com um nome que era a versão feminina de um nome masculino. Inglaterra, a terra de onde vieram os ancestrais de seu pai, os Reed. A vida na Inglaterra: uns poucos dias passados num velho moinho transformado num lugar de privacidade.

O ano-velho é despachado na casa de Jake e Isa, mas todos contribuíram para a festa: Blessing e Peter Mkize, Jabu e Steve, os golfinhos, inclusive o vira-casaca Marc e sua esposa. Os camaradas, antes na Luta e agora na comuna do subúrbio, animam-se mutuamente, assim como estão sempre próximos quando um deles tem algum problema.

Dançando, ela e ele são os namorados clandestinos na Suazilândia, em que o Baba a enviou para estudar e o estudante universitário estava fugindo das forças de segurança nacional. Eles dançavam em círculos em torno de Marc, que afocinhava a mulher tal como nas festas em torno da piscina da igreja ele fazia com um dos golfinhos — seu namorado?

Jabu, num cochicho depois de tomar um ou dois drinques mais que de costume: — O que você acha que ela tem de especial...? —

Ela quer dizer: o que em particular atraíra Marc; o quê... não sendo ela um homem...?

Sim? Não é fácil para ele, um homem que só sente atração por mulheres, colocar-se no lugar de Marc, imaginar sua — o quê? — consciência corpórea, seu senso estético.

Bem de perto, no seu ouvido. O vinho falando: — Ela tem uma cintura bonita, comprida. —

Contatos. (Jonathan tinha puxado o assunto.) Inglaterra.

A moça com a versão feminina de um nome masculino, ela tem uma cintura em que a mão desliza da intimidade da axila até o cavado da anca.

O tempo não tem materialidade, a chegada do Ano-Novo é um fenômeno sonoro: gritos junto com fogos de artifício no subúrbio e toda a cidade em torno dele, o baque dos tambores e o peido das vuvuzelas, o clone do chifre de boi, vendido em supermercados, que antigamente era soprado em homenagem aos dignitários da tribo, e não, na sua forma evoluída, em plástico, para ensurdecer as multidões quando alguém marca um gol. Vindo de algum lugar no quintal onde estavam comemorando, os filhos aparecem em meio aos adultos que se abraçam, enfiando-se onde bem entendem, abraços e tapas nos ombros, meio que pelo triunfo de ter conseguido sobreviver ao ano-velho, meio que pela expectativa do novo: e a procura, em meio à pressão de tantos corpos, de um encontro especial, o abraço daqueles que vivem um para o outro. Estão estreitados como se formassem um único corpo, mas se beijam pela primeira vez — a primeira vez neste tempo que é agora, este ano, ele vê lágrimas ampliando os olhos dela em comemoração. Ela ri, e beijam-se de novo.

É a última vez. A última virada de ano no subúrbio, afirmando a vida normal de lá.


Assunto OZL: NOSSA GENTE

É o cabeçalho das páginas de informação que chegam on-line à sua sala na faculdade. A Austrália é o menor continente do mundo e o sexto maior país etc. (tudo isso está nos recortes de jornais lidos antes). Os povos indígenas vivem nesse continente há sessenta mil anos; suas vidas sofreram uma mudança irrevogável quando a Grã-Bretanha apossou-se da Austrália em 1788. A colonização britânica começou como uma colônia penal para degredados trazidos da metrópole. Vieram também colonos livres de lá, e a eles juntaram-se pessoas de outras partes da Europa, bem como malaios, japoneses... Foram eles que deram início à indústria de pérolas. Na década de 1930, a população indígena já fora reduzida a vinte por cento de seu tamanho original. Hoje, um pouco mais de dois por cento dos australianos se identificam como indígenas (pelo visto "aborígine" virou uma palavra tabu, tal como "cafre"). A imigração em grande escala teve início depois da Segunda Guerra Mundial... E depois que foi abolida a política de "Austrália branca", vieram imigrantes de muitas partes da Ásia. Nos últimos tempos, a imigração africana aumentou.

Nos anos que se seguiram à colonização europeia, a população indígena diminuiu de modo significativo, em consequência do aumento da mortalidade. Em 1967, a constituição australiana foi modificada para reconhecer os indígenas nos recenseamentos nacionais. (Então as cifras mais antigas eram estimativas chutadas?)

RECONCILIAÇÃO. Seis anos depois do início do século XXI, essa população havia aumentado em onze por cento, correspondendo a 450 mil da população total do país de 21 milhões. Em 1992, graças a uma decisão do Supremo Tribunal da Austrália, Eddie Mabo tornou-se o primeiro indígena a ter seus direitos de nativo sobre a terra reconhecidos em nome do povo indígena. A decisão Mabo levou à promulgação da Native Title Act 1993, que reconhece o direito de propriedade fundiária dos nativos em toda a Austrália. Em 2008, o primeiro-ministro do país dirigiu um pedido de desculpas a todo o povo indígena pela "geração roubada": as crianças indígenas que entre 1910 e 1970 foram retiradas à força de suas famílias, causando sofrimentos e perdas profundas aos australianos indígenas. Locação, saúde, habitação. O número de indígenas que frequentam a escola e concluem os estudos é menor do que o de australianos que não são indígenas... O superpovoamento está associado a índices deficientes na área de saúde; segundo um levantamento de 2004/2005, vinte e sete por cento dos indígenas viviam em situação de superpovoamento.

Os sul-africanos brancos não pediram desculpas aos sul-africanos negros pelos abusos que os negros sofreram nas mãos dos brancos, desde o século XVII até o aperfeiçoamento final do sistema de apartheid. Não pediram desculpas por nada, não precisaram, pois tiveram que enfrentar a retribuição que mais conta: seu último regime foi derrubado pela Luta.

Já havia seres humanos vivendo na Austrália há sessenta mil anos.

Os sã, seres humanos que viviam na atual África do Sul há duzentos mil anos, juntamente com o povo khoi da idade do ferro, oriundo do norte do continente africano; eles também conseguiram sobreviver sob o domínio dos brancos, os quais os viam como infra-humanos — alguns devem ter conseguido tal feito procriando em condições de clandestinidade com outros negros, os escravos malaios dos brancos, e talvez até mesmo com brancos. Eles ganharam o direito de voto juntamente com todos os outros povos, em 1994. Agora há estações de rádio que transmitem programas no que resta de seus idiomas originais. Vivem na mais profunda miséria e degradação, com a transformação libertadora do país ao qual eles têm mais direito do que qualquer outro setor da população.

Então não se trata de imigração. O que é que foi deixado para trás? Não é outro país, se você é aborígine, lá na Austrália.

Em casa, na sala de visita, ele mostra a ela as informações que obteve. Ela trabalhou até tarde no Centro, que assumiu um processo contra as companhias de mineração que há anos demitem sem nenhuma indenização, ou só com uma indenização mínima, os trabalhadores afetados pela intoxicação de amianto, que ficaram tuberculosos por terem respirado o ar dentro das minas.

Ela devolve os papéis com um gesto que significa: depois.

— A coisa não está indo bem? — O processo, ele sabe, sofreu derrotas em dois tribunais inferiores, e agora está chegando ao nível constitucional.

Ela parece não ter aceitado aquela pergunta. Está dizendo a ele outra coisa, que nada tem a ver com o trabalho daquele dia: — Passei no supermercado pra comprar aquelas uvas que a Sindi quer, e um dos homens que vendem vassouras na rua veio falar comigo, agora, quando eu estava saindo. Como sempre, eu disse "não, obrigada, não estou precisando", e ele disse: "Filha do diretor Gumede, conheço a senhora". Ele me reconheceu de lá, até mesmo meu nome. Foi aluno do Baba, mas desde que concluiu o curso, dois anos atrás, que não consegue encontrar emprego. Saiu da escola do Baba lendo e escrevendo muito bem, com boa base de matemática... Agora, para se sustentar, fica tentando vender vassouras de palha que, diz ele, são feitas por mulheres refugiadas do Zimbábue. —

Jabu parece estar inatingível. Como dizer a ela, dar a ela a outra dádiva, uma das mil que o homem tem para dar? Mas esse foi aluno do Baba, foi educado por ele para ter novas oportunidades. Ela está contando de modo detalhado como o homem se aproximou dela, a máscara que vem junto com a sua profissão de pedinte tal como a do pregador ou do juiz. O que Steve está vendo é que o que ela, Jabu, está sentindo é culpa. Por quê? Ela é culpada de pertencer à nova classe negra que não está na rua. Não está ao lado daquele ex-aluno a quem o Baba não conseguiu a liberdade que deu a ela. Culpada por promessas falsas.

É isso que este país está fazendo com seus habitantes. Culpados porque a vida melhor para todos não está sendo oferecida por eles. Se você aguentar firme, talvez esse sentimento acabe passando, como um caso que o tribunal nunca chega a examinar. É apenas Jabu julgando a si própria.

Enquanto ela continuar vivendo aqui.

Ele agora está guardando recortes de jornais e imprimindo páginas da internet não apenas sobre a Austrália, mas também sobre aqui e agora. Ela não pede explicações sobre isso, entende o que é: certamente ele também se deu conta de que aquilo não tem sentido. Ele está em negociações com universidades Lá Fora.

A menos que... Será que ainda vamos? O que vai acontecer, vai acontecer não apenas com os nossos que vamos deixar aqui: Baba, KwaZulu... e até mesmo a família Reed, da qual Steve não se sente próximo. A transformação; vai ser agora. A data da eleição nacional deste ano será anunciada em breve, já começam a fazer promessas os que esperam candidatar-se ao parlamento. Mudanças de alianças, acordos políticos, esquemas de poder; a Luta em sua nova forma. As mudanças que estão por vir, inevitáveis. No Centro de Justiça, é o judiciário que está em debate.

— Um excesso de bundas brancas sentadas nos tribunais, e uma escassez de negros, é a primeira acusação. —

— Julgamentos que afetam ministros e outros funcionários de alto escalão decididos em favor deles por influência do governo. —
— Espere aí: suposta influência, tudo bem... —
— E pra que haja, tem que haver, um equilíbrio democrático proporcional à maioria negra. Isso vai mudar essa coisa dos cupinchas serem perdoados. —
— Conclusão: não varrer pra debaixo do tapete as cumplicidades, chamar a corrupção pelo nome. — Um dos advogados com quem ela aprendeu muita coisa tem o direito de repreendê-la.
— Qual é o futuro da Comissão Judicial? Quem é que vai sobreviver? Será que a Comissão vai continuar sendo o órgão independente que nomeia juízes, seja lá quem for o presidente? —
O colega é interrompido: — Como assim, seja lá quem for? — Alguém solta uma gargalhada, todos sabem que vai ser Zuma.
— O presidente encaminhando os nomes de seus quatro escolhidos e ao mesmo tempo aprovando as escolhas da Comissão... Será que ele não vai simplesmente dissolver a CJ e ele próprio nomear os membros do judiciário? —
— Ele próprio! O Zuma já esteve enrolado com a justiça. Como é que isso pode ser uma qualificação pra escolher quem pode ou não pode ser juiz? — Na mesma hora são lembrados nomes de pessoas que compreenderão seu dever de impedir que os homens do presidente sejam presos. Jabu exprime essa inquietação dos meios jurídicos no subúrbio, nas conversas na cama à noite e nos diálogos com os camaradas que terão que se preocupar com essas coisas. Steve guardou para ela um recorte do jornal da noite anterior, ainda não colocado na caixa que fica na estante de onde caíram os recortes sobre imigração na Austrália. Nove milhões de analfabetos numa população de quarenta e nove milhões. É uma cifra importante para ter na cabeça antes

de começar a pensar no ex-aluno de KwaZulu andando pelas ruas carregando vassouras de palha nos ombros.

Nenhum dos dois fica surpreso, mas, embora Steve seja professor assistente na universidade, a advogada fica ainda menos surpresa do que ele. — Foi uma das minhas primeiras funções quando comecei a trabalhar como advogada. Eu ficava horas junto das testemunhas lendo em voz alta pra elas, explicando os significados dos termos, das palavras. Muitas delas não sabiam ler sozinhas. Conseguiam escrever o próprio nome com muita dificuldade. Dava a impressão que a caneta era uma espécie de alavanca que elas não conseguiam segurar... Era terrível, muito constrangedor pra elas e pra mim, negra como elas. — Uma pausa, depois deslizou o indicador e o polegar dos dois cantos dos lábios belos e cheios até o queixo. — Se eu fosse branca, seria natural eu saber tudo que elas não sabiam. — Mais uma pausa. — Eu me pergunto como seria para a Sindi e o Gary Elias, eles são as *duas* coisas, pela aparência. —

Pelo menos, tudo indica que há outros africanos, negros, que emigraram, que foram aceitos. É um aspecto que ainda não veio à tona, será que esse comentário dela tem a ver com a Austrália mais que com o auxílio às testemunhas em defesa de direitos constitucionais no tribunal? A Austrália se tornou um elemento da vida normal. Como será que eles, lá, encaram pessoas que são ao mesmo tempo negras e brancas, mas não brancas e aborígines, é claro? E — é claro — agora, temos o exemplo de Obama, como ele é visto, que pode ajudar a questão da identidade no mundo.

Na reunião do vice-chanceler, quando a universidade deu início ao primeiro período do novo ano, o camarada Lesego de estudos africanos foi um dos oradores principais. Resultados das matrículas: apenas sessenta e dois por cento dos "aprendizes" haviam passado. Não houve melhora. Mas a voz dele se elevou junto com as mãos ao afirmar que sessenta e nove por cento dos estudantes matriculados na universidade no ano passado eram negros, e mais de metade eram mulheres. Ouviram-se os aplausos que seu tom de voz e seu gesto convidavam.

Outra mão, acenando mais do que sendo levantada: os professores não são "aprendizes" pedindo licença para falar em sala de aula. Lá vem a coisa outra vez. — Entre os sessenta e dois por cento dos que estão se candidatando pra universidade este ano, está especificado nos critérios de aceitação que as médias finais do secundário são mais altas pros brancos e indianos, com qualificações mais baixas pros negros. Vejam as consequências disso pra nós que vamos pegar esses alunos na graduação. —

Mas não era o momento nem a ocasião para que Lesego levantasse, desenterrasse aquela situação. Era preciso começar o semestre com uma nota positiva. Quando ele, Steve e mais alguns colegas foram ao bar tomar uma cerveja, ele usou o mesmo incentivo categórico ao levantar seu copo: — *Eish*, brindemos o aumento das aulas de compensação! Mais calouros este ano! — A espuma transbordou do copo, tornando mais leve a perspectiva dessa pesada responsabilidade.

Ele estaria lá para fazer o que quer que fosse, que pudesse, que tivesse de ser feito?

Ao que parecia, seria Melbourne e não Adelaide. A "remuneração" — termo composto — oferecia um bom nível de status acadêmico, bem como salário e auxílio-moradia excelentes, e mais um acréscimo para quem estava se mudando para lá. As perguntas a respeito dos profissionais do direito foram mal-entendidas: Jabu não era acadêmica, o que se procurava não era um cargo no magistério para ela. Steve havia feito algumas indagações, assim mesmo, sem mencionar o fato para ela, pedindo ao departamento de direito da sua universidade que levantasse informações sobre o trabalho para advogados naquele outro país, tão distante.

Às vezes tinha a impressão de que a Austrália... era a volta, o regresso daquela temporada do colóquio na Inglaterra: algo que existia, dentro dele, não revelado, por trás das conversas sobre o cotidiano com ela — Jabu, ali a seu lado, ao alcance de sua mão, tal como a mulher com a versão feminina de nome de homem estivera no moinho. Uma traição subconsciente a sua própria mulher. Subliminar, não da memória; uma espécie de constante nos defeitos do ser.

Promessas. Promessas.

A data da eleição ainda não foi marcada. Porém os manifestos da eleição já começam a brotar: ou a perder as folhas. Recortes de jornal. No décimo terceiro dia do primeiro mês do ano, o Congresso Nacional Africano promete salvar a África do Sul da recessão global. Reduzir o desemprego a menos de quinze por cento até 2014.

Com Jake na casa dos Mkize assistindo a uma fala de um ministro na televisão. "Mudança e continuidade" (contradição?) para tranquilizar os investidores que temem uma guinada para a esquerda — porém mudanças mais rápidas (ao mesmo tempo) garantindo aos cinquenta por cento mais pobres da população o mantra dos "serviços de infraestrutura": água, eletricidade, coleta de lixo, tudo isso será acelerado. Quase metade dos "aprendizes" do país abandonaram os estudos no ano passado. O número de alunos universitários que não conseguiram se formar era elevado. Uma grande reforma do sistema educacional, quinze mil "formadores" (não professores?) para fortalecer o desempenho das escolas em matemática, ciência, tecnologia e desenvolvimento linguístico (alfabetização?). Exigir que os professores cheguem à sala de aula na hora.

Jake balança uma perna colocada sobre a outra. — Proibido escapulir pro *shebeen* pra depois ficar de *babbelas*. —*

Negação. Negação.

Por efeito de um racha no partido, um dos mais populares líderes da Luta, Mosiuoa "Terror" Lekota, abandona o CNA para chefiar um novo partido, o Congresso do Povo, com sua sigla esperta de duplo sentido: Cope. O Cope é a favor do fim da política de ação afirmativa, segundo a qual os negros devem receber um emprego quando há candidatos negros e brancos para o mesmo cargo, não estando claro se as qualificações deles são iguais.

A tela fica escura.

Peter corta a voz e a imagem de boca aberta. — Ação afirmativa, isso é só pra arrumar mais empregos pros primos, os cunhados que querem entrar na elite negra (nossos Irmãos) que aderiu à elite branca. —

Um colunista escreve como se falasse em nome daquele que está recortando a notícia: "A Promotoria Nacional, o governo e a liderança do CNA devem prestar atenção — os jogos de poder infindáveis que os diferentes partidos estão jogando: processar ou não Zuma".

Ela não precisa ler o recorte. — É hora de ele se defender no tribunal, ele esqueceu que disse que era isso que ele queria. Ele tem que parar com essas táticas de protelação. Corrupção, extorsão, evasão fiscal... o Zuma devia ir a julgamento no Tribunal Superior numa data a ser marcada pra *semana que vem*.

---

* *Shebeen*: bar num bairro popular, muitas vezes improvisado; termo de origem irlandesa. *Babbelas*: "ressaca", em africânder. (N. T.)

Olha, se os partidos de oposição não estão preparados pro julgamento agora, não vão estar nunca. O Zuma provavelmente vai querer que a decisão do Supremo contra ele seja testada no Tribunal Constitucional. Que esse árbitro dos direitos humanos decida de uma vez por todas se há motivo pra acreditar na teoria de conspiração dos seguidores do Zuma, que as acusações são só uma vendeta contra ele, rivalidades dentro do CNA pra impedir que ele se torne presidente. —

Semana que vem? Mas há uma alternativa concreta: adiar, adiar. Depois que for empossado como presidente, ele não pode mais ser acusado. A coisa vai ser esquecida.

Gary Elias e Sindiswa assistem a muitos tipos de comemoração de massa que só existem para eles na tela; mas isto é ainda maior do que a Copa do Mundo, com Maradona jogando. As imagens captadas por sabe-se lá quantas câmeras não são capazes de abarcar o volume, a totalidade.

Um comentarista se faz ouvir:

— Oitenta mil pessoas, deve ser mais um palpite do que uma estimativa. — Mas para seus filhos, ver e ouvir tal coisa é algo familiar; enquanto para os pais é uma espécie de consequência: de um tipo diferente, das multidões protestando e desafiando as leis do apartheid, policiais armados e prisões. É Jacob Zuma lançando o manifesto das eleições do CNA. A data da eleição ainda não foi fixada, mas está no ar; e há um clima de alegria triunfal, como se o resultado já tivesse sido obtido. "Awuleth' umshini wami", canta Zuma, o coro que se eleva junto com ele é a exaltação tanto de Zuma quanto do próprio povo.

A coesão, a transformação de indivíduos numa massa pode ser enobrecedora ou pode ser uma agressão. Dependendo de você estar lá, unido à massa e seu objetivo, ou de rejeitá-la. Gary começa a dançar à maneira de Zuma, jogando o torso para trás, divertindo-se. Sindiswa, com um livro da escola no colo, parece estar com a cabeça em outro lugar, e vai em direção ao computador da família.

Os camaradas não estão acostumados a ser espectadores. Ele faz um gesto — basta! — controle remoto na mão. Ela faz um "não" com o rosto, estoica. Embora eles não estejam lá, fazem parte do eleitorado do partido, são também responsáveis por ele tal como foram na Luta. Vai haver muitas outras reuniões do partido durante a campanha eleitoral, e nem tudo vai se resumir a cantoria laudatória.

Ela imagina que os Mkize, Jake e Isa irão com ela e Steve à reunião que vai haver na cidade. A voz baixa de Jake (o sinal do celular está ruim): — Não quero ouvir esse cara cantando, e sim falando no tribunal. — Isa ri ao fundo, e sua mensagem é passada adiante, é claro que eles vão também...

É num antigo depósito de bondes, do tempo já distante em que havia bondes na cidade: PARA USO EXCLUSIVO DE BRANCOS. Deve ter sido muito antes da utilização da palavra "apartheid", o termo que chega a ser usado — o camarada Jake, que não é judeu, muitas vezes insiste em designar assim, erroneamente, a situação dos israelenses e palestinos. A justiça de devolver a Cisjordânia e Jerusalém Oriental à Palestina é outra história. Os dois povos têm origem em tempos remotos no mesmo território, coisa que nós brancos não temos na África do Sul, nenhuma origem comum com os aborígines daqui — a menos que seja aceita a descoberta, feita pelos paleantropólogos, da origem de todos os hominídeos no Berço do Homem, um sítio arqueológico localizado neste país africano.

Um enorme esqueleto de galpão está apinhado de gente, espaço só em pé, na entrada. Abrem-se alas para o grupo birracial, ou reconhecendo e achando graça naquela novidade entre eles, ou como um pequeno sinal da reconciliação que supostamente ocorreu. Uma mulher que leva um esbarrão responde ao pedido de desculpas de Isa: — Bem-vinda, minha irmã! — Este evento eleitoral é situado numa das áreas "seguras" do país, onde os votos deverão ir para o partido. "Matar por Zuma!", alguns jovens declaram. Isa olha a sua volta, murmurando uma citação. Jake a impele pelo cotovelo: — Imagina se o "Traga minha metralhadora" do Zuma vai ser a senha pra entrar. —

— Está vendo algum AK? — Peter olha a seu redor, num lugar onde os camaradas do subúrbio encontraram um espaço e as pessoas que já estavam nele se apertaram mais para que eles coubessem também. As aparências não dizem nada: todo mundo que não é obeso está, tal como a turma do subúrbio, de jeans; há penteados estruturados das maneiras habituais, mais espetados do que o de Jabu, algumas cabeleiras afro tingidas de vermelho, piercings nos narizes e brincos a tilintar nas orelhas. Isa gosta de participação política. — É assim que a gente é... não dá pra dizer quem é de um conjunto pop e quem é da Liga da Juventude dando sinal de que não vai mais pela sabedoria dos líderes do partido. —

— A tradição não é uma pilha enorme da qual não sai nada de novo. —

— Stevie — Blessing, inclinando a cabeça. — Não, eles não deviam debochar. —

— O Mandela e o Tambo, os jovens da época, mudaram o CNA do Luthuli, que era o grande homem pra realidade do tempo *dele*, o que eles chamavam de "bater na porta dos fundos". Os jovens vieram, não é? E levaram o Partido à *Umkhonto*. —

— É isso! É isso! A gente precisa de um grupo de jovens, bem radicais, pra manter a gente acordada, que entendam que é *agora*. A luta continua! Mas agora a luta é diferente, aqui, e globalizada: tem internet, blog. — Peter repete, numa mistura de zulu e xhosa, para os outros do mesmo banco que, como ele percebeu, estão falando seus próprios idiomas.

— Então a gente tem que pegar no AK e brigar por uma eleição livre e limpa? — Steve não esperou que Peter terminasse a tradução em meio à atenção entusiástica dos beneficiados.

Sua veemência é registrada por Isa, e Steve se dá conta da perplexidade indagadora voltada para ele: o rosto dela, normalmente expressivo.

Zuma não veio para falar a este público. Kgalema Motlanthe, presidente interino desde que Thabo Mbeki foi afastado, está no palco. Jabu, falando alto o bastante para ser ouvida: — Ele foi pressionado a abrir o inquérito sobre a compra de armamentos. —

Motlanthe repete as promessas do partido; ele não fascina, não canta nem dança. Terminaram os discursos, agora a multidão assume o controle. Um homem empurrou para o palco vazio a nova versão, bulbosa e reluzente, do tambor de couro de boi, e estende um braço que é como um guindaste para puxar para seu lado um menininho agarrado a um tambor dos antigos. O homem entra em ação, com toda a fúria de um pregador de sucesso, a histeria irada da vitória para garantir a realização do evento por vir, e transforma uma pausa para respirar numa ordem para que o menino levante a cabeça grande demais para o corpo e ataque, com mãozinhas hábeis, seu tambor. Com o coro da canção de batalha, todas as mulheres se levantaram e agora dão voltas e mais voltas, levantam-se e abaixam-se, são os seios e os ventres da vanguarda do movimento antiprivatização, a estatização das minas, ouro, platina, urânio, carvão. O eco nítido do abrigo de bondes transforma-se na voz delas.

Jabu ao lado dele canta com suas irmãs, sentada; um dos vizinhos fica em pé no banco para gritar: "Amandla!". Com a afirmação da fraternidade, ele se debruça para colocar um braço em torno de Peter Mkize e outro no acadêmico que obteve a promessa de um cargo de professor na Austrália. AMANDLA! O grito sai dele, juntamente com o irmão, Jake, Peter e Isa. Mas não Jabu; como se agora ela não tivesse mais esse direito? Se bem que ela não consegue se conter e canta. "Awethu!",* os outros respondem com o grito da multidão: poder para o povo.

Teria Isa ficado perplexa, no final das contas, com a presença dele? Teria sido isso que ela exprimiu com aquele olhar dirigido a ele, pouco antes? O que é que as esperanças dessa eleição têm a ver com Steve e Jabu, agora.

---

* "Para nós", em xhosa e zulu, resposta entoada pela multidão quando o orador diz "Amandla!", "Poder!". (N. T.)

A vida continua. Haja ou não um futuro em comum. É uma vida de conflitos, quando as eleições nacionais anunciadas para 22 de abril podem trazer mudanças pessoais, além de sociais, que alguns vão receber como justiça e progresso, outros como derrota e uma ameaça a essas metas.

Os sindicatos vinculados à Aliança do Congresso do CNA produzem um livreto atacando o Cope. Há acusações contra heróis da Luta — o presidente do Cope, Mosiuoa "Terror" Lekota, e seu vice, Mbhazima Shilowa — por terem abandonado o Congresso Nacional Africano para "assumir as metas da classe capitalista".

E já há uma espécie de divisão no novo partido: um pastor do qual, ao que parece, só sua congregação tem conhecimento, um tal de reverendo Dandala — é o rosto dele que aparece, em vez do de Lekota, nos cartazes eleitorais do Cope. Então ele que é o líder do partido agora?

— Como é que estão dispensando o Terror? Por quê? É loucura. —

Ele tem a resposta para ela, ela já devia saber. — Derrotar o Zuma é uma parada e tanto: os cristãos do meio rural que vão seguir um homem da Igreja, a vontade de Deus, *ei-heh*. —

Tempo de eleição. O CNA do Estado Livre decide que esta é a hora de decidir um outro tipo de iniciativa, a "iniciação" dos estudantes naquela província ainda não foi esquecida: é a hora de um diretor negro "desfazer o malfeito" na universidade. Agora a pressão política é para encontrar uma pessoa. O pesadelo racista do ano passado volta o tempo todo: não há desculpas. O diretor Fourie, branco, tem que ser substituído; mas o CNA reclama que a universidade não está se esforçando muito para atrair um candidato "progressista". Os quatro estudantes que ganharam as manchetes em todo o mundo sobre o caso da urina dentro da panela servida aos negros vão ser julgados — mais tarde — em agosto deste ano, acusados de *crimen injuria*.

Agosto. O mesmo mês. Os advogados de Jacob Zuma propuseram formalmente a data de 12 de agosto para seu pedido e, assim, enterrar de uma vez por todas o processo por corrupção. Ele prometeu que o pedido vai dar detalhes a respeito de uma conspiração política por trás das acusações de corrupção, extorsão, lavagem de dinheiro e fraude levantadas contra ele.

Conforme o precedente de outros países, o presidente não pode ser acusado de supostos crimes cometidos antes da sua eleição à presidência. A eleição do novo governo e de um novo presidente será no dia 22 de abril.

Agosto: quatro meses depois. Essa acusação realmente não vai dar em nada.

A coleção de recortes de jornal cresce sem parar. Principalmente notícias sobre educação. Numa universidade da área de tecnologia, os alunos teriam ficado horrorizados porque foram disparadas balas de borracha contra os empregados da universidade que haviam rejeitado um aumento de salário. Diz a universidade: "Tentar equiparar os salários aos outros recursos humanos — esse continua sendo o desafio básico". Mulheres que moram num alojamento onde oitocentas pessoas dividem quatro banheiros numa das antigas *locations* estão exigindo moradias decentes do mesmo modo que os operários da indústria vão às ruas protestar, só que com o registro mais agudo das vozes femininas e o espetáculo diferente de corpos de mulheres. Um grupo de doidões anunciou o lançamento do Partido Dagga,\* mais um a participar da eleição. Shabir Shaik, amigo de Zuma e seu conselheiro financeiro no caso de corrupção na compra de armas, consegue a liberdade provisória por motivos médicos, considerando-se que sua morte está próxima, e depois de sair da prisão é visto dirigindo seu carro na cidade onde mora. Numa universidade — não a do *potjiekos* de iniciação — o diretor aliou-se ao Cope, fazendo um discurso inflamado de apoio numa convenção do partido; em consequência, o Congresso dos Sindicatos da África do Sul, que faz parte da aliança do CNA, afirma que vai fazer uma campanha contra o diretor até que ele peça demissão. O Estudo pela Democracia, numa outra universidade, declara que os diretores não devem pertencer a partidos; segundo uma comissão parlamentar voltada para a educação, não há lei que proíba ninguém de afirmar sua filiação política.

Folhas secas caídas, papéis na prateleira. Entre outras notícias, um jornalista cita uma carta aberta a Nelson Mandela enviada por um poeta que há muito tempo emigrou, um militante pela liberdade de origem africânder que passou anos na cadeia durante o tempo do apartheid. De Breyten Breytenbach para Mandela: "Preciso lhe dizer uma coisa terrível. [...] Se uma pessoa jovem me perguntasse se deveria ficar ou ir embora, meu conselho amargo seria: vá embora. Até onde se pode prever o

---

\* "Maconha", em africânder. (N. T.)

futuro, no momento, se uma pessoa quer viver a vida em sua plenitude, com alguma satisfação e sendo de alguma utilidade, e se é capaz de suportar a perda, e de amputar um pedaço de si própria, então ela deve ir embora". Um outro africânder, Max du Preez, responde em sua coluna no jornal: "Não apenas é possível viver uma vida plena e útil na África do Sul de hoje, como também é mais fácil fazê-lo aqui do que, por exemplo, na França ou nos Estados Unidos [...] ou na Austrália, no Canadá ou no Reino Unido, outros destinos prediletos dos sul-africanos brancos". E nas últimas linhas antes do rasgão no papel: "Não permita que os desmandos da política o expulsem do país que está no seu coração".

Tempo de eleições. Entre os camaradas do subúrbio quase não se fala mais sobre os filhos, como era de costume, senão para prever que forma de perspectiva política — não mais o sol nascente do pós-apartheid, mas as tempestades do atual período de liberdade — terá impacto sobre a próxima geração. Se uma criança está mostrando a aptidão para matemática ou outra anda emburrada, tudo isso é ignorado, deixado de lado, quando os determinantes da coexistência exigem todas as atenções.

Mas a escola particular para meninos escolhida por Gary Elias para estar junto de seu amigo Njabulo Mkize também gerou uma manchete, em meio a outras, mais destacadas, referentes à: greve dos funcionários municipais, que transformou as ruas da cidade numa favela cheia de lixo; greve dos empregados de transporte, que impediu as pessoas de ir e voltar do trabalho; escuridão causada pelos apagões de energia. (E agora isso não acontece por causa de explosivos improvisados da *Umkhonto* colocados em subestações de energia.) Como ritual de iniciação, um grupo de alunos da última série que moram no alojamento obrigou outros meninos a fazer fila contra uma parede; então, bateram neles com tacos de golfe e críquete até suas nádegas sangrarem. Uma das mães processou a escola por agressão: seu filho foi obrigado a esfregar uma substância poderosa, "Calor Profundo", usada para aliviar dores musculares, na genitália.

Njabulo e Gary Elias não moram no alojamento. É claro, estão protegidos em suas casas no subúrbio, com Blessing e Peter, Jabu e Steve, todas as noites.

E isso lá garante tranquilidade?

A casa de Jake é o tribunal para qualquer coisa que afete os camaradas, embora os meninos da família Anderson não frequentem a escola dos meninos Mkize e Reed. Mas como sobrevivente tranquilo da violência em tempo de paz — tendo seu carro roubado e ele sido abandonado desacordado num terreno baldio, onde foi socorrido por um grupo de sem-teto que haviam acampado ali naquela noite —, Jake é sempre quem vê as situações de modo objetivo. O que conseguiu atingir para si próprio ele pode fazer pelos outros.

Peter Mkize foi à escola, entrou na sala do diretor; garantiram-lhe que um dos professores encarregados do alojamento havia sido "suspenso", e que o aluno que atuava como chefe do alojamento fora "removido".

— Para onde? — Jabu haveria de investigar: e o faz. — Só tem um alojamento. —

— Então basta isso? E fica tudo o.k. *Finish and klaar*. — Fala Marc, que não tem filhos. Marc e Claire (corrigido em pensamento para "Marc e a esposa") apareceram lá por acaso, depois que Jake ligou para os Mkize e os Reed, pedindo-lhes que viessem, sem precisar dar explicações.

Os meninos cujo futuro está em questão saíram para participar de uma maratona de ciclismo organizada pela escola, com o fim de levantar dinheiro para o fundo que ela criou com o objetivo de doar equipamentos esportivos às escolas no meio rural e nas favelas que não têm dinheiro para comprar tacos de golfe e de críquete.

— Como é que os meninos do alojamento da nossa escola têm *tacos de golfe*? A gente não sabia que as escolas particulares tinham treinadores pros futuros presidentes de empresas... —

— Mas, Jabu, não esqueça que o camarada Thabo Mbeki, quando era presidente, revolucionou o status dos negros nos campos de golfe: passaram de caddies a jogadores, aprenderam o esporte. Ele próprio tinha um handicap baixo. — O comentário de Jake é recebido com risos.

— Vocês acham que o líder deve ser expulso? — Isa parece estar excepcionalmente constrangida diante dos Mkize e dos Reed, com quem até agora compartilhou tanta coisa. Os meninos Anderson não estão nessa escola, não correm o risco de sofrer esse tipo de trote nem de impor tal iniciação aos outros... Pelo menos até onde os Anderson estão sabendo.

— O que você faria se fosse um filho seu? — O dramaturgo, dramático. — Quer dizer, como é que uma pessoa vai se sentir se souber que o filho dela agiu de uma maneira tão brutal? De *onde* isso saiu na vida dele? Ele devia ter aprendido com os pais a agir de modo decente... Você certamente havia de saber, não é? Quando ele era pequeno, ninguém nunca deixou ele torturar um gatinho. —

— Não é só o aluno que foi "removido", tinha uma gangue. Será que a escola pode expulsar um grupo? Quem sabe muitos dos garotos desse alojamento já passaram por esse trote, e até se orgulham, acham que os outros devem ser testados que nem eles foram: um desses rituais masculinos *eih*. O que está por trás disso, no fundo, é que o macho tem que ser um matador, pra quando for servir o exército e tiver que matar alguém numa guerra em que o país dele entrou. Peter, vocês que são negros também

têm a sua iniciação: essas escolas de circuncisão, não sei como é que chama, no mato... Você sabe desses casos: quando fazem a coisa errada, a vítima passa por um sofrimento horroroso pra "virar" homem. —
— Nós zulus não praticamos a circuncisão, Steve, você não sabe? —
Uma repreensão: ignorância de branco.
Meu pai era cristão e, no entanto, quando bebê, fui ritualmente transformado em homem, à maneira judaica. Será que era isso *realmente* o que minha mãe não podia ter adivinhado: preparação para a Luta...? E finalmente um homem para as contradições de uma decisão.
— A violência é glamorosa: mesmo que o herói acabe vencendo, é também através da violência; tudo isso chega aos nossos filhos pela televisão. A gente deixa eles ficarem horas assistindo... — A cabeça de Peter está se sacudindo, os olhos apertados, depois bem abertos. — O que aconteceu no ano passado, numa escola, numa universidade? Certo, não foi na televisão, mas você acha que aqueles garotos não acompanharam aquela merda? O que é que se faz com os irmãos mais velhos nas escolas onde essa espécie repulsiva de iniciação foi abolida: poder masculino, certo? Eles apenas seguiram... —
— Subconscientemente. — Marc completa para Peter.
— *Eish*, eu não sei explicar isso, talvez alguém...? Alguma coisa no... o que a gente respira... —
É Blessing, que escuta mais do que fala. — A gente não perguntou aos meninos. O que eles querem fazer... em relação à escola. Como é que eles se sentem. —


Não é fácil achar a hora certa, o momento do dia para levantar o assunto com Gary Elias. O assunto é ele próprio. Jabu está passando cadarços novos numa de suas chuteiras enquanto ele faz o mesmo com o outro pé e, naturalmente, sem outra opção, ela faz a pergunta: — Como é que está lá na escola agora? Os professores mudaram, estão mais rigorosos com todo mundo... Você conhecia? Quer dizer... algum daqueles garotos? —

— Ah, eles são da última série, não estão na mesma turma que eu e o Njabulo, não; mas o Raymond é um deles, é o nosso melhor goleiro, do time titular. —

— Você ficou espantado? Quando soube que ele era capaz de... fazer uma coisa dessas? Você fica... o Njabulo e os seus outros amigos ficaram indignados? Na sua escola. Acontecer uma coisa horrível como essa... —

— O diretor reuniu todo mundo naquele auditório grande (você sabe, eu falei pra você e pro papai naquele dia). Veio o padre Connolly da igreja católica e o reverendo Nkomo, pastor da nossa escola; eles rezaram e agora todo dia, de manhã, na hora de rezar, aqueles meninos estão lá, a gente olha para eles... — Ele respira devagar, enquanto as mãos passam o cadarço comprido pelos ilhós com destreza.

Levanta a cabeça depressa. Sorri diretamente para a mãe, para tranquilizá-la: — Eles são malucos. — Tom veemente de condenação e desprezo.

É preciso dizê-lo, embora ela já saiba qual será a resposta: — Gary, você não acha, não seria melhor ir pra outra escola? — Se não for por outro motivo (ele já soube lidar com o choque, a repulsa, chamando os culpados de malucos), será que ele não teme, quando se aproximar do último ano, a idade em que essa "loucura" acontece, tornar-se ele próprio uma vítima?

Ou então — como tal pensamento pôde lhe ocorrer? — um "homem" ritualizado sujeitando outros à tortura.

A liberdade pela qual os camaradas lutaram.

— O nosso filho é forte. — Ela está contando de que modo o momento necessário surgiu, por si próprio. — Ele não tem medo. E não se preocupe: ele nunca vai virar um torturador. Não vai entrar naquela "maluquice" e não quer fugir pra outra escola. Deu pra eu perceber que ele já sabe que o que aconteceu é uma coisa, o tipo de coisa que acontece em qualquer lugar. À medida que a gente cresce, e vai construindo a vida da gente. —

Mesmo na Austrália. Steve não se sente passado para trás como pai; ela abriu o caminho para ele. — Isso não aconteceria no Aristóteles. Pode perguntar pra Sindi; ela era capaz de pirar, como eles dizem, só de pensar nisso. —

A coisa está entre eles, onde seus corpos e ombros se tocam na cama à noite, suas mãos se encontram, preparando-se para dormir. Um costume do tempo da clandestinidade em Glengrove, trazido àquele subúrbio, levado a qualquer outro lugar para onde eles forem. — Mas não faz sentido agora: mudar de escola quando a gente só vai ficar aqui até o final do ano. —

Foi ele que teve a iniciativa, ainda que o processo tenha sido, esteja sendo acompanhado por eles dois juntos. — Eu só queria já poder assumir um cargo agora. Pena que já era tarde demais pro atual semestre acadêmico, toda aquela papelada, aquela troca de e-mails que não acaba mais. —

— Burrice nossa pensar nisso, maluquice. —

Tirá-lo de uma escola? Colocá-lo em outra? Um novo ambiente, novos professores, novos colegas. — Se ele e Sindi vão ter que enfrentar tudo isso, um novo país, pessoas que nem mesmo falam... Não, não é isso, quer dizer, não pronunciam inglês como a gente... — E ela deixa escapar uma pequena interjeição de desdém, que invade a clandestinidade da escuridão.

— Vamos ouvir o Terror. — Uma perna depois a outra, sacudindo o brilho das gotas enquanto ela sai da banheira. É uma afirmação.
Ele está fazendo a barba. — Certo. —
E não é apenas concordância, é consentimento. Ela não vai questionar, nem em relação a si própria nem a ele, o direito de estar presente em reuniões nas quais serão feitas declarações referentes ao presente e ao futuro do país. A questão que o olhar atônito de Isa o fizera encarar na reunião do CNA.

Nem aos Anderson nem aos Mkize seria perguntado se eles iriam assistir à reunião do Congresso do Povo.

Há alguns rostos de camaradas que eles conhecem na multidão que não estão nem tão tensos nem tão claramente entrosados uns com os outros quanto na campanha do partido-pai, o CNA. Na coragem de romper com a fortaleza política da Luta compartilhada, vozes exuberantes e desafiadoras em diálogo, há o timbre mais estridente que de costume que é a marca da deserção, inevitável na autoconsciência humana, por mais que se esteja convicto da validade política derivada da traição cometida pelo partido-pai em relação a seu tradicional posicionamento político conquistado no campo de batalha. Alguns brancos estão presentes, uns poucos em destaque: terão eles também rompido com outros partidos? Estarão pensando em unir-se ao Cope ou já estarão comprometidos com ele? E talvez relíquias que julgam até agora não ter encontrado um lugar na política que pudessem chamar de seu: que despertaram de repente diante do tumulto político do país, uma situação inédita. Será que no momento não se pode ser apolítico, aquele antigo chapéu de sol do colonialismo?

Lekota falava com as marcas individuais de sua personalidade — o Terror do campo de futebol — e o punho erguido padrão da retórica da vitória, porém com um sorriso mais de inteligência que de reprovação, e não dançou, nem saltou, nem cantou uma canção envolvendo armas, porém puxou o coro que pertence a todos aqueles que desafiaram o apartheid: ele gritando AMANDLA! e o coro AWETHU!, seguidores que se formavam a seu lado. O reverendo seja-lá-quem-for parado a seu lado; chega a sua vez de invocar valores cristãos no Cope, enquanto a plateia demonstra inquietude, focada em Lekota.

Perguntas como dardos partindo das pessoas que cercam Jabu e Steve, elogios e discordâncias lançados sobre a plataforma, alguns petardos verbais não acertam o alvo, uns poucos, respeitosos, que aderem à invocação de Deus feita pelo reverendo como membro do novo partido; os pertinentes constatam que Lekota está preparado para eles.

— É verdade que o Cope acha que os negros não devem ficar com os empregos em vez dos brancos? — O homem refere-se à declaração do partido segundo a qual o uso da raça como determinante na política de Empoderamento Econômico Negro teria o efeito de produzir apenas uma pequena elite negra.

Lekota aproveitou aquela oportunidade. — Eu pedi que fosse suspensa a ação afirmativa porque ela não dá a resposta verdadeira para nós, para o nosso povo. A grande resposta. Dar a um homem ou uma mulher um emprego porque as mãos deles são negras como as minhas não faz com que a nossa economia se torne igualitária e aberta, se esse homem ou mulher foi historicamente impedido de adquirir as habilitações necessárias para atuar naquele emprego, levar a ele o conhecimento especial exigido, e os jovens continuam não recebendo essa capacitação, esse conhecimento, para assumir o que pertence a eles... Só se vai melhorar o padrão de vida dos trabalhadores e dos pobres quando a igualdade dos nossos padrões de educação tornar a ação afirmativa inevitavelmente defasada, pronta para ir para a lata de lixo, por haver números suficientes de negros capacitados para ocupar os cargos mais importantes. O nosso país precisa de todo mundo, qualquer que seja a cor da pele. Essa é a questão. Isso é justiça. —

Pelos ouvidos a mente assimila imediatamente algumas afirmações de maneira mais nítida do que outras. Com o último AMANDLA! emergindo da multidão e puxando a resposta dos líderes, AWETHU!, Lekota desceu da plataforma e misturou-se ao público, abraçando espectadores que ele conhecia e saudando os outros que se tornavam irmãos ao ouvi-lo em sua nova identidade política. Caminhando rumo à saída, atravessando grupos que ignoravam, na ânsia de ser ouvidos, a obrigação de abrir alas, ele teria ou não reconhecido Jabu — ela uma vez desempenhara um papel secundário numa equipe de advogados que ele estava consultando. Fosse como fosse, Lekota virou-se por um momento, para deixar claro que a tinha visto e lembrado (talvez também ele possua, tal como Madiba, aquela faculdade de reconhecer rostos na multidão, anos depois).

Ela assumiu seu papel no momento: — Quando eu era menina, aquele livro que você escreveu na prisão... *Cartas a minha filha*, aquilo tinha tudo a ver comigo: foi o que me formou. — É claro (isso seus olhos exprimem) que esse reconhecimento vai além do reconhecimento daquela identidade que ele criara pouco antes na plataforma; mas o braço dele foi puxado por um rapaz bonito com dreadlocks negros finos como espaguete. — Por que você não disse nada sobre a corrupção do Zuma? — E antes que pudesse responder (despertando a curiosidade de todos aqueles que tinham ouvido o desafio), ele foi puxado para outro lado por outra pessoa.

É uma espécie de afirmação moral, de responsabilidade, assumir que a decisão de mudar de país não implica deixar de ouvir quais são as hipóteses lançadas pelos dois partidos opostos, se um conseguir chegar ao poder ou o outro manter-se nele. A coisa não vira uma abstração. O que você ouve, lá, confirma — ou contesta, dentro da decisão. Sem mudá-la. Talvez ela venha a ser contestada por dentro, para sempre, sem que sua validade seja negada. É essa a realidade em todas as decisões. Nenhum motivo para não criar um subterfúgio para não ir ouvir Zuma ou o Terror.

— Eu e a Jabu fomos à reunião do Cope. Na semana passada. Você não teve curiosidade? Parece que os (outros) partidos não vão ter nem chance de chegar ao poder se não fizerem alianças contrárias a seus objetivos individuais, às origens deles; o CNA é o único que tem um trono do tamanho do sofá, onde mais ou menos cabem o nacionalismo, o comunismo, a liderança tradicional... por enquanto. —

Ele sabe que Lesego vai votar com o CNA, com ou sem racha.

Ele e Lesego estão almoçando juntos, como fazem todas as sextas-feiras, no bairro antigamente chamado de Chinatown (os chineses antes segregados, porém mais próximos dos brancos na escala da cor, mudaram-se para bairros melhores com a chegada da liberdade), embora agora seja uma rua de comerciantes indianos onde as lojas estão fechadas e as bancas que servem curry e *bunny chow*\* para viagem estão vazias, porque é a hora das orações do meio-dia numa mesquita ali perto. Resta um restaurante chinês. Lesego fala de Lekota como se falasse de um morto (bem, "falecido", o eufemismo geralmente usado, talvez seja apropriado no sentido diferente, político, ao caso de Lekota). — O que é que o Terror tem a dizer em seu favor? Eu fiquei achando que já tinha lido tudo... Foi muita gente? —

— Estava cheio. Mas é claro que ele não é uma orquestra de um homem só que nem o Zuma. — Os rolinhos primavera chegaram, e as bocas ficaram ocupadas.

— Havia algum dos nossos lá, protestando na seção dos jovens? —

O outro saboreia um pedaço mergulhado em molho agridoce.

— Ninguém, pelo menos que a gente visse. Teve um que levantou a grande pergunta, e o Terror soube responder bem, quer dizer, conseguiu tirar vantagem da pergunta. —

— Ah, ele é um sujeito frio. Isso ele é. —

Lesego começou a tomar sua sopa de *won ton*, provando uma colherada, parando para acrescentar um pouco de molho de soja, tomando mais um pouco, enquanto ouvia o relato da resposta que Lekota dera à pergunta formulada com muita hesitação, a respeito da ideia de abandonar a ação afirmativa. Entre colheradas, ele fez sinal com a colher para que o outro prosseguisse. — Quer dizer que você e a Jabu estavam lá. Eu soube, por ele. — E como o colega informante voltou-se para a sopa, Lesego, tigela vazia a sua frente, esboçou gestos não concluí-

---

\* Fatia de pão preenchida com caril indiano. (N. T.)

dos... Abrindo as mãos levantadas, os dedos correndo uma escala, respirando fundo pelo nariz para aspirar o cheiro.

Estava calado, como se ele é que estivesse agora ocupado com a sopa. Quando viu que a última colherada do outro tinha sido tomada e sua fala seria ouvida com atenção, debruçou-se um pouco sobre a mesa e depois se recostou na cadeira outra vez. — Esse vai ser um dos pregos no caixão. Você vai ver. Ele vai ser atacado diretamente pelo Cosatu.* O recém-nascido vai ser enterrado antes mesmo de começar a berrar no parlamento. Eu estou com aquele folheto que os sindicatos publicaram, eles dizem que o Cope pode causar um dano enorme aos trabalhadores se chegar ao poder. Que vai recuar nas conquistas que os sindicatos e os pobres conseguiram desde 94, mesmo se só conseguir uns poucos votos, se eleger só uns poucos membros no parlamento. O Cope vai desacelerar as políticas de criação de empregos, redução da pobreza, e eles acusam o Lekota e o vice dele, o Shilowa (ligado ao empresariado, estão fazendo concessões), de terem saído do partido no poder "para assumir as metas da classe capitalista, o capital internacional e seus aliados locais"! O livreto é pra explicar a situação, meu caro, pra que os eleitores não sejam enrolados pelo Cope. O Lekota está dando de mão beijada munição contra ele mesmo, jogando fora a nossa medicina tradicional africana, a ação afirmativa, essa nossa *muti* nacional. Meu caro, é uma heresia fazer uma lista das nossas feridas abertas que ela não cura. —

Lá está, no chão. Lesego deve ter enfiado o folheto por baixo da porta da sua sala enquanto ele estava no laboratório, dando uma aula depois do almoço. Seria um sinal, uma espécie de estímulo hesitante, com base no fato de que Steve e Jabu foram

---

* Congress of South African Trade Unions (Congresso dos Sindicatos Sul-Africanos), a maior central sindical do país. (N. T.)

ouvir as falas eleitorais do partido, algo que é congênito para eles na Luta, seja lá o que ela for agora, e depois acompanharam a campanha do partido dissidente — o que foi entendido como sinal de que os camaradas não estavam indo embora, para lugar nenhum. Apenas para onde o país fosse depois dessa eleição. Senão, qual o sentido de ficar sentado no meio das pessoas cujas vidas estavam sendo decididas?

As qualificações de Jabu como advogada são insuficientes para a Austrália: parte da informação que vem e vai sobre muitas questões, exigências para pedidos de visto: visto permanente, visto de trabalho, provavelmente se você só quer conhecer a Ópera, com aquela asa que lembra um pássaro (a foto aparece em todos os folhetos) prestes a alçar voo na baía de Sydney, ir ao Festival de Adelaide, pescar na Grande Barreira de Coral, pode obter o de turista apresentando apenas a carteira de identidade, comprovante de renda e um atestado médico garantindo que você não sofre de nenhuma doença contagiosa, como é mesmo essa de agora? Gripe suína? Claro que os australianos têm lá suas razões (as qualificações profissionais), ninguém quer ver em ação rábulas que não conhecem nem observam o sistema legal do país. E ela fica sabendo também que o sistema apresenta diferenças, sob certos aspectos, de uma província para outra. Tudo indica que eles vão para Melbourne, mas ainda não está certo. Segundo migrate@2OZ.co.za, ela teria de fazer umas matérias complementares de direito num curso por correspondência sediado na Austrália, inscrevendo-se através de uma Comissão de "Acréscimos". Esse material de estudo tem chegado de modo eficiente, via e-mail, ao subúrbio, mas ela leva um maço de vez em quando para a biblioteca do Centro, a fim de entender bem a diferença exata entre as cláusulas da constituição sul-africana, que rege sua vida no momento, e as cláusulas equivalentes naquele outro país.

As qualificações acadêmicas de Steve: se o cargo for confirmado, ele vai poder requerer um visto de residência permanente, e ela e as crianças emigram com ele. Ela poderia cursar as matérias adicionais já residindo na Austrália, como dependente do marido.

Eles tinham sido informados de que o processo de imigração levava cerca de um ano. O que se encaixa bem com o ano letivo da Austrália que, tal como o da sua universidade, na África do Sul, começa em janeiro e vai até novembro. Tarde demais, para os comentários que ele teve que aceitar, para este ano, ano de eleição. Não há pressa.

Ela leva o material de estudo e suas anotações para a mesa do pátio nos fins de semana, dedicando-se a coisas que não têm nenhuma relevância para a vida que a cerca e que atrai sua atenção de vez em quando — Sindiswa pegando as páginas de moda e eventos do pai quando, ao ler os jornais do fim de semana, ele descarta essas seções: os acólitos, cheios de dentes, de pessoas que devem ser famosas. Gary Elias acocorado na grama, tomando goles de uma garrafa de coca-cola em revezamento com um novo amigo, filho de um compatriota de KwaZulu, encontrado por Wethu trabalhando num posto de gasolina perto dali.

Steve sentia-se um pouco incomodado com a ideia de que ela, sua advogada, teria de voltar para a escola, enquanto as suas qualificações de químico industrial e acadêmico tinham sido aprovadas. Mas, vendo-a no pátio, ele percebia que ela estava concentrada no estudo; o Baba que lhe havia instilado amor ao estudo, qualquer que fosse o assunto, mesmo um tema como o atual, como pessoas que fazem exercícios regularmente por uma questão de instinto de seus corpos, ainda que no momento não estejam se preparando para nenhum torneio esportivo. Ela faz uma síntese do conceito de lei derivado da colonização com a autoridade tradicional — a imagem cultural daquela majestosa coroa de cabelo, com cachos entremeados de fios coloridos caindo-lhe nos ombros, como uma lembrança ancestral. Volte, África.

Os documentos estão largados no banco do carona para que, ao voltar para casa dirigindo, ela possa dar uma olhada nas cláusulas assinaladas quando estiver parada nos semáforos.

No sinal vermelho seguinte, ela está atrás de uma fileira de veículos obrigados a esperar, pois a cada sinal verde apenas uma pequena leva avança: hoje está havendo uma greve, dessa vez dos empregados municipais, e a passagem dos grevistas deixa montes de lixo cuspidos pelos seus caminhões a bloquear a rua paralela. Nada a fazer, mas pelo menos agora há *alguma coisa* — a impaciência tem uma ocupação, ela pode largar o volante e folhear as páginas do material de estudo para verificar as notas marginais feitas ao estabelecer comparações com base nos volumes encontrados na biblioteca do Centro. Com um dedo no botão, as janelas se abrem e entra uma brisa preguiçosa, trazendo o mau hálito dos canos de escape, mas refrescando um pouco assim mesmo. Porém outra coisa também, uma respiração ofegante e uma visão, uma convocação:

A boca aberta.

Aberta, e o dedo indicador de uma das mãos apontando para a goela por onde entra a comida. Nas ruas da cidade, a toda hora alguém é interceptado por desconhecidos que traçam círculos com a mão sobre a barriga para indicar fome, alguns deles deixando claro que pelo menos bebida já conseguiram obter. Aquilo, aquilo é um dedo ossudo, articulado, repetidamente apontando para dentro da boca em direção à passagem vazia. O dono daquele dedo não é nada por detrás das mandíbulas que distorcem todos os traços; não há rosto. Esse dedo estendido se apresenta a ela como a versão final do insulto que aquele gesto representa quando apontado para cima, para encerrar uma discussão. Ela geme ao constatar a inutilidade de sua reação: pegar a bolsa de baixo da pilha de papéis, procurar o zíper para tirar de dentro dela a bolsinha de moedas. E, de imediato, ouve-se uma cacofonia de buzinas, agressivas: os carros à sua frente estão andando, o sinal verde finalmente chegou para eles, no ônibus atrás dela o motorista joga os cotovelos para cima, o capacete de astronauta de um motociclista a xinga: "Anda logo, porra, anda". Ela pisa no acelerador, a boca desaparece da janela; de algum modo aquela sombra, aquela relíquia do que todos eles e seus veículos são, uma carne única, deve estar escapulindo entre eles, o fluxo súbito. Se ele for atropelado, o trânsito vai todo parar outra vez. Morto é uma coisa, ainda sobrevivendo é outra. O que ela poderia ter oferecido se a bolsinha de moedas tivesse sido aberta a tempo? O dedo negro, como o dela. Enquanto volta para casa — aquela casa que é a solução para sua vida obtida graças à educação de branco que seu Baba lhe proporcionou, o casamento que a integrou a Eles —, ela dá por si exprimindo por dentro aquilo que ela nunca teve, nem mesmo na prisão: ódio dos brancos. Cartazes eleitorais pregados nos postes de iluminação. Terror, Dandala, ZUMA ZUMA ZUMA. O que eles vão fazer para erradicar, *compensar* é o termo, o que os brancos fizeram e os negros têm de mudar, o dedo apontando para a boca aberta.

Um incidente privado perdido no meio das estatísticas. Na

piscina da igreja, no domingo, onde a vida continua, conversas sobre os apagões da semana passada, o inferno pelo qual alguém está passando no dentista, Marc anunciando que sua nova peça deve entrar em cartaz com um elenco arrebanhado nas aldeias rurais, talentos extraordinários, por que é que esses diretores americanos idiotas trazem negros dos Estados Unidos para bancar africanos nos filmes deles? Peter perguntando, na confiança da experiência partilhada dos camaradas: — Quarenta mil empregos vão ser perdidos. É *só* isso, meus irmãos? Que pena. Isso não é nada. Mais catorze mil pela frente, nas minas, "é a queda global de demanda por minerais". Minerais, é isso que a gente tem. —

— Então o governo diz que o desemprego caiu um pouquinho, menos de vinte e dois por cento, mas tem mais de treze milhões de pessoas desempregadas... —

— Não tem problema, sabe como é que agora definem se você está ou não empregado? Se você passou quatro semanas procurando e não conseguiu emprego, você está oficialmente desempregado. Aí você não tem mais dinheiro nem pra pegar o ônibus e continuar procurando trabalho, fica vendendo cigarros na porta do supermercado. *Eish!* —

Cada um destaca um aspecto da profusão de coisas que está vindo à tona por baixo da vida cotidiana (essa camada tão fina) pela aproximação das eleições que vão escolher quem vai dirigir essa vida.

— O que está acontecendo na Aliança? — A advogada tem a tranquilidade de perguntar.

— O Cosatu vai obrigar o CNA a fazer um pacto, não pode mais continuar essa troca de favores entre amigos, economia mista. —

— Fazer o quê? Eles sabem que não teria nenhuma chance um racha (não como o do Cope, mas um grande, mesmo),

virando partido de trabalhadores pras eleições, talvez com o irmãozinho do lado, o Partido Comunista. Eles estão contando com o Zuma, homem do povo, pra dar uma guinada pra esquerda e fazer o que a Aliança até agora não fez. —
　Jake acrescenta para os outros o que foi omitido. Aquele riso latido. — O homem do povo que está reunido com os empresários assustados dizendo a eles que não vai haver mudança de direção? Isso quer dizer que a propriedade estatal das minas vai ter que esperar. Se eles sabem o que é bom pra tosse, eles vão seguir o povo e votar no CNA: é *ele*. —
　— Mas o que é que o povo vai pensar? De que lado está o Zuma: no dos colonialistas capitalistas ou dos trabalhadores? — Ele ouve sua própria voz. Talvez as duas coisas; isso pode vir à tona quando/se o julgamento da corrupção na compra de armamentos chegar a alguma conclusão.
　Acompanhar o caso lá de Melbourne.
　Isa aperta as mãos entre os joelhos cobertos pelo jeans. — Olha, ele não tem como fazer eles calarem a boca, o Zuma precisa do apoio do grupo da juventude, eles podem tranquilamente recorrer ao Cosatu, por que não? Por que não tentar, por que não fazer mais passeatas com os grevistas? Tem um monte de opções: queimar pneus na estrada, pedir o cumprimento de promessas do município, pra que os baldes de merda sejam esvaziados e saia água das torneiras. —
　Não é Jabu quem levanta o assunto: — Teve uma greve essa semana, lá na cidade, não sei qual foi o sindicato que criou o maior caos. —
　— *Eu mato pelo Zuma*, o CNA devia prender o Malema: chamam ele de Cara de Bebê, mas de inocente ele não tem nada. — Como o grito de uma ave sobrevoando a piscina, a voz de um dos golfinhos ao mergulhar. O grupo dominical em torno da piscina está diminuindo, tal como aconteceu com a congre-

gação da Gereformeerde quando a igreja se transformou numa comuna sem jaulas políticas ou sexuais; o subúrbio agora vai lá mais para conversar que para nadar. Esse jovem desafia a necessidade: mergulha por prazer.

Jake é não apenas o mais velho como também o analista mais respeitado. Ele diz: — É, a gente precisa dos jovens, até desse pentelho. Se o Mandela e o Sisulu não tivessem aparecido pra acabar com a política de bater na porta dos fundos do Luthuli, não ia ter *Umkhonto*, é ou não é? Mas aquele grupo de jovens não desperdiçava energia um xingando outro, ridicularizando os desafetos, as táticas do Julius Malema. Se eles tinham sentimentos antibrancos, e o Gareth tem razão, todos os negros tinham mais era que ter mesmo, depois que os bôeres, os britânicos e todos esses outros pés-rapados de além-mar (eu mesmo sou descendente deles, ora) roubaram seu país. Nos anos 1950, os jovens arregaçaram as mangas e fizeram o que tinham que fazer, *recuperar o país*: tomar o poder. —

Uma advogada tem que saber escutar; ela faz um comentário que talvez não tenha ocorrido aos outros naquele vaivém de opiniões: — O Zuma acha ótimo que alguém esteja disposto a matar por ele, pra ele se tornar presidente. Agora, melhor ficar de olho no Julius Malema, que esse ainda vai querer tomar o lugar dele, e não demora. —

Blessing está oferecendo uma pequena bandeira, coisa que não é do seu costume. — Quando ele for presidente, quer dizer, o Zuma, não vai mais estar brigando pra chegar lá. Talvez ele acabe sendo bom pra nós. — O que ela está dizendo: todo mundo que está criticando os que falam mal dos outros também está falando mal, antes do tempo, do irmão que vai ser apenas o terceiro presidente do tempo de liberdade? Um impulso ou senso de justiça? O mais provável é que ela tenha um Baba, uma autoridade distante; difícil livrar-se disso.

Eles estão lendo em voz alta, um para o outro, trechos dos prospectos que foram enviados junto com uma carta simpática, dirigida aos pais zelosos, por uma organização educacional da sociedade civil que ele conseguiu dar um jeito de contatar. Na Austrália. Ele repousa a mão estendida, afirmativa, sobre as páginas espalhadas. — Esta aqui é perfeita pra ele. —
— Pra ela. — É uma escola mista. —
— Certo, certo... Mas pra *ele* agora é a hora exata: é a oportunidade de ir pra outro país, tudo vai ser diferente. Quando você está nessa idade, se adapta melhor. — Ela esquecera que tinha sido mandada sozinha para a Suazilândia. — Nós vamos estar todos juntos. —
— Ele não gosta de escola que também tem menina. —
Lembre-se do Aristóteles. Outro lugar outro tempo. — Daqui a mais um ano, um ano mais velho, ele já vai estar correndo atrás de rabo de saia. — Os dois estão rindo. — Essa é a vantagem que ele ainda não está sabendo. —
Não seria o caso de chamá-lo? Ele está brincando no jardim,

com um *wicket* feito de caixa de fruta. Junto com Njabulo está ensinando o protegido de Wethu a jogar críquete, o jogo popular na escola deles, onde os tacos também são armas para outro tipo de iniciação. Não seria o caso de consultar o menino? Eles são pais que respeitam os direitos das crianças, não são? Não apenas no nível de proteção garantido pela Constituição que ela conhece de trás para a frente. — O que será que ele acha... afinal? —

A vida nova a ser oferecida a ele e à irmã.

A mãe, Jabu, assume o tom da autoridade: — Nós decidimos. Vamos tentar pegar uma vaga pra ele nessa escola mista. Pra ele e pra Sindi. — O tom é decisivo, não como quem pronuncia um julgamento no tribunal; algo da condição de mãe, fundamental, fazendo-se ouvir nos ouvidos dela própria.

— Vamos pensar mais um pouco... neste fim de semana.
— De qualquer modo, é Semana Santa, e Gary deve ir passar o feriado com o Baba em KwaZulu.

No entanto, ela já guardou os prospectos, capas e mais capas mostrando imponentes prédios escolares cercados de jardins, um canguru com emblema tal como o leão representa a África. Ela não levanta a vista para ele; não. — Não quero ir. — Como se falasse sozinha. — Vai você, por favor. A mamãe falou pelo telefone ontem que vai ter uma grande reunião (as eleições) que ele organizou, ele vai apresentar os oradores, o coral dele da igreja, canções de liberdade, ela disse. Se o Msholozi não for pessoalmente, vai ser alguém bem próximo a ele. Você pode levar o Gary? —

Aquele momento diante da porta de Glengrove Place. Mas não há soleira para atravessar carregando a noiva. Ela lhe pede, quer que ele leve sozinho o menino para passar o fim de semana prometido na casa dela em KwaZulu.

Não quero ir.

O Baba. A consequência: o significado é este — não pode

ser questionado, dissuadido — seria uma tremenda intrusão, ele acha, no compromisso do amor, as confidências, você para mim, eu para você, em áreas a que eu não, os outros não, têm acesso. O mistério da intimidade sexual, ao qual se recorre, desconhecido.

Tudo que ele pôde fazer, em reação a essa necessidade deles, a necessidade específica de Jabu, sua relação com o pai estando esgarçada, foi perguntar a ela que razão prática ele poderia usar como mentira para justificar-se. Mas ele próprio já tem uma ideia: Jabu está envolvida num caso difícil, não pode perder as sessões de preparação em que sua presença foi exigida pelos advogados seniores — afinal, o presbítero da igreja, diretor do colégio de meninos, é uma pessoa que leva a sério a ideia de que o dever está acima de tudo.

Sindi, é claro, já tinha outros planos. Wethu também não quer ir. Ela se tornou tão popular na sociedade feminina da igreja da cidade por ela escolhida para frequentar, que as amigas insistem que precisam dela para a ressurreição do Salvador.

Lá está o cartaz que, segundo Jabu lhe contou, ela vira logo depois de assistir ao julgamento por estupro. Na época, foi colocado para comemorar a absolvição, e ainda continua lá; muitos outros cartazes foram afixados, inclusive um em que Msholozi aparece com uma de suas esposas, seja lá qual for, ele e ela com trajes típicos, que exibem boa parte do corpo e muita pele de leopardo.

Mesmo desacompanhado da filha da aldeia que dera legitimidade à presença do homem branco na família extensa ao casar-se com ele, Steve foi bem recebido, juntamente com o neto do presbítero e diretor. Elias Siphiwe Gumede observou o protocolo masculino, saudando-o antes de permitir a interrogação feita pelos olhos curiosos: sua filha estaria pegando alguma coisa no carro? As mulheres sempre têm essas complicações na hora da chegada... E lá está o menino, já bem alto, vindo passar o feriado no lar ancestral, para abraçar seu Babamkhulu no seu exuberante estilo citadino, por que não?, coisa que os outros netos a sua volta não ousavam fazer. As saudações em voz bem alta foram feitas no idioma de lá; sorridente, assistido, Steve compreendeu as afirmações, e não perguntas, que vinham do avô, de que o menino estava feliz, feliz por estar de volta, heh, e a enxurrada de nomes nas perguntas feitas pelo menino: "Como está o Sibiso, o Xamana está aqui?". — Onde está sua mãe, já com as mulheres? —

Isso o zulu de Steve não era suficiente para entender. E começou em zulu, mas terminou recorrendo ao inglês: — Babawami, Jabulile manda uma mensagem especial para o senhor. (Silêncio um minuto, Gary!) Ela pediu pra lhe dizer, explicar por ela, que não pôde vir passar a Páscoa aqui, embora quisesse muito estar com o senhor e a mãe: ela está trabalhando num caso importantíssimo e tem que acompanhar os advogados durante todo o fim de semana, reuniões de preparação, não teve como dizer não, ela me explicou. Ela pede desculpas, mas o Baba vai entender... —

Não veio passar a Páscoa. Desculpe, desculpe (ela teria usado essa repetição com a cabeça baixa diante dele, como se fosse uma menininha); é inspiração que lhe veio em forma de mentira.

— Que julgamento é esse? Você trouxe jornais? —

As mentiras nunca ficam em pé; elas sempre pedem outras. Mas a necessidade o torna loquaz. — Não, infelizmente a coisa ainda não foi ao tribunal. E, por enquanto, não saiu nada nos jornais, senão ela me teria dado um para eu lhe entregar... Não havia nenhum documento, uma pena... ela me disse. —

E a mentira seguinte, para que nenhuma tristeza de ausên-

cia obscureça a ocasião: — Pelo menos eu trouxe o Gary Elias pro senhor, disso ela fez questão, e o senhor sabe como a Jabu fica quando quer que a gente faça alguma coisa! —
— Aqui você é sempre bem-vindo. — Frase tirada de um livro de expressões. Como se estivesse subentendido, pelos dois homens da vida de Jabulile, que sem ela ele não conta.

Elias Siphiwe Gumede já está disciplinado para a importância do que esse fim de semana representa: não a Páscoa dedicada à comemoração da ressurreição de Jesus, que todos os anos a filha respeitava por amor ao pai, ainda que para ela a ressurreição fosse da Luta, a emergir do túmulo do apartheid; esta é a Páscoa em que seu pai será o homem que trouxe para casa mais do que um comício eleitoral: uma reunião para a congregação de Jacob Gedleyihlekisa Zuma.

Dessa vez não haverá partida de futebol para Gary Elias e o time de meninos da família extensa. O campo aberto, onde antes o jogo se realizava, agora se transformou num anfiteatro de tábuas, sendo montado pela turma de sempre: homens das minas de carvão e das fábricas da cidade (cujos proprietários continuam sendo os brancos e os indianos de sempre), juntamente com os velhos que voltaram para o torrão natal a fim de morrer e os meninos para quem aquilo é apenas mais um jogo. — Todo mundo aqui! — E Gary Elias junta-se aos outros; o dignitário cujo nome é também o dele dá, em tom grave, uma ordem permissiva: — *Hamba ushone.* —

A Sexta-feira Santa não é dia em que ocorra a rotina típica dos fins de semana, os homens bebendo nos bares e biroscas: aqui o presbítero pode sair de casa a qualquer hora e dispersar, com a autoridade da sua reprovação, qualquer grupo de homens acocorados a beber, como aos quais se junta o marido de sua filha sempre que ele vem com ela. Mas um membro do grupo que sempre o recebe de braços abertos fica sabendo de sua chegada e manda um filho avisá-lo: há uma sexta-feira particular, só que deslocada para a casa de alguém, isolada com barro, que está mais ou menos fora do alcance do Baba.

Msholozi, que viria encarnando a persona do nome de seu clã, também acabou não vindo, para homenagear Elias Siphiwe Gumede, seu influente organizador de campanha na aldeia e nas comunidades vizinhas, inclusive nos barracos em torno da mina de carvão. O substituto não trajava uma pele de leopardo (talvez ele não fizesse parte daquele nível da autoridade tradicional), e sim um terno escuro bem cortado, gravata e sapatos de bico fino da moda, como se já fosse ministro de Estado, antecipando-se à posse de Zuma. Falava com uma cadência eloquente, ressaltando toda a beleza da língua materna de Jabu, que segundo ela estaria se perdendo ao incorporar as gírias do momento, o calão dos *tsotsi*, expressões americanas e internacionais que substituíram as formas típicas do zulu — ela própria dava por si praticando as formas linguísticas que condenava.

O zulu desse orador ressoa pelo campo de futebol transformado em estádio, com pausas como se para respirar, mas na verdade a fim de abrir espaço habilmente para os gritos, cantorias, aplausos, e era tão límpido que dava para Steve pegar o sentido geral mesmo com pouco domínio daquele idioma que seu filho aprendera com tanta facilidade assim que pusera os pés na terra de sua mãe. E o que ele captou nas poucas palavras que compreendeu era a mesma ladainha dos discursos de Zuma, conforme o esperado. E quem imaginaria que um seguidor do chefe iria desviar-se do que sempre dava tão certo, mesmo sem a exaltação da dança e da canção de batalha "Awuleth' umshini wami"? A cerveja feita em casa, bebida em segredo com os homens da cidade, talvez tivesse aumentado sua capacidade de compreender o que estava sendo dito, talvez o ajudasse a não se sentir rejeitado; uma reação — o que Jabu haveria de pensar sobre isso?!

Como sempre, foi preciso chamar, procurar Gary Elias vez após vez, quando chegaram o dia e a hora de voltar para a outra casa. No decorrer dessas visitas, ele conseguira conquistar um lugar bastante especial entre os garotos, que se amontoavam e se acotovelavam em torno dele, disputando sua presença, dando-lhe socos de leve e rasteiras de brincadeira; quando finalmente ele apareceu no carro, as gozações animadas e inacabadas continuaram pela janela, enquanto o carro se afastava. Um rosto corado, cheio de animação, uma presença alegre e suada ao lado do pai. Seu último grito: — *Ngiyokubona ngontulikazi... Nagokhisimazi! Khisimazi! Shu!* Até julho!... E o Natal, Natal! *EISH!* —

Em julho, sim. Mas o Natal... Se o cargo em Melbourne fosse confirmado — ainda faltavam uns detalhes, mas já está tudo certo —, a partida seria o mais tardar em novembro. Esperava-se, lá na Austrália, que a família imigrante viesse com algumas semanas de antecedência para se acostumar com a nova forma de vida, se assentar, antes que começasse o ano letivo na universidade e nas escolas em que as crianças estivessem matriculadas, antes que o ano começasse em janeiro. Um ano novo.

Enquanto as preparações formais estão sendo seguidas de acordo com um processo pelos pais, na presença pública turbulenta dos tempos de eleição num país livre, a vida normal prossegue para as crianças; imaginar que para Gary Elias e até mesmo Sindi... a Austrália é uma abstração (como "quando você crescer"), sem efeito sobre o dia a dia da escola e dos prazeres de fim de semana. Eles não conheceram ainda a perda. Seria difícil para eles sentir, quando a partida é ainda tão distante, o que será deixar para trás amigos do peito e colegas.

E a casa. Jake, que a encontrou para eles, perguntou, como

se fosse um detalhe esquecido no meio da decisão total tomada, com todas as suas implicações em que os camaradas não devem se intrometer.

— É. Claro que vamos vender... Pra entregar no final do ano. Mas os corretores não querem sempre venda imediata? —

— Ou então aluga. Pra essa data. — Jake sugere a alternativa. Será que ele se recusa a acreditar que a partida é para sempre, sem volta? Ou será que já tem um amigo em mente, interessado em alugar? Mencionar o assunto será sinal do fim da sensibilidade numa amizade, Jake não está afetado pela partida; ou será uma acusação indireta. Austrália.

Quando ele menciona para Jabu a sugestão de Jake, ela se transforma numa referência a outra coisa: o lar da filha e do filho deles — para eles próprios, o lar era Glengrove Place, o primeiro, a possibilidade original de vida em comum. Deviam pensar no significado desta casa para Sindi e Gary; habituá-los à mudança, não explicitamente, uma coisa pairando no ar, e sim uma preparação que torne a Austrália parte da vida presente.

Mais uma vez a questão da hora certa, para que a coisa não fique pesada. A comida predileta é sempre o recurso dos adultos para garantir um clima bom, talvez venha daquela relação entre a mãe e o bebê sendo amamentado. Steve e Gary Elias foram comprar pizzas, cada uma atendendo ao gosto de um membro da família, inclusive uma para Wethu comer quando voltasse para casa (ela havia saído com as amigas da igreja).

A mãe exibe sua confiança de tribunal: — Encontramos o que a gente acha que é a escola perfeita. Vou mostrar as fotos, o currículo, essas coisas, matérias extracurriculares pra escolher junto com as obrigatórias: teatro, música; tem até mesmo um grupo especial de comunicações high-tech no departamento de ciências; exploração espacial, eles chamam de astrofísica, estrelas e planetas; e é claro que tem todos os esportes, um ginásio ótimo perto da piscina. —

Mas, não. Gary Elias é rápido: — Uma escola pra mim? — É a vez do pai: — Para vocês dois. Você e a Sindi. — Ele não consegue acreditar: — Eu quero escola só pra garoto. —

Sindi sorri um sorriso discreto de aprovação para a mãe, naquele momento as duas se parecem, embora Sindi não seja tão bonita, só um homem (ele) reconheceria que a mistura de DNA não funcionou tão bem do ponto de vista estético dessa vez, embora muitas vezes funcione. O menino é que é bonito.

— Um colégio misto, que nem o Aristóteles. — A mãe e o pai de Sindi sabem que ela não vai querer ser separada por gênero, isso é coisa do passado, o pai dela não trabalha numa universidade só para homens.

Tem que haver uma resposta de homem para homem. — Eu vou ter que pôr você lá no ano que vem, por ora. Mas quando a gente chegar lá, em novembro, provavelmente, a gente vai conhecer a escola. E aí você vê como é. Me falaram muito bem dessa escola, um professor que vai ser meu colega na universidade, ele tem dois filhos que estudam lá e não tem filha, quer dizer... —

Steve vai ter de conversar com o garoto sozinho, só eles dois, nos próximos meses; ele é o educador da família, sim, mas Jabu é quem afirma a convicção deles, de camaradas e namorados, que não pode haver nenhum tipo de segregação mais. Seja qual for o critério. Apartheid. Isso acabou.

— E você, Sindi? —

— Os meus amigos acham que é a maior sorte pra mim, ter essa oportunidade. Viajar pra lugares novos, vocês sabem... — Como se fosse uma mulher cuja beleza invejável tivesse sido elogiada.

O que Steve realmente queria saber é de que modo ela aceita — no meio do outro transtorno emocional que é a adolescência, um deixar para trás o mundo familiar da infância — a Austrália. Eles lhe deram livros — ela é uma leitora desde que aprendeu a distinguir as letras, aos seis anos —, material sobre as glórias do outro país, fornecidos pelos organizadores dos seminários.

O que é o processo de aceitação? O comentário "invejoso" dos colegas de Sindi decerto tinha a ver com a novidade de uma viagem de férias, não uma deportação. Gary gritando do carro em KwaZulu: "Natal, Natal" — quando, nas férias, ele pretendia voltar.

O conceito de pertencimento é uma encruzilhada de caminhos pessoais e estradas públicas um mês antes de uma eleição, quando o país (Será que dá para chamar isso de nação? Só existe há quinze anos, depois de séculos dividido à força, negros e brancos.) vai ganhar novos governantes. Jacob Zuma, em campanha, afirma que o CNA é "filho da Igreja". O apoio da liderança cristã é coerente com o compromisso assumido na fundação do partido: três dos presidentes fundadores eram sacerdotes. Dois mil frequentadores de igrejas rezam de mãos dadas com ele.

As lideranças religiosas afirmam que vão estimular seus fiéis a garantir a vitória do CNA na eleição, e também participar da luta contra a decadência moral. Na mesma página do jornal que ela pegou — não estão com cabeça para se obrigar a pensar na rejeição manifestada pelo menino — aparece o relatório da Promotoria Nacional, que ainda não decidiu se deve ou não retirar dezesseis acusações referentes a suborno, fraude e extorsão contra Jacob Zuma.

— Não consigo entender quem é que está em oposição a quem, se a Promotoria realmente pretende pegar o Zuma ou se está só mantendo as aparências. Eles se recusam a dizer se vão ou não algum dia justificar o adiamento do julgamento. —

A advogada particular de Steve, informada, está à sua frente. — Uns dias atrás, um irmão do Shabir Shaik falou a uns alunos universitários sobre a possibilidade da retirada das acusações contra o Zuma. É o tipo de informação confidencial que a família Shaik deve ter. O que acontecer com o Zuma também vai acontecer com o Shaik, que se encontra em livramento condicional por ter uma "doença terminal", por isso é que ele não está cumprindo pena de quinze anos por corrupção e fraude; mas se o Zuma for mesmo a julgamento, o conselheiro financeiro dele também vai acabar sendo julgado, mais cedo ou mais tarde. —

Ela tem na ponta da língua todos os detalhes dessa complexa saga legal; sorte dos australianos ganhar essa mente astuta da África do Sul. Mais uma pista, cruzando com as outras: os jornais também deram espaço, embora as eleições dominem as páginas, a um pronunciamento. A Austrália vai reduzir a imigração para proteger sua força de trabalho. Não vão mais poder entrar pedreiros, encanadores, carpinteiros, cabeleireiros e cozinheiros. Acadêmicos da área de ciências e seus cônjuges da área de direito que se enquadrem nas qualificações locais não estão na lista dos que foram excluídos por efeito da recessão global. Steve verificou, de qualquer modo, que ele e sua família — todas as exigências estão cumpridas, só falta definir a data de chegada — não foram afetados.

Só os afeta a presença dos desempregados cada vez mais numerosos em torno do encrave de uma universidade e do subúrbio residencial que faz parte do que terá de ser deixado para trás. O dedo apontando para o estômago vazio, certamente isso não vai acontecer com ela, lá.

O bispo metodista arranjou um advogado para se proteger do grupo de lojistas que está processando a igreja e o município, exigindo que sejam cumpridos os estatutos e que removam os banheiros instalados ao longo da rua. A igreja foi inundada por cerca de quatro mil refugiados adicionais que chegaram à cidade depois do fechamento de um acampamento de refugiados perto da fronteira com o Zimbábue. Quando isso estava sendo discutido, quem do Centro de Justiça foi até a rua e a igreja para ver em primeira mão como estava a situação? — Eu sei. Eu estive lá, uns meses atrás. —

De lá para cá, isso se tornou uma parte da vida normal da cidade, enquanto os partidos fazem discursos e o subúrbio discute a respeito dos planos ocultos de cada candidato e as brigas entre as lideranças partidárias. Jabu estava com Steve, os Mkize e os Anderson, reunidos em torno da televisão, assistindo a um comício do Cope em que o Terror Lekota e o bom reverendo Dandala mais uma vez apareceram juntos. Nessa ocasião, foram exibidos também filmes que cada um deles havia preparado separadamente, os dois caminhando em meio ao povo e rezando em igrejas diferentes.

Jake. — Deus não aposta o dinheiro dele em ninguém. —

O Terror, que ele e ela conheciam bem, estava dizendo: — Eu e o reverendo Dandala estamos no mesmo caminho. — Pessoas como Dandala, do Conselho Sul-Africano de Igrejas, cuidavam da sua família quando ele estava preso em Robben Island. Muito enfático, Lekota nega que sua aparição pública com o reverendo tenha alguma coisa a ver com (a câmera mostra a multidão envolvida numa discussão interna)...

— O que foi? Não ouvi. — É Isa quem pergunta.

Steve e Peter falando ao mesmo tempo:

— O Mbeki, o Mbeki, estão dizendo que o Dandala está ligado ao nosso ex-presidente... —

— O Mbeki pode estar querendo entrar no Cope pra combater o Zuma. —

O fio da meada é retomado, o Terror e Dandala se abraçam.

De mãos dadas, eles dançam juntos. Agora Zuma não é mais o único a fazer a tradicional dança africana, jogando os pés para o alto, para agradar e tranquilizar os eleitores: um homem que é um deles.

Há uma calça de pijama larga pendurada num galho de um dos arbustos que foram plantados outrora para dignificar a rua do tribunal. A calça protege do sol uma criança adormecida. Jabu não consegue ver o rosto: será um desses rostos de quem brinca na sarjeta ou anda pendurado da mão de uma mulher? As pernas estão dobradas, e as plantas dos pés não estão negras mas cinzentas, gastas pelo atrito com as calçadas e as ruas. Tudo é como sempre foi, só que multiplicado por dois. Uma continuidade que subverte o sentido normal da palavra, o extremo da desconexão: caos. Não há mais espaço para a normalidade engenhosa de um velho enrolando cigarros com pedaços de jornal e restos de fumo colhidos em guimbas, uma mulher traçando ferrovias através dos cabelos, prendendo cachos falsos na cabeça. A cultura da pobreza, desafiante. Cultura é o termo que ela passou a usar, como todo mundo, para referir-se a uma atividade que é encarada como uma resposta étnica — os políticos dançando — e que ela não vê ao longo do seu passeio, dessa vez. Essas pessoas, irmãos e irmãs, agora são miseráveis demais para sequer criar uma cultura a partir do nada; ou então são outras, recém-chegadas, e ainda não estão nessa situação, nessa localidade da igreja metodista, há tempo suficiente para fazer mais do que apenas sobrepor-se à "cultura" lá instalada, para a indignação da cidade. Mas, afinal, que sei eu? Eu não sou refugiada, um "problema" num país alheio. Estou aqui como advogada, seguindo instruções de um superior para investigar um caso — a cena de um crime, como disse Jake quando ela contou aos camaradas o que ia fazer. Jake sempre tem uma tirada irônica na ponta da língua. Ele nunca falha.

Um dos camaradas do subúrbio que é membro do Partido Comunista — não há muita atividade de campanha eleitoral partindo daquela formação diminuta, mas pelo menos alguns deles estão no poder, veteranos da Luta que provavelmente vão continuar aliados ao governo — argumenta que raça e cor da pele são temas que serão substituídos pelo conflito de classes pós-Luta, que já se evidencia nos novos ricos, os negros: entre eles, é bom lembrar, Malema, o líder dos jovens, com suas roupas de grife, para não falar nas ações que, segundo se diz, ele tem de uma grande empresa de engenharia.

Um membro da classe dos advogados atuando em seu país natal; muito diferente daqueles irmãos e irmãs de cujos corpos amontoados ela se desvia delicadamente ao entrar na igreja. Não agora. O presente. Mas o presente não dura — não tem título de posse, o vocabulário legal lhe vem à mente, embora o Baba, antes, tenha feito tudo para que ela tivesse um vocabulário contemporâneo em constante expansão para o futuro, até mesmo livros na prisão. Algum desses negros sem-teto, tal como ela, são instruídos, têm qualificação profissional; mas estão de fora dos palácios dos políticos. O Zuma do Baba, o que viria depois do tempo de Zuma, de sua posse do poder, se a juventude está disposta a matar por ele agora, não será com a condição de que ele

abra caminho para ela? Um eufemismo, cujo sentido é derrubá-lo, alijá-lo do poder para que a própria juventude assuma o controle do país. Conversas políticas no subúrbio: — O Luthuli teve que abrir caminho pros jovens, não é? Mandela, Tambo, Sisulu arrombando as portas em vez de apenas bater às portas, como fazia o velho. —
— Eles não eram que nem o Julius Malema, disposto a matar em tempo de liberdade. —
Irmãos e irmãs refugiados, do lado de fora dos muros dos palácios de Idi Amin, Mugabe, Malema. Sindiswa e Gary Elias em alguma calçada à frente de uma igreja metodista. Mas não há país vizinho que sirva de refúgio, refugiados daqueles que eles próprios buscam uma calçada para lhes servir de cama.
Austrália.


Ela não é aquela mocinha que se abria em confidências ansiosas, a namorada dele na Suazilândia, descobrindo a sexualidade como parte natural da descoberta política: você não era branco, ela negra correndo risco de prisão, ambos ameaçados de tortura, de um fim a suas existências breves dedicadas à luta contra as categorias existentes de poder, costume, seja lá o que for, para criar no país deles uma terra humana, partindo de todas as divisões que atribularam o passado horrendo. Trabalhando como advogada, com a obstinação serena de defender a justiça dentro das novas variedades de injustiça, ela passou a agir com tanta determinação quanto antes.

Ah... *Não quero ir* — não haverá aí um eco também da decisão relativa ao futuro deles? Eles não precisam nem mesmo evitar o assunto, não há distância entre eles: ela está lá para ele, para partir, ir embora. Eles estão juntos nessa.

No banheiro, retirando a bolha da touca de banho, com a

outra mão ela levanta os cachos duros soltos de repente, que dançam loucamente apontando para todos os lados em torno de sua cabeça. — Medusa! — Ele acha graça. Mas a referência provavelmente não tem significado visual para Jabu, tal como as imagens ou metáforas zulus por ela empregadas muitas vezes não têm significado, equivalência, para ele. Na Austrália, porém, pelo menos eles dois ficarão sem referências com relação às imagens e metáforas da cultura estrangeira. Uma coisa em comum.

Mas se as referências que os dois não têm em comum no país natal são sinais do intimamente irreconciliável, vindo de suas diferentes "culturas", então eles não serão, não terão sido desde sempre o fascínio do que é chamado o Outro?

Os aspectos da eleição são discutidos conforme os interesses divergentes dos diferentes grupos, cada um em seu ambiente costumeiro: na sala do cafezinho, a questão em foco é que, nas últimas semanas antes da dissolução do parlamento, o governo tem que fazer um pronunciamento de despedida. O Ministério da Educação vai ser dividido em dois departamentos: o "primário" para as escolas, e o "terciário" para as universidades e instituições técnicas, evitando assim a velha categoria "educação superior", com sua conotação de distinção de classe. Provavelmente não é por coincidência que, nesse último mês antes do Dia do Voto, o ministro da Educação visitou a universidade para inspecionar as melhorias em curso. Um banco custeou a construção de um prédio em que haverá mais salas de aula, um centro estudantil e salas de atendimento individual.

— Ele não sabe que os rapazes e as moças vão sentir falta da necessidade de ficar apertadinhos. — É o velho professor Miller, do departamento de matemática, que gosta de mostrar que é um sujeito pra-frente.

Um recém-contratado do departamento de história, brinco de ouro discreto piscando em aprovação: — Mais conexões com a internet pros alunos. —
— Facebook, Twitter... Chega, chega! Eles precisam mais é de lugar pra morar. E a falta de camas e banheiros? — Lesego, envergando um *dashiki* à Nelson Mandela, vira-se para o professor Neilson, com seu traje acadêmico impecável, terno e gravata (todo mundo tem o direito constitucional de se vestir de modo tradicional, embora haja certa incerteza oficial a respeito das muçulmanas que usam véu na escola). — Trezentos e noventa e nove milhões é o que a universidade pediu pro "terciário". O homem não vai estar no ministério depois de vinte e dois de abril, não vai estar lá pra garantir que a gente vai receber o dinheiro. —

A abertura daquele dia de eleição é ensurdecedora, apaga todas as outras coisas, mesmo que ele diga a si próprio que não vai estar aqui para enfrentar o que vier depois. O secretário-geral do partido — o partido que é dele e de Jabu, e dos Mkize — fala sobre a evasão de cérebros, os profissionais que correm atrás das oportunidades por estar o país integrado à economia global.

Nada a ver com o fato de que o novo presidente, no auge do entusiasmo pelo homem do povo, será um presidente com setenta e duas acusações de fraude e corrupção nas costas?

Ela descobriu que vinte por cento das pessoas que vivem na igreja metodista e dormem na calçada não são refugiados do Zimbábue nem de nenhum outro país, e sim sul-africanos indigentes, dedo apontando para dentro da boca aberta.

O caso da corrupção de Zuma não terá sido levado pelo vento do adiamento?

— Tem havido pedidos de revisão das decisões do Tribunal

Constitucional. — Brandindo não sua canção da metralhadora e sim a arma dos valores cristãos, ele acusa os juízes de "se comportarem como se estivessem quase próximos a Deus". E no mesmo ciclo deste país, o Sindicato Nacional de Metalúrgicos está pedindo a nacionalização de uma empresa de mineração cujo proprietário é um veterano da Luta, Tokyo Sexwale, e Patrick Patrice Motsepe; negros, dois dos homens mais ricos do país. Irmãos traindo os ideais igualitários do CNA? A África do Sul, de economia mista, é ainda basicamente uma sociedade capitalista, se bem que é um país onde foram abolidas as leis que impediam o surgimento de uma classe empresarial negra.

Uma voz vinda de debaixo do capô: — Não dá pra atacar os magnatas brancos sem apontar o dedo pros negros também. Dois pesos, duas medidas. — O amigo de Peter Mkize que se juntou aos camaradas do subúrbio para dar conselhos a respeito dos problemas de aceleração do carro de Blessing é um daqueles que são membros tanto do CNA quanto do Partido Comunista. — Não vamos livrar a cara dos irmãos que traem a classe deles lucrando com uma empresa capitalista. —

Peter entende a posição dele. Não há ofensa possível entre eles, nenhuma contradição na política da aliança com o CNA. — Quem é que está discutindo isso, agora nós somos iguais, explorando ou explorados, não é, *aih*, culpado ou vítima, todo mundo tem voto. Os trabalhadores têm o mesmo patrão, seja ele negro como nós ou branco como o Stevie. —

— *Ja*, a gente já ouviu tudo isso. — Será que ele quer dizer: até mesmo lá na barriga da máquina? — *Eish*, cara, a gente já sabe essa história que os capitalistas negros geram riqueza nova, os capitalistas brancos dizem isso pra gente, é assim que a coisa funciona. Eles criam empregos, têm que pagar os impostos que geram dinheiro pros programas sociais que dão dinheiro pras mulheres pobres alimentarem os filhos... —

Isa e Jabu trazendo café e uma bandeja cheia de canecos; a advogada tem as cifras na ponta da língua: — A desigualdade aumentou mais de catorze por cento, quer dizer, dois anos depois da primeira eleição em que todas as raças participaram — como se de propósito, a buzina dispara no interior do motor do carro, porque o amigo de Peter deve ter tocado onde não devia — é um sinal de alarme, a gente vê isso nos protestos contra os serviços públicos. Lá no Centro de Justiça nós temos relatórios, as ligações políticas favorecem os membros mais graúdos do CNA: eles ganham contratos pra reformar a distribuição de água e eletricidade nos assentamentos, mesmo quando os concorrentes oferecem um preço mais baixo e têm melhores qualificações. A gente viu casas que tiveram os telhados arrancados pelo vento na primeira tempestade depois que os moradores se mudaram pra lá. E os que venceram a concorrência estão ganhando milhões. Os protestos na rua podem levar a um conflito de classe entre negros, vai dar trabalho pro Zuma. Ninguém vai falar mais em xenofobia. —

Ele sempre se vê na curiosa situação de estar na mesma posição em relação a Jabu do que as outras pessoas quando ela fala de uma perspectiva profissional. E não com aquela identidade indefinível de esposa. As outras mulheres são desejáveis, essa é a base da relação homem-mulher, mas nenhuma mulher, senão ela, poderia se tornar, ter a identidade de tudo que ele encontrou nela. Steve reconhece isso.

Jake — É por isso que o chefão tem que manter bem molhadas as mãos que garantem apoio a ele! —


É um golpe que obriga regressar à realidade pessoal, ou desviar... A escola de Gary Elias. Mais um "incidente". Um dos alunos da última série que estavam envolvidos naquele ritual de iniciação, mas ao que parece não de modo tão direto que chegasse a ser mencionado na época, enfileirou alunos mais jovens para o que ele chamou de "revista de cabelo". Xingou um garoto por estar usando um corte de cabelo inaceitável, chutou-o no peito e derrubou-o no chão.

Chegando em casa ao fim de uma reunião depois das aulas na universidade, Steve encontra Jabu com Gary Elias, sentados um bem junto ao outro, no pátio. Wethu também está presente; ela geme em voz baixa, enquanto mãe e filho contam o que aconteceu.

— Deve ter sido ontem, a gente só ficou sabendo hoje, o diretor não chamou a gente pro auditório, ele falou com a nossa turma, foi a todas as turmas, e no começo a gente nem fazia ideia do que era. —

Quer dizer que o filho deles não viu nada.

Ela explica: — O time de futebol tinha ido jogar numa outra escola. — Gary Elias foi poupado da violência, de sequer corromper-se assistindo àquele espetáculo, que não foi transmitido pela tevê.

— Nós ganhamos, de seis a três, moleza! —

— A Blessing me ligou do carro, trazendo os meninos para casa da escola hoje, a ligação caía a toda hora... Eu já tinha saído do Centro, estava em casa quando ela veio deixar o Gary. —

Eles compartilham uma sensação de alívio que pode ser confirmada mesmo sem palavras, Gary não está assustado; aliás, demonstra mais uma vez que se sente importante por estar associado a um acontecimento sensacional, mesmo em segunda mão: ele poderia ter estado na escola quando aconteceu, a coisa poderia ter sido vivenciada por ele, e não apenas pela espécie de presença mediada com que ele participa das batalhas de monstros espaciais vistas na televisão.

Julius Malema no canal de notícias, o aparelho ligado por

força de hábito à noite. Uma cena da comemoração dos vinte e nove anos de idade do líder da juventude do CNA, o mesmo que disse que a juventude está preparada para pegar em armas e matar por Zuma, acompanhado de empresários bem-sucedidos e do primeiro-ministro da província onde ele nasceu.

Um bom flagrante da conexão política entre a juventude rebelde e o novo capitalismo. Mas ele não diz isso a ela, não tem a ver com o momento que estão vivendo.

Ele e Peter Mkize vão juntos conversar com o diretor da escola na manhã seguinte. Não quando estão levando os filhos no transporte cotidiano para a escola; os dois concordam que é melhor não aumentar o impacto do "incidente" sobre os meninos, mostrando de que modo ele alterou a rotina tranquilizadora. Resolvem ir depois, sem que os filhos saibam. Ele ligou para a faculdade antes, combinando com alguém para dar sua aula no laboratório; Peter faz sinal de que não é preciso explicar por que vai chegar mais tarde na sua empresa.

O diretor não pode se recusar a ver os pais, mas a secretária pergunta se eles marcaram hora.

Se esse homem é incapaz de estar preparado para enfrentar o bullying violento que ocorre na sua escola, ele não merece as formalidades. Os pais vão ficar sentados ali esperando, até que o diretor volte a sua sala. Ouvem-se sussurros por trás de computadores, e uma jovem é enviada, claramente, para chamá-lo. Seu tornozelo se retorce no sapato de salto agulha, e ela ajeita o pé, constrangida, ao passar por eles. Ao que parece, o pessoal que trabalha no escritório foi instruído a dizer que o diretor está ocupado. — Ele não quer que a imprensa fique sabendo. — Peter está acostumado a esperar, isso fazia parte da agenda dos negros no tempo do apartheid, quando ele era jovem.

Mas o sr. Meyer-Wells (uma boa mistura de origens, esse nome) logo aparece, caminhando com passo normal. Sorri como se para pessoas que tivessem vindo visitá-lo. Ele reconhece: dois pais e amigos, moradores de um daqueles novos subúrbios onde negros e brancos são vizinhos. — O pai de Njabulo Mkize, um prazer vê-lo! — Um dos poucos alunos negros: a escola deveria atrair mais. — Professor Reed, quanto tempo! O Gary Elias está indo bem, e será uma das nossas estrelas do esporte! — Um mestiço. Desses a escola tem mais, assim como os indianos.

Na sala do diretor, a moça que foi chamá-lo traz chá. Há uma determinação de transformar numa ocasião amistosa aquela reunião, em vez de um confronto com os pais, um deles professor universitário, que vieram falar com o diretor da escola no horário do expediente. É verdade, a coisa aconteceu. O problema é: como prever esses incidentes desagradáveis? E o aprendiz (a nomenclatura utilizada nas escolas particulares progressistas), esse menino não mora na escola, a gente não sabe que influências ele pode ter tido que os pais nem estão sabendo. — É claro que eles estão muito mexidos. Parece que o menino é amigo de um dos rapazes da última série, embora esteja na série anterior. Pode ser que ele, é claro... Veja o ocorrido dois meses atrás como uma afirmação. Vocês certamente já aprenderam na experiência com seus filhos, hoje em dia a infância é um período muito curto... Não tenho esse tipo de experiência com moças, mas, depois de trabalhar vinte e seis anos ensinando meninos, acho que tenho o direito de dizer que vi essa mudança ocorrer: os rapazes adolescentes agora começam a se afirmar quando ainda não têm discernimento moral pra agir, vocês entendem? Eles ficam experimentando diferentes costumes e padrões morais, comportamentos, e rejeitam a etapa intermediária da vida que acham que a gente impõe a eles, como uma *preparação*. Para o mundo em que eles vão viver. E, com a tecnologia moderna, eles estão muito mais expostos ao mundo tal como ele é do que as outras gerações com que eu trabalhei. É um mundo de *exibi-*

ção, não é? Tem que mostrar quem você é, e o recurso que eles têm é assumir o poder de uma maneira enfática e violenta sobre os colegas. —

É uma análise fluente; mas se suas experiências não lhe permitem ver os sinais, ele não pode prever. — Vocês já pensaram em organizar grupos de professores e estudantes, tanto os rapazes dos alojamentos como os que só estudam aqui, como os nossos, pra conversar, pra saber o que eles acham, como é que eles veem essas coisas que têm acontecido entre eles? Não vai ser fácil, eles podem fechar o bico pensando que estão querendo que eles denunciem os outros. Caguetagem. Mas vocês vão saber lidar com isso, se os professores abrirem o jogo e deixarem claro que não se trata absolutamente de um tribunal disciplinar. A escola é deles. —

O diretor se sente obrigado a ouvir com atenção a fala do acadêmico; ele também é professor, e nas universidades também ocorrem problemas: e põe problema nisso! Ele apoia o queixo no punho. — Quem sabe você (ou um dos seus colegas, um professor mais jovem que não tenha saído do colégio há tanto tempo assim, não é?) podia vir aqui pra conhecer os nossos meninos, conversar com eles como os jovens que eles vão se tornar. —

A ideia não é má, mas o que é que o diretor vai fazer com aquele grupo que segue seu próprio código de disciplina na escola? Eles provavelmente nunca ouviram falar, ainda não aprenderam o que é o fascismo, mas a verdade é que estão se tornando pequenos fascistas, à maneira de Mussolini, dos nazistas, do apartheid. A história está sempre pronta para voltar. Não é possível que esse homem veja o que está acontecendo como um problema pontual numa escola que está produzindo uma geração de livres-pensadores para um país livre.

Cada um tem que ir para seu lado, para a cidade, para a universidade, agora não é hora de conversar sobre o que eles, os pais, têm que fazer... Só lhes resta a frustração comum: de que adiantou aquele confronto? Sozinho no carro, falando com seus botões. O pobre coitado tem que enfrentar esses problemas que chegam até ele e que tiveram origem fora da escola. Julius Malema assumiu as rédeas da campanha eleitoral e está puxando a enorme massa de jovens negros entusiasmados (irmãos de Njabulo e Gary Elias, embora sem o privilégio da escola particular), indo atrás de Zuma. No momento, seus seguidores não estão cantando sua canção de ódio generalizado, "Matem os bôeres", que nos tempos da Luta se referia não aos fazendeiros africânderes, e sim ao exército branco do apartheid. Quanto à questão da disciplina, Malema continua ignorando, com sucesso, todas as proibições contra o discurso do ódio, lançando provocações, insultos racistas e sexistas, contra os líderes da oposição. Ele pode não ser um herói, mas conseguiu criar um clima que exala rebelião.

Peter põe seu carro ao lado do de Steve, ambos de janela aberta e prestes a dar a partida. Ele está tentando se convencer de algo: — Não faz sentido, *aih*, tirar o menino do colégio no meio do ano, acho que você devia deixar ele terminar a série e depois começar em outro lugar, escola nova, ano novo. —


— O Peter vai deixar o Njabulo concluir o ano lá. —
Ela lhe faz perguntas a respeito da reação do diretor a ele e Mkize.
— E depois? —
Ele sabe o que os dois estão pensando.
O verão está terminando, mas ainda está quente o bastante para que eles passem o dia em revista no pátio, onde o hibisco que os golfinhos lhes deram como presente de boas-vindas está florescendo, já da altura de um homem. — O Njabulo vai mudar de escola no ano que vem. É isso. —

E não faz sentido Gary Elias sair do colégio agora. No ano que vem, ele não vai estar aqui, no subúrbio.

O comentário de Jabu que se seguiu foi soterrado por um avião que riscou o céu, roncando na distância.

Austrália.

O departamento de relações públicas da universidade — onde todos os detalhes de seu cargo foram confirmados — teve a cortesia de enviar uma foto e uma descrição da residência que caberá a ele e a sua família. Ela tem muitos mais cômodos do que a casa no subúrbio na qual eles estão examinando a foto, e claramente não há nela o tipo de história que há nesta casa, tomada da comunidade da Gereformeerde Kerk e transformada em piscina dos golfinhos; é a versão colonial da casa californiana de área aberta, atraente, apropriada para países ensolarados como a África do Sul e a Austrália. Por acaso, havia uma bicicleta de corrida encostada na fachada da casa quando a foto foi tirada. — Essa bicicleta é minha? — Gary brincando com a expectativa.

— Será que tem piscina? — especulou Sindiswa. Para alguns de seus colegas na escola da qual ela vai sair, ter uma piscina em casa é o normal; entre eles, Sindi é a exceção.

Há coisas que seu pai não pôde obter na aventura, o novo país, que as amigas dela veem como um privilégio seu. — Imagino que não, mas lá tem uma piscina olímpica e um ginásio, parece que a equipe de natação de lá compete em nível nacional. — Citando o texto de uma brochura.

Sindi pega a foto da casa. — Vou levar pra mostrar pra Aretha. — Uma amiga cuja família tem casa numa ilha grega.

Gary arranca a foto da mão da irmã. — Me dá aqui, eu vou mostrar pro pessoal do Njabulo. — Mas a caminho de lá, ele muda de direção e vai visitar os golfinhos. A piscina é uma aquarela pintada pelo sol poente. Os homens estão na casa, com Marc e Claire (ele continua fazendo parte da família dos golfinhos embora ela, de certo modo, seja uma estrangeira), estão bebendo vinho e assistindo a comícios eleitorais, fazendo comentários excitados sobre os discursos do mesmo modo como Gary falaria sobre uma partida de futebol. — Olha aqui a casa que o meu pai arranjou pra nós, lá embaixo — ele aprendeu a usar aquele coloquialismo geográfico —, não é incrível? Eu não vou levar minha bicicleta velha, não. Vou comprar uma nova, de corrida, que nem essa aqui. Sinistra! — Aquela ideia por um momento pôs de lado a questão da escola para alunos de dois sexos, sobre a qual ele jamais fala. Mas os golfinhos e a mulher passam a fotografia de mão em mão, desviando o olhar por instantes da tela, ou então sem sequer olhar para ela. Marc lhe dá um soco de brincadeira no ombro, enquanto sua atenção não se desprega da multidão passional que saúda um abraço de urso dado por Msholozi Zuma em seu acólito pop Malema, a quem, indo além de exprimir confiança na sua própria eleição para a presidência, ele já vê como futuro candidato.

— Cadê o teu pessoal? — Gary Elias não passa de um ramo tenro da entourage dos Reed. — Em casa? Você faz um favor e chama eles lá pra virem aqui? — O menino tira do bolso de trás um telefone celular: embora ainda não tenha ganhado um, pegou o da irmã.

Do outro lado da linha, há algum tipo de questionamento: — O que é que você está fazendo na *piscina*? Você não disse que ia na casa dos Mkize? — Mas, pouco depois, Steve e Jabu chegam, recebidos com risos por ter o convite partido do filho deles, que sai então em direção ao seu objetivo original: a casa dos Mkize. Nesse ínterim, ele também tinha ficado olhando para a televisão, por força de hábito, como vê qualquer outro espetáculo na tela, sem assimilar a exortação dos discursos: ele é jovem demais para ser recrutado como discípulo de Malema, ou então não é suficientemente negro, apenas mulato e de origem de classe média. Julius Malema, aos nove anos de idade, era uma criança negra pobre que participava de manifestações de protesto contra o apartheid e comemorava a libertação de Mandela.

Os golfinhos e camaradas continuam a assistir ao comício, mas sua reação a toda aquela retórica se expressa no toque de um botão do controle remoto que faz os políticos mergulharem na escuridão.

Agora, sempre que os camaradas do subúrbio e os camaradas da Luta estão juntos, há uma tensão subjacente, que chega quase a ser sentida na justaposição daqueles corpos familiares, as características conhecidas das pernas cruzadas, do estalar de juntas dos dedos: eles talvez tenham se tornado estranhos. Desde o racha, a divisão no partido, o inacreditável, o inaceitável, é que um já não sabe em quem o outro — ali mesmo na piscina dos golfinhos, na casa dos Mkize, no pátio dos Reed, à sombra das barracas no jardim de Jake e Isa — vai votar. Aquilo se tornou um fato da vida em comum, sobre o qual é melhor não dizer nada. Não perguntar nada.

Isso não quer dizer que não haja troca de impressões, discussões sobre as tendências, esquerda, direita, um centro intranquilo; a política não é mais simplesmente branco contra negro.

Peter Mkize, camarada da *Umkhonto*, é um descendente

irônico da sociedade tribal, a base (mesmo assim ilegítima?) do partido negro tradicionalista. — Eles são de esquerda, direita, centro? O quê? Se você se vê num parlamento segundo o modelo europeu, é isso que nós herdamos dos colonialistas, é isso que nós temos, meus irmãos. Você tem que se posicionar... Entende o que eu estou dizendo? Do modo como a Câmara vê a política, como os fiéis da Igreja enxergam em termos de católico, metodista, adventista do sétimo dia e por aí vai, todo mundo sabe os tipos diferentes de cristão, cada um achando que vai ser salvo. —

— *Sharp, sharp!* Mas não não não. — Lesego, bem coloquial em contraste com seu status acadêmico, foi à casa dos Mkize com Steve dessa vez. — Tem o nacionalismo, a nação africana, não era assim que era? No começo do CNA, o Mandela... Até que o Partido Comunista trouxe a ideia de esquerda, assustando algumas pessoas que achavam que talvez fosse uma coisa lá de fora: colonialista. Tem nacionalismo no poder em vários países do continente, se bem que às vezes com um nome africano diferente, sofisticado. Pra eles, o resto do mundo que se dane. Eles não são irmãos que estão por baixo, com quem a gente ainda se identifica. —

Jake olha para Steve, procurando sua concordância. — Nós somos, enquanto *nação*, comprometidos com a ideia de não embarcar naquela velha coisa de eixo norte-sul, sul-norte, a gente tem boas relações, comerciais e tudo o mais, com Índia, Brasil... —

— China. — É Mkize outra vez. — Aposto que todo mundo aqui está usando jeans feito na China. Eu inclusive. As nossas confecções não conseguem competir com o preço lá embaixo do trabalho escravo. O Zuma e o Lekota disseram alguma coisa sobre isso, o que é que eles vão fazer em relação a isso? A ascensão da China. Ela já é dona de vinte por cento do nosso maior banco. —

Em tempos de eleição, a gente questiona as intenções daqueles cuja eloquência política está tentando fisgar o seu voto. Ele não pode perguntar — mas e se o partido de cujos objetivos humanos você assina embaixo, até mesmo já arriscou sua vida por ele, está agora se voltando contra si próprio, nesta eleição que é apenas a terceira desde a conquista da liberdade? — agora, depois do racha: qual dos lados tem o que você e ela acreditam?

O lado ao qual vocês "pertenciam".

Os outros partidos políticos não têm relevância para os membros do Congresso Nacional Africano, ainda que eles fiquem revoltados (envergonhados?) com o comportamento da Liga da Juventude do próprio partido, que insultou de maneira grosseira uma mulher branca, líder de um partido liberal normalmente considerado branco, que tem gradualmente escurecido com a adesão de eleitores na sua maioria territorial de descendentes dos sã e dos khoi, povos aborígines, misturados com negros e colonialistas, os verdadeiros nativos da África do Sul. Malema, o Cara de Bebê, disse que a política era uma puta branca que só escolhia homens brancos para o seu gabinete provincial, porque ela transava com todos eles. Uma jogada política arriscada: ao mesmo tempo, ele também pede respeito aos direitos da mulher. Quando se trata de audácia de palanque, vale tudo.

As duas metades da antiga unidade do partido dos camaradas.

Zuma, é claro, o candidato à presidência, com suas promessas expressas em danças sagradas, de integridade à grande visão do partido, "Uma vida melhor para todos", é visto e ouvido de modo obsessivo.

Mosiuoa Lekota, o Terror, divide seu palanque do Cope com o reverendo Dandala, que vem dizer coisas sensatas sobre o que poderia ser feito em prol de uma vida melhor, mas não tem o carisma do Terror para passar a ideia de que o Cope é capaz de realizar tal coisa. Ao Terror juntou-se outro desertor do partido, Tokyo Sexwale, um aliado mais forte do que o reverendo. Mas não será um risco, um possível rival como chefe do Cope?

— Uma insegurança que se acrescenta ao grande racha entre o Terror e Zuma, divididos nessa outra Luta — é Jake que diz e repete: — Quem podia imaginar? A gente chegar a esse ponto. —

O que é que nós, Steven e Jabulile, estamos fazendo aqui? Dando opiniões como nossos camaradas a respeito do que os políticos realmente querem dizer quando declaram que as políticas que vão adotar no poder são as que o povo quer e as que são necessárias, e quando atacam (não com as obscenidades de Malema, porém roçando os limites da liberdade de expressão) a ideia de que os outros partidos possam vir a fazer tal coisa.

Camaradas; prestes a votar. Cada um vê no aspecto familiar do outro: Será lealdade ao partido, o partido de Mandela, que nos trouxe liberdade? Isso quer dizer: Zuma. Com o objetivo de manter o partido no poder.

— As histórias de corrupção entre os aliados dele estão sendo desenterradas, esfarrapadas e sujas: não sei quem revelou informações que comprometem a segurança do Estado em troca de não sei quantos milhões. —

Agora o partido é Zuma. Se a outra metade dele, que se afastou, é a alternativa — e para os camaradas não há uma terceira opção —, será que o Terror Lekota pôs no bolso o éthos do Partido, salvou-o? Para mantê-lo vivo: uma mudança da lealdade na hora de votar. Ou seja: Lekota.

A decisão que os camaradas estão sendo obrigados a tomar

existe como um estado de algum modo comum a todos, e não como algo que na verdade se tornou irrelevante para dois deles, que escolheram deixar para trás a obrigação — não, abrir mão do direito inato de escolher pelo voto que espécie de líderes, que compromisso terá com a justiça aquele slogan de conto de fadas.

Jake não consegue manter a boca calada nem mesmo para se poupar: — E vocês, vão votar em quem? —

Alguns suspiros para rejeitar aquela intrusão, enquanto outros riem daquele tipo de exposição que poderia ameaçar a camaradagem geral, e ninguém comenta que ele e ela riem junto com os outros.

Na livraria e na biblioteca da universidade há poucos livros de autores australianos, em comparação, por exemplo, com a literatura da Índia, autores contemporâneos desde Satyajit Ray a Salman Rushdie, romances, poesia, daquele país e sobre sua relação com o mundo. Mas a presença da Índia é histórica. A parte da população da África do Sul de origem indiana: trabalhadores importados no século XIX, passando pelos anos da presença de Gandhi e de sua influência sobre os primórdios do movimento de libertação; o empreendimento de uma classe de comerciantes apesar da segregação; a participação dos sul-africanos de origem indiana ao lado de Mandela na Luta e sua proeminência na política depois da libertação. Austrália: esse país para o qual as pessoas emigram não tem uma presença marcante entre as imagens locais. Pela internet, ele pode pedir obras de Patrick White (Steve leu os primeiros livros dele muito antes de sequer imaginar que um dia iria morar naquele país), David Malouf, Peter Carey, Thomas Keneally. Jake diz que é melhor ele não ler Germaine Greer, e por isso Steve encomendou uma obra com um título que exprime um chute no traseiro: *Levanta, homem branco*. Com o subtítulo: "O caminho mais curto para se tornar uma nação". O livro, ele constata, é uma sátira inteligente, contendo algumas verdades duras sobre as atitudes dos australianos brancos em relação aos aborígines que ainda sobrevivem. Ele chega a uma página onde a autora afirma: "Foi só quando estava no outro lado do mundo que vi de repente que o que estava acontecendo na Austrália era apartheid, a separação e alienação que a África do Sul tentava impor, com desespero e selvageria, à sua maioria negra... Quero um dia assistir ao fim da problematização dos aborígines. Os negros não são e nunca foram um problema. Eles eram a solução, só que os brancos jamais enxergaram isso".

Durante certo tempo, Greer foi proprietária de um trecho de floresta tropical na Austrália; passava uma parte do ano dando aulas numa universidade da Inglaterra, e outra parte morando na floresta.

A solução fácil das meias medidas.

Eles nunca tocaram no assunto, mas sem dúvida haverá uma mudança na comunicação. Não se trata de algo estrangeiro, como costuma ocorrer numa decisão semelhante à deles. É inglês. A língua deles, menos para ela, para quem foi outrora a segunda; e ela ainda usa com a família a que foi a sua primeira, que ela passou adiante a Sindiswa e Gary Elias, como uma espécie de legado adicional. Há, para ele, uma alusão indireta quando a conversa em torno do café diz respeito à frustração de lecionar em inglês ao mesmo tempo que a língua falada em casa pelo aluno é uma das nove outras, africanas. — Quando dou por mim, estou apelando pra uma espécie de pidgin feito a quatro mãos com o calouro, exprimindo um conceito comum, mas de modo diferente, com palavras diferentes que talvez existam na língua dele. —

O esquerdista que se recusa a encarar os fatos. — Será que não é só uma questão de falta de inteligência do aluno? —

— Não é isso que o Steve está dizendo: é o fracasso total dessas escolas. —

— O que o "aprendiz" aprendeu está muito abaixo do nível de letramento em que é necessário adquirir termos e processos científicos como parte de qualquer idioma que existe no mundo... —

— Porque você tem que ter um idioma. —

— Será que usar o inglês como um meio para entrar no mundo é um resquício do colonialismo? Muitos de nós, negros, pensamos assim —

— E francês, português, os antigos senhores. —

— Será que um país que se livrou deles devia exigir que o mundo aceitasse sua língua indígena? E eles que nos entendessem? —

— E aí, seria qual das nove que já existiam aqui antes da chegada dos europeus? —

Christina van Niekerk é uma mulher tão calada que normalmente nem se percebe a sua presença (por que será que ela não trabalha na universidade dos africânderes?). Ela entra na conversa com suas vogais arredondadas de africânder: — Alguns daqueles brancos desenvolveram uma língua que misturava um pouco do holandês nativo deles com palavras dos escravos malaios que eles trouxeram dos países que haviam invadido, mas não com as línguas dos povos indígenas, os sã e os khoi, tirando as palavras referentes a coisas que os holandeses não conheciam: bichos, costumes, a paisagem dos nativos. É por isso que a gente diz que o *taal*, o africânder, é uma língua africana e não europeia. —

— E o nosso inglês? É um verdadeiro *taal* de *cockney*, fala afetada de Oxford e Cambridge, escocês tribal, dialeto de Liverpool, nomes de origem huguenote com a pronúncia estropiada, expressões traduzidas do iídiche falado por um avô judeu imigrante... A gente também não pode dizer que é uma língua africana? É só uma relíquia da colonização? —

Existem hominídeos vivendo na África do Sul há quase dois milhões de anos. Já a Austrália só é habitada há menos de sessenta mil anos. Ele leu em algum lugar que, tal como os sã e os khoi, os aborígines lá embaixo tinham línguas de comunicação que usavam entre eles e a realidade do seu meio ambiente antes que os ingleses viessem para estabelecer suas colônias, começando com degredados. Mas não há dúvida: para os australianos, a língua *deles*, a língua franca, é o inglês. O *taal* de lá se chama "kriol": não é uma mistura de falares de colonizadores europeus, e sim a língua dos indígenas com alguns elementos do inglês, introduzidos por eles para se fazerem entender pelos senhores.

— Os brancos não falam línguas indígenas, nem mesmo kriol. — O professor Krouse de estudos da linguagem foi convidado à sala do café (Lesego traz pessoas das diversas faculdades com a intenção de criar um intercâmbio entre elas, para evitar o que ele chama de mais um apartheid). — Talvez não na Austrália... Mas, espera aí, você não pode dizer o mesmo da gente: aqui tem muito branco, principalmente homem criado em fazenda, que brincava com os filhos dos trabalhadores, gente que cresceu falando zulu ou xhosa ou sepedi juntamente com o inglês ou o africânder dos pais. —

Existe outra maneira de fazer com que o seu filho falante do inglês aprenda uma língua africana; no caso, também uma língua materna, pois a mãe do menino é a filha do Baba. Mas não vale a pena puxar esse assunto. Lesego e os outros sabem que este é o último ano que seu colega vai passar entre eles, devem estar pensando: não vai servir para nada o zulu desse menino, quando ele estiver vivendo num país onde não há nenhum zulu.

É ela quem introduz uma questão que até então não havia sido levantada. A escola para meninos e meninas em que resolveram matricular Sindi (naturalmente) e Gary Elias, cujas objeções enfáticas tinham sido enfrentadas com a promessa de que ele vai ser levado para conhecê-la em novembro, quando ainda vai haver tempo para fazer uma mudança. — Será que essa escola é pra todos? Porque a gente nem perguntou. Crianças negras. —

O material que ele leu não dá resposta a uma pergunta que não é necessário fazer. O pessoal do departamento de imigração, durante toda a burocracia que terminou com a aceitação deles como cidadãos desejáveis, jamais demonstrou qualquer reserva a respeito de uma esposa negra. (Pelo amor de Deus!, como diria o pai de Steve quando alguém lhe dizia alguma coisa absurda.) Ela já esteve entre eles, a advogada, porém com traje africano formal, a cabeça com adornos de rainha, desde aquele primeiro dia do seminário. As crianças só poderiam ser negras e brancas, uma identidade, não uma "mistura".

Ele vai perguntar, embora esteja certo da resposta que será dada à pergunta que Jabu na verdade está levantando, com relação àqueles australianos denominados indígenas, e não negros em qualquer grau ou tipo. A moça da agência de imigração é uma sul-africana que já sabe que é necessário tranquilizar alguém que é branco como ela: — As escolas são abertas para crianças de todas as raças, é claro... Vai depender da localização da escola, se ela ficar perto do lugar onde moram mais negros, então provavelmente só vai ter uns poucos... Quer dizer, daqueles que os pais... Quer dizer, podem pagar uma escola particular... —

Ele relata esse diálogo para Jabu como se fosse uma piada racista sem graça.

Julius Malema está tentando ser levado a sério nessas últimas semanas antes da eleição, na condição de menino-prodígio líder da juventude, comemorando o triunfo eleitoral que o movimento vai conseguir para Zuma. Malema está se reinventando mais uma vez, com o novo avatar de mensageiro da paz. A imprensa agora o trata bem (se bem que foi a imprensa má, capitalista e colonialista que, de tanto ridicularizá-lo e demonizá-lo, acabou fazendo seu nome) desde que ele sufocou o grito: "Nós matamos por Zuma". Malema arrogou-se do direito, atribuído aos líderes, de fazer promessas, prevendo um país novo, *funcional*, administrado por um CNA unido (esqueçam o Cope): o partido tem a juventude de muita testosterona, correndo a seu lado ou a sua frente. Uma potência comparável à de Zuma, no plano sexual e político.

É preciso ser jovem para ignorar ou não ter consciência do que pode vir a ser esse futuro.

Um colega de Sindiswa lhe perguntou: — Você vai voltar? —

Sindi responde, com aquela firmeza assumida pelos emigrantes. — Ah, nas férias. Agora no Natal não, porque a gente vai estar recém-chegada, mas ano que vem, claro, de repente... Lá inverno e verão são que nem aqui, acho que as férias escolares também. —

Ela não contou a Gary essa pergunta. Mas na noite de domingo, enquanto a família come o jantar entregue pelo restaurante, o menino pergunta: — A gente vai voltar aqui, quer dizer, pra visitar as pessoas, de vez em quando? —

O pai lhe proporciona, com tato, uma visão da realidade que as crianças precisam entender: — É muito caro, passagem de avião pra nós quatro. —

— Então venho só eu. Eu posso ficar com o BabaMkhulu. —


— Eleição é igual em todo lugar, nos outros países? — Para Peter Mkize a escolha do governo é um direito que ele, Jabu e todos que têm DNA de negro só gozaram duas vezes antes. A primeira vez, na euforia da liberdade, Mandela saindo de Robben Island, passando de prisioneiro a presidente. A segunda, seu sucessor, Thabo Mbeki, também veterano da Luta, ainda que um intelectual que se esquecia de que um homem do povo não pode ficar citando versos de Yeats para camaradas eleitores semianalfabetos, que pouco estudaram até mesmo em suas línguas nativas; e então, como presidente, seu cérebro o trai, recusando-se a aceitar provas científicas de que a aids é uma doença causada por um vírus.

— Camarada, eleição é uma disputa. Pelo poder. Só isso. — Marc vira-se para Jake. — Como é que você pode ser tão cínico? Olha só onde fomos parar pensando desse jeito. Um partido tem uma política, o outro tem outra, a gente escolhe o que a gente acha melhor pro país, pro desenvolvimento. —

— Quer dizer que democracia é só uma questão de poder? Está bem, então o Zimbábue democrático prova isso. — É ela quem fala.

E Peter lembra-se: — Jabu, o que está acontecendo? Os refugiados... Todo mundo está tão preocupado com essa eleição. Eles vão continuar entrando aos montes quando terminar essa história toda. Ou então, se o novo governo fechar as fronteiras, mesmo assim nós já temos não sei quantos milhares... Há quanto tempo? O sujeito da igreja, ele ainda está administrando aquele abrigo ou a câmara municipal caiu em cima dele de novo? —

— Eles continuam lá, na calçada e na rua, ele continua com a igreja cheia. E daqui a pouco chega o inverno. Pensaram em levar todo mundo pra um prédio abandonado, mas as pessoas voltaram por causa da comida, e também porque conseguem ganhar uns trocados vendendo coisa na rua. E parece que o acampamento que fica no lugar da fronteira onde mais entra gente, Messina, foi fechado: acharam que assim iam impedir o fluxo de pessoas pras cidades. Nós estamos defendendo a igreja,

os advogados do Centro. Mas eu levo você lá pra ver. Bem ao lado do tribunal, a prefeitura teve que instalar banheiros químicos, desses que eles põem quando tem algum evento esportivo importante, e agora os comerciantes da rua estão recorrendo à justiça contra os banheiros. —
— Escolha. Está vendo? Um dos colunistas teve peito pra escrever: nós temos escolha, em qual ladrão votar. —
Isa tapa a boca com a mão por um momento, como se estivesse fazendo o gesto sobre a boca de Jake. — Não sei por que esse meu marido diz essas coisas... Aposto que ele vai ser o primeiro na fila na hora de votar! —
— Porque, *meu amor*, sim... Você tem que encarar os fatos. —
— Pelo menos você não diz "a verdade". —
— Deixa eu terminar? O jornalista diz que tem mais coisas boas nessa história, hein, Peter?! O nosso CNA tem carros alemães de luxo pedindo votos, e de onde que vem o financiamento? Shhhhh... Ninguém sabe, diz ele, quantos milhões vêm dos ditadores da Líbia e da Guiné Equatorial. Não dá pra dizer que seja suborno, não é, são só uns presentinhos pra garantir que a nossa política internacional vai continuar dando apoio aos que contribuíram com a nossa democracia quando os estados totalitários deles forem questionados pelas organizações internacionais de direitos humanos. A oposição? Os Democratas Independentes têm um assassino como candidato, o IFP* dos zulus tem um estelionatário condenado, outro tem um religioso (não é o Dandala, não!), que chegou a ser sentenciado mas foi perdoado. Bom, de tédio a gente não pode se queixar. O sindicato diz aos trabalhadores que o Malema pode se tornar o próximo Mandela. Agora o Malema chama a Helen Zille de colonialista, o que é

---

* *Inkatha Freedom Party*, Partido da Liberdade da Coroa. A Coroa era uma organização cultural de zulus da década de 1920. (N. T.)

muito pior do que chamar de puta. Ela reage chamando o Malema de *inkwenkwe*, não sei se estou pronunciando direito, sei lá o que isso quer dizer... —

Blessing intervém, rindo: — Stevie, isso lá na minha língua, xhosa, quer dizer "menino que não foi circuncidado".

O marido dela, Peter, para os camaradas: — Vocês não conhecem os nossos insultos, isso é o pior xingamento que se pode fazer a um negro. —

A troca de insultos de Malema permite que a liberdade de imprensa em tempos de eleição se torne geral. — A merda bateu no ventilador — e Isa é a primeira a rir, assim que Steve pronuncia as palavras.

Ela leva para casa reflexões que recolhe dos colegas de trabalho no Centro. Os advogados comentam que o processo de Zuma por corrupção não são águas passadas. E a informação que ela repassa não é fofoca, o que seria contra sua natureza responsável. Seja lá como for, as cláusulas da lei constitucional tiveram a consequência de fazer que o direito de recorrer fosse confirmado, e portanto a retirada da acusação é considerada inválida: revogada. Para acompanhar sutilezas de processos, só mesmo tendo uma advogada dando assessoria doméstica.

Jacob Zuma vai participar da eleição com as acusações mais uma vez levantadas contra ele, devendo ir a julgamento de novo depois de 22 de abril.

— E até lá ele já é presidente. —

Steve fala por si próprio e por ela, como se fosse um evento que já fizesse parte do passado deles dois.

22 de abril.

Muitas vezes, Jabu fica até tarde no trabalho, quando um cliente pede uma consulta depois do expediente e ela precisa acompanhar o advogado sênior responsável pelo caso. Wethu esquentou no micro-ondas o guisado de carneiro tirado do freezer. E assim Steve, as crianças e Wethu estão à mesa quando ela chega, jogando a pasta numa cadeira e correndo a mão pelos cachos.

— Tinha uma fila enorme. —

É assim que ela faz seu relato.

O olhar dele retém o dela, pergunta (e resposta): ela, Jabu, está chegando da cabine de votação. Ela dá um beijo em cada filho e em Steve, antes de sentar-se para comer com eles. Gary Elias imita a admoestação da mãe — Você não lavou as mãos! — enquanto estende o prato para pedir bis.

O quarto do casal: aquele confessionário de protestantes. Então ela votou, direito dela; seus antepassados foram privados do voto por tantas gerações que ela tem o direito de votar por eles, mesmo agora que está de saída.

Ela precisa reconhecer outra opção que tomou. — Votei no Cope. —

Há um excesso de confusões a serem questionadas entre eles no processo de se preparar para a partida, é preciso que um confie no outro. A concordância na Luta: isso foi em outro tempo.


O Baba ensinou sua filha a ter suas convicções, suas obrigações (entre muitas outras a serem observadas, e em relação às quais, ao desviar a vista do cartaz colado na cerca, ela está em falta com o pai). A fim de enfrentar por si própria o que os outros esperam dela. Mas Jabu não tem nenhuma obrigação de se abrir com os camaradas do subúrbio reunidos, atendendo à convocação insistente de Isa para que todos fossem à casa dos Anderson vinte e quatro horas depois da apuração final, no dia 22 de abril. O clima (azedo, é o efeito Zuma) é de comemoração: o partido conseguiu se impor ao bom momento dos rivais, apesar dos pesares; é claro que, com todas as suas reservas, os camaradas do subúrbio votaram todos no partido. É como se, na emoção do dia, a deserção próxima de dois deles fosse esquecida. Pressupõe-se — é isso mesmo? — que Steve e Jabu não votaram.

Não há nenhuma surpresa quando é anunciada a apuração, pela tevê, em meio à barulheira da multidão, mulheres ululando, vuvuzelas peidando: uma sólida maioria.

— O perigoso desvio para a esquerda que podia ter levado pessoas a votar errado... —

— *Que* pessoas? —

— Os brancos que têm medo do Zuma, os negros rivais, a Câmara dos Líderes Tradicionais.* —

— Não aconteceu. —

— Ah, deve ter acontecido, sim, só que o Zuma tinha o Malema pra pegar os votos dos jovens! —

Então, surpresa. A análise final: o Cope obteve oito por cento dos votos. O partido existe há quanto tempo, três meses? — *Dois* meses, meu Deus! O Terror deve estar dançando tanto quanto o nosso Zuma. —

O voto dela naquela contagem, tal como antes era o amor clandestino.

As dúvidas que os camaradas tinham a respeito de Zuma como escolha do partido — havia nomes preferíveis, pessoas que não prejudicariam potencialmente o país, menos comprometi-

---

* Assembleia de líderes tribais reconhecida pelo governo como porta-voz coletivo de um grupo étnico. Seus membros são escolhidos não pelo voto, mas por métodos tradicionais da comunidade em questão. (N. T.)

das pela corrupção e estripulias sexuais, se bem que ninguém sabe o que o vírus do poder é capaz de manifestar contra os anticorpos da confiança — são deixadas de lado diante das provas de que o partido da libertação — de Mandela, de Tambo, de Sisulu — continua no poder! A lealdade de pessoas inteligentes, algumas delas veteranos de guerra, é diferente da adesão acrítica fundada em slogans. Antes assim. Viva o CNA, ainda que não viva Zuma! Há um gosto bom naquela vitória, pela terceira vez, em comparação com as eleições de fachada de antigamente, só para brancos, tal como as placas nos banheiros públicos.

Jake e Isa serviam vinho, cerveja e a garrafa de uísque àqueles que haviam chegado até aquela vitória presente. As crianças — menos a consciensiosa Sindi, que havia desempenhado o papel de Antígona no currículo da escola, o qual naturalmente inclui a política como elemento da história do cotidiano, desde os tempos da Antiguidade — ficaram entrando e saindo em bandos, despachadas com um gesto irritado de Jake durante a divulgação dos resultados que vão afetar a vida deles, se não determinar seus rumos. Elas voltam ruidosamente, comendo as gulodices servidas por Blessing. Nick, filho de Jake e Isa, coloca um CD, uma música de que seus pais gostavam no tempo inimaginavelmente remoto em que eram jovens, uma tal de Miriam Makeba, sabendo que os coroas não resistiriam. Enquanto os meninos acabavam de comer as asas de frango com curry preparadas por Blessing, Peter pegou Sindiswa pelo cotovelo para dançar. Marc, descrevendo círculos sensuais em torno da sua escolha séria de parceira, a esposa Claire; Jake e Blessing orbitando ao redor do solo de requebros de Isa.

Eles veem Sindi, a menininha deles, dançando como dança uma mulher crescida com um homem.

Sindiswa em Glengrove Place, prova viva da clandestinidade

revelada: intimidade proibida. Crescendo numa segunda liberdade, num outro país, livre do ônus do passado.

Eles se esbaldam de tanto dançar, tal como no começo da Luta, na Suazilândia, a filha do Baba e seu namorado branco.

Uma ou duas semanas depois, a comemoração do presidente Zuma é uma festança de muitos milhões de rands, como a imprensa fez questão de observar, dinheiro do contribuinte. Wethu tinha ido votar no lugar em que tinha seu título de eleitor, KwaZulu. Ela voltou: feliz, feliz! Era o seu refrão ao abrir os presentes que trazia: maços de espinafre cor de esmeralda, diferente do que se vê no supermercado; bolsas de palha trançada, o modelo original da versão em plástico que as mulheres usam na cidade; e, para Gary Elias, uma estatueta de argila representando um menino segurando uma cabaça como se fosse uma bola de futebol, modelada por um dos seus amigos de férias. Ele riu de prazer e deboche naqueles braços sem mãos. Seu pai o desafiou: — E você sabe fazer uma coisa assim com barro, sabe? —

Wethu trouxe saudações e o que parecia ser uma mensagem ensaiada com o diretor da escola, Elias Siphiwe Gumede. Fez uma pausa no meio da conversa e, dirigindo-se a ninguém em particular, repetiu fielmente à filha dele: — O Baba diz que devemos dar graças a Deus porque o país, diz ele, está em boas mãos... Como é que foi mesmo?... Ah, pra nós, o nosso país. E nós... Nós podemos ter orgulho de ser zulus. — Uma tradução, em respeito à maioria de fala inglesa naquela casa. Em seguida, repetiu a mensagem em zulu, com a mesma gravidade com que o Baba de Jabu havia enunciado.

O Centro de Justiça está ocupado com coisas imediatas. Situações em que seus advogados provavelmente terão que aceitar a defesa de indivíduos escolhidos pela polícia em meio à massa de manifestantes oriundos dos "acampamentos informais" nos arredores desta ou daquela cidade, onde pipocam protestos motivados por aquele termo coloquial cujo significado é "instalações sanitárias, água encanada, eletricidade": *serviços de infraestrutura*.

— Um carro queimado, lojas depredadas, a clínica incendiada, um funcionário do governo local seriamente ferido. O ministro do Governo Cooperativo e Assuntos Tradicionais, que tem feito discursos condenando a violência e que era esperado no acampamento para acalmar as pessoas, não veio. O que ele fez foi levantar a ameaça de repressão contra indivíduos a que ele se refere como instigadores e perpetradores. Os que foram presos, sabe-se lá se foram os que gritaram mais alto ou os primeiros a chegar no ataque ao funcionário do governo. Vamos pedir fiança na segunda-feira. —

Ele recorre à perspectiva dela, com base na qual estão vivendo tal como antes da euforia motivada pela vitória eleitoral. (O dia seguinte: ainda de ressaca da primeira, em 1994.) — Mas vamos dar uma oportunidade ao seu compatriota zulu, ele ainda não teve nem um mês, pra não falar nos cem dias do presidente dos Estados Unidos. —

Jabu olha-o, com um meio sorriso no canto da boca. Ele é tão imparcial que devia ser juiz. Agora há uma ironia que não existia no tempo das células, onde tudo era muito claro, a favor ou contra, simplesmente uma questão de vida ou morte: o apartheid era a morte em vida.

Para ele, a coisa imediata com que a universidade se preocupava estava acontecendo não nela própria, porém era uma possibilidade que não podia ser excluída. Na universidade em que de fato o evento aconteceu, a Liga da Juventude Comunista ameaçou tornar a instituição ingovernável por meio de ação de massas até que o diretor concorde em se demitir. — Então não se trata de uma questão de empoderamento negro, porque esse diretor é tão negro quanto o nosso. — Lesego veio à faculdade de ciências para conversar.

— Isso não tem mais nada a ver... Bom, é um sinal de que a gente está avançando. Não interessa se o homem é preto ou branco, ele é responsável pelo que está errado na universidade dele, mesmo argumentando que o problema é a falta de financiamento federal. —

— O que é que a universidade pode fazer pra Juventude Comunista não impedir a realização das provas do meio de período? Ação de massas, convocar o Congresso Nacional de Estudantes, o que quer dizer que alguns dos nossos também vão se meter. *Eish!* Você sabe o que eles dizem: "A gente canta o mais alto possível pra garantir que as nossas reivindicações serão ouvidas". Chamar a polícia pra dar porrada neles? —

Em casa, Sindi pergunta: — O que é que os caras estão protestando, o que é que eles querem? —

— Vinte mil alunos foram impedidos de realizar as provas, porque não conseguiram pagar a anuidade este ano — explica a mãe.

Sindi com os dentes trincados e as costas empertigadas: — Quando eu estiver na faculdade com a minha anuidade paga, não vou querer ninguém me impedindo de fazer prova. Eu estou fora dessa. — Ela tem o (privilégio?) que eles pagaram, para ela: o princípio da argumentação socrática em vez de violência, para todo mundo.

Nem uma nem outra traz à lembrança o fato. Você não vai estar aqui.

O presidente Zuma declarou que o Congresso Nacional Africano vai permanecer no poder até o Segundo Advento.

Pelas ruas, homens e mulheres viram o polegar para cima pedindo carona: motoristas de ônibus estão em greve há quase quatro semanas. Os negros que andam em carros trancados não param para pegar trabalhadores sem condução, assim como os brancos não param; ele é um branco entre eles. A classe social forja uma unidade diante do perigo de sequestro. Já ela responde aos sinais tanto de homens quanto de mulheres, e encosta no meio-fio. Não contou para ele que tem ajudado a gente que vai ou volta do trabalho. Ele lhe disse para não dar carona, é arriscado; mas homem nenhum, além do Baba, conseguiu proibi-la de fazer alguma coisa.

Os jardineiros e limpadores dos parques, funcionários administrativos dos municípios, assistentes sociais e carcereiros estão prontos para entrar em greve se os acordos salariais firmados dois anos atrás não entrarem em vigor dentro de uma semana. "Se não der em nada, vamos paralisar o país, não temos outra opção."

Enquanto os dois repartem os jornais de domingo, ela dobra ao meio uma página dupla e a coloca sobre a que ele está lendo: é uma foto grande de médicos negros e brancos fazendo piquete diante de um hospital cujo nome é uma homenagem a uma mulher branca que passou anos presa no tempo da Luta, Helen Joseph. SOMOS SALVADORES DE VIDAS E NÃO ESCRAVOS. MEU ENCANADOR GANHA MAIS DO QUE EU.

Em torno da primeira lareira do inverno que se avizinha, na casa de Jake e Isa, Peter Mkize repete com exatidão as declarações do presidente, como se testasse as vogais para ver se são mesmo autênticas. — A corrupção e o nepotismo serão combatidos no governo dele. —

Jake admite: — A gente tem que admirar o descaramento que ele tem, de *não* começar por ele mesmo. Mas, enfim, agora tem um novo código de prestação de contas pra nós, a nação. O ministro dos Transportes ganha um presente de um milhão de rands de empreiteiros da área de transportes, e obedientemente pergunta ao presidente se ele deve devolver o mimo. — O copo de Peter agitando seu conteúdo. — O conselho do nosso presidente: "Não, meu caro, fique com o presente, é só fazer uma declaração, de acordo com o encarregado (quem é mesmo?) do código de ética executiva do governo". —

Isa joga dentro do fogo o esqueleto de galhos do cacho de uvas secas de sua videira que os pássaros não atacaram. — Caixa de vinho, roupas da Gucci... —

Jabu pergunta: — Vocês lembram? O Zuma prometeu que não ia perder o contato com os eleitores, o presidente do povo. Uma pessoa lá do Centro estava no shopping Maponya agora no fim de semana, e o Zuma saiu de uma igreja onde ele tinha ido pra agradecer à congregação por ter rezado pela vitória do CNA na eleição que fez dele presidente. "Zuma, Zuma!", as pessoas gritando e correndo pra acompanhar o carrinho de golfe elétrico em que ele estava percorrendo o shopping, passando pelos cinemas e a praça de alimentação, as crianças enlouquecidas e, lá fora, uma multidão esperando por ele. Ele disse que estava lá pra agradecer os votos: "Quando estava em campanha, a gente falou que não estava procurando vocês só pelos votos. Hoje estamos dando início ao nosso contato... A primeira parada é em Soweto, porque este é o lugar que simbolizava a luta do povo. Vim aqui porque este lugar conta uma nova história, aqui você pode entrar em lojas de classe internacional e comprar o que quiser, não precisa ir à cidade, isto aqui é a história da nossa liberdade". —

— Gastar, gastar, se você não está desempregado! — brada Jake, os braços levantados.

É como se ela achasse que tem a obrigação de reconhecer, pois ele pode estar querendo poupá-la para não parecer que a está acusando: vem à tona que o partido em que ela votou, o Cope, também não está livre da corrupção. Uma enorme empresa paraestatal de combustível e outras fontes de energia (ela lê em voz alta um documento) tem muitos representantes do Cope em sua diretoria. Abonos de 1,8 e 3,5 milhões de rands foram pagos aos altos executivos da empresa. Estilo de vida. Todos são sócios de um clube de golfe cujo título de propriedade custa uma fortuna e a anuidade é de grandeza equivalente. O porta-voz da empresa diz que os planos de expansão exigem que os executivos estejam em interação constante com parceiros, clientes e investidores atuais e potenciais.

No buraco número dezoito. Independentemente do que ele tenha sentido em relação à deserção dela (não comentou nada na época), ambos compartilham o resultado geral.

O presidente Zuma mais uma vez declara que o CNA vai

permanecer no poder até o Segundo Advento. O Conselho das Igrejas protesta, afirmando que a declaração é sacrílega. Jake evoca: — Lembram da charge de Maomé na Dinamarca? Não se pode aviltar nossos deuses. —

Na confusão de atos públicos em que é preciso andar na corda bamba, enquanto os estudantes protestam por não conseguirem pagar a matrícula anual na universidade, "Exclusão financeira na educação" é o tema que aparece nos cartazes anunciando uma assembleia geral na universidade; e entre os participantes da discussão, líderes estudantis, diretores de departamentos e "ativistas" conhecidos, como Lesego e Steve, estão os engravatados: professor Neilson e um ou dois colegas seus de diversas faculdades que costumam abster-se, agora, de protestos públicos. Numa universidade-irmã, no ano passado, o número de matrículas aumentou 154 por cento. Os calouros do curso de matemática têm que sentar-se no chão e compartilhar carteiras. Outras instituições "terciárias": uma não conseguiu, no último ano fiscal, gastar os 142 milhões que o governo forneceu à tesouraria. Que fim levou o dinheiro? Em âmbito nacional, as médias nas provas de meio de período dos alunos de engenharia, num país em desenvolvimento com carência de engenheiros, caíram para apenas trinta e cinco por cento de aprovações. Como a voz da autoridade saindo inesperadamente de um túmulo aberto, fala o professor Neilson: — Há por toda parte, entre todos nós, uma tensão enorme, insuportável, sobre o corpo docente, quanto à nossa capacidade de educar, nossa dedicação à divulgação do conhecimento nos níveis que a nação exige. —

A elite produzida pelas escolas particulares, clubes exclusivos, nunca antes tinha sido aplaudida em assembleias.

Há uma exclamação australiana aprendida nas leituras que estão sendo feitas: *Good on him!*

Qual a diferença entre não fazer nada e ter chegado, com

relutância desesperada, ao reconhecimento de que a causa em que se acreditou, e pela qual se lutou, nem começou a ser seguida — é claro que seria impossível realizá-la — em quinze anos e agora, a cada dia, degenera? Ah, aquela ladainha idiota: uma Vida Melhor, ter que enfrentar a morte com ela, os camaradas que morreram pelo último Mercedes modelo executivo, as mansões para passar o inverno ou o verão, as propinas milionárias de comerciantes de armamentos e licitações para a construção de conjuntos habitacionais em que as paredes logo se enchem de rachaduras, como um rosto de velho. Quem poderia ter tido um pesadelo premonitório, de acabar enojado, sem ânimo de enfrentar nada? A luta continua.

Ela foi "emprestada" a uma firma de advocacia para atuar num caso de estupro. Embora seja de se esperar que qualquer violação do corpo humano, nos termos dos direitos constitucionais, seja um caso a ser defendido pelo Centro de Justiça, teria que passar por um tribunal civil antes de se recorrer, se a causa for perdida ou indeferida, ao Tribunal Constitucional. Jabu foi escolhida porque todos se lembram de que ela se dedicou muito, nos seus primeiros tempos no Centro, a preparar gente desorientada para atuar como testemunhas: sua empatia natural seria uma vantagem num caso como esse. E é possível que alguém tenha percebido sua presença na multidão durante o julgamento do presidente por estupro.

— Você conhece alguma mulher que já foi estuprada? — Certamente nenhuma das mulheres do círculo de conhecidos deles, mas a África do Sul é tida como um dos países do mundo onde há mais estupros, se não for o campeão absoluto. Uma mulher que tenha passado por isso talvez não goste de falar no assunto. Nem mesmo se for uma Isa.

— Não dá pra saber. Entre as moças da faculdade. Se nós sabíamos que um em cada quatro homens no país está disposto a admitir que cometeu um estupro? Estatística: estou tão perplexa que não consigo acreditar... Você... acredita? — Ela lhe está perguntando não como marido, mas como homem, se esse é um instinto que todos os homens têm, ainda que nem todos ajam com base nele.

Evocando-a não como advogada, mas como sua mulher, ele está certo de que o instinto ou o que quer que seja não tem nada a ver com as ocasiões em que ele faz amor com ela de modo impulsivo, talvez exigente às vezes, não no leito nupcial mas como outrora tinha de ser, fugindo da lei. Era como se perguntasse se ele conseguia compreender um assassino, não? As coisas que aparecem embaixo dessas pedras quando elas são levantadas. Se você mata numa revolução em nome da liberdade, isso não é assassinato. Tarde demais para questionar.

— O advogado sênior diz que esses homens, um em cada quatro, estão contando vantagem... Isso, pra ele, é a pior manifestação da... — Ela faz uma pausa para ser bem precisa. — ..."combinação sul-africana da cultura da impunidade com a cultura da superioridade sexual masculina". É o que ele diz. A taxa de condenação pros homens que chegam a ser julgados é só de cerca de sete por cento. —

— E o que é que a polícia faz em relação a essa cultura da superioridade masculina? —

— A polícia não tem como impedir o estupro; não é que nem pegar um ladrão fugindo com um saco de dinheiro. A menos que eles peguem alguém em flagrante delito num carro, no mato... A maioria dos estupros acontece em lugares privados. Nos lares: os homens são amigos da família. —

— O discurso inaugural. — Ele muda o tom de voz, como se falasse com outra pessoa. — O discurso do Jacob Zuma logo que assumiu a presidência. Ele, que foi acusado de estupro, disse que daria a maior atenção aos crimes contra mulheres e crianças. —

É ela, e não ele, quem se vê frente a frente com a vítima de cuja defesa ela participa, na reunião realizada na firma de advocacia à qual ela foi emprestada. A vítima não é uma mulher, mas uma adolescente. Quinze anos. Haja paciência para fazê-la falar. É como se ela tivesse sido levada ao gabinete da diretora da escola, sendo que ninguém é mandado para lá se não fez nada de errado.

Não se trata de tirar leite de pedra, mas sim examinar o sangue e o esperma que escorriam das suas coxas; havia o relatório do médico que estava de plantão no hospital para o qual um motorista de táxi, claramente namorado de uma das mulheres da casa, levou a moça "porque a tia (mãe não havia) não sabia o que fazer com ela".

A aparência e os modos da advogada que estava pedindo à moça que falasse sobre Aquilo: nada a ver com uma diretora de escola, essa mulher linda que parece saída da televisão, o que se imagina que uma mulher africana deva ser, com o pano enrolado no penteado alto e o terninho elegante que a gente vê nas vitrines, que as brancas usam. Ela é o que você gostaria de ser quando crescer; e algum dia também foi uma menina negra.

Conheço o homem, sim, ele vai lá em casa e traz coisas: uma garrafa pra titia, ela gosta de conhaque, e comida pronta, frango, essas coisas. Naquela sexta todo mundo tinha saído, até o irmãozinho, filho da irmã. Ela lavou a blusa da escola para usar na segunda e o homem veio por trás quando ela estava passando a roupa. — Ele disse "que pena, deixaram você sozinha, que pena", aí eu ri, e aí ele falou "vem conversar comigo um pouco enquanto a gente vai comprar uns rolinhos de curry lá no indiano" e então ele tirou o ferro da minha mão. As mãos dele eram grandes, ele me virou e começou a... me beijar, aí eu comecei a bater nele, chutar, e aí ele levantou o meu *dashiki* que eu tinha vestido pro fim de semana e eu não sei o que dizer... Eu gritei, mas ele nem ligou, ele sabia que não tinha ninguém em casa e na nossa rua é o maior barulho. Ele pegou no zíper e abriu meu jeans, eu lutei e tentei morder, ele me empurrou pro chão onde tem um tapete de borracha perto da pia e aí, com a outra mão, ele começou a mexer na roupa dele... —

É claro que ela começou a chorar uma mistura de palavras e muco.

Então antes ela devia ser intata — ou, para usar o termo bíblico, virgem. Talvez tenha um namorado que já a penetrou em segredo, tal como tantos anos atrás na Suazilândia. Mas foi a brutalidade desse homem que fez com que o sangue dela e o esperma dele escorressem de dentro dela.

Ir até a moça, abraçá-la e recorrer ao vínculo do idioma comum (ela é ndebele, mas a língua, por efeito de antigas conquistas tribais, é próxima ao zulu): tais coisas não fazem parte do protocolo de objetividade que é essencial para que o advogado extraia a verdade das emoções do cliente, mas Jabu segura com firmeza as mãos úmidas da moça. Embora esteja claro que a moça vem de um mundo de pobreza, uma família só de mulheres vivendo com dificuldade — para onde foram os homens depois da inseminação? —, ela não é uma criança favelada, frágil e esfarrapada. Algo nas avenidas e caminhos estritos do DNA africano, um fio de força e graça, dá-lhe forças. Ela não vai para a escola com uma blusa suja na segunda-feira. É alta para uma garota de quinze anos, com pernas boas e longas pelo que dá para ver das panturrilhas abaixo do jeans arregaçado, uma cintura estreita acima das nossas nádegas proeminentes, e nossos lábios africanos. Sua história, as provas do crime. Ela não agradeceu a presença daquela interrogadora inesperada, mas o alívio perplexo em seu olhar foi uma forma de agradecimento.

Quinze anos.

Podia ser Sindiswa. Tons de marrom que se adensam nos lugares onde a luz atinge a carne. Como Sindi seria. Se Sindi tivesse puxado mais a mim do que ao pai.

O distanciamento profissional que você pode cultivar agora, como não podia no tempo da Luta — perdido como um documento largado em algum lugar, não pode ser encontrado.

Esta é Sindi, com um homem entre quatro no nosso país.

O advogado que trabalha no mesmo caso saudou-os com alegria na recepção e absteve-se de murmurar entre dentes à sua advogada assistente, esperando uma resposta: "E como foi?". Ela entregou-lhe seu bloco de anotações cuidadosas. "Muito obrigado, eu ligo pra você no Centro", dando tapinhas nas anotações enquanto falava, o que no código da profissão indicava que ele tinha confiança na qualificação especial dela para um caso como aquele. São situações em que, por um bom motivo, e não por nada de questionável, a questão da raça é relevante.


Ela tem quinze anos.

— A menina tem quinze anos. A idade da Sindiswa. —

Ele vira a cabeça para o outro lado, depressa, e depois a desvira; será que é preciso lembrar-lhe que este é um dos casos dela que não devem ser comentados na presença de Sindiswa, que ultimamente anda interessada no trabalho da mãe, trabalho de advogada? Ela e os colegas estão sendo envolvidos a sério, naquela escola em que o currículo se compromete com o que os alunos pretendem fazer na vida, para os outros, na carreira que resolverem seguir. O que é que você vai ser?, como dizem os colegas. Açougueiro-confeiteiro-verdureiro... Não, não é mais como nos versinhos de antigamente! É cineasta, publicitário, treinador de atleta, atriz, hoteleiro... Ou professor, médico, advogado, arquiteto, engenheiro: essas últimas profissões são as que a escola aconselha, esperançosa, sem atropelar a liberdade individual de ter suas próprias ambições.

Ele e ela nunca acharam que não se leva as preocupações do trabalho para casa, "expediente encerrado assunto terminado" é um dito popular, desses que entraram no país vindos da fala coloquial de uma população misturada há muito, expressões pré-coloniais, de indígenas e imigrantes.

A universidade em breve vai dar aos alunos e professores (ele incluído) férias de inverno, depois dos maus resultados dos exames de meio de período, solidariedade com os protestos contra verbas de educação insuficientes, más instalações nos alojamentos para estudantes — problemas endêmicos da educação terciária — até que todos voltem para o novo período.

O mês está chegando ao fim com os médicos mais uma vez em greve. Numa província que se chama Mpumalanga, "Sol Nascente", uma cidade que ainda leva o nome de um líder da guerra dos bôeres contra os britânicos, Piet Retief, duas pessoas são mortas quando uma multidão — reunida em torno de piras de pneus em chamas, brandindo porretes e machetes, "armas tradicionais" ainda não obsoletas — protesta contra os tais "serviços de infraestrutura", que não existem para essa gente, suas necessidades, água, eletricidade, remoção de lixo, ignoradas com promessas há quinze anos. Frustradas, as pessoas atacam de modo indiscriminado, destruindo o pouco que têm, um arremedo de clínica, uma biblioteca.

Jabu fala sobre o estupro outra vez.

Gary Elias estava na casa dos Mkize, onde Njabulo tem permissão de entrar no Facebook pelo computador novo do pai, e eles conectam-se com pessoas que provavelmente jamais conhecerão em carne e osso. Sindi toca Mandoza tão alto que as paredes de seu quarto e da sala parecem vibrar como tambores. Ele se levantou e fez menção de ir a ela. — Não... não, deixa. —

Era uma ordem; ele sorriu, objeção no tribunal; mas sua representante legal conta com o volume da música para garantir a privacidade, a filha não vai ouvir. — Podia ser a Sindi. Podia ter sido ela, eu tive que parar de pensar. —

Ele tem que se concentrar no que não sabe, o que significa convencer uma mulher (uma menina) a relatar como é ser estuprada, no momento em que a coisa acontece; sentir o corpo, a abertura que não pode resistir a uma invasão à força da passagem que leva ao ser feminino. — Ela não é a Sindi, quer dizer, a gente não quer admitir isso, mas olha só, é uma garota da favela, está exposta ao primeiro que agarrar... É a realidade. —

— Se você visse a menina, ia pensar na Sindiswa. —

Ela é negra. Vivendo como o último vestígio do racismo. Não pode dizer isso. Não é a filha de um Baba que a mandou para a Suazilândia para estudar e evoluir, nem um rebento gerado na família Reed que se transformou num camarada revolucionário, e não é uma egressa do colégio Aristóteles, onde as origens da democracia são ensinadas como algo relevante para o Aqui e Agora. Ela não pode dizer isso.

Mas já avançaram no assunto a tal ponto que não dá para Jabu parar: — Moças que estão indo pro shopping num subúrbio são obrigadas a entrar num carro; uma gangue pula por cima da cerca de segurança e invade uma casa: um estupra a mulher, enquanto os outros pegam a televisão e o computador. Você leu no jornal. Uma criança de oito meses foi estuprada; no Centro estamos com uma comissão de psiquiatras pra explicar isso. —

— Prerrogativa masculina. — É o comentário dele.

Ela só menciona o caso de estupro outra vez na semana em que volta a trabalhar no Centro: o estuprador foi julgado culpado e condenado, o advogado está tentando recorrer, mas a participação dela no caso está encerrada.

— Nada a fazer? —

A voz dela fecha um arquivo: — Nada. —

Ao que parece, Jabu não tem mais contato com a moça; provavelmente foi entregue aos cuidados de uma das organizações para mulheres vítimas de violência que Blessing Mkize auxilia com comida que sobra de festas de casamento e jantares de empresas, da mesma forma que ajuda clínicas geriátricas.

É perceptível o interesse na documentação dele sobre a Austrália; coisa recente, como se só agora ela visse no calendário que faltam apenas quatro meses para novembro. Não é para verificar os detalhes práticos acertados, o colégio escolhido para Sindi e Gary Elias, que ela está folheando as páginas. É a profissão de advogado, num país que não é uma república com presidente e sim ainda uma espécie de resquício de um império britânico, no Commonwealth, uma associação em que a rainha é a autoridade mais elevada, representada por um governador-geral. Quais serão as condições dos imigrantes em relação às estatísticas referentes à criminalidade, a natureza dos crimes? Ela tem se comunicado bastante com um grupo de advogadas de Lá Embaixo. É claro, nada de estranho, lógico, se olhamos no mapa, que os australianos considerem seu parceiro de diálogo o Sudeste asiático, as nações, os povos mais próximos. Dois anos atrás, eles assinaram uma "parceria abrangente" (ela está lendo o documento) política, econômica, sociocultural, e sobre questões de segurança, assuntos transnacionais, inclusive terrorismo.

Ele e ela, cada um projetando-se na sua futura esfera de ação. Por vezes trocam um olhar aqui e ali, pensativo. — Tem mulheres atuando como juízas... Assaltos à mão armada em alguns bairros da cidade... Baixa incidência de estupro. —

Ele teve suas próprias dúvidas, acusando a si próprio de obrigá-la a emigrar porque os dois estão juntos para todas as circunstâncias e soluções. Agora ela se decidiu pela Austrália, uma decisão íntima; intrometer-se nisso seria o reconhecimento de que havia se aproveitado indevidamente da condição de macho.

* * *

A África do Sul é habitada por seres humanos há quase dois milhões de anos.

A Austrália é habitada por seres humanos há menos de sessenta mil anos.

Ele pesquisa na internet. "Na Austrália, quando os europeus chegaram no século XVII, a população indígena, com suas tradições altamente desenvolvidas que refletiam uma conexão profunda com a terra, era estimada no mínimo em 315 mil. A população indígena sofreu um declínio significativo causado pelo aumento da mortalidade e, em 1930, foi reduzida a apenas vinte por cento do tamanho original."

Os colonizadores resolveram qualquer futuro problema de movimentos de libertação exterminando os nativos, de uma maneira ou de outra.

"Só houve um referendo populacional em 1967, depois de duzentos e cinquenta anos de colonização. A constituição australiana foi então emendada para permitir que o Parlamento formulasse leis que incluíssem os aborígines no recenseamento nacional."

Até então eles não existiam.

"O censo de 2006. A porcentagem indígena do total da população australiana foi de 2,3 por cento. Mas a média de crescimento anual é de dois por cento, contra 1,18 por cento para a população total."

Os pobres sempre procriam feito moscas.

"Um pouco mais da metade da população indígena da Austrália vive nas grandes cidades ou em suas imediações, mas em termos proporcionais com relação à população total há muito mais indígenas do que não indígenas vivendo em áreas remotas. No âmbito nacional, os indígenas representam vinte e quatro por cento dos australianos que vivem em áreas remotas ou muito remotas, e apenas um por cento dos que vivem em grandes cidades. A expressão 'título nativo' é usada no direito australiano para referir-se aos direitos comunais, grupais ou individuais dos aborígines. Por decisão do Supremo Tribunal da Austrália em 1992, Eddie Mabo tornou-se o primeiro indígena cujos direitos de título nativo foram reconhecidos em nome do povo indígena. O tribunal rejeitou a alegação de que a Austrália era *terra nullius* — terra que não pertencia a ninguém — na época da colonização britânica. O caso Mabo levou à promulgação da Lei do Título Nativo, que reconhece e protege o título nativo em todo o território australiano."

O fim dos bantustões da Austrália.

"O governo está comprometido com o processo de reconciliação entre os australianos indígenas e não indígenas. A reconciliação envolve o reconhecimento simbólico de um lugar de honra para os primeiros australianos, e a implementação de medidas práticas e efetivas para enfrentar as profundas desvantagens econômicas e sociais vivenciadas pelos inúmeros australianos indígenas, em particular nas áreas de saúde, educação, emprego e habitação. O número de alunos que frequentam a escola e concluem seus estudos é menor entre os indígenas do que entre os não indígenas. Hoje a população do país é de vinte e um milhões de habitantes. Mais de quarenta e três por cento dos australianos nasceram no estrangeiro ou tem pai ou mãe estrangeiros. A população indígena corresponde a vinte e três por cento do total."

Na África do Sul, tudo é ao contrário. Os brancos, doze por cento da população de quarenta e nove milhões, ainda dominam a economia, a maioria negra que conseguiu se libertar também produz pessoas que entram para a classe dos brancos e usam sua liberdade para corromper-se e distanciar-se da maioria que vive desempregada, em barracos, com baldes fazendo as vezes de privadas.

Repassar essas informações a ela, para familiarizá-la com o direito de lá; provavelmente já deve estar sabendo...

O fato de que ela nunca trouxe nada, para nós.

Nós fizemos a nossa parte na Luta: e qual o resultado? O que nossos filhos vão ter que enfrentar aqui, no nosso país, quando crescerem, por terem nascido aqui, por terem a carga genética que têm, sob o mando de um Zuma, um Malema?

Gary Elias está tocando sua guitarra recém-adquirida, e Sindi, Jabu e Wethu estão vendo o noticiário na tevê. Wethu não quer assistir de novo sozinha, em sua casinha, o refugo da cidade onde ela esteve naquela tarde, a comida podre onde nascem moscas, a praia coberta de papel sujo, garrafas quebradas, camisetas rasgadas largadas pelos funcionários do município mais uma vez em greve, quando ela foi lá comprar um *muti*\* pra dor de cabeça pedido por uma irmã em KwaZulu.

Educação — Não, ele não deve se deixar distrair pelas seções sobre agricultura, pássaros, entretenimento, lan houses. — Educação: nos últimos dez anos, o governo australiano se comprometeu a reduzir à metade a defasagem, em alfabetização e aritmética, entre australianos indígenas e não indígenas. (Um tanto humilhante assumir essa identidade: imagine se os sul-africanos brancos iam topar a denominação de não africanos!) Embora reconhecidamente ainda falte fazer muita coisa para melhorar o nível de instrução dos indígenas, tem havido um progresso animador. Em relação à população do país, o número de crianças indígenas que frequentam escolas subiu para 4,2 por cento... Universidades: a proporção de indígenas que obtêm o grau de bacharel ou graus superiores é cinco por cento do total nacional...

---

\* Remédio tradicional à base de extratos vegetais. (N. T.)

E de repente, escuridão: — Ah, porra! — exclama Sindiswa, um acorde louco vindo de Gary Elias: — Acabou a energia.

Ele e Jabu compartilham aquele momento. Apenas uma peça do vasto equipamento que deu defeito. Provavelmente por não haver uma verificação rotineira do sistema. Ou, em outras ocasiões, a explicação: cabos elétricos roubados. Sem dúvida, consegue-se um bom dinheiro por cabos nos ferros-velhos, um dos expedientes de quem não tem emprego, a cultura do desemprego, para usar a expressão cunhada por um professor num seminário de ciências sociais na semana passada.

A escuridão não é, como um clarão súbito, uma perturbação. A procura pelas velas, a cama, o lugar da escuridão como outro tipo de reflexão: os resultados do final do período exibidos no quadro de avisos, vinte e três por cento de alunos que abandonaram o curso. As aulas de reposição, ministradas com toda a seriedade, um dedo enfiado no furo do dique, na tentativa de dar aos "aprendizes" a formação que a escola não lhes deu. Os indígenas dessa população africana.

Alguns dos indígenas, nascidos ali, com a pele dali, emigraram da pobreza para o status do dinheiro e do poder político, deixando a massa de indígenas para trás, lá no fundo, para se encarregar do trabalho de sujar as ruas no desespero de arranjar um salário para viver. A luta continua. Onde o hiato cósmico é mínimo, ainda que jamais nulo, no prosseguimento à revolução da liberdade? Suécia, Dinamarca, Islândia? Longe demais. Frio demais.

O que fazer com a casa? Os golfinhos não querem que ela fique com algum desconhecido que não se entrose com o subúrbio, praticamente vizinhos deles. Encontraram dois homens que sempre pensaram na possibilidade de estender o caráter do bairro mudando-se para ele, por assim dizer. O subúrbio sempre foi e continuará sendo (se depender dos golfinhos, de Isa e Jake, Blessing e Peter) um lugar, um lar onde cor e opção sexual não tenham nada a ver com as qualidades da vida em liberdade.

— Mesmo como um encrave no tsunami — diz o golfinho Eric — de vingança pelos tempos horrorosos de antes, "aceita a minha proposta pra construir um estádio pra Copa do Mundo que eu te dou milhões para você enfiar no bolso, ministro", todos são bem-vindos na nossa piscina da Gereformeerde Kerk. — Daria uma boa fala numa das peças de Marc, *neh*?

O cuidado que os camaradas do subúrbio têm uns com os outros fez que o dramaturgo, embora não morasse mais lá, combinasse que os possíveis compradores de sua casa deveriam alugá-la aos antigos moradores até eles irem embora. Os novos proprietários vão assumir o imóvel no dia primeiro de dezembro, mas o preço da venda (ele foi esperto e pensou nos camaradas) deverá ser pago adiantado: agora. Não é comum. Mas as leis referentes a moeda estrangeira, feitas para conter a fuga de capitais, fazem com que talvez a gente não possa levar tudo pra Austrália. — Melhor virar nativo e se vestir que nem eles. Daqui nada se leva. —

Gary Elias quer saber: — Quando é que eu vou passar as férias lá com o BabaMkhulu? — Duas semanas de julho já se passaram. Talvez, quando ainda se é tão jovem, e tão protegido, que nunca se vivenciou rupturas na sua maneira de vida (eles até evitaram isso, indo contra seus princípios, fazendo como os Mkize, e deixaram o menino na escola depois da tal iniciação), não haja precedentes para dar um sentido ao adeus e à perda.
Jabu fixa uma data para o menino: sábado que vem.
— Acho que você não precisa ir. —
Não precisa ir, ela quer dizer desta vez? Ou em vez nenhuma, até o dia em que o marido da filha tiver que fazer sua despedida? Defrontar o pai dela com sua própria responsabilidade masculina. Quando estiver mais perto, disse ela. Por compaixão, por que impor ao Baba tentativas desesperadas de afirmar sua autoridade para impedir a rejeição do lar, da pátria? Do lugar.
O cartaz de Jacob Zuma quando o julgamento por estupro: deu em nada.
Será que *ela* vai se despedir? Agora. Despedir-se com Sindiswa, Gary Elias: os filhos dela também pertencem ao diretor da escola, ao presbítero, à avó, às tias... Por linhagem e por sangue são filhos de KwaZulu.
Quanto à família dele, os Reed, nenhuma hipótese de eles reagirem em termos de abandono pessoal ou deserção do clã:

eles se orgulham por Jonathan ter se formado em engenharia numa universidade inglesa tão prestigiosa que lhe possibilita arranjar um bom emprego em qualquer lugar no mundo. A mãe dele: está cercada de filhos, filha e netos; aceitará sua ausência tal como ela e seu pai foram obrigados a aceitá-la quando ele sumiu para lutar contra o apartheid. Certamente ela há de visitá-los no outro país, que por algum motivo não será a Inglaterra; muita gente está se transferindo.

Não foi uma boa hora para Jabu ser obrigada a ceder à exigência razoável de Gary, embora sob um outro aspecto fizesse sentido: desse modo ficava decidido quando — e como — a data da partida seria apresentada ao Baba. O momento presente coincidia com uma ocasião em que o Centro se concentrava no que estava se passando na mais alta instância do judiciário federal, o Tribunal Constitucional, prestes a nomear novos juízes para substituir os quatro que haviam sido indicados pelo próprio Nelson Mandela.

Alguém colou um pedaço de plástico em cima do cartaz de Zuma, rasgado, porém ainda lá.

Os meninos estão à espera de Gary Elias, entrechocando-se na correria em direção ao carro. Wethu e Gary Elias anunciam a chegada, e os meninos respondem com uma gritaria, jogando a bola de futebol bem para o alto, a uma altura proporcional ao volume de suas vozes. As mulheres ouviram e vêm em bando, a mãe de Jabu à frente. Wethu trouxe seus embrulhos contendo encomendas de produtos da cidade para entregar em meio a gritos de felicidade. Sindiswa é abraçada pelas meninas, as menorzinhas agarrando-se a suas pernas, as adolescentes de sua idade admirando seu jeans com bainha à altura do joelho, encostando o dedo nos seus brincos duplos, um aro acima do outro nos lóbulos com dois furos cada. Alguém grita, orgulhosa, ao reconhecer a estrela de cinema cuja marca registrada são aqueles brincos.

O pai dela aguarda a filha para lhe dar as boas-vindas; o Baba, na varanda da casa que é o lugar do presbítero da igreja e diretor da escola para meninos cujo padrão de educação é excepcional para uma área rural. A casa que é diferente de todas as outras na aldeia.

A visita à casa do pai como sempre é — era — Gary Elias vindo para passar as férias ou participar de uma reunião da família extensa no Natal, todos esses anos: embora a Luta que outrora a afastou tenha terminado, ela e o branco que conheceu na Luta e escolheu como companheiro criaram uma vida nova juntos. Nunca mais a filha voltou para casa.

Sua mãe tem confidências a fazer na cozinha, quando Jabu vai ajudá-la utilizando as prendas que adquiriu quando era menina, realizando as tarefas que lhe couberam desde que ela desceu das costas da mãe para debulhar ervilhas, comendo com gosto boa parte delas antes que chegassem à tigela. — Você soube da Eliza Gwala? Ela e o marido ficaram cuidando do Es'kia Zondo quando a mulher dele morreu (coitada só tinha quarenta e poucos anos), ele não tinha ninguém pra cuidar da dieta dele, ele é diabético há muito tempo, e não é que ele começou a ter um caso com a Eliza quando o Gwala estava no turno da noite? Você sabe: ele trabalha na mina de carvão, não é? Todo mundo estava sabendo, mas ninguém dizia nada... Agora ela quer se casar com o Es'kia, diz que vai à cidade pra cuidar do divórcio... Mas você sabe, é o seu trabalho, coisa de advogado, muito caro. E a Sophia morreu depois que você esteve aqui da última vez, era a minha melhor amiga; o Baba nunca gostou dela, mas foi ele que cuidou do enterro e tudo o mais. O filho ninguém sabe onde ele está, dizem que ele trabalhava na fábrica de um indiano em Durban, que saiu de lá para trabalhar no cais do porto (e olha que o Baba tentou de *tudo*!) e desapareceu... Lá em Durban é fácil, tanta gente de tudo quanto é lugar: dizem que você ouve todas as línguas, menos zulu. Está tudo mudado... —

Quando esposa e filha vão para a mesa posta na varanda colonial, com as mulheres levando panelas e travessas, é como se, de tão inteirado sobre as preocupações da mãe, o Baba pudesse pegar o fio da meada mesmo sem ter ouvido a conclusão. — O Murumayara agora está tendo um trabalhão que nem o Mandela, só que diferente; e o Mbeki não enfrentou, ele fracassou, então agora a coisa está toda nas mãos do Murumayara Zuma para ele resolver. Mas ele é forte. Preparado. Com a vontade de Deus. E a nossa. — A injunção a respeito da vontade, no idioma que é deles, todos reunidos sem ele (o homem dela).

Uma vida melhor para todos. Ela não diz, que fim levou isso, aquela observação irônica entre camaradas.

A exigência que o Baba impõe a todos na mesa, ela recebe como se fosse dirigida para si. Direto da mente dele, aquela vez em que Jabu tinha ido ao julgamento de Zuma por estupro. Repreendendo — não, instruindo — e, embora ela rejeite, confusamente sente-se parte — não perto dele, mas parte dele — uma identificação que se chama amor.

No subúrbio há aquela troca intensa em torno da comida e da bebida compartilhadas, percepções a respeito do que está acontecendo ao redor e com eles, a visão que têm do país agora, uma necessidade tão vital quanto o alimento que agora comem. Ali, na sua casa, não há essa compulsão em relação à realidade que os contém a todos, KwaZulu e o subúrbio, os passageiros que apedrejam os trens que os deixou na mão, os médicos em greve em hospitais tão mal equipados que num único mês cem bebês morreram, enquanto aqui, embora o dinheiro dos filhos que estão trabalhando na cidade não esteja mais sendo enviado para suas famílias, as galinhas continuam pondo ovos e a colheita de milho para o inverno foi bem razoável, e na escola para meninos as notas finais da última série foram as mais altas da província do ano passado, e o diretor está decidido (é uma questão de vontade) a elevar ainda mais a média este ano. É só no final da tarde, quando ele volta de uma reunião na igreja, que o Baba e sua filha se veem a sós. As mulheres estão cuidando de seus afazeres femininos, de vez em quando se ouvem aquelas exclamações características, um trecho de canção. Ao longe, a bola batendo na terra dura do inverno, os meninos no campo de futebol; Sindiswa com uma das meninas que está fazendo seu próprio vestido, mostrando a Sindi, intrigada, como se usa uma máquina de costura com pedal.

— Quer dizer que o Cope vai mal. Tremendo erro de cálculo do Mosiuoa Lekota achar que a coisa ia dar certo... Mas vai ver que foi melhor para o Zuma se livrar dele. —

Estão em casa; falando o idioma da casa.

Ele a conhece tão bem, desde sua infância promissora, melhor do que os filhos dos quais esperava coisa melhor (ele nunca disfarçou a decepção que lhe proporcionou a falta de ambição dos irmãos dela, nenhum deles é advogado, médico nem político). Talvez ela tenha votado no Cope. Ele certamente não esqueceu, jamais vai esquecer, a reação dela àquele julgamento que foi apenas uma tramoia para envergonhar o futuro presidente.

— Baba, a gente precisa de uma oposição. Não aqueles velhos clubinhos de brancos, nem clubes novos de negros. — Ela, por sua vez, sabe que ele jamais trairia Jacob Gedleyihlekisa Zuma, nem mesmo pelo partido tradicional do reino, o IFP. — O senhor conhece história melhor do que eu, o senhor passou a vida ensinando. Sem uma oposição de verdade, só dá ditador. Idi Amin, Mugabe. Não existe democracia sem oposição. —

— Zuma garante a democracia como nosso presidente. Ele foi pobre na infância, cresceu na pior época, ele sabe o que é passar fome e não ter direitos, ele combateu pela liberdade, e pra quê? Pra garantir que o nosso povo nunca mais será governado por nenhuma potência estrangeira, que a gente vai ter um governo onde todos têm os mesmos direitos. Não é isso que você quer dizer quando fala em democracia? E nesse governo, se há homens que querem o poder contra ele, querem brigar com os próprios irmãos, homens como o Lekota, ser contra a escolha do povo (é o Zuma que o povo quer, disso não pode haver dúvida), se esses homens atuam no governo contra ele, isso é democrático? — Em inglês agora, sua origem colonial o torna mais adequado para a traição. — E assim eles fazem esse joguinho de partido de oposição... O que é que eles têm a oferecer ao nosso povo que o CNA não tenha? Nada. Você vai ver, alguns deles ainda vão voltar chorando pra ser aceitos pelo Zuma de volta no partido. Ele é o homem que vai construir a nossa democracia africana. —

O inglês é melhor para isso. — Todo mundo está falando sobre os milhões que estão gastando pra transformar em palácio a residência oficial do presidente. Que hora pra gastar uma fortuna numa das casas dele, onde só vai passar uns poucos dias por ano! E a meta de habitação prometida pra nosso povo, que vive em barracos, pelo visto não vai ser cumprida. Pois bem, os gastos do presidente começaram na mesma hora: setenta e cinco milhões que a festa da eleição custou. —

Não responde, contesta. Talvez o Baba tenha sido convidado para uma dessas festas, dadas pelos líderes tradicionais do povo zulu, comemorando a eleição de um zulu para a presidência.

O que resta, no final das contas, para ser dito entre eles?

— E a confusão na cidade onde você mora? Nem gosto de pensar em você e nas crianças... —

— Não é onde a gente mora. O centro comercial... e as passeatas que terminam nas sedes das grandes empresas, das autoridades de transportes; greve de motoristas de ônibus e maquinistas de trem, funcionários do município... —

— Alguém está insuflando essa gente, não tenha dúvida...

É tudo parte de um complô contra o Msholozi. Como é que é para você, andando pela cidade? —

— Eles não precisam ser insuflados, Baba: ganham um salário de fome, são pobres mesmo tendo emprego, ainda não foram demitidos. —

— Claro que o Zuma não podia ter assumido o governo numa ocasião pior, a recessão mundial pegando a gente... —

É a explicação dele.

— Mas, Baba, fazer confusão na rua é a única coisa que eles podem fazer pra conseguir alguma coisa. As negociações se arrastam: os trabalhadores pedem quinze por cento e a contraproposta é de cinco; descem pra onze e aí oferecem oito... e por aí vai. A pior época. Eu vejo todo dia na cidade pessoas que não têm onde morar, e quando eu e o Steve passamos de carro à noite, elas estão lá, dormindo na calçada no frio, o inverno este ano está terrível. —

Ele não abre mão da última palavra quando o assunto é Zuma; o conselho dele, o conselho paterno. — Nosso presidente só tem uns poucos meses. Como é que ele pode ser responsável. *Singa mubeka kanjani icala na?* —

Não se toca no assunto, Austrália.

O Baba aceitou (tal como aceitou, embora tenha sido uma decisão que ele tomou por ela, que uma mulher inteligente não deve receber uma educação deficiente por ser mulher) que, qualquer que seja sua opinião sobre a deserção, a traição do legado da África, isso é uma decisão dela, tomada por efeito (defeito?) do desejo ambicioso dele de fazê-la evoluir da condição de mulher que fica para trás em todos os sentidos enquanto os irmãos se matriculam na escola. Ele acha, ela percebe, que a coisa não está mais nas mãos dele; está nas mãos de Deus.

Isso mostra que a confiança dele na filha está maior do que nunca? Deve ser terrível para ele manter essa confiança enquanto ela desrespeita, rejeita o futuro do país a ser atingido, agora que o líder é um filho da nação zulu.

Sindiswa nunca se interessou, sempre resistiu, quando se tratava de ir a KwaZulu, achando motivos para ficar no subúrbio; nessa etapa da adolescência, no tempo a ser calculado antes da aventura da Austrália, sua amiga da escola a inveja por ela ter relações bem próximas (efeito do sangue?) com os primos da mesma idade. É a televisão que os une, não o sangue: todos encaram a vida, a sexualidade, o amor, a ambição, as metas de popularidade, os sucessos, o medo do fracasso, com base nos mesmos seriados e novelas. Quase toda casa de pau a pique tem agora seu altar para a caixa eletrônica. Até o Baba tem em sua casa uma tela ampla igual à instalada na escola, ambas para fornecer informações e material educativo; os programas sobre cultura e política do mundo reunidos pela imagem sem oportunidade nem necessidade de desertar. Ninguém, nada, pode impedi-lo de ver e ouvir toda e qualquer aparição pública, até mesmo em visitas oficiais a outros presidentes e lugares distantes onde o presidente Jacob Zuma é recebido pelo presidente da França, pelo presidente irmão Obama ou pela rainha da Inglaterra. A hora de cada noticiário é um dobre de sinos que silencia todas as interrupções na casa do Baba. Jabu está sentada ao lado dele agora, submetendo-se instintivamente, como sempre, aos interesses do pai, e usufruindo os privilégios que sempre teve na condição de filha predileta. Seis da tarde, e lá está Zuma, eloquente, concluindo uma visita teatral a um distrito eleitoral de KwaZulu, onde um partido rival teve a maioria dos votos nas eleições provinciais, mas mesmo assim tem de enfrentar uma comunidade queimando pneus, atacando o prefeito por não haver água nas torneiras, por faltar material hospitalar numa clínica onde as mulheres vão para ter filhos.

Msholozi, com seu instinto infalível, toma em seu punho

levantado o fracasso do partido rival, que não conseguiu atender às exigências de seus seguidores, e promete que seu governo não vai permitir que o povo seja privado de seus direitos em qualquer canto do país: ele está levantando dados em toda a nação, os responsáveis terão que responder por sua negligência e inércia. Como se água tivesse começado a sair das torneiras por efeito de suas palavras, o caos de indignação da multidão se transforma num canto e dança de comemoração da sua presença entre eles: ZUMA ZUMA ZUMA! Ele é eles, eles são ele, o sofrimento deles, o homem do povo, é dele.

A mão do pai aperta um botão do controle remoto para ignorar qualquer coisa que venha depois, na tela ou fora dela.

Ele leva a filha até a varanda, onde Sindiswa e as outras meninas estão bebendo coca-cola, os meninos lançam sua bola para perto delas e exigem refrigerante também; a aparição do Baba e das tias com a mãe acalma a cena sem diminuir a alegria. Alguns dos membros da comissão que administra a igreja, colegas do presbítero, chegam com cerveja feita em casa; as mulheres fingem protestar e duas delas vêm servir ostensivamente a cerveja da casa para manifestar hospitalidade. Um dos homens foi ver o terreno onde está sendo construído um dos estádios para a Copa, pois a África do Sul ganhou esse direito contra todos os outros candidatos no mundo, será no ano que vem. KwaZulu terá a honra de contar com um dos estádios para o qual virão torcedores de todo o planeta, para assistir à disputa internacional. Os meninos fazem mil perguntas ao mesmo tempo: Como é que é o estádio? Qual o tamanho? É maior que... Mas o homem não consegue achar nenhum termo de comparação que seja igualmente grandioso.

Gary Elias, que vem da cidade, está muito bem informado, esse pessoal do interior não sabe de nada. — O de Orlando é muuuuito maior. Mas eles são todos enoooormes. —

Um dos meninos insiste: — Mas como é que é o estádio? —

O homem que já esteve lá está sorrindo, levantando o queixo em proporção à magnificência planejada. Mas Gary Elias já tem a resposta: — Ainda não está pronto! —

— É, estão só limpando o terreno, 61 312 metros quadrados, pelo que me disseram. —

— Pô! —

— Ouviu só? —

— Isso é de que tamanho? —

— *Mfana awazifundi izibalo zakho na?* Não estudou matemática, *umfaan?*\* —

Os garotos trocam gozações animadas e socos de brincadeira. Gary Elias triunfou, ele viajou com os Mkize para ver as grandes modificações que estão sendo feitas no estádio em Orlando. — É lá que a coisa vai rolar! —

— E vamos ter um estádio aqui em KwaZulu, viu só? —

— E a gente vai lá conhecer, todo mundo vai! — Em coro, os meninos estão unidos, Gary Elias no meio deles.

O diretor da escola adverte: — Isso vai depender de vocês passarem nas provas e todos entrarem na nona ou na décima série... —

— Menos o Thuli. —

— É, claro, ele é um ano mais moço, então vai ter que passar pra oitava: ele vai ser a exceção, se estudar mesmo este ano. —

— O Baba vai comprar ingresso pra todo mundo do time. Você vem também! — Vusi falando a Gary Elias, como um deles.

O Baba nunca precisa confirmar quando alguém conta vantagem em seu nome, não se discute que ele tem influência nessa ocasião, tal como em tantas outras que dizem respeito à comuni-

---

\* "Moleque", termo africânder de origem zulu. (N. T.)

dade da família. — A gente não deve contar com o ovo que a galinha ainda não pôs. *Ungabali amatshwele engaka chamuselwa*, os ingressos só vão estar à venda talvez no começo do ano que vem, vai ser um processo, é muito ingresso, uma porção reservada pra pessoas no estrangeiro, os outros países que vão participar, Estados Unidos, Inglaterra, França, Brasil... — Quando é pronunciado o nome daquele país sul-americano, um grito se eleva, muito embora não se deva interromper o Baba: depois do time local, o Bafana Bafana, os brasileiros são os favoritos.

Ele autoriza o entusiasmo: — Pelo que estou sabendo, daqui a pouco os ingressos vão estar disponíveis pra nós aqui mesmo no nosso país. —

As mulheres riem e batem as mãos espalmadas umas nas outras.

Baba e Jabu, os dois a sós, nem por um momento ele desviou a atenção dela, fixando-a de modo a penetrar, apropriar-se da afirmação, expressa por pausas, de qualquer coisa que ela estivesse ocultando no que estava dizendo a ele, para ele. Ali, em meio à gente deles, a mulher do Baba, a mãe de Jabu, os meninos e as moças já quase crescidas, mulheres em meio às mulheres da família, ele não lhe dirigiu nem uma palavra nem sequer um olhar, era como se ela já tivesse se despedido dele, estivesse dentro do carro, indo embora. Mais tarde houve as despedidas de sempre, inversão, tal como os presentes ao chegar: ovos recém-postos das galinhas, milho das provisões para o inverno; tudo em cestas em que utilidade e beleza fundiam-se na primeira forma de arte que Jabu conhecera inconscientemente, a arte das mulheres da família extensa, que juntavam juncos e desfibravam maços de espigas até se tornarem fortes o bastante para com eles tecer, cada cesta formando um padrão pessoal criado por dedos ágeis.

Por algum motivo — os pais nunca acham necessário explicar essas coisas às claras — essa visita deveria ser mais curta do que o habitual. Gary Elias tinha sido trazido já na segunda metade das férias escolares, e dessa vez sua mãe voltaria para pegá-lo depois de apenas alguns poucos dias. Ele por acaso ouvira um dos tios comentar que ia viajar a Egoli, onde um dos filhos dele, outrora um aluno excepcionalmente inteligente que estudou na escola do Baba, acabara de ser contratado como diretor de uma rede de lanchonetes. O tio ficaria feliz com a companhia do menino, para conversar durante a viagem. A data proposta coincidia com o final das férias, e Gary Elias aceitou na mesma hora. Se pegasse a carona com o tio, teria mais quatro dias com seu time. Wethu também ia ficar, voltando com o mesmo homem, que ela conhecia através de algum parentesco na complexa rede familiar.

O Baba vai até o carro com as mulheres, coisa que não costuma fazer; embora mantenha distância delas, ele está presente. Jabu e Sindiswa abrem as portas, fazem hora, entram no carro, baixam as janelas para ainda continuarem em contato.

O time de futebol apossou-se de Gary Elias. Um deles grita, sem precisar dizer o nome de Jabu: — A senhora traz ele pra Copa do Mundo? —

Seja lá de onde for.

Quando gira a chave na ignição, ela compreende. Compreende que o Baba a ignora no meio da despedida dos outros para indicar que aceita que esta vez, se não for a última, antes que ela se vá para mais longe e por mais tempo do que qualquer outra vez na vida, podia bem ser.

Austrália. Indo embora como os homens, os filhos que há tantas gerações partem para trabalhar nas minas de ouro, e agora voltam nos feriados, ela há de retornar talvez como eles, para um enterro. O voo longo para ver a Copa do Mundo; o menino Gary Elias virá assistir com os colegas do time.

Recolher-se agora enquanto eles estão no meio dos outros é a permissão final que seu Baba lhe dá para seguir em direção ao futuro que ela e o homem que escolheu construíram sem seu pai. É a bênção tácita dada por seu Baba ao Lá Embaixo. Mais uma viagem. Para mais longe do que qualquer viagem que ele poderia já ter planejado para ela, uma espécie de liberdade indizível que ele não poderia prever.

Não é coisa que se comente.

Sindiswa está fofocando com o pai sobre a jogada esperta de Gary Elias para ficar com os colegas de futebol e pegar carona depois com um tio que vem à cidade.

— Quer dizer que você não vai ter que ir? — Ele sente um alívio culposo por não ter que ir buscar Gary Elias, uma viagem que ele devia se oferecer para fazer se não tivesse surgido aquela solução.

— Eu não vou voltar. —

Quando estão juntos a sós, ela repete: — Eu não vou voltar. —

Então ela disse alguma outra coisa, algo diferente da compreensão normal de uma combinação alternativa.

— O que você está dizendo...? —

— Faltam poucos meses para novembro. —

Ele espera.

— Pra gente não ter que... — Ela põe a mão no braço dele, um pouco de pressão no bíceps. — A despedida seria muito perturbadora pra eles, *eih*, e o Baba não gosta de manifestações de emoção. Eu sempre tive que me despedir da mamãe, e depois ele me levava até o ônibus ou trem ou lá o que fosse com aquela forma dele de dizer adeus, você sabe. —

Ele sabe, sim; entregando a filha a Deus, o pai dela tem essa autoridade que é conferida pela fé. Ela está enganada nesse ponto: sem dúvida essa é a emoção mais intensa que existe, que tem algo de genuíno mesmo que você não acredite na realidade da coisa.

— O Baba tem o privilégio de comprar antecipadamente ingressos para a partida da Copa do Mundo que vai inaugurar o estádio que vão construir, uma honra para KwaZulu, ingressos pro time dos garotos. E ficou mais ou menos combinado que a gente estará lá com o Gary Elias, fazendo uma visita no ano que vem. —

Ele respira devagar, para compreender.

— Acho que eu não preciso voltar, não. Antes da gente ir embora. — Ela está sorrindo quase de antegozo, um presente que lhe foi dado por seu pai.

O braço em torno do pescoço dele, que abaixou a cabeça para ela, os seios encostando nele, sua boca sobre a dele. Abraçando a Austrália com ele. Steve percebe, com aquela espécie de sensação total de ser que é a felicidade, o que até então não era bem uma certeza: ele não a obrigou a ir contra uma espécie de instinto dela, que é africana de um modo como ele jamais poderá ser, para se tornar imigrante num país alheio.

A greve dos funcionários municipais de limpeza urbana tinha durado tanto tempo que o exército de ratos que existe, enfiado pelos buracos em toda a cidade, havia se multiplicado, nutrido pela abundância de lixo putrefaciente que cobria as ruas. E, quando a greve terminou e a fartura dos ratos foi removida, eles começaram a surgir à procura de comida nos subúrbios. No subúrbio. Blessing soltou um grito alto e agudo ao confrontar um deles em sua cozinha, Peter achou que ela estava sendo atacada por um ladrão que tinha dado um jeito de burlar o sistema de segurança eletrificado, e agarrou sua pistola Peace tal como teria recorrido a seu AK-47 nos tempos da Luta.

No primeiro dia de agosto os empregados de telecomunicações entraram em greve, quarenta mil trabalhadores sindicalizados. Os funcionários do zoológico numa das capitais, Pretória, estavam em greve; as pessoas que gostavam de animais assumiram a tarefa de dar comida a eles e limpar suas jaulas. A greve dos ferroviários metropolitanos continua. O sindicato diz que a oferta que eles rejeitaram teria resultado numa perda financeira para os empregados, porque iam suspender o pagamento de horas extras. Em algumas províncias, não há trens para levar os trabalhadores para seus locais de trabalho; num lugar onde há umas poucas composições operadas por fura-greves, um passageiro morreu e quatro se feriram quando caíram no chão no meio da multidão que saía dos trens.

Como se movido pelo desejo inconsciente de afastar-se de tudo isso, o lugar do subúrbio na responsabilidade cidadã, na identificação dos camaradas com os operários que sobrevivem sem ganhar salário, e com uma inesperada frustração de classe média ao se ver sem telecomunicações, Marc de repente dá a notícia. O negócio da venda da casa. Fala como se estivesse lendo uma anotação perdida rabiscada durante uma interrupção desagradável: — O cara amarelou. O negócio furou, tenho certeza que ele está mentindo com essa história de mudança na vida dele, o parceiro, alguma indireta: ele está chateado e vai desistir de mudar pro subúrbio. —

O que ele pode fazer? Dando a ela a notícia, tal como é em comparação a notícia dentro da qual, ainda ali, eles estão vivendo. Uma casa a ser esvaziada. A vender. Os barracos de sabe-se lá quantos mil sem-teto: sem valor de mercado. Nem é preciso dizer — o silêncio rápido dela, levantando-se, afastando a cadeira, a pausa com que ela se equilibra antes de ir até a porta, vira-se para ele com um dar de ombros, é um reconhecimento do desafio a eles dois. Na tela da televisão, imagens que poderiam ser do noticiário daquela noite ou do da véspera, a mesma coisa, braços lançados para cima como armas de carne e osso enfrentando cassetetes e armas de fogo.

Mais tarde ela reassume seu estado normal, pragmático: o jeito é pôr a casa à venda publicamente, entregá-la a um corretor imobiliário quando forem para a Austrália. Sem nenhuma cláusula referente a pagamentos de aluguel. Por ora, haverá uma placa lá fora: "À venda". Ela tem razão. A partida. Não pode ser uma questão nas mãos dos camaradas do subúrbio.

Enquanto Steve faz a barba e ela toma banho de banheira na manhã seguinte, ele também se torna prático: — E o dinheiro? Você sabe que a gente não pode transferir tudo. —

Ela enche uma esponja de espuma e a passa em toda a extensão de sua bela coxa, dobra o joelho para fora d'água e estende o gesto até o músculo da panturrilha. — O Centro pode administrar a casa com meu pai. Acho que eles fariam isso, para mim... Um dos meus camaradas. O Gary Elias pode usar quando vier. Quando qualquer um de nós resolver viajar pra cá. —

Zuma no cartaz.

KwaZulu. O homem que se destaca, à porta da casa diferente de todas as outras na comunidade do presbítero da igreja onde o clã dos Gumede atua e é respeitado há gerações, o diretor de escola cuja fé na educação obteve sob uma disciplina rigorosa os melhores resultados de toda a província, num contexto de números recorde de desistência e reprovações em todo o país.

— Será que ele topa? —

— Ele vai aceitar. — Embora a pergunta ainda não lhe tenha sido feita: ela é a filha.

Ela tem razão, seu Baba não impõe nenhum obstáculo, por mais doloroso que seja para ele no fundo de seu ser, de sua identidade, ancestral e atual, saber que ela vai romper com a identidade adquirida na experiência da sua geração na Luta, e as oportunidades de instrução que ela teve lhe trouxeram uma compreensão da existência da Luta em todo o planeta: uma cidadã livre do mundo. Ela lutou pela libertação de seu povo. É necessário admitir que ela não tem obrigação de assumir a Luta de agora, no lugar de promessas, promessas, vida melhor para todos.

A experiência do mundo exterior talvez a leve a pensar de modo diferente. Antes só os brancos podiam fazer escolhas, agora os negros também podem.

\* \* \*

Eles não fazem amor com frequência nesses dias — ou melhor, noites, tantas coisas para completar, fazer. Não é prematuro, o que eles decidem que deve ser levado precisa ser separado mentalmente do que vai ficar para trás. Os trambolhos de suas vidas que decidirem levar irão por via marítima; portanto, terão que ir bem antes, por estrada até o porto em Durban, o navio como que voltando numa dobra do tempo a uma das viagens do capitão Cook, singrando o oceano Índico.

O que cada um deles quatro — Jabu, Steve, Sindi, Gary Elias — constata que não pode deixar para trás é revelador daquilo que um não sabe a respeito do outro. Gary Elias não quer levar sua bicicleta de corrida, o orgulho de seu último aniversário. De onde foi que ele tirou a ideia de que haverá um modelo melhor para ele à sua espera Lá Embaixo? Sindiswa insiste que a versão da antiga estátua grega de Antígona, alta e pesada, esculpida pelos alunos de arte no colégio Aristóteles, que eles lhe deram de presente por sua atuação teatral, terá que ir. E Jabu, por algum motivo que não combina com sua falta de apego a objetos bem fáceis de transportar, como as elegantes cestas zulus, inclui um secador de cabelo. Será um modelo especial? Ele e ela examinam as estantes de livros (lá está a prateleira onde ela encontrou os recortes de jornal dele, a Austrália), separando os essenciais e empilhando outros para serem doados às bibliotecas da universidade. Foram sacrificados alguns volumes de direito, referência aqui, o famoso fulano que contradiz o beltrano, mas que provavelmente não teriam valor em nenhum outro país do mundo, e reportagens sobre educação na mesma categoria. Antes de jogar fora: uma última olhada na reportagem sobre alunos universitários brancos que mijaram numa panela de cozido e obrigaram quatro mulheres negras e um homem negro, funcionários da limpeza no alojamento estudantil, a comer o cozido. Posteriormente, pediram desculpas. O que é deixado para trás é o fato de que ninguém, até agora, levou aos tribunais o pleito dos funcionários, que merecem reparação como vítimas.

Não havia nada, nada, que ele quisesse levar que fosse possível transportar.

"Nossos membros estão firmemente decididos. Fim à disparidade salarial do apartheid, os empregados negros continuam ganhando menos." Agora são os funcionários dos correios que estão paralisados, um eufemismo para greve.

Ninguém liga, todo mundo agora tem e-mail, SMS, Facebook, qual a necessidade de ver um rosto atrás do balcão do correio? Os trens metropolitanos estão parados, as clínicas estão fechadas, os pacientes não estão recebendo os antirretrovirais para o tratamento de infecção por HIV e aids, ameaças de apagões quando o Tesouro Nacional se recusa a emitir dinheiro para atender às exigências dos empregados do setor de energia: as pessoas convivem com tudo isso. O jornal cai e desliza para debaixo da cama.

Eles não se beijaram antes de dormir. Inerte ao lado dele, cochilando, quase não tem consciência da presença dela. Sem mais nem menos a mão dela: a mão dela sobre seu pênis. A calça do pijama não adianta, ele está ali. Ela o encontrou.

Ela está ali, em meio a tudo o mais que os cerca. Ele não espera para reagir sexualmente, porém vira-se para ela juntamente com as muitas coisas que, desoladamente, estão acontecendo naquela vida melhor para todos. Ele consegue confirmar num abraço: confirmar que estamos indo embora, deixando para trás tudo que nós, "veteranos da Luta", não conseguimos mudar, a sujeira nas ruas é apenas a merda que simboliza isso.

Ou talvez seja apenas a confirmação da persistência do desejo. Isso que torna iguais ricos e pobres; até mesmo neste país, que, como ele acaba de ler em algum lugar, é o país onde há mais desigualdade econômica no mundo.

Não dá para viver com aquela mentira, aquele fingimento. Que adianta ser professor assistente, ser advogada, num país onde a educação é um somatório de escolas que produzem alunos para serem aceitos como estudantes universitários sem o nível mínimo necessário para realizar o curso que escolheram? A lei contorna as acusações de corrupção contra camaradas acusados que têm altos cargos. É uma desculpa esfarrapada citar os filhos quando se toma uma decisão. Mas Sindiswa e Gary Elias crescerem para herdar *tudo isso, tudo aquilo*. Crianças que foram geradas na fé num presente que não se materializou. Nenhum sinal da igualdade da fusão que eles representam, negro com branco, naquele país, nascido da Luta, que é o país mais desigual do mundo.

Nem se discute que Wethu vai simplesmente voltar para sua casa em KwaZulu. Que espécie de presente de despedida ela vai querer, quando chegar a hora? Mas a hora não devia ser esta, quando se está separando tudo que vai de tudo que fica? Aqui também entra a circunstância de que, no plano emocional, o que se aplica ao Baba também deve se aplicar a ela: evitar a visão de Wethu insistindo para ir ao bota-fora no aeroporto. Sindi é particularmente apegada a ela, Wethu se tornou uma espécie de extensão das amizades do colégio, talvez a menina conte a ela segredos que não conta à mãe. Wethu vai viajar a KwaZulu alguns meses mais cedo do que de costume; só que dessa vez a viagem será sem volta.

— A gente talvez não esteja fazendo... vendo a coisa da maneira... quer dizer... — A filha do Baba, advogada de direitos humanos, fica atenta para o que pode parecer uma espécie de demissão.

— Você acha que ela ia querer passar o resto da vida aqui se não fosse... —

O rosto assume uma série de expressões pensativas. É claro que Wethu não é uma criada; é uma espécie de parente. Uma vida acessória: será isso uma Vida Melhor? O que se diz é diferente. — Nas coisas que ela vê na rua, os prédios velhos abandonados em que moram algumas das amizades que ela fez por intermédio dos homens do posto de gasolina, o modo como ela se tornou urbana, eles a ensinaram a não entrar neste parque, a se afastar dos vendedores naquele ponto de táxi, a não sair do subúrbio quando souber que há grevistas na estrada, porque pode voar alguma bala perdida e pegar você quando estiver só olhando... Como é que ela pode querer viver aqui? —

— Ela, bem, parece que sim. — A casinha no lugar do galinheiro que Steve construiu para ela: sua independência. Longe da família colateral sob a jurisdição do Baba. — A imigração dela. —

Eles sorriem e dão de ombros diante dessa categoria, ele prossegue: — Sabe-se lá como que isso se aplica a outras pessoas. —

Há ainda tanta coisa para concluir. Colegas de profissão, camaradas, são levados a lhe conferir o reconhecimento do seu trabalho, da sua lealdade, seus modos diferentes de amizade, compreensão, apoio... apesar de Lá Embaixo. Da deserção.

Eles estão até mesmo envolvidos em obrigações referentes à nomeação dos seus sucessores nos cargos em que estão atuando. Steve na universidade, seu ativismo que vai além do ensino, para transformar a instituição naquilo que ela precisa ser. Jabu, seu compromisso com a justiça como apoio jurídico à população que não tem dinheiro para pagar um advogado; acima de qualquer ambição de se tornar um fenômeno maior, uma advogada negra bem paga (quem sabe juíza um dia?). Steve é chamado pelo decano da faculdade de ciências, que o consulta em caráter particular a respeito do que ele pensa dos seus possíveis sucessores nos laboratórios e nas salas de aula (a sala do café nunca é mencionada, se bem que para Steve foi lá que ele conseguiu realizar alguma coisa, se é que conseguiu, que foi discutida e concebida). No Centro, pedem a Jabu que fale sobre as conversas informais que ela tem além das entrevistas com os candidatos, como uma orientação essencial para a escolha de seu substituto. Como costuma acontecer no começo da carreira de um advogado, Jabu foi encarregada da tarefa de preparar, nos idiomas que tinha em comum com elas, as testemunhas negras nervosas que seriam interrogadas pelo advogado da outra parte. Ela se tornara útil no caso da moça, não a vítima de Zuma, estuprada.

Tem-se a impressão de que tem havido mais ocasiões de se reunir do que de costume. O irmão de Lesego veio de Uganda, onde tem alguma atuação na área de solução de conflitos internacionais (os irmãos de modo geral vivem espalhados para todos os lados, por efeito de diversas oportunidades). — No sábado há uma grande festa, uma reunião familiar, mas você e a Jabu têm que vir, é open house e vai durar a noite toda entrando pelo domingo, uma maneira de descansar das confusões lá de Uganda e das nossas, aqui. —

Marc volta de um ensaio na Cidade do Cabo, ele finalmente encontrou, parece que encontrou, patrocínio para sua peça, só veio por três dias, está enroladíssimo nas negociações com o pessoal da grana, mas será que Jabu e Steve podiam visitá-los? Peter e Blessing trazem um calendário quando vêm. — Vai ter um feriadão, não é? O Njabulo disse uma coisa outro dia, todos os garotos da escola falam dos parques que eles conheceram: elefantes em volta do acampamento à noite, leão comendo antílope e não sei o que mais... Mas a gente nunca levou nossos filhos. E vocês? A Sindi e o Gary Elias já conheceram a nossa África? Eles só veem na televisão, que nem os ingleses e americanos, não é? —

Ele e Steve sorriem por dentro: "A nossa África" compartilhada nos acampamentos da *Umkhonto*. Mas isso é outra coisa, os filhos deles deviam ver os animais fora dessa prisão para bichos que é o zoológico: uma visão da terra natal que eles têm em comum com a fauna. Antes era um luxo só para crianças brancas, o Kruger Park; enquanto os negros só podiam entrar como guardas e criados. Peter fez a reserva, Blessing levaria a comida do seu serviço de bufê. — O que é que a gente leva, cara? —

— A birita, é claro. Steve, você se encarrega da cerveja e da coca pras crianças. —

Instalaram-se em cabanas de sapé com banheiros e foram assumir seus lugares no mato, no leito do rio, compartilhando aquele enorme cercado de liberdade com os animais, tal como seus ancestrais o teriam compartilhado com toda a África — Sindi contribuindo, inesperadamente, com o que havia aprendido em sua escola esclarecida: A África é a origem de *todos* os seres humanos do mundo —, se bem que os camaradas do subúrbio estavam se deslocando nos veículos dos guardas, e não a pé em meio às patas dos elefantes, os cascos e garras dos veados, leopardos e leões. Um tempo fora do tempo. Nada a ver com presente ou partida.

Enquanto eles estavam por lá, Wethu dava continuidade aos seus hábitos confortáveis como se eles estivessem em casa: igreja no domingo, à tardinha sentou-se diante da televisão da casa com sua tela larga, bem diferente do seu aparelho pequeno, pois na cabana não cabia nada maior. O volume bem alto para que ela não perdesse nada enquanto esquentava o cozido de *inkomo* para acompanhar o *isitambu* de milho,* mas ouviu um grito se

---

* Carne cozida com uma espécie de angu. (N. T.)

repetindo que parecia vir do portão dos fundos, implorando vez após vez. Lembrou-se de desligar a chama de gás embaixo da panela, pegou a chave do portão e saiu no lusco-fusco do quintal: devia ser algum amigo dela chamando-a na cabana. Levantou os óculos até a testa, eles só eram usados para ver tevê, ela enxergava bem à distância, mas naquela meia-luz não conseguia reconhecer nenhuma das duas figuras no portão, apenas as mãos enfiadas entre as barras quando ela apareceu: — *Ousie, mama*, por favor, água! Por favor, por favor, só um pouco de água, água, a gente veio correndo de longe, por favor! — Num inglês semelhante ao dela, sejam lá quem forem, esperando que um branco saísse da casa.

Coitados desses rapazes... Fez sinal para que esperassem e foi até a cozinha; não queria que desconhecidos bebessem num dos copos bons de Jabu: encheu um caneco de plástico e voltou com passos rápidos, derramando um pouco de água, ao portão. Quando entregou a caneca por entre as barras, arrancaram-na de sua mão, puxaram o chaveiro preso em seu pulso, rasgando a pele por cima dos ossos dos dedos contorcidos. O pânico tem seu próprio ritmo. Imediatamente os dois homens entraram no quintal, ela gritou e meio punho cerrado enfiou-se em sua boca, ela engasgou e foi empurrada, com os braços presos atrás das costas, até a porta da cozinha, jogada dentro da casa. — Onde eles guardam o dinheiro, as armas? —

Um a empurrava para o corredor, um rapaz jovem de pele lisa que apertava com força seu pescoço contra o queixo, enquanto o outro homem andava para trás com passos largos: — *Checha wena!* Você sabe! Dinheiro e armas! —

Com esforço ela conseguiu livrar a cabeça, gritando: — Não sei! Como é que eu vou saber onde eles...? — Uma bota pesada de lona pisou em seu ventre, ela gritou e, de repente, viu o rosto do rapaz quando se aproximou no instante antes de golpeá-la: — Eu podia ser a sua avó! —

Como ainda estava frio demais para se exercitar na piscina, um dos golfinhos que voltava para casa de bicicleta ao entardecer, depois de rodar os quatro quilômetros que havia se imposto para manter a forma, ouviu gritos vindos da casa de Steve. O subúrbio não é um acampamento de sem-teto nem um bairro de má fama como Hillbrow, onde as brigas de família e as rivalidades entre gangues tornam a gritaria uma coisa habitual; mas às vezes os filhos desses camaradas héteros se metem em brincadeiras perigosas. Chegando em casa, ele achou melhor ligar para a casa de Steve e Jabu, para ver se estava tudo bem. Quando o telefone tocou e tocou sem ser atendido, pegou sua mountain bike outra vez e resolveu ir até lá. Ninguém veio abrir o portão enquanto ele berrava e ouvia os gritos e pedidos de socorro vindos da casa; o portão dos fundos estava escancarado e havia uma faixa de luz saindo da porta da cozinha aberta. Cozinha vazia. No que devia ser o quarto do casal, a mulher que é uma espécie de parenta de Jabu estava deitada, chorando e gritando, amarrada, entre portas de armários abertas, gavetas reviradas e jogadas no chão, uma penteadeira com os espelhos todos tortos, refletindo maquilagem, bolsas, uma busca apressada, mesas de cabeceira derrubadas: seria ali que eles guardariam a arma se tivessem arma...

Os golfinhos foram de uma eficiência fantástica; mais do que se podia esperar até mesmo de vizinhos que eram também camaradas. Chamaram a polícia e ficaram acompanhando atentos os policiais que revistavam a casa — hoje em dia, um deles podia muito bem ter a mão leve —, ajudaram uma Wethu histérica a dar seu depoimento, fizeram-na exprimir de modo coerente sua familiaridade com os objetos que certamente haviam sido levados: a televisão de tela grande que ela estava usando, as máquinas — não sabia os nomes do processador de texto, do fax, da copiadora —, tudo fora levado, juntamente com roupas, o aparelho de DVD. Libertada das amarras, ela corria frenética de cômodo a cômodo fazendo o levantamento: — Até mesmo a tevê de Sindi! Vergonha, vergonha, essa gente não tem vergonha! — Wethu tinha o número do celular de Steve ou talvez de Jabu, mas por algum motivo não conseguia fazer a ligação; ela sabia que eles tinham ido ver os bichos, mas não se lembrava do nome do lugar. Os camaradas da Gereformeerde Kerk, transformada no tempo da liberdade do país e de opção sexual, levaram-na para casa com eles para passar a noite, tranquilizaram-na e cuidaram dela. Como se fosse a avó deles.

Steve, Jabu, Sindiswa e Gary Elias voltaram ao subúrbio na segunda-feira depois do feriadão.

Era isso que estava acontecendo enquanto estávamos nos reconciliando com a África no mato. Ele não faz esse comentário. Como se pudesse ser usado como justificativa para o que iam fazer em novembro.

A casa: não estava mais lá. Steve a via abandonada, deslocada. Jabu está com Sindi e Gary Elias na casa dos golfinhos, sendo cuidada por eles, em estado de choque, tal como Wethu.

A casa.

Coisas haviam sido levadas — coisas *materiais*, isso não importa: a ordem foi destruída. Antes do tempo. O que é que foi levado? Talvez seja até um alívio, menos coisas, menos cacarecos a serem embalados junto com o que já foi empacotado.

Jabu levou Wethu ao médico da família para um exame completo. Estava muito machucada, a pigmentação parda de sua pele ficara arroxeada, felizmente nenhuma costela fissurada, nenhuma vértebra danificada. Ao repetir vez após vez, enquanto o médico examinava seu corpo, o que os agressores haviam feito com ela, Wethu acrescentou, talvez as mãos do médico tivessem despertado aquela lembrança: um dos homens fazia parte do grupo de desempregados que ela via com frequência no posto de gasolina onde ela se tornara amiga de um frentista, que dava pequenas tarefas aos homens em troca de pão ou cigarros.

Isso foi um alerta profissional para Jabu, diferente da culpa que já estava sentindo, admitindo interiormente ao Baba que havia deixado Wethu sozinha naquele clima urbano de selvageria criminosa em que sim, não se trata de racismo: Wethu é tão negra quanto você, enquanto você a chuta e espanca.

Jabu interrompeu o monólogo de Wethu: — Você tem certeza? Você seria capaz de reconhecer o homem? A gente vai lá no posto e você aponta pra ele. Mostra quem é. Se você tem certeza, mas certeza mesmo. — Haverá um mandado de prisão. Lesão corporal, além de invasão de domicílio e roubo. Dirigindo-se ao médico, um profissional como ela: — Preciso de um laudo detalhado sobre o estado dela como resultado de um ataque a uma mulher dessa idade, o estado físico e psicológico. —

— É, ela está com pressão alta, pode ser estresse. Imagino

que a senhora não saiba qual era a pressão dela antes... Nessa idade... problemas de pressão são muito comuns. — Wethu sacode a cabeça como se estivesse sendo acusada do crime de ter idade. E Jabu, como se despachando uma prova que provavelmente será negativa: — Acho difícil que lá em Kwa-Zulu ela tirasse a pressão... —

Vai diversas vezes ao posto de gasolina com Wethu, mas não é possível conseguir a prisão de ninguém, encontrar o agressor em meio a tanta gente, gatunos e sequestradores em potencial, ladrões que atacam na rua. O jovem cujo rosto foi reconhecido quando batia nela não estava em lugar nenhum. *Eish*, Wethu tinha certeza, certeza. Conversou com o amigo que trabalhava no posto, trocaram descrições de olhos, dreadlocks, cicatrizes, nariz e orelhas: o homem não estava mais entre os desempregados que frequentavam o lugar. Será que ele, esperto, sabia que ela poderia reconhecê-lo? E os outros frentistas não queriam ter nada a ver com aquela confusão, serem interrogados pela polícia, uma presença que assusta a freguesia — onde há policiais há a suspeita de que o crime pode ameaçar você ou seu carro: melhor procurar outro posto perto para abastecer.

Sindiswa trouxe Wethu para dentro da casa: para o seu quarto. Sindi não pediu permissão para isso. Com a ajuda de Gary Elias, ela simplesmente pegou a cama de Wethu na casinha no quintal enquanto Steve e Jabu estavam com os golfinhos, tendo ido lá para agradecer mais uma vez sem nunca sentir que haviam agradecido o bastante. Quando a mudança foi descoberta, já tinha sido realizada.

Fora a filha quem dera a ordem. — Ela não pode mais ficar sozinha lá no quintal. —

Sindi tem uma relação de dependência, uma ligação com aquele membro da família extensa do Baba, que não tem com — com quem? A mãe, o pai? Agora ela também é membro da família extensa de KwaZulu.

É uma coisa inesperada; é preciso entendê-la. Sindiswa de certo modo está mais abalada do que a própria Wethu. Sempre que os dois estão sozinhos, fora do laboratório, do Centro, sem a presença de Gary Elias... Wethu... Sindi, eles tentam entender o fato. Sindiswa está perturbada por tudo que está acontecendo: não é só o horror ocorrido com Wethu, que ela tanto ama; naquela escola (é o que nós sempre quisemos para ela) os colegas ficam sabendo, eles são mantidos informados, não há abrigo privilegiado que proteja de fatos como a existência de escolas sem luz elétrica nem carteiras, sem bibliotecas nem laboratórios; as crianças vivem em casebres de papelão e zinco, nesse inverno uma vela ou lampião de parafina caiu e crianças foram queimadas, morreram... E nós? Nós, adultos, estamos sempre falando em greves, direitos dos trabalhadores... Alguns dos colegas de Sindi são bolsistas que saíram das favelas, os pais deles não ganham o bastante para alimentar os filhos direito, em casa.

Então o que Jabu está dizendo é: nem mesmo as crianças podem ser inocentes.

Ela faz questão de esclarecer o que quer dizer. — Não culpadas da exploração, mas não são inocentes porque sabem de tudo... é muito confuso. Pra uma criança que na verdade já não é mais criança... não aqui. Ela contou pra mim e pra Wethu: uma das meninas viu um homem dono de uma venda no assentamento perto de onde a família dela mora sendo espancado, a loja dele foi queimada; a garota se orgulha disso, porque diz que o homem estava roubando os fregueses, cobrando preços altos pelo pão, comida de bebê e lenha. Era um homem que todo mundo conhecia, um deles? Pela descrição dada pela menina, e que a Sindi passou pra nós, ele provavelmente era somali. —

A xenofobia está sendo discutida enquanto um instrutor sênior do departamento de psicologia e um professor adjunto de sociologia estão se servindo de café. Steve comenta em voz baixa para Lesego que a coisa que se manifesta como xenofobia contaminou uma menina do colégio de sua filha, apesar dos princípios humanitários elevados que ela aprende lá.

— O homem é estrangeiro? Mas e se fosse daqui mesmo e estivesse cobrando demais? Você não acredita que ele seria atacado, você não vê que um capitalista... (Ah, um *capitalista* agora, mesmo um dono de *spaza*\* explorando os pobres é uma questão de classe, meu irmão, classe econômica.) Você acha que deixariam explorá-los se fosse um deles? —

— Desde que fosse um negro da terra... —

Os dois riem baixinho, só um para o outro, riem do medo de Steve, do medo inconsciente que o camarada branco tem do racismo invertido: uma forma local de xenofobia? Isso também é uma questão de economia, não é?

Wethu dorme com Sindi na casa, porém ainda recebe em sua casinha, durante o dia, as amigas da cidade, mulheres da igreja e o frentista do posto de gasolina, que parece sentir mais do que a empatia das mulheres: uma espécie de responsabilidade pelo que a amizade com ele acabou causando para ela, o desrespeito dos socos cruéis dados por um homem que podia ser seu neto.

A coisa certa a se fazer é mandar Wethu, levá-la de volta para KwaZulu. O Baba. Ela teria que ser devolvida bem antes de novembro de qualquer modo, isso já tinha sido decidido para evitar despedidas emocionadas, que agora são uma possibilidade mais certa do que nunca. Wethu deve sentir-se ameaçada; para ela foi demonstrado o horror de não haver abrigo, no subúrbio da cidade, que a filha do Baba e seu marido puderam lhe oferecer, embora sejam pessoas boas, parentes seus.

---

\* Uma loja localizada em um assentamento de negros. (N. T.)

Nada se dá conforme o esperado: a velha parecia não ouvir quando lhe diziam que ela ia voltar para casa, mesmo quando Jabu foi conversar com ela na privacidade do quarto de Sindiswa, aquele templo da adolescência feminina, e explicou-lhe delicadamente, em zulu, com toda a reverência tradicional dos jovens para com os idosos, que ela teria de se separar dessa família extensa em breve: ela sabe que eles estão indo para outro país.

Sindiswa entrou no meio da conversa e escutou.

Quando a mãe saiu do quarto, foi atrás dela, até a sala, onde seu irmão e seu pai estavam prestes a começar uma partida de xadrez. Gary Elias preparava o tabuleiro e as peças enquanto Steve contemplava, com o distanciamento de uma tela de televisão, os grevistas do município brandindo armas ameaçadoras — paus, porretes, qualquer coisa que tivessem à mão — diante de enfermeiros, de pacientes irritados e apavorados no hospital, um braço engessado sendo balançado de um lado para o outro à frente da câmera.

A voz de Sindiswa reduziu todo o resto a mero ruído: — A Wethu também vai pra Austrália. —

Os olhos de Jabu silenciaram, detiveram Steve, o joelho dela fez a mesa de xadrez balançar, as peças estremecerem, desligando a outra realidade, a da cidade em que viviam. — Espero que você não tenha posto isso na cabeça dela, Sindi. —

A menina (ainda seria possível continuar a ser uma menina enquanto os adultos faziam violência a seu redor, invadiam aquela casa que pertencia a eles, amarravam e pisavam em cima de um deles?) foi inflexível. Não apenas seria impossível que Wethu voltasse ao galinheiro que Steve havia convertido em casa, mas também não dava para largá-la num lugar onde não há respeito para uma avó, que podia ser atacada e espancada por causa de um aparelho de televisão.

— A Wethu vai voltar pra casa dela, pro Baba, e lá ela vai esquecer o que aconteceu aqui. —

Sindiswa esfregava o pé no chão, para a frente e para trás, com uma paciência obtida com esforço. — Não vai não. Ela veio pra cá, ela quer... Ela vai conosco quando a gente for. —
Agora o pai fala antes que a mãe possa prosseguir. — Sindi. Lá ela vai ficar perdida. Completamente. Lá na Austrália. Não vai ter ninguém pra ela, ela vai ficar sozinha, sozinha. —
— Ela vai fazer amizades. — Sindiswa vira-se para contestar aquela discriminação feita por eles. — Se nós vamos, por que é que ela não pode ir? —
— Ela mal fala inglês... É completamente diferente, nós falamos a mesma língua, nós levamos o mesmo tipo de vida. —
Será que ele consegue, de algum jeito, explicar a essa exceção, essa filha da... "integração íntima", um amor desconhecido pelo racismo? A realidade dessa sociedade que é necessário ensinar aos filhos não é como explicar de onde vêm os bebês...
Eis a realidade. O subúrbio é a burguesia dos camaradas. Não somos, nem mesmo nessa nossa mistura, como os brancos de antigamente, mas também não estamos levando a vida do povo, embora alguns de nós sejamos negros: os Mkize e Jabu, as nossas sínteses, Sindiswa e Gary Elias. É através das bocas não dos bebês, e sim dos adolescentes, alunos de colégios progressistas exclusivos, que suas próprias pretensões lhes são jogadas na cara.
— Ela tem peito, hein? — Jabu reconhece, Jabu exclama.
— Mas a nossa Antígona defendendo a causa errada, o seu Centro não ia querer contratá-la. —
— Até que ia, não nesse caso, mas em algum outro... —
A cama é o tribunal deles, tão pouca privacidade nessa hora de retirada, empacotar não apenas os objetos associados àquilo que se revelou ser uma etapa da vida (tal como ele teve que carregar Jabu do esconderijo clandestino, passando pela soleira da primeira casa), mas a certeza — o Absoluto da Luta, deixada para trás juntamente com um presente: uma libertação, de

uma maneira que ninguém acreditaria que poderia se realizar. Acontecer. Pois bem. Um sinal da nova geração que sempre vem para assumir o controle. Mandela e Tambo depois de Luthuli, e assim por diante, o próximo e o próximo, uma Antígona insolente... A geração nascida da liberdade e o modo como ela vai lidar com essa paródia que estão fazendo da liberdade. "Uma vida melhor", a letra de uma canção popular que já saiu de moda, jogada no lixo despejado na rua por trabalhadores que ganham um salário equivalente ao preço de um charuto fumado por um ministro de Estado. Como dormir assim? Só os animais conseguem dormir quando querem. Mas é possível, sim, com base na autoridade de no mínimo uma convicção.

Se o presente nunca poderia ter sido previsto, nem por isso se tem direito de condenar Sindiswa e Gary Elias por terem crescido nele.

Os grupos da esquerda — comunistas, trotskistas, talvez não sobreviva nenhum stalinista mais velho — "são pouco mais que curiosidades" (sorriso de deboche triunfante do professor Craig-Taylor na sala do café). "A luta continua" foi assumido como retórica nacional negra por um jovem de rosto inocente que adota uma oratória ressuscitada das cervejarias de Munique, Julius Malema — ele pode vir a ser a Antígona da era da troca de sexo (a piada é de Marc, na qualidade de golfinho que acabou se casando com uma mulher).

Há uma força que não pertence ao passado colonialista e que afirmou seus direitos no milênio africano: o partido político. Os líderes tradicionais do parlamento, sejam ou não representativos de todas as origens tribais, com todas as nove línguas nativas, apoiam os direitos tradicionais de cada uma. Os zulus não praticam a circuncisão; os xhosas, sim. E esse ritual de iniciação à condição de homem passou a ser uma maneira de ganhar dinheiro. — Como tudo o mais. — Peter Mkize numa reunião na cidade convocada por alguma sigla de direitos humanos para discutir a notícia de que, por efeito das circuncisões realizadas no último inverno, morreram vinte meninos. — Por que o nosso ministro da Saúde não processa os vigaristas que matam os nossos meninos oferecendo circuncisões baratinhas a pais que não querem arcar com os preços dos profissionais tradicionais das "escolas" de circuncisão? —

Por ser zulu, o camarada Peter tem que ter muito cuidado ao se pronunciar dessa maneira sobre o tema dos rituais de iniciação à vida adulta... O rito zulu exige que os meninos matem um touro com as mãos nuas — um processo que inclui arrancar os olhos do touro, uma tortura lenta infligida num animal de grande porte. Um animal não é um ser humano, é claro, mas houve uma grita de grupos de proteção dos animais depois do ritual deste ano, porque câmeras reproduziram a agonia do bicho. O próprio Zuma há de ter participado nesse ritual muitos anos atrás, e não se pode sair por aí questionando a humanidade, a moralidade do processo pelo qual o presidente afirmou a sua condição de homem, comprovada pelas suas muitas esposas e outras mulheres. Embora tenha sido ela quem quis que eles acompanhassem Peter à reunião... o Baba, será que seu pai também passou por esse ritual, antes, juntamente com os ritos da igreja? Melhor não perguntar isso a ela.

Num café para o qual vão depois, inquietos com suas próprias reações, um jovem juntou-se a eles, confrontando Peter no balcão onde estavam sentados. — Cara, você é um desses doutores que querem que a gente fique sempre fazendo o que os brancos fazem, toda essa merda dos brancos, deixar homem casar com homem é melhor que a circuncisão pra fazer um homem de verdade, o seu cérebro é do tempo antigo do colonialismo, não é África, pra nós, agora. —

O galinheiro convertido em casinha não está vazio.

Lesego é o representante do departamento de estudos africanos da universidade numa associação nacional composta exclusivamente por negros sul-africanos, a qual tenta, com tão pouco sucesso quanto as organizações de esquerda, as cristãs e as de direitos humanos, condenar e deter a violência contra os imigrantes, em reconhecimento a sua condição de irmãos africanos. O próprio Lesego não aceita a ideia de que a África é uma família extensa, que a obrigação de abrir espaço em qualquer lugar do continente é o motivo pelo qual eles não devem ser rejeitados. Sendo quem é, ele vai a reuniões da associação como representante autonomeado das condições de vida das comunidades negras sul-africanas tão miseráveis, tão degradadas que as suas últimas perspectivas de sobrevivência são frustradas pelos invasores.

— É por isso que os nossos sul-africanos ficam violentos. — A saliva indignada de Lesego brilha nos cantos de seus lábios enquanto ele se prepara para apresentar as cifras. — Vinte e três por cento de taxa nacional de desemprego, isso sem contar aqueles sujeitos que ajudam a gente a entrar em vaga na rua, praticamente metade das crianças que moram em barracos não vão à escola, os pais não têm dinheiro, só comem um prato de mingau por dia: é a pobreza, a causa dessa violência. —

— O que é que nós, veteranos da Luta, vamos fazer em relação a isso, hein? O Zuma era o nosso chefe de informações, o *presidente*, o que é que ele está fazendo? Por que é que vocês não vêm comigo, pra ver "em primeira mão" um dos acampamentos onde as pessoas foram espancadas e expulsas à força? Duas foram mortas... semana passada. —

— Eu e a Jabu vimos, meses atrás, as pessoas que tiveram que sair de Alexandra, elas construíram uma espécie de favelinha num terreno baldio em frente a um condomínio de novos e velhos ricos, num subúrbio cheio de seguranças... Muita indignação dos moradores, brancos e negros. —

— E o que é que foi feito? —

— Imagino que os moradores tenham conseguido expulsar todo mundo. Uma ameaça à segurança, depreciação das propriedades causada por aquela presença do outro lado da rua. —

— E assim eu e o Steve ficamos conversando... *chocados... Eish!* — Lesego interrompe a frase com um gesto, esqueceu por um momento que a Austrália é a reação a não fazer nada em relação ao problema.

— "Xenofobia", um futuro que ninguém no mato e no deserto tinha imaginado. —

— Espere aí, espere aí, meu irmão... Como é que a gente podia saber naquela época que os países em volta de nós iam transformar a libertação deles em lutas sujas pelo poder contra seus próprios povos, os Idi Amin, os Mobuto e agora o Mugabe? Por isso os refugiados deles estão invadindo o nosso país. —

Tudo isso já foi visto antes.

\* \* \*

No carro de Lesego, a ideia lhe ocorre: — Será que o *umlungu*\* aqui não vai ser um branquelo mal recebido? Não quero que eles fiquem desconfiados de você... —
Lesego nem considera essa hipótese. — Eles me conhecem, eu sou a fachada não racial deles. Pelo menos eu sou um professor negro de estudos africanos numa universidade onde os professores brancos antigamente nos estudavam. Eles vão pensar que você é um jornalista que eu trouxe pra contar o que aconteceu com eles, no país deles. Não se preocupe. —
Steve não estava preocupado com a possibilidade de ser xingado, ouvir palavras ásperas, uma raiva que talvez se descarregasse sobre aquele emigrante de seu mundo local branco, não, mas temia que as pessoas se ressentissem de proporcionar um espetáculo para ele.
Depois que Lesego saiu da estrada principal, havia um amontoado de pneus queimados na pista entre os quais era preciso manobrar para passar. Com base nas fotos que se veem no jornal e nas matérias dos noticiários de televisão, há um estoque inesgotável desses pneus, eles são as bandeiras, os logotipos do protesto. Lesego, como se observando uma paisagem no estrangeiro: — Devem vir do lugar onde eles bloquearam a estrada. — Ali a pista era uma picada cheia de sulcos, níveis diferentes, pedregulhos arrastados para lá nas enxurradas da última estação das chuvas, buracos a serem contornados ou, quando fundos e largos demais, atravessados com o motor em primeira. Táxis-lotações que se arrogavam a primazia na pista de algum modo não conseguiam atingir o carro deles, apesar de mirarem nele: Lesego tem experiência de dirigir nessas condições. Havia vestígios

---

\* "Branco", termo pejorativo, em zulu e xhosa. (N. T.)

de esqueletos de veículos. Dois meninos raquíticos e um garoto balofo e lerdo gritavam, brincando num desses esqueletos. (Será que os pediatras explicam por que as crianças desnutridas são magérrimas ou então inchadas como sacos vazios?) Agora chegaram ao começo, e não à entrada, do acampamento. Havia homens tentando um falar mais alto do que o outro, e uma velha sentada num engradado diante do que talvez fosse uma casa, uma vida exposta, três paredes feitas do mesmo tipo de papelão que o engradado em que ela estava sentada, uma folha amassada de zinco servindo de telhado, a quarta parede faltando ou talvez nunca tendo existido, uma cama muito bem-feita com uma colcha de florzinhas e cores vivas, sapatos, panelas, algumas camisas penduradas no varal, uma bacia grande de metal, um cartaz de um jogador de futebol.

Um homem que reconheceu Lesego reuniu a sua volta outros homens, chamados por telepatia do que restava de seus barracões e casas. Nada parecia intacto, não como se explosivos tivessem caído de modo indiscriminado no lugar, e sim como se as estruturas fossem destruídas com uma intenção individual. Esse lugar, os invasores simplesmente substituíram as pessoas locais, que já moravam ali talvez havia anos e de algum modo já tinham se estabelecido o bastante para adquirir alguns pertences. Provavelmente coisas jogadas fora por moradores brancos do subúrbio que têm objetos demais em suas casas, ou roubadas por desempregados que viraram gatunos — nenhum refugiado poderia ter trazido com ele o velho piano vertical cercado de suas teclas brancas arrancadas, uma criatura desdentada. Uma *spaza* cujo dono teve a iniciativa de exibir ofertas especiais em cartazes que mostravam clientes sorridentes, tal como nos supermercados, tinha as prateleiras vazias e, no chão, os restos de um saque, pisoteados, coisas que pelo visto não valia a pena levar. Alguém remexia nos restos mortais de uma televisão — ali não havia eletricidade, mas a televisão podia funcionar ligada a uma bateria de carro. E os poucos veículos existentes não estavam mais danificados do que estariam em circunstâncias normais: para-brisas caolhos e remendados, mossas que registravam os impactos cotidianos naquela pista única; os proprietários certamente os teriam levado para um lugar mais seguro quando a violência começou a crescer.

Os zimbabuanos não fugiram, dessa vez, desse lugar, porém resistiram à violência da rejeição com violência. Os homens em torno de Lesego devem mesmo achar que ele trouxe alguém que vai fazer o mundo ficar sabendo da história da invasão, por isso é necessário falar num idioma que o branco que o acompanha compreenda; o que é veemente deve ser expresso em inglês. A voz se destaca do burburinho do grupo: — Quem que dá pra eles facão e revólver, onde é que eles arranja? Quem que dá pra eles faca de açougueiro, quem que paga pra eles matar a gente? Eles quer esse nosso lugar. — Uma mulher soltou um lamento que arrancou outros lamentos detrás dos xales negros das velhas que a acompanhavam. E, de repente, uma nota com a cadência da afrosoul elevou-se de algum lugar naqueles horizontes baixos da destruição. Voz de quem? É só uma das meninas que estão se criando nesse lugar; uma inspiração e não uma interrupção: — Onde é que está os emprego da gente que eles pega? Tem emprego na fábrica de tinta, aquele prédio ali lá na Jeppe Street, os faxineiro do hotel. Eles tira os emprego da gente, aceita qualquer miséria, o patrão não quer pagar pra gente o que o sindicato manda pagar. —

Lesego se afasta do grupo com um dos homens e faz um sinal. — Ele está nos pedindo pra ir com ele. — Dá de ombros para a privacidade do homem. Interroga-o em voz baixa.

Difícil acompanhar a conversa em zulu que se segue; assim, sem entender o que acontece, Steve torna-se um mero apêndice de Lesego. Ver mais coisas "em primeira mão". Mulheres preparam comida em panelas de três pernas em cima de fogueiras, crianças brincam de boliche e brigam com as rodas do cadáver de uma bicicleta. Outra mulher, de nádegas decididas, prepara cimento e não comida ao lado de um homem que repara com pedaços de tijolo as fendas numa casa que gozava o luxo de ter uma parede de verdade em vez de zinco e cartão. Um instinto faz que em todo acampamento humano as casas sejam alinhadas como se numa rua, porém alguns barracos estão virados para o outro lado, por uma escolha individual, desviando-se do que seria a linha mais ou menos reta de ocupação; é a liberdade da miséria. Lesego saúda os homens que martelam de modo ritmado o que resta de um telhado de metal de sucata, e eles respondem com animação. Por toda parte há no chão — é preciso caminhar chutando coisas — embalagens plásticas retorcidas sabe-se lá do quê, pontas de cigarro, panfletos comerciais amassados, latas de cerveja — só que numa concentração maior do que é comum ver nas sarjetas das ruas formais da cidade.

Ali, no acampamento, não há nenhum serviço municipal de coleta. Por que motivo os pais haveriam de ensinar os filhos a não espalhar o lixo quando suas casas são feitas de lixo? — Então eles não podem nem mesmo aprender a ter amor-próprio? — Nem isso. Ela não está ali com ele, mas muitas vezes, quando Steve está com outros, é como se Jabu lhe apresentasse aspectos inesperados de si mesmo. E, às vezes, Steve revela aspectos de sua mulher dos quais ela não tem consciência.

Um grupo de homens num *shebeen* — embora sentados em cadeiras que claramente foram retiradas de outro lugar, cada uma delas diferente das outras, com pernas tortas, assentos substituídos por uma camada dupla de cartão — bebe cerveja no gargalo; talvez aquele barraco semidestruído seja ou tenha sido um *shebeen*: o local está destacado, não se pode dizer protegido, do que aconteceu com ele por uma lona, tal como uma muçulmana devota esconde atrás do véu as visões que compensam a feiura da vida.

Crianças se dispersam como ratos; e há também umas poucas galinhas. Menos cacos de vidro do que era de esperar numa cena de violência, porque os barracos de modo geral não têm janelas, porém a luz se reflete de alguns cacos de espelhos quebrados, ainda que as pessoas não tenham mais nada, a julgar pelos espelhos que ainda sobrevivem nas moradias destruídas, está claro que os homens e as mulheres precisam de suas imagens, para fazer a barba e (voz jovem afrosoul) se maquiar; ver a si próprios não apenas como os outros resolvem vê-los.

O homem para, tendo chegado a seu destino. É um barraco como qualquer outro, porém uma grade de ferro, uma espécie de anteparo desses que se usam para proteger uma loja numa rua perigosa, apoia-se no que seria a entrada, e o pedaço de algum móvel quebrado coberto com uma imagem em pano do presidente, envergando seu traje oficial de pele de leopardo, impede que as pessoas de fora vejam o que se passa lá dentro. Uma mulher (a estrutura óssea de seu rosto registra que outrora ela foi bela, tal como é bela Jabu, a advogada) interfere com o homem ao lado de Lesego, sacudindo as barras da grade para chamar atenção. — Eles dizem que tem um doente muito grave, é por isso que não se deve preocupar as pessoas. — O homem sacode o ombro para repeli-la. Uma voz vem de dentro, faz uma pergunta e recebe, no idioma que é comum aos interlocutores, uma resposta que satisfaz a identidade. Um homem, grávido com uma barriga que deixa claro que é por um triz que o cinto consegue segurar suas calças acima da virilha, vem de trás da cortina. Ele faz sinal para que se aproximem e empurra para o lado a grade de ferro, não é só pelanca aquela barriga, de modo que os recém-chegados possam entrar.

Há uma cama de casal sem ninguém deitado nela. Uma jovem cuida de um bebê em meio a potes, canecos e um repolho sobre a mesa. Confusão. Um barracão é uma residência que atende a mil utilidades ao mesmo tempo. Uma bicicleta motorizada, pilhas de roupas, um celular, um carrinho de bebê cheio de brinquedos murchos, um banco de carro com dois travesseiros brancos muito limpos, deve servir de cama.

Lesego foi apresentado ao homem que exibia sua barriga com tanta confiança, trocaram-se nomes e salamaleques complicados. E Lesego faz a apresentação: — Steve, um grande amigo meu. — O homem poderia ou não ter ficado tranquilizado pelo aperto de mão tradicional dado pelo branco: segurando com força o antebraço.

A moça com o bebê no colo empertigou-se; e, como se agora ele se lembrasse: — Minha filha. —

Lesego perguntou o nome enquanto a saudava e tocou no bebê para cumprimentá-lo. — Este é o Steve. Nós trabalhamos na universidade. —

— Ah, muito bom. —

Dizer o quê? — Vocês estão bem? Deve ter sido terrível... —

— Eles tentaram entrar, mas aquela grade... Eles tentaram e tentaram, mas tinha tanta briga na rua que eles acabaram se misturando nela e foram pra outro lugar... Uma mulher que a gente conhece, pertinho daqui de nós, ela morreu. —

O pai dela está impaciente com aquela conversa fiada de circunstância. Ele vira a barriga para uma colcha manchada, estendida no lugar em que o zinco da parede faz ângulo com o zinco do telhado, e levanta-a o bastante para que os três homens vejam: uma fenda ali; ela dá para um puxadinho, feito de um material qualquer, que se apoia na relíquia danificada de uma porta de caminhão. Lá há um homem em pé. Olhando diretamente para eles, onde o enfiaram antes de deixarem entrar os estranhos.

É um homem jovem, usando um daqueles gorros ninja de cores vivas, com um laço em cima, que as mulheres estão vendendo juntamente com balas e cigarros a varejo nas calçadas da cidade este ano. A boina coroa e cobre — sua identidade? — por cima das orelhas e se fecha embaixo do queixo.

Há uma conversa intensa, por vezes exaltada, entre Lesego, o dono do barracão e o homem que levou a esse confronto com o que se tornou mais uma circunstância do que uma crise. É o diálogo que tem lugar em todo o país.

Qual o sentido de estarmos aqui junto com essa gente. O que é que nós, veteranos da Luta, estamos fazendo quanto a essa situação. (Sentados... *chocados*... *Eish*.)

A discussão terminou num silêncio conclusivo abrupto. Lesego vira-se para Steve. — Temos que tirar esse homem daqui. —

O grupo sai do barraco, passando por baixo do pano, e o homem escondido os segue. A moça lança a sua volta um olhar instintivo e previdente, pegando isso e aquilo, as coisas que são indispensáveis em qualquer lugar, um pedaço de sabão, lâmina de barbear, jogando-as dentro de um saco plástico, cuecas e toalha de rosto, frasco de comprimidos de farmácia de manipulação, juntamente com uma jaqueta de couro dobrada que ela põe numa bolsa grande depois de tirar de dentro dela as roupas do bebê.

O homem não tira o capuz sofisticado que certamente vai atrair atenção; ele vai se expor por um momento quando sair detrás da grade e entrar no carro de Lesego. Mas não: é claro que aquele capuz é o que todos os negros jovens estão comprando neste inverno para se agasalhar... Sinal de que você é um cara que está sabendo das coisas, tá ligado?

O rapaz fala bastante, no banco de trás do carro, ao lado

daquele que os levou até o esconderijo. No retrovisor, o laço em cima do capuz estremece com sua loquacidade nervosa. Ele fala inglês com mais desenvoltura do que muitos irmãos sul-africanos, embora certamente não pertença à classe de alguns dos imigrantes zimbabuanos, professores e médicos: sinal de que Mugabe começou bem, reformando a educação, levando-a além de seus limites coloniais. — Eu não consigo entender o que deu neles, o pessoal que mora lá no acampamento do Josiah, a gente era amigo, a gente trabalhava no mesmo tipo de emprego que aparecia, eu e a Nomsa, a gente fazia festa juntos, eu fui até padrinho de casamento de uma amiga dela... E agora eu tenho medo de estar com ela. Tem uns outros, somalis, que são donos de lojas, eles são metidos, irritam as pessoas; mas nós, não, lá no acampamento, um ajuda o outro. Eu não consegui acreditar no Joseph quando ele veio me contar... Quer dizer, até os vizinhos, ali do lado, a gente bebe e dança no meio dos barracos, fizemos isso agora mesmo no Natal... E eles querem me pegar! Pegar todos nós! Fora! Fora! Eles acham que se expulsarem a gente, se matarem a gente, vão ficar ricos com os nossos empregos, dá pra acreditar? A miséria que a gente ganha? Eles vão ficar pobres que nem nós! —

Mas para onde é que Lesego vai levá-lo? É o que ele deve estar pensando no silêncio que se instalou entre nós, nos bancos da frente. O acampamento ficou para trás, ninguém joga pedra em nós na armadilha daquela pista de terra que é preciso percorrer até chegar à estrada, ninguém é reconhecido como um inimigo zimbabuano, uma pessoa que eles conhecem, e ninguém tenta arrancá-lo do carro onde ele está sendo protegido por, entre outros, um branco.

O silêncio, enquanto o homem monologava e Lesego dirigia, continha, entre um ou outro pigarro, sílabas que demonstravam que ele estava sendo ouvido.

— Levar pra onde? Quem que vai? — Lesego num tom grave e baixo, para que apenas um, que compartilhava seu silêncio, o escutasse.

Não se pode perguntar ao rapaz se conhece alguém em algum lugar. Assim, não há resposta, e isso confirma que é necessário continuar pensando: onde? O abrigo da igreja metodista, o último lugar, agora deve estar superlotado com as pessoas de sempre... A menos que o tenham atacado para pegar os zims.

Lesego parecia estar seguindo vagamente na direção do subúrbio, talvez pensando em algum outro lugar: ou então ia primeiro deixar em casa o camarada a seu lado sem esperança de que um dos dois tenha uma solução a oferecer.

Como se houvesse se lembrado de alguma coisa, voltou a falar no mesmo tom grave e confiante: — Aquela parenta da Jabu, ela não está mais morando na casinha do quintal, está? —

— Foi pro quarto da Sindi... depois do que aconteceu. —

Lesego não tira a vista da estrada enquanto o escuta. — Ele podia ficar lá, não é? — Uma observação. Como se já antevendo um obstáculo: — A Jabu pode não gostar da ideia... — Uma pausa para ouvir a resposta. Porém como a pausa se prolonga: — Lá pra casa eu não posso levar, meus pais estão passando uns tempos lá, não tem nem cama... A Jabu... Ah, quem sabe a Jabu não consegue alguma coisa, dá um jeito de pelo menos ele virar imigrante legal? —

— Nem pensar. O Centro age em prol das pessoas que estão tendo seus direitos constitucionais de sul-africanos violados. E desde quando a "xenofobia" quer saber se você é imigrante legal ou ilegal? —

O que adianta estar ali, no banco do carona, ter estado no acampamento de barracões, junto à relíquia amassada de porta de caminhão? O que é que nós todos estamos fazendo? Derrubamos os séculos coroados de colonialismo, esmagamos o apar-

theid. Se o nosso povo conseguiu fazer isso? Não será possível, uma realidade, que a mesma coisa seja encontrada, esteja aqui, em algum lugar, para levar adiante a tarefa, a liberdade? Alguém deve ter a (loucura) fé para dar continuidade à Luta. Passando pela piscina da Gereformeerde Kerk, as águas agitadas pelo vento de inverno, chegando à casa que só estará ocupada até novembro; a casinha do quintal já vazia. A porta do carona se abre no momento em que Lesego desliga o motor. — Vou entrar e dizer à Jabu que a gente trouxe uma pessoa. Como é mesmo o nome...?
— Ouviu-se um nome, murmurado pela autoridade da barriga. Lesego pensa, Albert não sei o quê.

Tarde de sábado, Gary Elias e Njabulo de short de futebol e moletom depois do jogo, escarrapachados diante da televisão que exibe uma outra partida a todo volume. Concentrados, não ouvem o pai de Gary entrar na casa. Uma geração acostumada com a perturbação, *muzak* como atmosfera, comentaristas de televisão em lugares públicos, registrando um lado apenas das trocas de intimidades e banalidades pelo celular. A audição deles vai ficar danificada antes que eles comecem a ter barba. (É. Mas você não ouvia os Beatles a todo volume enquanto estudava?) Sindi não está. Onde que poderia estar senão com os amigos num sábado? Jabu toma notas dos livros grossos espalhados à sua volta: trouxe para casa alguma pesquisa do Centro, a concentração fecha seus ouvidos ao ruído. Levanta-se para dar as boas-vindas, mas também por preocupação. — Foi terrível?... Por que é que o Lesego não entrou? —

Ela entende o sinal. Não que os meninos fossem ouvir alguma coisa. No corredor, Steve segue em direção à cozinha, porém ela o segura pelo cotovelo, de lá vem o ruído de alguém picando alguma coisa. Wethu deve estar ocupada. — Tem um homem no carro. Ele foi escondido pela família com que ele está morando num barraco. Ele não estava entre todos os outros

zims que foram atacados na semana passada, mas as pessoas sabem onde ele mora e agora estão atrás dele. —
Ela está esperando.
— O Lesego não sabe pra onde levar o homem. —
Será que se espera alguma sugestão, solução, dela?
— Na casa do Lesego não pode ser, a casa está cheia, os pais dele estão lá. Vamos ter que ficar com ele... —
A cabeça dela ainda está levantada, questionando; mas não o inesperado.
— O Lesego se lembrou da casinha da Wethu. Eu só não queria entrar assim sem dizer nada a você. —
Ela se vira sem dizer nada; em vez disso seus lábios, um beijo rápido, não explicado.
Lesego e o homem entraram e foram bem recebidos. — Você aceita um chá? Ou uma coisa mais forte? Talvez seja melhor... Eu sou a Jabu Reed. O nosso filho Gary, e o amigo dele.
— Ela já silenciou a partida de futebol.
O estranho tira agora o gorro, enquanto os meninos dão risinhos de admiração — Ih, o cara é irado! —, e larga a bolsa no chão, naquela casa.
Jabu reconhece o direito dele. — Não vou perguntar o que aconteceu com você, a coisa toda já... Nós vimos. Na televisão... os jornais, o rádio... —
Mas o homem tornou-se, por obra de Lesego, o zimbabuano *deles*. — É terrível! O nosso povo, seja lá o que eles achem... —
Ele aceita uma cerveja e mais uma vez conta sua história: empacotador de uma atacadista de produtos elétricos, motorista de caminhão, garçom da lanchonete. Um currículo, três anos de aceitação.
Quando Lesego toma o último gole de sua cerveja (não lhe ofereceram seu vinho tinto de sempre, não se trata de uma reunião normal) e se levanta para ir embora, o outro não tenta

ir atrás dele; todos já entenderam. Mas só para tirar a teima: — Então eu posso ficar aqui... por uns tempos? — Ele agradece Lesego, que protesta com um aceno.

Jabu voltou trazendo roupas de cama debaixo do braço. — O Steve vai lhe mostrar onde você vai dormir. Não faz parte da casa, mas tem banheiro e tudo o mais. Se precisar de alguma coisa... O jantar vai ser mais tarde, a gente não tem pressa de comer quando no dia seguinte não tem aula. —

No jargão rápido da intimidade doméstica: — Aquela cama desmontável, quando a gente foi com os golfinhos a Drakensberg? Ah, o Gary Elias... Sabe onde você botou, Gary? —

Então, enquanto Steve leva o estranho à casinha-galinheiro de Wethu: — Você não devia emprestar umas roupas pra ele? Melhor o seu jeans, ele é menor que você, mas você usa justo, aí não vai ficar grande demais nele... Ele trouxe só aquela sacola de compras, mais nada. —

Gary Elias e Njabulo são encarregados por Jabu de encontrar a cama desmontável, desdobrar suas pernas de madeira e estender bem a lona. Gary Elias aproveita para fazer uma reclamação: — Quando é que a gente vai acampar de novo? A gente nunca mais vai... — Nunca mais. Não é a hora apropriada para que o pai lhe repita mais uma vez: Lá Embaixo também tem mato para acampar; tal como o mato em que ele faz uma aventura no feriado aqui não é o deserto de Angola, o mato, onde sua mãe e seu pai participaram da Luta. E daí? O menino, o menino deles, o meu menino, vê o mato como uma aventura animada, isso é uma pequena vitória. Na vida melhor que não chegou até as pessoas que vivem nos barracos, e que precisam defender a fogo e facão a posse das migalhas necessárias à sobrevivência que elas não podem partilhar com ninguém.

No jantar, no preparo do qual Wethu estava picando cenouras e aipos para a salada, todos ouviram histórias, relatos sobre o Zimbábue. Quem é deslocado duas vezes — primeiro a provação de fugir do conflito e da fome que está levando seu país à ruína, depois a rejeição num país irmão — talvez tenha uma necessidade inconsciente de voltar à sanidade que simboliza o que havia na sua terra... antes. O que não existe. Mais. Toda aquela conversa prolongada sobre independência, depois os anos de luta, a batalha dos imperialistas de Smith (era o termo que os combatentes pela liberdade aprendiam a usar) contra o povo africano. Mas também a aldeia com a escola dos Irmãos Cristãos, professores bons, um rio onde os tios e avós ensinavam a gente a pescar, o combate com paus que transformava meninos em homens, as festas regadas a bebida, os velhos muito velhos que falavam de lutas com leões nos tempos de antigamente. Antes, antes. A bicicleta motorizada comprada do fazendeiro branco com o dinheiro economizado, dois anos de trabalho na fazenda de gado: mais uma habilitação sua, juntamente com todos os outros empregos; ele é perito em selecionar gado. Ele explica, para Gary Elias, o que significa tal coisa. Wethu não lhe dá atenção; o subúrbio é um lugar onde é comum a filha instruída do Baba, que é advogada, e Steve, professor da universidade, convidarem seus colegas de trabalho para jantar na casa deles. Sindi ia passar a noite com uma colega, ficaria sabendo da chegada do estranho se Wethu falasse com ela antes dos outros, na manhã de domingo depois que voltasse do culto matinal na igreja. Jabu: atenta para o que o homem dizia, como se participasse dos eventos da aldeia relatados por ele; e quando o homem falou sobre Mugabe, fez-lhe perguntas de que ele se esquivou. Seu hábito de advogada de explorar aqueles lugares em que as testemunhas sentiam uma confusão de sentimentos — medo? Resíduos de lealdade da vítima para com o poder que se voltou contra seu próprio povo? Ela assume um tom de naturalidade. Finda a refeição, perguntou se o convidado queria telefonar para alguém, talvez não tivesse trazido o celular naquela sacola, e se — seu marido ia verificar — o aquecedor de água estava funcionando na casinha de Wethu. Trocaram boas-noites animadamente, agora em zulu; ela imaginava, e acertou, que depois de três anos o homem já teria aprendido alguma coisa daquele idioma, que era o mais falado entre tantos outros do seu lugar de trabalho.

O homem olha a sua volta, pega o gorro ninja e o enfia na cabeça.

Naquele lugar em que os acontecimentos do dia são deixados de lado, junto com as calças e a roupa de baixo. — Ele não te falou nada sobre o que ele deixou lá no barraco? —

— Como assim? —

— Tem uma moça e um bebê, ela de repente encontrou uma foto e enfiou dentro da sacola dele, chorando. —

— O pai dela vai tomar conta dos dois. Dela e do bebê. — Ela sabe. Ele sabe. É uma circunstância de várias gerações em KwaZulu, a aldeia do Baba e milhares de outras aldeias, a eternidade do colonialismo, não importa quem seja o colonizador, a recente evolução pós-apartheid, os bantustões, e suas circunstâncias agora na liberdade. As pessoas têm que comer. Os homens vão para as fábricas, as aviculturas, as vinícolas, e o Baba e as *magogo* ficam cuidando das esposas e dos filhos concebidos quando os homens vêm visitá-los nas férias, trazendo dinheiro. É a emigração deles. Ela viveu isso; nessa forma, durante toda sua infância, suas amigas cresceram na ausência dos pais. Se bem que ela por acaso foi a exceção, o pai dela: o diretor da escola, em seu lugar.

O presente é uma consequência do passado.

Inclusive os recortes de jornais que ela encontrou.

\* \* \*

Eles dois têm a mesma visão intensa do horror da degradação causada pela violência desencadeada sobre os zimbabuanos. Ela, ele: a pobreza é a causa de tudo, vez após vez, a realidade que é evitada com o rótulo conveniente de "xenofobia". Se eles não compartilhassem essa visão, tal como compartilham interiormente suas vidas na Luta, a relação amorosa entre eles terminaria sendo afetada.

Ele compreende agora, com essa catástrofe que entrou em suas vidas ali mesmo no subúrbio, aquele encrave de variedade humana onde finalmente raça, cor e gênero são pura e simplesmente comunais, que ela tem uma certeza ancestral que ele não tem, jamais terá. Eles — os ancestrais *dela* — souberam e sabem como sobreviver ao que os dele jamais vivenciaram.

Produto dos senhores coloniais da África, ainda que ele próprio tenha se redimido através da *Umkhonto*.

Se tivesse nascido uma geração antes, na Europa, aquele fio capilar de sangue judeu vindo de quem — teria sido a avó materna? — poderia ter resultado, para ele, naquele outro tipo de segurança ancestral, ter sabido e saber sobreviver à extinção, ao Holocausto.

Tudo isso expulso da consciência pelo que vai acontecer, está acontecendo no presente com todos em toda parte, em todo o planeta. O holocausto da natureza causado pela poluição. E o resultado dessa autodestruição humana, ou — segundo alguns cientistas/filósofos, um fenômeno recorrente na existência do planeta Terra — a mudança climática que destruirá os recursos em que se fundamenta a vida.

O homem na casinha-galinheiro de Wethu é também, claro, um protegido dos camaradas do subúrbio: uma espécie de resposta à vergonha e à repulsa inevitáveis causadas pela "xenofobia" que sua presença entre eles traz à tona. Pelo menos a humilhação da caridade pode ser aliviada enquanto ele estiver lá. A ideia de que Blessing poderia encontrar alguma espécie de trabalho para ele no seu serviço de bufê, que está prosperando, foi levantada; mas então todos se deram conta de que seria perigoso para ele, entre os empregados dela poderia haver ressentimento contra um zimbabuano empregado numa época em que eles tinham tantos irmãos e irmãs procurando trabalho. Os golfinhos — que lhe garantiam que ele seria bem-vindo na piscina só que BRRR! por enquanto a água ainda estava muito fria naquele início de primavera — perguntaram se ele estaria disposto a ajudá-los na limpeza da piscina, tarefa que sempre realizavam nessa época do ano, e assim ele pôde ganhar alguma coisa enquanto trabalhava com eles. Isa há algum tempo vinha adiando o projeto de mandar pintar dois cômodos que estavam um tanto caídos, e agora tinha a oportunidade de empregar alguém para fazer o serviço. Ninguém queria que aquele abrigo fosse uma esmola; se bem que, quando Jabu entregou a Albert um maço de cédulas, pensando nas necessidades do bebê cuja foto ela vira entre seus poucos pertences, ele aceitou o dinheiro com um agradecimento seco, como se aquilo lhe fosse devido. Wethu não se incomodava que ele ficasse por um tempo na casinha dela, ainda que deixasse claro para ele que fora *ela* quem lhe dera permissão para tal; embora, *naquela* noite, Jabu não tivesse lhe perguntado nada. Ela achava natural que ele pegasse sua refeição noturna e levasse para sua casa emprestada, ainda que tomasse o café da manhã com ela na cozinha depois que a família ia para o trabalho e para a escola; porém Jabu fez questão de colocar um sexto lugar na mesa quando preparava o jantar com Wethu.

Quanto tempo ele ficaria, poderia ficar?
Novembro.
O homem tinha alguma convicção interna não explicada — não seria possível perguntar-lhe? As coisas se resolveriam no acampamento de barracos; ele estava morando com as pessoas de lá havia três anos, uma mulher sul-africana e um filho eram seu compromisso com uma vida que era tal como a deles (ele sem dúvida concordaria, com qualquer que fosse sua convicção interior), e haveria de voltar. Em breve. Tudo vai se resolver. Em breve.

Toda semana mais um aglomerado de barracos forma um acampamento, e passa a ser identificado, pela população, ainda que não apareça no mapa, com o nome de algum herói da Luta, e enfrenta outro tipo de luta contra as pessoas que vêm do lado oposto da fronteira. Em algumas áreas, o problema era resolvido por uma circunstância da Vida Melhor: criava-se uma zona industrial ou um clube particular, e aí todos eram expulsos.

Em breve. Novembro. Não haverá casinha de Wethu. Os novos moradores vão se mudar para cá. — Eles não compraram um *bonsella** do Zimbábue junto com a propriedade. —

Ele e Jabu terão de enfrentar. Esse tipo de despedida.

Os Mkize, não. Jake e Isa... aceitá-lo, assumi-lo?

Ela descobriu a solução: — Os golfinhos. — As palavras não têm uma entonação de pergunta.

Mas como é que ela *sabe* essas coisas? Ele não tem nada menos exigente a oferecer: por um tempo, ou seja, até o homem achar que já pode voltar para sua mulher e seu filho no barraco, até que haja um Zimbábue para o qual se possa voltar.

Só estão em casa dois dos golfinhos, Donnie e Brian, lendo os jornais e tomando um bom Cape Pinotage diante da larei-

---

* "Presente", "brinde", em zulu. (N. T.)

ra acesa só por motivos estéticos, pois o inverno já está quase no fim. Brian é perito em telecomunicações e frequentemente brinda Jabu e Steve com sua outra especialidade, o preparo da jambalaia, desde que eles receberam as boas-vindas do subúrbio.

— Problema nenhum! Só tem um monte de trastes que a gente está pra jogar fora desde que o Marc arranjou uma esposa, lá era o estúdio dele, quer dizer, era ele quem chamava de estúdio, mas vocês sabem que ele nunca pintou, nunca foi nenhum Picasso nem Sekoto, sempre escrevia as peças dele lá, diz que vai voltar aqui pra trabalhar em paz... Sei lá o que isso implica em relação à vida dele com a Claire... Só vamos precisar de cama, se vocês tiverem uma sobrando. —

Eles têm tudo sobrando: camas, mesas, armários, cadeiras, freezer, televisão — não, a tevê grande da sala recém-comprada vai junto com os móveis que ficarão com Wethu, talvez o Baba queira dar as escrivaninhas, ficar com a da filha, para seu próprio uso... Quando se conseguir combinar o transporte, quando chegar a hora de ela ir para KwaZulu. Em breve.

Quando chegar essa hora, se ainda for necessário "por um tempo", os golfinhos vão dar guarida ao homem do boné coroado por um laço, coroa das calçadas da cidade. Imaginem-se os fantasmas da congregação da velha Gereformeerde Kerk: os *moffies** pecaminosos na casa de Deus, e agora eles têm até um negro para enrabar. Quem estará pensando isso, ele ou os outros? Quando Steve lhes diz que o zimbabuano não vai ficar na rua...

---

* Homossexual, em africânder. (N. T.)

Outono de festas, no verão. Um final.

As crianças estão possuídas pela Tevelândia, em algum lugar. Ele e ela estão no *stoep*, que era o nome dado ao pátio quando a casa foi construída nos anos 1940, tal como a casa da piscina dos golfinhos era a Gereformeerde Kerk antes que os camaradas ocupassem a vizinhança. Pálpebras de luz se abrem sobre o subúrbio, vindas das casas num outro morro, a conversação é das cigarras esfregando suas patas. Porém um olhar de relance ao relógio na penumbra: estão sendo esperados para mais uma daquelas despedidas não assumidas como tais. Dessa vez, na casa de Jake.

Chegam atrasados. Os camaradas, Blessing e Peter, os golfinhos com seu dissidente sexual, Marc, e a esposa, golfinha honorária, já estavam bebendo antes de eles chegarem. Jake está experimentando uma das novas safras de um antigo e conhecido vinhedo comprado por empresários alemães (ou seriam chineses?), que tiveram a precaução de tomar como sócio um dos novos capitalistas negros. — Por que é que os brancos têm que ser os donos das vinícolas, como são das minas? E há vozes veementes na Juventude do CNA que os brancos velhos e prósperos ainda não estão ouvindo... Dançando o *toyi-toyi*, clamando pela nacionalização da indústria do ouro, diamantes, platina. — Jake está ainda mais falante do que o normal, ainda que não exatamente bêbado, por efeito de seu Pinotage experimental, incalável, ininterrompível (palavras que, se não existem, deviam existir).

Ele e ela estão sentados num sofá-balanço instável. Mão dentro de mão, ainda que não exatamente se tocando, não se segurando.

— O CNA vai ter que tirar a cera dos ouvidos antes das eleições de 2014, o bebê-chorão-prodígio Malema convenceu seus irmãos jovens a votarem pela primeira vez em ZUMA ZUMA ZUMA, é melhor o Zuma pôr as barbas de molho, porque da próxima vez eles podem não estar dançando do lado dele. Quem sabe se o Malema não vai querer puxar já a próxima rodada de *toyi-toyi* pra sardinha dele? Se não desta vez... da próxima. Um dia. Em breve. E os quinhentos mil empregos que o Zuma prometeu como presidente? Cadê eles? A comemoração da vitória de não sei quantos milhões de rands. Os quatrocentos mil que ele gastou na festa de aniversário da filha, e os dezenove ou sei lá quantos outros rebentos dele espalhados por aí, será que todos vão ganhar festas pagas pelo contribuinte? Quantas casas podiam ter sido construídas pras famílias que moram acampadas, três gerações juntas, nesses prédios abandonados no centro da cidade? Quantas lajes podiam ser instaladas com a conta do champanhe francês bebido e mijado pelos ministros do governo? —

— Já fizeram uns dois milhões de casas. *Eish*. Isso não é nada... — Peter fala ao mesmo tempo que Jake, não como desafio mas em tom desdenhoso, como se para compensar alguma circunstância congênita da qual o próprio Jake, seu camarada, não pode ter consciência. — Eu sou um sujeito de sorte. Eu tenho casa (mãos espalmadas para abranger todo o subúrbio), e não só um emprego: tenho um cargo, minha mulher tem uma empresa, sim. Mas eu... Negro, todos nós, o mendigo e o patrão... Eu posso ir aonde eu quiser, andar pelo meu país, morar em qualquer lugar, qualquer cidade, entrar em qualquer ônibus que parar no ponto, matricular meus filhos em qualquer colégio. Isso é alguma coisa, sim. —

Jake aceita, com um gesto do braço direito que segura o esquerdo abaixo do ombro, o que um branco não pode vivenciar. Mas ninguém consegue detê-lo. — A greve, a greve é que é o patrão agora: telecomunicações, transporte, eletricidade, todos os funcionários públicos, dos lixeiros pra cima, eles estão tomando o país, com apagão, com rua bloqueada, eles é que são os patrões-trabalhadores, o tempo todo fazendo passeata da sede desta comissão pra sede daquela. E AGORA... o exército, *o exército*. E quem é que pode criticar os soldados? São eles que vão ter que dar porrada nos trabalhadores se for necessário. O exército. Ontem vocês não viram, a Força de Defesa Nacional da África do Sul? Três mil fazendo arruaça com a bandeira deles nos prédios do sindicato, isso é que é o governo. Aqueles que deviam nos proteger são os funcionários públicos mais mal pagos. —

Blessing dá uma gargalhada: — Então é para lá que eles vão! Sempre que tem greve, eu fico sem as minhas duas cozinheiras... E olha que elas participam dos nossos lucros! Querem demonstrar solidariedade com os outros trabalhadores, os maridos que são funcionários do município, um filho que é motorista de ônibus... —

— Desde quando eles têm sindicato? — Eric, da piscina dos golfinhos, fez parte do exército do apartheid, lembra-se daquilo que não muda em regime nenhum. — Soldado nunca tem direito de greve. Meu Deus! Vocês não ouvem esses programas de rádio, as pessoas ligam para lá para dizer que esses caras deviam

ser expulsos do exército por justa causa. Ninguém está nem aí se a nossa "força militar" ganha uma merreca, enquanto a gente manda os soldados pra fora só pro país ser elogiado, Congo, todos esses lugares onde os órgãos da ONU estão tentando manter a paz e segurar os opressores... os que são e os que não são. —
— Quem é a favor da paz? —
— Quem é que está oprimindo? —
— A greve da Escom* foi suspensa, vai haver "negociações" sobre a questão que está pegando, o adicional de moradia. Com isso está afastado o risco de apagão... Pelo menos por ora, talvez. —
— A gente devia estar se preocupando era com as minas, meu caro, platina, a produção é de cerca de três mil onças** por dia; isso contribui com cinquenta e oito milhões pra economia... —
— Hoje fecham o acordo sobre salários, amanhã a greve continua, amanhã, todos os amanhãs... —
— Amanhã, amanhã, a ligação do Zuma com o negócio de armas evaporou! Ha, ha! A coisa nunca chegou ao tribunal. —
— Três mil onças... A indústria de mineração vai reduzir a produção, a mão de obra, pra não ter que pagar quase cinquenta vezes o valor do fundo de indenização pros mineiros que contraíram silicose no decorrer dos anos. Alguns deles não viram um centavo: foram pra casa pra morrer. Os proprietários acabaram se dando bem, apesar de causar esse assassinato lento durante o apartheid. E depois também. Agora é parte da nossa transformação: os proprietários acham que uma indenização vai apagar o histórico de exploração deles se pagarem. Mesmo que não dê pra devolver os pulmões aos doentes. —
Os dedos inquietos de Jake tamborilam nos peitos de to-

---

\* Empresa estatal de distribuição de energia elétrica. (N. T.)
\*\* Cerca de 93 quilos. (N. T.)

dos: — ARMAS. Escutem só! O nosso país livre está em paz, nós vendemos armas pra países que violam os direitos humanos, como a Líbia, o Irã, o Zimbábue. Negócios "supostamente" aprovados pelo nosso Controle Nacional de Armamentos. Certo, Jabu? Você tem tudo isso nos arquivos lá do Centro. —

(Recortes encontrados ao espanar a estante.) — A aldeia global está tão envolvida no tráfico de armas que não consegue fazer leis pra proibir esse comércio. — Provavelmente ninguém ouve o que Jabu diz; Jake é a voz do alto da montanha, ele está servindo vinho de uma garrafa recém-aberta em cada taça, uma porção que todos deverão beber numa despedida tácita: a Austrália.

— Onde nós estamos? Quando não está tendo um chilique, o Malema culpa a velha raça de ministros de Estado: brancos. Uma acusação. Mas é uma raça cujas características estão sendo adotadas com muito sucesso pelos negros que ocuparam os ministérios. —

— Pelo menos as mulheres são reconhecidas, mesmo sendo brancas: Gill Marcus, presidente do Banco Central, Barbara Hogan, ministra de Empresas Públicas... E ela é veterana da Luta.—

— Será que isso é pra mostrar que o regime está acima das vinganças, o contrário da condescendência tradicional dos brancos, pra quem os africanos (os negros) não eram capazes de assumir esses ministérios? Ou será que é pra angariar votos entre os brancos pra próxima vez, em 2014? —

— Marc, está na cara: Quem é que defende os representantes das minorias, brancos, indianos, claros demais para ser negros? O Partido Comunista diz que é contra as atitudes "chauvinistas" que ainda persistem em alguns lugares, chauvinismo africano praticado por um país que não passa da reprodução do como é mesmo que ele diz, contraparte. — Jake está levantando esse fenômeno com sua taça de vinho. — Mas o nosso Zuma é contra a Lindiswe Sisulu, que chefia a Unidade de Transformação Social do nosso CNA, contra a proposta dela de pôr em discussão esse tipo de (será um símbolo?) transformação racial. A gente se orgulha de ser uma organização multirracial, diz ela, e aí o Zuma vem com uma conversa de que "esse debate vai fazer o país andar pra trás". —

Um coro irregular: — Não vamos falar sobre raça! —

— Isso aos poucos vai acabar... — Isa carinhosamente tira da mão de Jabu o peso da taça da qual ela não está bebendo.

Jabu e Steve são um exemplo daqueles para quem essa questão já acabou, mesmo. Acabou.

— Cadê o Albert? — O golfinho percebe. Não, o Albert não está aqui, agora ele está sempre presente nas reuniões no pátio da família Reed, mas talvez ele saiba que ainda seria um estranho na casa dos outros, ainda que em breve vá se tornar parte da família dos golfinhos. Como ele vai se enquadrar naquela forma de vida na condição de refugiado e também conviver com uma opção sexual que vai estranhar? Limpar uma piscina é apenas um trabalho, compartilhar as intimidades do cotidiano é outra história.

— A mulher ficou de vir passar o dia com ele hoje. — Os cachos de Jabu se sacudindo no alto de sua bela cabeça. — Ela não tem atendido o celular, e ele não sabe o que está acontecendo com essa nova onda de violência. Problemas. Pelo que eu e o Steve sabemos, não está acontecendo nada lá onde a família deles mora. Mas a gente teve que impedir que ele fosse lá pra ver o que está havendo. Espero que ele não tenha saído depois que a gente veio pra cá... —

— Quem é que sabe quantos zims tem na África do Sul? Três milhões, segundo o governo, três anos atrás? Qual foi a nova cifra divulgada outro dia? — Peter imagina que Jabu seja a pessoa que tem o número preciso.

O jeito dela de correr o polegar e o indicador pelo lóbulo da orelha até o brinco. — Nove milhões e oitenta e quatro mil. Vinte por cento da nossa população. Improvável? As cifras de outros órgãos e organizações essenciais são mais baixas, pra tranquilizar a gente. —

— Vocês sabem o que a única pessoa sensata entre nós diz e ninguém quer ouvir. — Jake está em pé, como se diante não apenas do subúrbio: da cidade, do país. — "É hora de aceitar que os imigrantes são o elemento vital desta cidade desde que ela foi fundada." O prefeito negro de Johannesburgo. Elemento vital deste país. As tribos que vieram do norte da África pra conquistar os sã e os khoi, os holandeses e os ingleses, escoceses e irlandeses chegando de navio. — Ele está pontificando. Será que vai chegar até os judeus que vieram do *shtetl* da Letônia, viraram africanos, *eish*, por fim, um descendente do pai cristão colonialista e da bisavó judia, enquanto um irmão seu, Jonathan, afastou-se do homem crucificado e voltou para os rolos da Torá da sinagoga?

Blessing, sempre a provedora, aconteça o que acontecer, do conforto da boa comida, interrompe Jake com confiança: — Ano que vem temos a Copa do Mundo, já está o maior burburinho... Os estádios sendo construídos, as pessoas... —

— Comprando as camisetas de marca feitas por trabalho escravo na China, a preço de banana, comparado com os salários pagos aos nossos trabalhadores que ganham uma miséria, em greve... As pessoas precisam de pão e circo, esse oba-oba é o grande circo que vai fazer a população não pensar no pão, tendo que viver com dois dólares por dia. Aliás, por que é que todo mundo usa essa moeda como padrão de sobrevivência, em todo lugar? *Alguém* me explica? E pra quantos milhões não é nem salário, e sim esmola pros desempregados, os miseráveis, e aqui é que chegamos ao que é a forma mais baixa da nossa corrupção de merda: não são só os plutocratas se dando bem nas concorrências públicas, ainda por cima é a arraia-miúda que paga as pensões dos aposentados, o auxílio-família; eles têm um nível deles, inventam pensões falsas pro próprio bolso, e a Previdência Social finge que não vê... *Vocês estão me ouvindo?* O dinheiro que eles roubam dos pobres foi mais de cem milhões só do ano passado até agora, *por enquanto!* — Rosto de Jake inflamado. Fúria. — UBUNTU. Uma das palavras africanas que todo mundo, todos nós, de todas as cores, conhecemos; sabemos que ela significa algo assim como todos nós somos todos os outros — gritando — Vamos dizer a palavra! Vamos! Vamos! Dizer o que ela é. O que acabou sendo! O que nós produzimos! O que nós estamos produzindo! A corrupção é a nossa cultura. O Espírito da Nação. U BU U N TU UBUNTU U U!

Estão sentados sozinhos, juntos, os dois, nessa reunião de camaradas.
— UBUNTU UBUN-TU UBUNTU-U U U! —
De repente, virando-se para seu camarada Steve, Jake encolhe o ventre, o estômago, os pulmões, recolhidos para junto da espinha sob sua camisa de Mandela, e cospe: — Seu sacana sortudo, *você está fora disso!* —

O momento que contém uma vida.
— Eu não vou embora, não. —

ESTA OBRA FOI COMPOSTA PELO GRUPO DE CRIAÇÃO EM ELECTRA E
IMPRESSA PELA PROL EDITORA GRÁFICA EM OFSETE SOBRE PAPEL PÓLEN SOFT
DA SUZANO PAPEL E CELULOSE PARA A EDITORA SCHWARCZ
EM JULHO DE 2014